हिन्द पॉकेट बु

चन्द्रकान्ता

की यादगारी कहानियां

हिन्दी की प्रख्यात लेखिका चन्द्रकान्ता का जन्म 3 सितंबर 1938 को श्रीनगर में हुआ था। इनके पिता का नाम प्रो. रामचंद्र पंडित था, जो अंग्रेजी के शिक्षक थे। पिता को कश्मीर में हिंदी भाषा को बचाने के लिए मुहिम चलाते देखकर इनके मन में राष्ट्रभाषा के लिए सम्मान जागा और इनका लेखन कार्य इसी का एक अंग है। लेखन के क्षेत्र में प्रतिष्ठित 'व्यास सम्मान' के अलावा हिंदी अकादमी, हरियाणा साहित्य अकादमी, भारत सरकार के मानव संसाधन मंत्रालय एवं राष्ट्रपति द्वारा ये सम्मानित की जा चुकी हैं। इनकी कहानियों पर आधारित कई धारावाहिकों का प्रसारण दूरदर्शन तथा आकाशवाणी से हुआ है।

चन्द्रकान्ता

की यादगारी कहानियां

हिन्द पॉकेट बुक्स
पेंगुइन रैंडम हाउस इम्प्रिंट

हिन्द पॉकेट बुक्स

यूएसए | कनाडा | यूके | आयरलैंड | ऑस्ट्रेलिया | सिंगापुर
न्यू ज़ीलैंड | भारत | दक्षिण अफ्रीका | चीन

हिन्द पॉकेट बुक्स, पेंगुइन रैंडम हाउस ग्रुप ऑफ़ कम्पनीज़ का हिस्सा है,
जिसका पता global.penguinrandomhouse.com पर मिलेगा

पेंगुइन रैंडम हाउस इंडिया प्रा. लि.,
चौथी मंजिल, कैपिटल टावर -1, एम जी रोड,
गुड़गांव 122 002, हरियाणा, भारत

पेंगुइन
रैंडम हाउस
इंडिया

प्रथम हिन्दी संस्करण हिन्द पॉकेट बुक्स द्वारा 2009 में प्रकाशित
यह हिन्दी संस्करण हिन्द पॉकेट बुक्स में पेंगुइन रैंडम हाउस द्वारा 2022 में प्रकाशित

10 9 8 7 6 5 4 3 2

ISBN 9789353495398
मुद्रकः रेप्रो इंडिया लिमिटेड

www.penguin.co.in

FSC www.fsc.org
MIX
Paper from responsible sources
FSC® C047271

This is a legitimate digitally printed version of the book and therefore might not have certain extra finishing on the cover.

अनुक्रम

बदलते हालात में

पता नहीं यह यात्रा जरूरी थी या गैर जरूरी!

यों सलाह-मशविरा देने वालों के अपने-अपने कचोटते अनुभव थे। भागते चोर की लंगोटी ही सही वाली मुद्रा में अधिकांश ने 'घर' जाने की सलाह दी, तो दूसरे सिरे की अनिश्चितताओं, आतंक और आशंकाओं के साए में वहां तक पहुंचने का यह मुहिम भरा अभियान खासा व्यर्थ लगा। एक बार जीवन के ऊपर मृत्यु का दर्शन भी हावी हो गया। छोड़ो झंझट। जब सब खत्म ही हो गया तो छायाओं के पीछे भागने में क्या तुक? यह भी सोचा कि आखिर खाली हाथ आए हैं, जाना भी खाली हाथ ही है।

लेकिन उम्र के आखिरी सिरे पर इंतजार करती मां बोधिसत्व की मुद्रा में भी अपने 'छूटे हुए' के लिए अशान्त थी। 'घर वंदहय घर सासा' वाले अपने तकियाकलाम को हर आते-जाते के आगे दुहराने वाली मां, यों अब 'घर-पुराण' भूलने की कोशिश में ज्यादा सुनती और कम बोलती है, पर हिदायतियों-सलाहकारों की भीड़ में जो दो-चार वाक्य उन्होंने बोले, वे खासे असरदार रहे।

–हांऽऽऽ बच्चों! तुम सही कह रहे हो, हम ही बेवकूफ निकले।'

–बेटी! अभी तो मेरे नाखूनों से घर की रेत मिट्टी निकली नहीं'...

मुझे क्या संजोया-बटोरा साथ ले जाना था?

यानी कि तुम्हीं लोगों के लिए तो उम्र भर खटते रहे। लम्बी सांसें ऐसी छुतहा कि लाख चाहो, पर बचना मुश्किल। फिर अपने 'असल' पश्मीने के जामावार शाल, बादामी बौरों वाले सिल्क कार्पेट, पुश्तैनी बर्तन-भांडे कन्डाल, देगचियां समावार। उस पर छोटा-सा गझिन वाक्य–'तुम्हारे बाबू जी कोई सेठ-साहूकार तो नहीं थे।'

वह तो जाने दो, लेकिन पुरखों की थाती, जन्म नाल गढ़ी धरती का 'अपना टुकड़ा', घर की रसोई के बाहर लगी 'काकपट्टी!' जिस पर वे रोज गरम भात और पानी की कटोरियां रखती थीं, कौव्वों, चिड़ियों के लिए। पांखी आकर उन्हें ढूंढ़ते होंगे, कहां खो गए घर के लोग।

कोई पूछे, भला पक्षियों को क्या पड़ी कि तुम्हें याद करें, तो मां उमांस भरती– 'वे हमारे पुरखे हैं बच्चों, पांखियों की शक्ल में आते हैं। हमारा सुखसान पूछने। तुम लोग क्या जानो!'

मां के विश्वासों पर टिप्पणी किए बिना भी यह अन्दाजा लगाना मुश्किल नहीं था कि आतंकवाद से जुड़ी लूटपाट और चोरी-चकारी बीच भरा-पूरा घर खाली हो गया होगा। जमीन का टुकड़ा भले वहीं हो, राख-मिट्टी बनी जन्मनाल भी। शायद पुरखों की कोई निशानी, कोई महक भर बची हो किसी कोने-अंतरे में।

अजय, उमा को ज्यादा उम्मीदें नहीं थीं, पिछले छः वर्षों में जितना कुछ घटा है वादी में, उससे उम्मीद रखना महज़ भावुकता ही हो सकती थी। लेकिन फिर भी वे जाने को तैयार हो गए, वहीं, जहां डर कुन्डली मारे बैठा था। शायद किसी दरो-दीवार के पीछे लुकी-छिपी दरार में उनका बचपन दबा-दुबका बैठा हो। यौवन की कोई हवस, कोई हादसा, किसी बुखारचे, बरामदे या एटिक में सांस ले रहा हो। एक बार देख तो लो।

ऐसे ही कई जाने-अनजाने कारणों ने अजय उमा को जम्मू-कश्मीर की चक्करदार यात्रा पर धकेल दिया।

जम्मू से अजय का दोस्त अशोक भी साथ हो लिया, यह कह कर कि तुम लोग तो अब अपनी गली-मुहल्ले के लिए परदेशी हो गए हो। वहां तुम्हें पहचानेगा कौन? कर्णनगर में यों भी अब इक्का-दुक्का 'बटा' ही रहता है।

तीस वर्ष! सचमुच एक अरसा हो गया। इस बीच साल-दो-साल में एकाध महीने के लिए जाते भी तो विज़िटर की तरह। कभी पहलगाम-गुलमर्ग, कभी यूसमर्ग-अहरबल। जो समय बचता, वह आते-जाते समय नाते-रिश्तेदारों का आतिथ्य स्वीकारते गुजर जाता।

लेकिन इतने वर्षों बाद भी जेहन में जो रुका-ठहरा है, उसे महज भावुकता कह कर परे भी नहीं किया जा सकता।

दरअसल, अशोक के साथ चलने के दूसरे कारण थे, जो वह उन्हें बताना नहीं चाहता था। पिछले छः एक वर्षों में घर की टूट-फूट के अलावा भी काफी कुछ पराया हो गया था। एक बार जो घर से निकले या निकाले गए, उनका लौटना

उपद्रवियों को मंजूर नहीं था। अशोक उन्हें संभावित खतरों से बचाना चाहता था। वह अपनी रिश्ते की बहन 'बबली' को भूला नहीं था, जो कुछ जरूरी सामान लेने घर गई और वापस लौटने से पहले आतंकवादियों की गोली का शिकार हो गई थी।

रास्ते भर अशोक भूमिकाएं बांधता रहा। छः एक वर्षों से महज़ कुछेक ताले पड़ा खाली घर, जो उस वक्त नए पुराने फर्नीचर, पुश्तैनी विरासतों और घरेलू सामान से ठूसमठूस अटा पड़ा था, उसमें बाकी क्या बचा होगा? जबकि जम्मू में ही उसने बता दिया था कि वहां कुछ लोग रह रहे हैं। यानी ताले-शाले टूट चुके हैं और लूट-खसोट मच चुकी है।

कुद, बटोत, रामबन, रामसू। एक-एक पहाड़ी पड़ाव आकर निकलते गए। जाने-पहचाने रास्ते। लगा, अभी-अभी तो इधर से गुजरे थे हम। रामबन के पंजाबी होटल में, राजमा भात परोसते, मुन्ना सरदार से खूब बातें हुई, उसके चहरे पर समय ने झुर्रियों के जाल बिछाने शुरू कर दिए थे, मगर आत्मीयता ज्यों की त्यों। भर-भर कड़छियां राजमा परोसता वह अफसोस करता रहा कि अब मिलिट्री कनवायों और ट्रकों के अलावा देशी-विदेशी टूरिस्ट दिखाई नहीं पड़ते। हंसते चमकते चेहरे और हसीन बुलबुलें तो ख्वाब ही हो गईं।

अजय उमा को वादी में नौकरी कहां मिली? आजीविका के लिए वृहद् राष्ट्र के एक कोने से दूसरे कोने तक भटकते रहे। मन कहीं टिका नहीं। सोचते रहे कि रिटायरमेन्ट के बाद घर लौटेंगे, अपनों के बीच। घर आकर कोई पूछता, क्या तुम्हारे लिए यहां भात नहीं था? तो वे हंसकर उत्तर देते–'आपलोगों ने ही तो निकाल दिया।'

मां-पापा वर्ष के दस महीने घर द्वार से ही चिपके रहे। चिल्लयकलान के दो एक बर्फीले महीनों में बच्चों के पास दिल्ली, बम्बई आते रहे पर मन तो वहीं कर्णनगर के घर दर्रो-दीवारों और आंगन में खड़े लम्बे सफेदों की ऊंची फुनगियों के आसपास डोला करता। हरदम लौटने की बेताबी।

–'वहां बाथरूम का पलस्तर उखड़ गया है। फ्लश खराब पड़ा है, नाथ जी ने कहा है इस बार निशात बाग से गुलाब की कटिंग ले आऊंगा। अब्दुल माली उसका दोस्त है न? पिछले साल जो सेब के पेड़ तुमने देखे, वे भी उसी ने शालामार से लाकर दिए थे। अम्बरी सेब की वैसी किस्में यहां कहां?

जितने दिन मां-पापा बहू-बेटे के साथ रहते, घर के साथ वहां के फल-फूल, किचन गार्डन की लौकी, बैंगन, निका-निका सोंचल का साग भी उनके साथ

रहा करते। कुछ भी पकाकर खिलाओ पर वह स्वाद कहां से लाओगे। 'स्वाद तो आबोहवा में होता है बेटा। जाहिर है उसे यहां नहीं ला सकते'।

नाशरी नाले के पास पहाड़ों से रिड़के ढोक-पत्थर और मलबे बीच पर्वतीय नाले बह-बह सड़क खासी फिसलनी बना गए थे। सड़क की एक तरफ बुलडोजर मलवा हटा रहा था। ड्राइवर के एहतियात बरतने पर भी कार जरा बाई झुकी तो तीनों जनों ने घबराकर सीट के हत्थे कसकर जकड़ लिए। झुकाव जरा सा ज्यादा होता तो गहरे खड्ड में गिरकर रामनाम सत्त हो जाता।

अजय का चेहरा भय से सफेद पड़ गया, 'जाने इस नाशरी नाले में कितने लोग दफन हो गए हैं? अंधेरी रातों में उनकी रूहें यहां आवाजाही करती होंगी।

ड्राइवर सड़क पर आंखें जमाए सपाट स्वर में बोल रहा था–'आए दिन हादसे होते हैं साहब। भुरभुरे पहाड़ों से पस्सियाँ (मलवा) लुढ़कती ही रहती है। ऊपर से गिरते पहाड़ी नालों से रपटने का डर भी लगा रहता है...।

क्रेन के पास घुटनों तक फिरन पहने कुछ कश्मीरी मजदूर तसले-बेलचे लिए खड़े थे। उमा ने गाड़ी का शीशा उतारकर उन्हें देखा। इनमें कौन आतंकवादी हो सकता है? लेकिन उनके चेहरों पर धूल और दारिद्‌य की मिट्टी चढ़ी हुई थी। वे सड़क पर झन्डे की तरह गड़े नजर आ रहे थे और हवा से उनके फिरन फरफरा रहे थे।

उनकी आंखों में कौतुक था।

–ऐसे क्यों देख रहे हैं?

–आजकल इधर टूरिस्ट नहीं आते न।

–'हम टूरिस्ट नहीं हैं।' उमा को टूरिस्ट कहलाना अच्छा नहीं लगा। याद आए वे चार विदेशी टूरिस्ट जो कई महीनों से आतंकवादियों के कब्जे में हैं। पता नहीं किस हाल में होंगे? होंगे भी या नहीं। दूरदर्शन पर बयान देते उस आतंकवादी का मासूम चेहरा आंखों के आगे खिंच गया जिसने कहा थाः 'हम जेहाद के लिए कुछ भी कर सकते हैं।'

लेकिन इधर लोगों का कहना है कि अब हालात बदल रहे हैं।

–हां! लोग तंग तो आ गए हैं खून–खराबे से। उनका भी कम नुकसान नहीं हुआ। यह भ्रम भी टूट रहा है कि बंदूक हर मसला हल कर सकती है।

अशोक जम्मू-कश्मीर सरकार की नौकरी में है। छः महीनें जम्मू, छः महीने कश्मीर में रहता है। हालात से वाकिफ है।

बनिहाल की घुमावदार चढ़ाइयों पर ऊपर और ऊपर चढ़ती ट्रकें, जीपें नजरों के आगे छोटी से छोटी होती पहाड़ों के पीछे ओझल हो रही है और थोड़ी ही देर

में ऊपरवाली सड़क पर नमूदार हो जाती हैं। लेकिन कोई चहकती आवाज़ कोई खिलखिलाता चेहरा नज़र नहीं आता।

ऐसी उदास यात्रा उमा ने पहले कभी नहीं की। जब भी इधर से गुज़रती, हंसता-गाता काफिला साथ चला करता। एक बार जाने कहां से कश्मीर देखने आया एक सत्ताइस-अट्ठाइस वर्ष का युवक उमा के पीछे पड़ गया। यही बानिहाल की घुमावदार चढ़ाई थी, पहाड़ों पर खड़े चीड़-देवदारों को वह मुग्ध होकर सराहता रहा। दूर पर्वत पर बैठे माचिस के डिब्बों से दिखते गूजर कोठे प्यासी आंखों देखकर उमा से पूछा–'आपका मन नहीं करता शहर के शोर-शराबे से दूर, उस कोठे में रहने के लिए?'

उमा हंस पड़ी थी। 'उनलोगों की जिंदगी बड़ी बीहड़ होती है।'

–'हां, पर कितनी शांत।' युवक पहली बार ही कांक्रीट के जंगलों से दूर पहाड़ों का रूप-रंग देख रहा था। बौरान। शायद स्वाभाविक था।

जवाहर टनल पर बस से उतरकर वह दूरबीन से पीर पांचाल की बर्फ ढकी चोटियां देखता रहा। खुशी से उसकी चीख निकल गई थी–'वाऊ! हाऊ ब्यूटीफुल। मारवलस। पहाड़ पर बर्फ की चित्रकारी। लगता है चित्रकार ने नीले-हरे पहाड़ों पर कूची फेर दी है। उधर ऊंची चोटियों पर बर्फ के साफे, इधर झरनों की शक्ल में बह-बह जाती बर्फ! निकोलई रोरिक की एक पेंटिंग है–हिमालय की महान आत्मा। हू-ब-हू ऐसी ही।'

उमा जब हूं-हां के अलावा किसी अंतरंग संवाद में शामिल नहीं हुई तो युवक का चेहरा लटक गया। बस में बैठते ही उसने उमा के ऐन कान के पास मुंह लगाकर गालिब का शेर गुनगुना दिया था–

या रब वह न समझे थे न समझेंगे मेरी बात
दे उनको दिल और न दे मुझ को जुबां और...।

जवाहर टनल पर अच्छा खासा सैनिक जमावड़ा था। पहरे में कोई ढील नहीं। उन्हें कार से उतरने का कड़ा आदेश मिला। अटैची, बैग, बुकचे खोले खंगाले गए। उमा तनी अकड़ी सड़क किनारे खड़ी रही।

अशोक ने ध्यान बंटाना चाहा, 'हम छोटे थे तो लखनपुर चेकपोस्ट पर सामान की तलाशी ली जाती थी। मुझे याद नहीं पर मां कहा करती है। उस समय जम्मू-कश्मीर की सीमा में प्रवेश करने के लिए 'परमिट' लेना पड़ता था। श्यामाप्रसाद मुखर्जी की बलि के बाद वह परमिट सिस्टम और तलाशियां बन्द कर दी गई थीं।

–हां! अब यह तलाशी। जाने कितनी बलियों के बाद बन्द होगी।

–यह जरूरी है बहन। टनल के पास खड़ा एक आफिसरनुमा सैनिक उमा के तेवर देखकर पास आया, 'आए दिन विस्फोट होते रहते हैं। हम लोग रिस्क नहीं ले सकते।'

–ठीक है, हम जानते हैं, थैंक यू।' अशोक ने एक ही सांस में तीन वाक्य उगले और चुप हो गया। हर अप्रिय स्थिति के लिए तैयार लगता है। अजय कहता है, वह आतंकवादियों से दोस्ती रखता है। अशोक कुछ नहीं कहता। आतंक के बीच जाने का सलीका सीख गया है।

टनल के पीछे खड़े सिर उठाए पहाड़ बर्फ के भार से दबे-दबे लग रहे थे। बादलों की हल्की परत के नीचे मैला सूरज मलमल के थान के बीच झांकने लगा है। पीली धूप पहाड़ी रास्तों बीच बर्फीली हवाओं के डर से इधर-उधर दुबक रही है। टनल के बीच पानी के परनाले बह रहे हैं। छपाक छप्प की आवाजों के बीच फव्वारे उछालती कार सुरंग पारकर बाहर आई तो ठन्डी हवाएं चुभने लगीं। ऊंचाई से वादी मलगजी कुहरे में लिपटी रहस्य के आवरण में ढकी नजर आई। पानी के सैलाब में डूबे घरों का विस्तार धीरे-धीरे खुलने लगा तो गर्म कपड़ों के बीच ठन्ड घुसकर रीढ़ की हड्डी कंपाने लगी।

अक्तूबर में इतनी ठन्ड। गर्मी की छुट्टियों में उमा घर आती तो यहां से वादी पहाड़ों के चौकस पहरे बीच हरियारे आलम में मुग्ध, झीलों-झरनों से बतियाती नजर आती। ऊपर मुन्डा, लोअर मुन्डा के घुमावों से नीचे उतर काजीगुन्ड पहुंचते ही लम्बे छरहरे सफेदों की कतारें बाहें फैलाकर आगोश में लेने दौड़ आती। हवाओं में कमलताओं, खलिहानों और वनस्पतियों की मिली-जुली गन्ध के साथ धान रोपती औरतों के सामूहिक लयबद्ध स्वर दूर तक पीछा करते, 'थल वोवमय ब्योलिए, कलि दामा चेतमो!'

आज वन मैनाएं भी खामोश थीं। खेत सूने, सड़क की दोनों और सीमेन्ट की बोरियां और उनकी आड़ में खड़े कन्धों पर गन सम्भाले सैनिक जगह-जगह तैनात थे। नए ढंग का स्वागत।

लाल चौक के पास ड्राइवर अड़ गया, 'साहब! आप यहां से दूसरा इन्तजाम करें। मैं लाल चौक नहीं जाऊंगा। उधर खतरा है।' अजय उमा ने एक-दूसरे की ओर बेबसी से देखा। इतनी दूर आकर लौट जाएं तो आने का मतलब ही क्या हुआ। अशोक ड्राइवर को मनाने लगा, 'ऐसी तो कोई बात नहीं भाई, अब हालात बदल गए हैं।

'सो तो हम भी अखबारों में पढ़ते हैं। पर उधर आतंकवादियों का कानून चलता है। किसी ने गोली-वोली चलाई तो? नहीं साहब। मैं बाल-बच्चे वाला हूं।'

अशोक ने लाल चौक पर खड़े सिपाही से सलाह की, जाना ठीक रहेगा? बुत की तरह बेहरकत खड़े सिपाही ने पलकें पट-पटाकर उन्हें देखा। अकड़ी कमर को थोड़ा झुकाकर उन्हें सुना और 'ओके' कर दिया।

ड्राइवर ने घिया-तोरी बना चेहरा लिए, बेमन से इगनिशन ऑन कर दिया। एक्सलेटर पर पैर इतनी जोर से दबाया कि गाड़ी ने हाई जम्प मारी। तीनों जने सीटों से उछलकर गाड़ी की छत से टकराए।

बाहर सड़कें सूनी थीं। बुझी-बुझी बेरौनक चुप्पी बीच उन्होंने अमीराकदल का पुल पार किया। दो-एक दुकानों पर फिरन, फरकोट, शॉल, कैप लटक रहे थे। एक दुकानदार बेंत की टोकरियों, कांगड़ियों की धूल कपड़े से फटक कर झाड़ रहा था।

नुमाइश की सड़क से होते हुए पुराना शाली स्टोर पीछे छोड़ा तो कर्ण नगर का एरिया फोकस में आ गया। आगे विशाल चिनारों के ढकी श्मशान भूमि का खुला फाटक नजर आया। फाटक के अन्दर जगह-जगह जलाई गई लाशों के स्थान पर काले चकत्ते उभर आए थे जिन पर सूखे पत्ते चक्कर-घिन्नी खा रहे थे। इधर मृतक के अन्तिम संस्कार के बाद जगह लीप-पोत कर साफ की जाती है। फिर धूप दीप जला अन्न, पुष्प, दूध-दही आदि अर्पण करने का विधान है। लगता है सैनिकों द्वारा लाशों का दाह-संस्कार हुआ है। काले चकत्ते लावारिसों की कहानी सुना रहे हैं। अपनों के हाथ नहीं लगे।

उमा के भीतर लम्बा उच्छ्वास उमड़ा और टुकड़ों में बंटकर बाहर आ गया, 'इधर मां शिव मन्दिर में जल चढ़ाया करती थीं। हम टोकते, इतने सारे मन्दिर हैं शहर में, तुम जलती लाशों के बीच उधर क्यों जाती हो। तुम्हें डर नहीं लगता?

–'डर कैसा?' मां सचमुच नहीं डरती थी। 'मंगलकारी शिव का स्थान है यहां। उनसे तुम सब का मंगल मांगने जाती हूं।'

हवा में वैराग्य की गन्ध बढ़ती जा रही थी।

जल्दी ही घर दृष्टि के दायरे में आ गया, बंगले की ऊपरी तिकोन गेबल, कांच जड़े बुखारचे। उमा के सीने में दो-चार धड़कनें एक साथ उछल पड़ीं–'वह। वह रहा हमारा घर।'

'हांऽऽऽ।' सफेदों के झुरमुट के पीछे दिखती गेबल कलौंछ खा गई थी। अशोक ने कहा, 'ऊपरी मंजिल में आग लगी थी, पर जल्दी ही काबू कर ली गई। ज्यादा नुकसान नहीं हुआ। घर इन्श्योर्ड है। क्षतिपूर्ति हो जाएगी।

'क्षतिपूर्ति।' उमा के माथे की शिराएं हल्के से कांपी।

'इधर गुलाबों की बाड़ रहा करती थी। गुच्छा-गुच्छा फूल दीवारें लांघ बाहर झांका करते। पड़ोसिन दर काकी मंदिर के बहाने टोकरी भर फूल तोड़ती तो मुझे बुरा लगता। पर मां हंसकर कहतीः 'तोड़ने दो बेटी। भगवान के लिए ले जा रही है। दो दिन में कलियां फूट आएंगी तो फिर दीवार गुलाबों से ढक जाएगी...

'तुम फूलदान, जग और गिलासों में गुलाब सजाकर सारा घर महका देती।' अजय भी उमा की तरह पोछे लौट गया था।

'उधर चांदमारी के मैदान में विजयदशमी के दिन रावण जलता था न? हनुमान की पूंछ में आग लगाकर कागज की लंका को मिनटों में भस्म कर दिया जाता। याद है एक बार मैं पूंछ लगाकर हनुमान बना तो पापा ने कितनी पिटाई कर दी थी?'

'बस! बस! इधर गाड़ी रोक दो।' ड्राइवर ने मलवे के ढेर के पास गाड़ी रोक दी। अशोक ने दरवाजा खोलकर अगुआनी की, 'आ जाओ'।

टूटी दीवार में बनाए दरवाजे नुमा छेद के पास उमा ठिठक गई।

'गेट तो उधर था।'

'हां हां। आ जाओ।' अशोक ने दुहराया।

अहाते में घुसते ही धक्का लगा। इधर नफासत से कटा-छंटा लान पसरा रहता था। अब पीली घास के अवशेषों के बीच जगह-जगह मिट्टी के खड्डे और ढूह नजर आ रहे हैं। दीवार के साथ कांटों की बाड़ उग आई है। गेट की तरफ बने हौज में खुला नल झर-झर बहा जा रहा है और आसपास कीचड़ का तालाब बजबजा रहा है। यहां-वहां कटे पेड़ों के ठूंठ देख उमा की आंखें दुखने लगीं–'इधर अम्बरी सेब के पेड़ थे न? उधर बबूगोशा और गिलास। वह भी काट डाले?'

पिछवाड़े खर-पतवार के बीच सरो का पेड़ पीले पत्ते लिए अब गिरा तबगिरा की मुद्रा में झुका हुआ खड़ा था।

–ये हरा मोरपंखी पेड़ पीला कैसे पड़ा?

कोई रोग लगा होगा। देखने वाला कौन था यहां? वही विरागी स्वर।

उमा की हिम्मत पस्त हुई जा रही थी। बरामदे की सीढ़ियों का सीमेन्ट उखड़ गया था। जालीदार दीवार की ईंटें खिसक आई थीं...

अशोक ने बांह थामकर सहारा दिया। घर के दरवाजे पर हल्की सी दस्तक देते ही कांच की खिड़की खुली और सीकचों के पीछे गोल टोपी वाला झुर्रीदार चेहरा उझक आया।

–'कुछ छुव?' (कौन है?)

–'हम हैं घर वाले।' 'घर वाले' शब्द फुसफुसाहट में फिसलता जान पड़ा। कहीं कोई सुन न ले।

भीतर एक मौतबर आदमी अधमैले पट्टू का फिरन पहले नंगी टांगों, दरवाजा खोलकर सामने खड़ा हो गया। अशोक ने उमा-अजय का परिचय कराया–'घरवाले हैं। अपना घरबार देखने आए हैं। मां बीमार है। वह नहीं आ पाई।'

'हां-हां!' कहता बुजुर्ग सिर हिलाता एक तरफ हट गया, 'आओ, अन्दर आओ, तुम्हारा घर है भाया'।

बुजुर्ग बिना पूछे अपनी दास्तान सुनाने लगा।

–हमारा तो सब कुछ लुट गया। दहशतगर्दों ने उधर चरारे शरीफ में घर-दुकान सब जला डाला। खाक पर बैठ गए...।

अजय-उमा चौतरफ नजरें फिरा घर का पिटा हुलिया देखते रहे। यह उन्हीं का घर है क्या?

–'आपलोग इधर कैसे आए? यहां तो ताले लगे थे। अजय की आवाज अबूझ गुस्से से थरथराने लगी थी।

बूढ़े के हाथ विवश मुद्राओं में हिलने लगे। भूरी आंखों में बेचारगी उझक आई, 'खुदा जानता है भाया, हमने कोई ताला नहीं तोड़ा। घर खुला था, हमें बताया गया खाली घर है, रहो जब तक सरकार कुछ इन्तजाम करे...। कॉरीडोर में आवाजाही करते उसने याचना-सी करते हाथ जोड़ दिया–हम चले जाएंगे, उधर कुछ जुगाड़ हो जाए, बस। अपना घर बार छोड़ पराई जगह दिल कहां लगता है। हम तो गांव जवार के लोग...।'

उमा कभी ड्राइंग रूम रह चुके कमरे की दहलीज पर खड़ी जख्मी फर्श और कीलें ठुकी दीवारें देखती रही।

इस दाईं ओर की दीवार पर क्रिस्टल बल्बों के ऐन नीचे मां-पापा की जवानी में खिंची तस्वीर टंगी रहती थी, जो कहीं नजर नहीं आई। उसमें पापा गणतन्त्र दिवस के किसी सांस्कृतिक कार्यक्रम में कलाकारों को सम्बोधित कर रहे थे। बगल में बैठी मां गर्व से तनी महीन-महीन मुस्करा रही थी। तस्वीर की जगह ठुकी कीलों के जख्मों बीच फ्रेम की चौकोर जगह का निशान भर रह गया है। दीवारों पर मेखें ठोक कर कमरे के आरपार बनी अलगनी पर अधमैले गूदड़, रजाई, फिरन आदि-इत्यादि लटक रहे हैं। कोने में फर्श पर किरासिन स्टोव के पास अल्युमुनियम के दो-तीन कलौंछ खाए पतीले, प्याले, चिमटे, तवा, हान्डी और अंगड खंगड सामान बिखरा पड़ा है।

उमा को लगा कमरे में ऑक्सीजन नहीं है। यह लम्बी-चौड़ी खिड़कियों वाला धूपीला घर एक अंधेरी खोह में बदल गया है। गर्दन मोड़कर देखा, फ्रेंच विन्डो पर अधमैली चादर टांग दी गई है जिससे शीशे से छनकर कमरे में झांकता उजास अधबीच ही घुटकर रह गया है, कमरे की दीवारें और नक्काशीदार लकड़ी की छत कलौंछ से पुत गई है।

–'इधर जो फर्नीचर, कालीन वगैरा थे, वह कहां गए?' अजय ने पूछ ही लिया।

–'खुदावन्दे करीम को जवाब देना है भाया, हमने कुछ नहीं देखा। एक पुरानी दर्दी थी चौके में, वह जरूर चटाई पर बिछा दी, उधर देख लो...।

उमा ने उछलकर पांव झटक लिए। कोई चूहा दौड़ता हुआ आया और पांव के ऊपर कूदकर फुर्ती से भाग लिया।

वे कॉरीडोर से होते हुए जीने की तरफ बढ़ गए। बाईं ओर की स्टडी के अधखले दरवाजे से 'आह' जैसी ध्वनि बाहर आई। भीतर झांककर देखा, काले कम्बल से आपाद मस्तक ढकी आकृति चटाई पर लेटी थी। कॉरीडोर की आहट सुन कुनमुनाई और करवट बदलकर दीवार की तरफ मुड़ गई।

दाईं ओर रसोई का कमरा बन्द था। सोचा खोलकर देखें, खिड़की के बाहर लगी काकपट्टी उधर ही थी। अजय ने बरज दिया। ऊपर चलें?

लकड़ी की सीढ़ियों पर पैरों की आवाज हथौड़ों की चोटों सी बजने लगीं, उजाड़ घर की रूह धड़-धड़ धड़कने लगी।

बेडरूम के दरवाजे पर दस्तक दी तो भीतर हड़बड़ाहट सी हुई। जैकेट जीन्स पहने पच्चीस-छब्बीस की उम्र का दाढ़ीदार लड़का दरवाजे के फ्रेम में जुड़ गया और आगंतुकों को अपरिचयी दृष्टि से घूरने लगा। अशोक ने दोबारा परिचय कराया। आने का मकसद दुहराया।

–'हम इधर आए तो यह घर सफाचट खाली था। हमें क्या पता किसका है? कोई भी आकर कह सकता है, यह मेरा घर है। फिलहाल तो हमलोग इधर रहते हैं।'

लड़के की आवाज में लापरवाही, धौंस और चुनौती की मिली-जुली ध्वनियां थीं। उमा की टांगें थरथराने लगीं। अखरोटी लकड़ी के नक्काशीदार पलंग का एक कोना लड़के की पीठ पोछे झांक रहा था। इस विशाल पलंग पर खड़ा अजय बचपन में हाई जम्प की प्रैक्टिस किया करता था।

चलो, अशोक ने इशारे से कहा। इधर संवाद की कोई गुंजाइश नहीं थी। ऊपरली मंजिल की सीढ़ी के दरवाजे पर लोहे का मोटा ताला लटक रहा था। 'उधर बन्द है।' युवक की आवाज धमाके से बजी।

–वहां हमारा कुछ जरूरी सामान है।'...

अजय बोलते-बोलते हकलाने लगा।

–हमने कहा न, कोई सामान इधर नहीं था। फर्नीचर हम खुद ले आए हैं।

–'आप ताला खोल देते तो...' पता नहीं उमा ने कहां से हिम्मत जुटाई।

–मुमकिन नहीं। उधर कुछ जरूरी सामान है। आप लोग जाओ। नहीं तो बेकार में खून-खराबा...।'

अजय ने उमा की चुन्नी का छोर खींच लिया। यह चुपचाप खिसकने का इशारा था। अशोक के आगे बबली का क्षत शरीर कौंध गया।

सीढ़ियों पर उतरते ही नीचे वाला बूढ़ा दिखा। ऊपर ही आ रहा था–'तुम्हें कुछ देना है 'कूरी' (बेटी)

उमा अभी युवक की धौंस भरी चुनौती से उबर नहीं पाई थी।

–'क्या?' गला खुश्क हुआ जा रहा था। क्या करने आई वह इधर?

–'यह बुखारचे की आलमारी की चाबी है। उधर तुम्हारा मन्दिर है न? उसने फिरन की भीतरी जेब से जंग लगी ताली निकाली और उमा के हाथ में थमा दी। उमा हयबुंग देखती रही।

–देख लो, अपना 'अस्तान' देख लो। इतनी दूर से आए तो...।

–मैंने अलमारी में ताला लगाकर चाबी अपने पास रखी है। लड़के लोग यह सब नहीं समझते न।

उमा अजय बुखारचे के पास पहुंचे तो वृद्ध बरामदे में खड़ा रहा। बुखारचे की लाल नीले कांच जड़ी खिड़कियां खुली पड़ी थीं। कोने में तेलिहा तकिया और बन्डपुरी चादर तहा कर रखी थी। वृद्ध शायद इधर ही सोता हो। अलमारी में जड़ा ताला खोला तो बन्द अलमारी से सीलन भरी गन्ध का भभका बाहर आ गया। इस 'बाबू जी के पूजागृह' में घर के देवता विराजते थे। घर बनाते समय ही यहां बड़ी अलमारी में नन्हें-मुन्ने देवताओं को 'स्थापित किया गया था। यहीं इसी बुखारचे में बैठ पापा धूप दीप जलाकर सुबह-शाम पूजा-अर्चना किया करते।

उमा ने देवताओं की मूर्तियां छू लीं तो पिता जी के भाव-विभोर शिवस्तुति के श्लोक अगरु गन्ध के साथ बुखारचे में फैलने लगे–'स्वात्मनि विश्वगते त्वयिनाथे, तेन न संस्मृति भीतेः कथास्ति, सत्‌ःस्वपि दुर्धर-दुःख विमोह-त्रास-विधायिषु कर्म गणेषु।

'हे नाथ! भयंकर दुख और मोह उत्पन्न करने वाले कर्मों के जाल में फंसे हुए आप के भक्त, इस भावना से कि विश्व आप का ही रूप है अतः वे संसार के क्षणिक

दुखों से डरते नहीं हैं। क्योंकि डर अथवा भय तब होता है जब दूसरा हो। जब आप के बिना कोई दूसरा है नहीं तो डर कहां?'

जब आपके बिना कोई दूसरा नहीं तो डर कैसा? लेकिन डर रही है उमा। डर रहे हैं अजय और अशोक। श्मशान भूमि के शिव मन्दिर में निर्भय होकर "त्रिजटाधर गंगाधर, शंकर रोज़सानें" गाने वाली भगवान शंकर की भक्त मां भी डर गई, जब आतंकवादियों ने उसके अखरोटी दरवाजे पर घर छोड़ कर जाने का रुक्का चिपका दिया। सनातनधर्मी ब्राह्मण बहन-बेटियों की बेहुरमती की आशंका से भयभीत हो गए। भय से मुक्ति नहीं। जैकेट वाले युवक ने घर में घुसने से रोका, क्योंकि उधर सामान था। कैसा सामान? कलिशनिकोव और बारूद? उधर पिताजी का पुश्तैनी पुस्तकालय था। साहित्य, इंजीनियरिंग और विज्ञान की जिल्द बंधी पुस्तकों से सजी कांचजड़ी आलमारियां...।' वहां भी डर दुबक कर बैठा था।

किसी गर्भगह की कन्दरा में बन्द देवताओं की मर्तियों के फ्रेम भरभरा कर ढहने लगे थे। शारिका-राज्ञा और शिव-पार्वती की युगल मूर्तियों के फोटो-फ्रेमों पर दीमकों की मोटी तह जम गई थी। उमा ने चुन्नी से लीर काटकर देवताओं के मुरझाए मुख पोंछ दिए। छोटी-छोटी देव मूर्तियों के जाले साफ कर उन्हें सुथरी जगह पर बिठा दिया। सिंदूर अक्षत के अवशेष उमा ने ज्यों के त्यों रहने दिए। ताम्र पत्र, शंख, आरती, निर्माल्य के बर्तन, शिवलिंग के शीश के ऊपर नन्हीं सी घड़वी...

उमा ने गणेश और शिव-पार्वती की संगमरमरी युगल मूर्ति एहतियात से उठाकर माथे से लगाई। रूमाल में बांधकर उन्हें फिरन की जेब में डाल दिया और अलमारी को ताला लगा, चाबी वृद्ध के हाथ में दी।

वृद्ध ने मना किया–'आप रख लो। मैं क्या करूंगा इसका? कहां तक हिफाज़त करूंगा? आज मरा तो कल दूसरा दिन। कब्र में पैर लटकाए बैठा हूं...'

उमा की आंखों में कुहरा छा गया, 'इसे सम्भाल कर रखना। कभी लौटी तो ले लूंगी आपसे।

बूढ़ा पिघली आंखों से देखता रहा, 'अल्लहमदुलिल्लाह। जरूर लौटेंगे। खुदा के फज़ल से।

वृद्ध ने चाय के लिए इसरार किया, लेकिन उमा अजय वहां से भागना चाहते थे। जो 'घर' आने को उकसा रहा था वही अब तेजी से वापस धकेल रहा था।

जाते-जाते वृद्ध दुआएं देता रहा–'हम भी लौट जाएंगे, अल्ला-ताला ने चाहा तो जल्दी घर लौटेंगे। कहते हैं मुआवजा मिलेगा। हमने 'भट्ट' भाइयों को कभी गैर नहीं समझा। खुदा जानता है। नई पौध नहीं समझती। वक्त का कहर है। क्या कहें, मर रहे हैं वे भी गोली खाकर, अल्लाह रहम करे। ऊपर पुलवामा से आए लड़के रहते हैं। इधर लड़कों को जबरदस्ती उठा कर ले जाते हैं, इसी मारकाट की ट्रेनिंग के लिए...। क्या करें?

जाते-जाते वृद्ध दरवाजे तक आ गया–'उम्मीद कायम रखो बेटी। अल्लाह की मेहर हुई तो हालात बदल जाएंगे...।'

उमा को लगा वह रो पड़ेगी। उजाड़-वीरान घर में वृद्ध की आत्मीयता बोझिल लगने लगी।

सड़क पर निकले ही थे कि वृद्ध का लड़का मिल गया। वृद्ध ने परिचय कराया, 'मेरा फरजन्द है, चाय की दुकान है बाजार में। यह घर वाले हैं रहमान बेटा...।'

लड़का कार तक छोड़ने आया तो उमा ने मुड़कर मुख्य द्वार देखा। छोटी सत्या की शादी में जो द्वार के दोनों तरफ हल्दी-चूने-मेंहदी से रचे बेलबूटे बने थे, उनके निशान दीवार पर ठहर गए थे। बूढ़े वाले कमरे में मेंहदी रात को देर तक तुम्बकनारियों पर 'छकरी' बजती रही थी...।' गेट के पास लाल सीमेन्ट की सड़क पर खुदे शतदल पर रखी पापा की अर्थी आंखों के आगे कौंध गई। ढेरों-ढेर गेंदे गुलाबों से सजी पापा की निष्प्राण देह। और घर के लोगों का करुण रुदन। कर्मकान्डी ब्राह्मण का हिदायती स्वर गूंजा–

'तुम्हारे पिता अब शिव हो गए हैं। आरती करो। रोना नहीं।' लॉन में खड़े लोगों की सीढ़ियों, खिड़कियों से झांकती बीसियों आंखों से झरते आंसुओं, के बीच आरती के आर्दस्वर पीछा करते रहे...'

'शिव शंकर, शिव शंकर, हरू में हरू द्वरितम...'

अपने कहारों के कन्धों पर सवार पिता अन्तिम यात्रा को निकले थे, भयमुक्त। भाग्यशाली थे।

भय कैसा? जब आपके बिना कोई दूसरा नहीं तो डर कैसा?

रमजाना अशोक के साथ फुसफुसा कर कुछ बातें करने में व्यस्त था। ऊपर की कलौंछ खाई खिड़की, नीचे कटे पेड़ों के ठूंठ, मेखों जड़ी जख्मी दीवारें, घरवालों की याद में झर-झर रोता नल, सभी उन्हें देख रहे थे। शायद किचन से लगी काकपट्टी भी। उमा ने जेब में रखी देव मूर्तियों को जोर से भींच लिया और सिर टिकाकर आंखें बन्द कर ली।

कार अब खुली सड़कों पर दौड़ रही थी। शहर पीछे छूट रहा था। पर्वत शिखर पर बैठा शंकराचार्य का मन्दिर दूर तक साथ-साथ चलता रहा। अजय-अशोक टुकड़ों में बतिया रहे थे–'अब यह शंकराचार्य मन्दिर ही लो, ढाई हजार वर्ष ईसा पूर्व गुणाढ्य वंश के राजा संधिमान ने बनाया था। इसे भी तौसफी लोग 'कोहे मारान' सिद्ध करने की कोशिश कर रहे हैं।'

'हां। छः सौ साल पहले सिकन्दर बुतशिकन ने मन्दिरों, पवित्र ग्रन्थों को ध्वस्त कर प्राचीन इतिहास को मिटाने की कोशिश की थी। अब नए जमाने में नए ढंग से मूल निवासियों को निर्मूल किया जा रहा है।'

हारी पर्वत के ऊपर चक्रेश्वर का मन्दिर सिर उठाए वादी को देख रहा था–'कहते हैं इधर उमा ने शारिका का रूप धर कर राक्षस जलोद्भव का वध किया था और वादी के लोगों की रक्षा की थी। वक्त-वक्त पर इधर मस्जिदें-गुरुद्वारे बने। कैसा संगम रहा यह धर्मों का। और आज?'

पाम्पुर के केसर-खेत यासुमन फूलों से बरजस्त लहरा रहे थे। अजय पर अतीत हावी हो गया, 'हम बचपन में पापा के साथ तांगे पर सवार होकर चांदनी रातों में 'कोंगफुलय' देखने यहां आते थे। पापा कितने सुरीले सुरों में वह केसर की बहार का गीत गाया करते...

'यार गयोम पोम्पुर वते, कोंग पोशव रोट नाल मते...

मेरा प्रिय पाम्पुर गया तो रास्ते में केसर के फूल गले से लिपट गए। इधर लल्लदेदी का जन्म हुआ था जिसने कहा–शिव सर्वत्र व्याप्त है। हिन्दू-मुसलमान का भेद मत करो...।

'अरे अब तो नुन्दऋषि का चरारे शरीफ भी जला दिया गया...।'

उमा ने अचानक ही अशोक से पूछा, 'वह रमज़ाना तुमसे क्या कह रहा था?'

'कह रहा था, इधर हम हरदम मौत के पंजे में फंसे जी रहे हैं...हालात बदल भी गए तो कितना फर्क पड़ेगा...'

यानी?

यानी क्या, कह रहा था, घर बेच दो। हम खरीद लेंगे....आप लोग अब लौटकर इधर क्या करोगे? आगे क्या पता...।

–मगर बूढ़ा तो?...उमा ने अधबीच ही टोका।

–बूढ़ा तो बीता समय है उमा बहन, रमजाना आज की पौध है। इस बीच वितस्ता में काफी पानी बह गया है। तुम क्या नहीं जानती?

'ड्राइवर कार रोक दो।' उमा ने आदेश सा दिया। अजय अशोक आश्चर्य से देखते रहे। उमा चिनार के पेड़ से टहनियां काटकर डिक्की में भर रही थी। क्या कर रही लड़की?

बनिहाल के पास पहुंचे तो उमा खड्ड और दरारें देखती रही।

–इधर कहीं 'भट्ट गजिन' है। मालूम है सदियों पहले तातार डुलचू हजारों भट्टों को दास बनाकर साथ ले गया, पर यहीं कहीं बर्फीले तूफान में फंस गया। भट्टों के साथ उसकी भी कब्र यहीं बन गई।

–क्या कहना चहाती है उमा?'

'डुलचू और सिकन्दर बुतशिकन के बाद भी भट्ट दोबारा वादी में बस गए। ग्यारह घरों में सिकुड़ने के बाद भी। तुम लोग रमजाने की बात कैसे सच मान गए?

'उसके लिए बडशाह और तेगबहादुर को जन्म लेना पड़ेगा जिसकी आज उम्मीद कम है'। उमा आवेश से थरथरा रही थी और अजय नाउम्मीद था।

अशोक ने उबारना चाहा–'भई जोरों की भूख लगी है। बानिहाल में खाना खाएंगे।'

_'मुझे भूख नहीं है, तुम लोग खा लो।' उमा गले में अटके आवेग को उगलना चाहती थी।

–"इधर चन्द्रभागा के किनारे बैठते हैं। ठीक पहले दिनों की तरह। हां? देखना। कैसे भूख जागती हैं।

चन्द्रभागा के किनारे उन्होंने खाना खाया। पिछली यात्राएं याद कीं। पुलवामा के युवक और रमजाने को जेहन से उतारना चाहा और वृद्ध को याद करते रहे, ठीक वैसे ही जैसे सदियों पहले सिकन्दर को लोग भूल गए और बड़शाह को याद रखा। शायद भीतर वे किसी बडशाह के जन्म का इन्तजार कर रहे थे।

उमा रास्ते भर नन्हे शिव जी को सम्हाले सोचती रही कि मां को लौटकर क्या कहेगी? यही कि कांकपट्टी पर अब पुरखे नहीं आते? घर का ध्वस्त हुलिया बयान करे या पुलवामा के लड़के की बातें? या रमजाने के घर बेचने का मशिवरा?

बेचैन प्रश्न दिमाग में भन्ना रहे थे पर एक तसल्ली भी थी कि शिव जी को अपने घर से निष्कासित करके उसने मां के लिए कम-से-कम यादों का एक वहद् कोष जिन्दा तो कर ही दिया है। बिना किस अनुष्ठान के, छूटे सिरे का प्रतिष्ठापन।

कित्थे जाणां पुत्तर?

वह सामने दूर तक फैली अमराइयों की महक और कीकर पीपल व जटादार बड़ की घनी छांह के नीचे पसरी सड़क देख रहे हैं न आप? यही, जिसके दोनों बाजू गेहूं और मक्का की फसलें जट्टों की कदें लांघ गयी हैं, यहीं से थोड़ा पंजों के बल उचककर दायीं तरफ देखेंगे तो सुनहरी बालियों की ओट, आधी ढकी आधी खुली, कच्ची-पक्की छतों की कतारें दिखाई पड़ेंगी। कोई बीस-बीस घरों का मुहल्ला बसता है उस तरफ, ज्यादातर गांव के किसान हैं, कुछेक छोटे-मोटे धन्धे भी करने लगे हैं अब। यों पिन्ड दूर तक फैला हुआ है, पर हमारी बूढी बेजी यहीं रहती है, इसी तरफ, थोड़ा आगे चलेंगे तो घर-द्वार भी देख लेंगे, तब तक आपको बेजी और उसके घर वालों सम्बन्धी कुछ जानकारी देती चलूं।

यों कोई खास बात नहीं है बेजी के घर में। किसी भी रचे-बसे गांव का सा घर है कच्ची-पक्की ईटों से बनी दीवारें, सजरी लिपाई, धुलाई से सुथरे आंगन, बल्कि बेजी के पोते रामकिशन ने आप ही दीवारों की सफेदी कर दी है, बेड़ा भी पक्का करवा दिया है। कच्चा बेड़ा बरसात में कीच का तालाब बन जाता था और सावित्री के सजे सजाए कमरे में फर्श पर यहां-वहां गीली मिट्टी के निशान पड़ जाते थे। उतना ही नहीं, सुबह-सुबह बेड़े की परली तरफ बने संड़ास को जाते बेजी के पैर गोड़ों तक कीच में धंस जाते थे, बार-बार ठंडे पानी से पैर धोते गोड़ में पीर उठती फिर रात-बिरात कराहती-कुरलाती रहती। बहू गरम पानी कर देती पर बेजी कम जिद्दन नहीं, "छड परे, बार-बार गरम पानी से पैर धोऊंगी, तो तू घर-द्वार छोड़ मेरे साथ ही लगी रहनी है, चल तू अपना काम देख।"

सो घरवालों ने बेड़ा पक्का करवाया तो बेजी को भी आराम हो गया, बेजी

के बेटे परिश्रमी हैं, बहुएं सुघढ़, आंगन में गाय भैंसें बंधी हैं, एक तरफ लकड़ी के जंगले में बंद सब्जियों का बगीचा लहलहाता है जिसमें तोरी कुम्हड़े की बेलें जवान होती बिटिया की तरह रातोंरात आकाश की ओर लपकने लगती हैं कंवली-कंवली भिन्डियां और गोभी के चिढ़ें-गठे फूल...

लो जी, मैं भी क्या सब्जियों का किस्सा ले बैठी। बात बेजी की हो रही है, सो जी, रामकिशन और उसका बापू बाबूलाल दोनों बेजी के आराम-सेहत का खयाल रखते हैं, खयाल रखना ही हुआ न? अपने कोख-जने पूत बुढ़ापे में न देखें तो क्या ऐरे-गैरे पूछने आयेंगे? पूत ही क्यों, बाबूलाल की वोटी गौरी ने भी बेजी को कभी शिकायत का मौका दिया, सो याद नहीं पड़ता। गांव घर के ओखे काम, खाली घर से गृहस्थी शुरू की भागोंवाली ने, अब ऊपर वाले की मेहर से दूध-पूत सब घर में आ गए, भैंसे हैं, सो उन्हें पालना-पोसना, दूध-घी निकालना, पानी-सानी देना, साग रोटी बनाकर टब्बर-टाबरों को खिलाना तो खैर घरवालियों का ही जिम्मा हुआ, उसपर बूढ़ी बेजी की भी सेवा टहल करना उम्र जो हो गयी उनकी और उम्र के साथ तो, क्या कहें, सखियों की तरह बगलगीर होती, कभी न देखी-सुनी बीमारियां भी छोड़ती नहीं।

यों बूढ़ी बेजी की उम्र का अन्दाजा लगाना मुश्किल है, बरसों से उनमें कोई खास उतार-चढ़ाव देखने में नहीं आया। खिचड़ी बालों और झक सफेद बरौनियों-भौंहों वाली बेजी उम्र के बोझ से झुकी कमर तनिक सीधी करतीं, मोतियाबिन्द उतरी धुंधली आंखों से अगले को पहचानने का, उपक्रम करती हैं तो मन-ही-मन हर आते जाते के विगत-अगत, पीर-पुरखों का लेख-जोखा भी तैयार करने लगती। मिलीजुली हिन्दी-पंजाबी में शुरू होते उनके कई सवालों में पहला सवाल होता, 'कित्थों जाणां पुत्रा?' फिर अनेक सवाल अपने-आप यके-बेदीगरे होठों से फूटने लगते, 'ओय लाडो, तू सुक्खासिंह की कुड़ी है? तेरा बापू उधर गुजांवालां में हमारे बापू से खेलने आता था, दोनों बेड़े विच खूब रोला पाते, शैतान थे खूब।'

और फिर आंखों में पहचान भर बेजी पोपले मुंह में चुबला-चुबलाकर आशीर्वचन बोलने लगती हैं, 'जीवे पुतर, सौ बरस जीवे, फूले-फले, नवीं बहारां देखे...'

झुकी कमर पर हाथ दिए, पूरे मुहल्ले में इसकी खैर, उसकी खबर पूछना बेजी की दिनचर्या का अहम हिस्सा है। अब इस सत्तो धींगड़ी को कोई समझाए कि आठवां लगा है सो जरा ध्यान से सीढ़ी उतरा करे, बेड़े में बड़ा अंधेरा रहता है उसके, एक लट्टू लगवा दे, ज्यादा रोशनीवाला, चौखट-दहलीज लांघते अब थोड़ा

एहतियात तो बरतना ही चाहिए, अपने लिए न सही, पर वह जो कोख में पल रहा है उसी की खातिर। जुगिन्दर को जब देखो सिर खुजाता रहता है, प्रीतो को कोई बता दे कि खेलने-कूदने वाले छोकरों के केश ढंग से धोने चाहिए, धूल-मिट्टी झाड़ दें, काठ की कंघी से जूं-लीख निकाल दें, ऐसे ही उल्टा सीधा जूड़ा बांध भगा देती हैं खेड़ने वास्ते और यह परकाश की बीबी अपनी जवान-जहान बेटी के देर-सवेरे घर लौटने पर टोकती क्यों नहीं? इस्कूल-विस्कूल तो ठीक है, उसका भी कोई वक्त हुआ करे, यों बेलगाम घोड़ी-सी फिरेगी तो लौंडे-लपाडे पीछे लगने ही हए, पैडी जवानी में पैर फिसलते देर भी क्या लगनी है? ओय अवतारा, इत्ते कड़क बोल निकालता है पापे के सामने? शरम कर तेरा बापू है...'

अब बड़ी बेजी को कौन कहे कि वक्त बदल रहा है, तुम क्यों बेकार दूसरों की फिक्र में घुली चली जा रही हो? पर कहे कौन? भला ओखली में सिर देना किसे भाता है?

आप ही बोलो, चार बच्चे राह चलते 'धरमिन्दर स्टाइल' में दिशंग-दिशुंग करने लगें, धौल-मुक्के आज़माने लगें, तो आपको बिला वजह टांग अड़ाने की क्या जरूरत? आप अपना काम देखिए, दुनिया जैसे चलती है चलने दीजिए, पर बेजी सामने हुई तो ढीली-ढाली गर्दन पर टिका मटकी-सा सिर हिलाती, जो पहले ही न-न-न की मुद्रा में यों भी डोलता रहता है, "हैं हैं" करती बच्चों के बीच घुसकर उन्हें रोकने की कोशिश करेगी, अब आज के छोकरे भी कम गुस्ताख नहीं, वक्त का असर है, लिहाज़-मुरौव्वत में क्यों पड़ें? कई बार झिड़क भी देते हैं, "बूड़ी बेजी बीच में टांग मत अड़ाया करो, कभी गलती से धक्का-मुक्का लगा तो बेकार में धूल चाटने लगोगी..."

लेकिन बूढ़ी बेजी इन मेंढकियों की टर्र-टर्र से डरने वाली होती तो आज अपने बेडे के किसी कोने में पड़े मंजे पर भिन्नाती मक्खियों बीच अपने हाड़-गोड़ जुड़ाकर बैठ गयी होती, वे बच्चों को हाथ से तो नहीं पर जबान के कोड़ों से चार-छः लगाती धमकाने का धर्म निभा ही लेती है, आखिर बड़े-बूढ़ों का फर्ज तो बनता है निके-बालों को ऊंच-नीच सिखाना।

'दुर, फिटे मुहं तेरा, चार पसली का पिद्दी-सा छोकरा बूढ़े बेजी से ज़बान लड़ाता है? करतारे का मुन्डा है न तू? अभी तेरे बापू की घिग्गी बंध जाती है मेरे गुस्से के आगे, तू मुई मुर्गी का चूज़ा बेजी को धमकाता है? मच्छर की हड्डी, शैतान की आंत,...आदि इत्यादि विशेषण जोड़ने में वे सिद्धहस्त हैं, उनका विश्वास है कि नए छोकरों के बिगड़ने मे उनके मां-बाप का भी दोष है, सीख सिखौवल भली भी न

लगे बच्चों को, तब भी मां-बाप को ऊंच-नीच समझाना पड़ता है, लड़के बालों को छुट्टे सांडों की तरह खुला छोड़ दो तो बिगड़ना ही हुआ, एक तो कच्ची उम्र, दूसरे बिगाड़ने वाले भत्तेरे।'

यों गांव के बड़े-बूढ़े, बहू-बेटियां बेजी का लिहाज मानते हैं, उम्र का आदर तो है ही, उन्होंने वक्त का उतार-चढ़ाव देखा है, चुनौतियां झेली हैं। इसके अलावा बेजी का स्वभाव, उनकी दूसरों के सुख-दुख में खैर-खबर लेने की आदत, सहलाने बहलाने की भीतरी विवशता भी उस आदर का एक कारण है, लेकिन नयी उम्र की यह नयी फसल जिसने फिल्मों और टी.वी. की दुनिया में आंखे खोलीं, अपने संस्कारों को जान नहीं पायी, उनके सामने बूढ़ी बेजी उम्र बीती बुढ़िया मात्र है जो बिना वजह दूसरों के मामलों में टांग अड़ाती रहती है, उससे ज्यादा कुछ नहीं, सो मानेंगे क्या?

सतिन्दर की चाची, दीनदयाल की नानी और पास-पड़ोस की सयानियां जानती हैं बेजी के हौसले को, उनकी जद्दोजहद और जिजीविषा को। सर्दी में जलते अलाव या अंगीठी के इर्द-गिर्द बैठी चार हमउम्र जनियां जब ओढ़नियों को बुक्कलें मार अपने हाड़-गोड़ गरमाती हैं तो अतीत की परतें उघाड़ अपने-अपने रंगों को खुरचने भी लगती हैं। स्मृतियों के झरोखों से वे खुद को लाहौर, गुजरांवाला या पिंडी के गली-कूचों में इतराती-लम्बी-लम्बी परान्दियां झुलातीं, महीन चुन्नट डाले मलमल की रंगीन चुनरियां ओढ़े देखती हैं, गुलाबी, मोतिया, केसरी रंगों की बहारें जगातीं वे तब सोहनियां और हीरें होती हैं, जिन्हें देख गबरू जवान आहे भरने लगते हैं। रस्सी-टप्पे-चिया खेलतीं, धम्म-धम्म कोठे लांघती वे कब बचपन की दहलीज लांघ जवान होती हैं, कब लाल जोड़े पहन-बाहों में गजरे कलीरे कानों में बालियां, गले में सतलड़िया हार ओर नाक में हीरे-मोती जड़ी नथे पहने वे यौवन के भार से झुकी डोलीं चढ़ती हैं और बाबुल का घर-आंगना सूना कर माहिया के घर आती है; उम्र की चहक और रचे बसे घरों की महक से सजी वे नवेलियां सास-ननद की बोलियां-ठोलियां सुनती-सहतीं घरों की फुलवारियां सजाती हैं और अचानक लहराते खेतों पर बिजलियां गिरने लगती हैं, भांगड़े और गिद्दे सियारों और गिद्धों की चीखों में बदलने लगते हैं, सभी दास्तानें, सभी किस्से एक-एक कर आंखों के आगे जीवित हो उठते हैं, हंसी मायूसियों में बदल जाती है, विषाद का सागर ज्यों लीलने लगता हो, वे नन्हें बच्चों को थामे सीने से चिपकाए जंगल-जंगल गांव-गांव भागती फिरती हैं, मौत का खूंखार जानवर जो उनकी हरी-भरी बस्ती में घुस आया है, वे हिसाब लगाती हैं–कितने साथी छूटे? कितने नन्हे मुन्ने छातियों से छिटक गए?

घर-द्वार हवेलियां, साजो समान और उनके बीच कटी-पड़ी लाशों के ढेर, छतों से कूदती कुएं में शरण लेती लाजवंतियां, कतार में खड़े एक ही गोली से शिकार किए जाते दस-दस जवान गबरू, आंसू सूखे पर महीनों छातियों से बहती दूध की धारे कुरतियां भिगोती रहीं, लाखों अफसाने, हजारों दिल हिलानेवाली दास्तानें, जो यों भूल जानी चाहिए थीं अब तक, पर अभी भी गाहे-बगाहे यादों में शामिल हो जाती थीं।

उस दहशत जदा माहौल को पार कर आए थे बूढ़ी बेजी, सतन्दिर की चाची, दीनदयाल की नानी और ढेर सारे लोग-लुगाइयां, लेकिन ये तीनों जनानियां एक साथ शरणार्थी कैम्पों में रहीं, एक ही गांव में बस गयीं और एक दूसरे के अतीत की साक्षी बन गयीं, एक दूसरे के सुख-दुख की राजदार ये उजड़े सुहाग वाली जनानियां, दुबारा हरियायी क्योंकि वे मांएं थीं, बच्चों की खातिर जीने की तमाम जिल्लतों के बीच गुजरते इन्होंने सुहाग का गम भुला दिया। बेजी का बाबूलाल कोई चौदह-पन्द्रह वर्ष का खिलन्दड़ा छोकरा था तब, सतिन्दर की चाची बारह और सात साल के दो बेटे-बेटियों को दीनदयाल की नानी दो बरस की बिटिया को लेकर एक ही काफिले में आ मिली थीं, बाबूलाल ने उस मरी चुहिया-सी बेजान बच्ची को कांधे से लगाए मीलों पार किए थे तो दीनदयाल की नानी को लगा था कि उसका खोया बेटा उसे मिल गया। विगत की यह कहानियां शायद वे लोग अब तक यादों की स्लेट पर पोंछ-पांछ चुकी होतीं, पर पिछले कई सालों से इनकी तकलीफ देह यादें फिर से ज़िन्दा हो गयी थीं, तमाम शिद्दतों से, जाने क्यों? चेतना की तहों में दबा कोई सोया वहम अपना हड्डियल सिर फिर उठाने लगा था, वजहें यों हवा में नासपीटी टिड्डियों-सी फैल रही थीं, पक्की फसलों पर लीलने को आतुर, दूर पार की आवाजों, शहों पर गांवों के सीधे-सादे, पसीने की रोटी खाते जट्ट, अपनी जमीन की शिनाख्त भूलते जा रहे थे। नयी उम्र बगावत करने लगी थी, लेकिन असली वजहों की जानकारी शायद उन्हें भी नहीं थी क्योंकि वे तो किन्हीं, परदे के पीछे सक्रिय हाथों के मुहरे मात्र बन गए थे, और नशीली गोलियों, व गर्द ने उनके दिमाग को सुन्न कर दिया था।

आए दिन खून-खराबे की दहशत जगाती ख़बरें किसी गांव-घर से आने लगी तो बड़ी बेजी चौकन्नी हो गयीं, शायद चालीस साल पीछे की कानफोड़ सदाएं भी उसने सुनी हों, उसने कांपते हाथ आकाश की ओर उठाए और आंखों की बची खुची तरावट से उस अदेखे को अर्घ्य चढ़ाते अनुनय की, "ओ रब्बा! ओ परम पिता परमात्मा् वाहे गुरु! रहम कर, अब दोबारा इस हरियाली धरती पर गाज न गिरा।" मेरे जायों पर अपना साया कर।

खबरें आती रहीं, दहशतें जगती रहीं, पर जिन्दगी अपनी रफ़्तार से चलती रही, कुछ भी तो न रुका, सृष्टि का चक्का घुमाने वाले की तो यह खूबी है कि वह किसी भी दुनियावी वजह से अपना कार्यकलाप बन्द नहीं करता।

बूढ़ी बेजी की जान पांचेक साल की गुड्डो के पिंजरे से बसती है, उसने इस चिन्नी-भिन्नी, गोल-मटोल बिटिया पर नजरों के पहरे कड़े कर दिए। सूरज डूबने से पहले ही वह नन्हीं पड़पोती को पास बिठा कहानियां सुनाती। कहानियों के माध्यम से ऊंच-नीच सिखाती, संस्कार विरासत में थमा देती। उन कहानियों में सजीले राजकुमार और रंग-बिरंगे पंखों वाली परियों के अलावा उस काले जिन्न का जिक्र भी अकसर आता, जो हरी-भरी वादियों पर अपना काला साया फैलाता, हंसते फूलों की हंसी चुराता, गिद्दों और भांगड़ों के सुरीले तार नोचता। गुड्डो बेजी का घुटना हिलाती बार-बार टोकती, 'फिर क्या हुआ बेजी, आगे क्या हुआ बेजी बोलो न?'

"हां ss आगे!" बेजी दिमाग पर जोर डालती, "आगे क्या होगा?" उसका बूढ़ा दिमाग चकरा जाता, ज्यादा सोच का वजन उठा नहीं पाता, वह गुड्डो का सिर अपनी छातियों से टिकाती तसल्ली देती, "आगे-आगे सब ठीक रहेगा...उड़ने वाले घोड़ों पर सवार राजकुमार अपने लम्बे चाबुक मारकर उस काले जिन्न को भगा देंगे, दूर-दूर...जहां से वह आया है..."

गुड्डो की मां रानो और बाबूलाल की पत्नी सावित्री ने भी अब देर-सवेरे अहल्ले-मुहल्ले में जाना लगभग बन्द कर दिया है। रानो जो चद्दर तकिए काढ़ने और क्रोशिए के बूटेदार मेजपोश बनाकर घर को सजाने-संवारने की शौकीन रही है, आजकल बार-बार अपने पति किशने से कहती है, "अपने बापू को मना लो, मेरी सुनो, उधर पठानकोट की तरफ कोई छोटी-मोटी दुकान डाल देंगे, तुम्हारे हाथ में हुनर है, यहां रहकर क्यों बेमौत... ?"

किशना ने गांव से थोड़ी दूर ही राजमार्ग पर मेकेनिक की छोटी सी दुकान खोल रखी है, स्कूटर गाड़ियों की छोटी-छोटी मरम्मत, ब्रेक-क्लच व टायरों के, पंचर ठीक करने में वह उस्ताद है। पैसा भी ठीक-ठीक मिलता है। यह तो आजकल शाम ढले इस तरफ गाड़ियों की रफ्तार थम जाती है, नहीं तो रातों-रात ट्रके चला करती थीं...किशना चौड़ी छाती और मजबूत पुट्ठे वाला निडर जवान है, मरने-मारने से इतना खौफ नहीं खाता, जितना अपनी लाडो रानी के कुम्हलाए चेहरे पर उड़ती हवाइयों से त्रस्त रहता है। वह बैंक से लोन लेकर पास पड़ोस के किसी सुरक्षित शहर में जाकर मोटर पार्ट्स की दुकान खोलने की कोशिशें कर भी रहा है, परन्तु

उसका पिता बाबूलाल गांव खेत छोड़कर जाने को राजी नहीं होता। उम्र के पचासवें दशक में भी उसकी काठी मज़बूत है, श्रम से गठा शरीर, वह सोच भी नहीं सकता कि लहलह करते सरसों और गेहूं के खेतों को देखे बिना उसका दिन कैसे बीतेगा? हाथ अगर माटी को सहलाए, रोपें, गोड़ें नहीं, तो क्या उंगलियां जुड़ न जाएंगी? कोई पूछे तो इस बूढ़े होते जट्ट से कि पुरवैया जब गेहूं की गदराई बल्लियों को छूती-छेड़ती खेतों से गुजरती है, तो कैसे वे अल्हड़-किशोरियों सी बेवजह खिलखिलाती हंसती हैं। एक दूसरे के कानों से मुंह सटाए, फुसफुसाती कनबत्तियां करती हैं; बाबू, सतिन्दर, हंसराज और दूसरे अधबूढ़े दिलों के अन्दर बांसुरी के मीठे सुर बजने लगते हैं और बाहर दर्प भरी सुहागिन-सी इठलाती, खेतों-खलिहानों को सींचती-पोसती व्यास नदी की चाल में हीरों और सोहणियों के दुपट्टे लहराने लगते हैं। हवा की गूंज में रांझों और महिवालों की मोह सनी पुकारें बोल उठती हैं, आ ss आ ss जा ss, लगता है कई-कई सोहनियां बोल सुनकर आसमान के शफ्फाक कोने से धीरे-धीरे हंसिनियों-सी धरती पर उतर आएंगी और धरती प्यार के बोलों से रच जाएंगी।

लेकिन बाबूलाल बदलते हालात से नावाकिफ भी नहीं है। अब लोहड़ी, बैसाखी पर हरियायें खेतों की ओट, जलते अलावों के इर्दगिर्द वैठे सयानों की गप्पबाजी, किस्से कहानियों और झूमती फसलों के साथ चहकते युवाओं के भांगड़े और गिद्दे मन्द पड़ गए हैं। धरती की कोख में अनाज के बीज ही नहीं तस्करी के हथियार, गोला-बारूद भी खाद की बोरियों में भरकर छुपाए जाते हैं। आए दिन घरों में धमकियों भरे रुक्के आने लगे हैं, "चले जाओ, घर-द्वार छोड़कर जहां भी सींग समाए, चले जाओ..." जिनका आस-पास कहीं ठौर-ठिकाना है वे चले भी जाते हैं, पर सब लोग जायेंगे कहां? अपना घर-द्वार, हाड़तोड़ श्रम से बनाया अपना आशियाना छोड़कर किस धरती पर आश्रय लेंगे? और क्यों? भागा तो दुश्मनों से जाता है। अपने सगों से भी भागना पड़ता है, यह बात तो बाबूलाल भी नहीं समझता, जिसने उजड़ने की तकलीफें सही हैं, अपनी बेकसूरी की सजाएं कबूल करते गांव वाले वक्त की करवटें देख रहे हैं। कुछ मजबूरी से और कई हौसले से, गांव की उदास फिजां से लड़ रहे हैं क्योंकि बकौल पंजाबी कवि 'पाश' के जिसकी जबान हत्यारों ने अपनी धरती 'तलवंडी सलेम' में हाल में ही बन्द कर दी, वे "जिन्दगी के टुकड़े चुनना चाहते हैं" वह जिन्दगी जो उन्होंने बिना धर्मों दीनों में बटे अपने लोगों के साथ जी है।

बेजी तो बस बौराई-सी घूमती है। डर क्या होता है, खौफ की परछाइयां कैसे अन्तरात्मा को घेर लेती हैं, मार-काट के आखिरी अन्जाम कितने व्यर्थ और तोड़ने

वाले होते हैं वह लोगों को समझाना चाहती है, लेकिन इस बार का दुश्मन अपनों के दिलों में अन्दर घुसकर वार करने लगा है। बेजी इस छिपकर वार करने वाले दुश्मन को पकड़ नहीं पाती, नयी-नयी खबरों, हत्याओं और लूटपाट के समाचारों पर वह टिप्पणी नहीं देती, बस, दोनों हाथ आकाश की ओर उठा, सभी जाने-सीखे मन्त्र, जाप पढ़ने लगती हैं, 'ओ मेरे रब्बा! मेरे ज़ायों पर अपना साया कर' यह उनकी आखिर अरदास होती है।

लेकिन बेजी की तमाम अरदासों-प्रार्थनाओं के बावजूद बेजी के गांव की धरती पर जिन्न का साया फैलता जा रहा है, काला, खूंखार साया, जिसने आसपास के कई गांवों में उजास का गला मरोड़ दिया है।

"सतिन्दर कहता है, सीमा पर आज फिर तस्करों को पकड़ा गया। सोना–अफीम-खाद के बोरों में भरे हथियार, चीनी राइफलें, एके–47, पाकिस्तानी मार्का बन्दूकें, एक हजार मीटर तक वार करने वाली मिसाइलें, एसाल्ट राइफलें,...जाने कहां-कहां से भेजी जाती हैं, सब दुश्मनों की चालें हैं..." सतिन्दर की आवाज में अपना घर उजड़ने की पीड़ा होती है।

बेजी लड़कों से कुछ नहीं कहती, अपने आप से बुदबुदाती है, "मेरे गबरुओं को चुड़ैल की नज़र लगी गयी..."

तमाम सरकारी कार्रवाइयों के बाद भी चुड़ैलों के शिकंजे कसते गए। पहले-पहले कोई दयाला अपने निक्के-बिल्ले के लिए खिलौने किताबें लिए घर लौटता हत्यारों का निशाना बना, फिर खेत गोड़ता धरती सींचता कोई सीताराम, श्यामलाल पहले इक्के-दुक्के समाचार, बटाला में बस दुर्घटना, फिर तरनतारन, गुरदासपुर, लालरू बस कान्ड, खुड्डा कान्ड, इतने मरे, इतने जख्मी हुए, अलां बेटी के लिए दाज लेने गया था, फलां बीमार बच्चे के लिए दवाइयां लेने, कितनी बूढ़ी माएं, कितनी जवान बीबियां और कितने मासूम बच्चे इन्तज़ार करते पत्थर बन गए...गिनतियां करना मुश्किल हो गया या अर्थहीन भी, दिलों में दरारें पड़ीं और जिन्दगी बेरौनक हो गयी, उजड़ी कोख वालियां, लुटे सुहाग वालियां, और सूने घरों में खोजती नजरों से उम्र का मातम मनाती घरवालियां बेजान तसल्लियां सुनती रहीं। दान की हुई नगदी जिन्सी थामती सूनी आंखों से अपने और बचे-खुचों के भविष्य पढ़ती रहीं और राजा के दरबार से नयी-नयी तसल्लियां, रेडियो-दूरदर्शनों द्वारा प्रसारित होती रहीं।

हालात सुधरेंगे, इसी उम्मीद में जान हथेलियों पर रखे लोग सरेशाम खिड़कियां द्वार मूंदे बैठे रहे पर मौत बन्द दरवाजों से पलटती है कभी? इधर शेरसिंह के चार, उधर करतार सिंह के पांच आदमी कटे पड़े मिले, हत्यारों ने बूढ़ों, बच्चों, जवानों

किसी को भी न बख़्शा।

सो बच्चे उम्र से पहले बुजुर्ग होते गए, उन्होंने बीच सड़क धौल-मुक्के खेलना बन्द कर दिया क्योंकि दिन-दहाड़े सड़कों पर गोलियां चलने लगी थीं।

किशने ने बापू से शायद आखिरी बार कहा, "बापू, कल परले खेत में बलवंत की लाश मिली, आज जोधेसिंह में पूरे परिवार की हत्या हो गयी। अब जवान लड़कियों को भी उठाने लगे हैं, अब भी वक्त है, निकल चलेंगे कहीं..."

लेकिन बाबू के लिए 'निकल चलना' इतना आसान न था, "कहां चलें बेटे? सिर छिपाने का ठौर यहीं, रोज़ी-रोटी यहीं संगी-साथी यहीं, किसके घर हाथ फैलाने जाएंगे?"

"वह सब छोड़ दो बापू, जिन्दगी रही तो मजूरी कर लेंगे इधर बेमौत मरें..."

सतिन्दर, बलदेवा, सत्तो, प्रकाश ने सुना तो बांहें खोल तसल्ली दी, "तेरे साथ हम हैं बाबूलाल, हमारे रहते तेरे दिल में गांव-घर छोड़ने की बात कैसे आयी?"

बाबू का सिर झुक गया, क्या कहता? मन में जो कुछ घट रहा था वह इतना अस्पष्ट और धुंधला था कि कोई उत्तर सूझ नहीं रहा था। एक तरफ प्यार, दोस्ती और सौहार्द्र का दरिया, दूसरी ओर हर पल सिर पर मंडराता मौत का आतंक।

लेकिन अपने दोस्त बलवंत की मौत के बाद किशना का मन गांव से उखड़ गया। बूढ़ी बेजी हालात देखती-सुनती भी अड़ी रहीं, "अब किधर जाणां पुत्रा?" उसकी आवाज में मौत का यख अहसास था। अपनों से कट कर किस धरती पर ठौर मिलेगा? मिले भी तो वह क्या मौत से बदतर जिन्दगी न होगी?

"कहीं भी चलेंगे बेजी, दुनिया इतनी बड़ी है, ठौर की क्या कमी? जब तू गुजरांवालां से आयी थी, तब क्या ठौर नहीं मिला था?

बूढ़ी बेजी क्या समझाए नादान बेटे को? अरे, वह तो कहर था अंग्रेजों का ढाया हुआ, पर कम से कम दो भाई तो साथ थे उस दुःख की घड़ी में। अबकी अपनों से कटकर लहुलुहान हुए तो क्या वे जख्म कभी भर पाएंगे?

बेजी के साथ कोई तर्क काम नहीं कर रहा था, वह अड़ गयी थी बुरी तरह से। उम्रभर का अनुभव होने के बाद भी वह बिल्कुल नहीं जानती थी, उसके बूढ़े होते सारी दुनिया का चेहरा बदल गया था। दरअसल, बेजी अपने गांव-घरों में होती अंधाधुंध हत्याओं के पीछे का गणित नहीं जानती थी। खालिस्तान और खाड़कुओं के नाम भर उसने सुने थे, उनके मकसदों से वह वाकिफ नहीं थी। उसने सुना था कि व्यास नदी के ऊपर बसे अमृतसर, गुरदासपुर वगैरह जिलों की तरफ रहते माझे

जुझारू जवान रहे हैं, पर वे पटियाला, संगरूर, फरीदकोट जिलों की तरफ रहते मालवों से किन राजनैतिक स्वार्थों के कारण तने बैठे हैं और गैरों के बहकावे में आकर दोनों क्योंकर अपनी हरी-भरी जमीन और भोले-भाले मेहनतकश भाइयों की खुशियां दांव पर लगा रहे हैं। यह बेजी नहीं समझती, बेजी तो यह भी नहीं बूझ पाती कि बंटवारे के बाद पाकिस्तानी अपने गांव-घरों की खुशहाली पर ध्यान देने के बदले, हमारी सरहदों पर हथियारों की तस्करी क्यों करते हैं? तुम्हें जो चाहिए था मिल गया, अब हमारे घर में सेंध लगाकर हमारे बच्चों को बरगलाकर उनसे ही उनके घर क्यों उजड़वाते हो? हमारी धरती को खून से रंगकर तुम्हारी कौन सी मुश्किल हल होनी है।

लेकिन बेजी के बेटे, गांव के पढ़े-लिखे सम्भ्रांत, अनुभवी दानिशमन्द भी तो इतना ही जानते हैं कि वे हालातों के शिकार हो गए हैं। वे दूर बैठे लोग हैं जिन्होंने हमारी हवाओं में जहर घोल दिया है और हम इसे फैलने से रोक नहीं पा रहे हैं।

यों रोकने की कोशिशें करने वालों की भी कमी न थी। अपनी जानों को दांव पर लगाते वे दिलों की दरारें भरते रहे। बेजी की कोशिशें भी आखिर तक जारी रहीं। वे सूनी सड़कें निहारती नवेलियों को कांधे लगाती रहीं, सुबकते बच्चों के आंसू पोंछती रहीं, घर-घर घूमती बदहवास बेजी को बाबूलाल ने भी समझाने की कोशिश की, "मत घूमा कर घर-घर बेजी, जाने कौन क्या समझ बैठे, सभी की जान तो अलगाववादियों ने सांसत में डाल रखी थी, न चाहकर भी पास-पड़ोसी एक-दूसरे से कतराने लगे थे।

बेजी हैरान! "कोई क्या समझेगा? मेरे तो सभी पुत्तांवरगे, नाती-पोते जैसे!" वह घर-घर दुहराती रही।

"यह रोटी बेटी का नाता, यह नख और उंगली का रिश्ता, कैसे बटेंगे एक माई के दो लाल?" लेकिन यह रोज की मार-काट यह फिजाओं में फैलता जहर? यह सुनसान होते गांव-घर? बेजी सुरसा के मुंह-सा फैलता आतंक महसूसती रही और प्राथनाएं करती रही, तसल्लियां देती रही, "रब्ब, खैर करेगा! हौसला रखो, उसके राज में देर हैं अंधेर नहीं..." लेकिन अब उसकी बूढ़ी आवाज में थकान भरने लगी थी उसकी अरदास में मायूसी थी, वाहे गुरु! तू कहां है? तेरे गुमराह बच्चों के सीने से किस जिन्न ने दिल चुरा लिया? ये तेरे रस भरे खेत में सरकन्डे कैसे उग आए?"

इन्हीं उहापोह भरे दिनों में आखिर एक दिन बूढ़ी बेजी के घर भी रुक्का आ गया। वही रुक्का , जो कई घरों में पहले ही आ गया था, रातोंरात गांव छोड़कर जाने

का हुक्मनामा।

सावित्री ने पुर्जा देखा, किशने ने पढ़ा, बाबू ने समझा और बेजी सहित सभी घरवालों ने मौत का साक्षात्कार कर लिया। पर अब? एक अबोला प्रश्न सामने खड़ा हो गया, 'सतिंदर से बात कर बाबू', बेजी ने आखिरी कोशिश की।

"वो बेचारा क्या करेगा बेजी? हमें रोकेगा तो अपनी जान गंवायेगा, न, मैं उसे मुसीबत में नहीं डालूंगा।"

अब हिन्दू सिख का प्रश्न नहीं था।

इन्सानियत की हत्या होने लगी थी। हिन्दू, सिख दोनों कई गांवों से पलायन करने लगे थे।

अगली सुबह बाबू का परिवार मुंह अंधेरे गांव छोड़कर जाने का इरादा कर चुका था। कोई विकल्प नहीं बचा था। कांपते हाथों और रोते दिलों से जितना कुछ समेटा जा सकता था, उन्होंने समेट लिया। बेजी रात भर घुटनों में सिर दबाए बैठी रहीं, नन्हीं गुड्डो को पास में लिटाकर।

रात सन्नाटे में आंगन में कुछ चापें आयीं, कुछ पत्ते खड़के, घर के भीतर के लोग भय से सुन्न हो गए। उन्होंने बल्लम, भाले गन्डासे जो भी हथियार पास था, हाथों में सम्भाल लिया था, फिर भी डर उनपर हावी था। बेजी ने खिड़की की संध से देखा, कुत्ता था। नींद में चौंककर कुरलाया था। अप्रत्याशित आगत को सूंघकर वह आकाश की ओर मुंह उठाकर भौंका–भौं ss भौं भौं ss! और एक लम्बी चींख हवा में गूंज उठी कू ss उ-उ! दर्द भरी पुकार।

रात में खेतों से होकर निकलना भी निरापद न था, जरा सा भी अंधेरा छंट जाए, तो वे रब्ब का नाम लेकर निकल जाएं। तभी वह घड़ी आ गयी, जिसे वह टालना चाहते थे। दरवाजे पर थापें पड़ी ठक-ठक और फिर गोलियां बन्द दरवाजे को पार कर दीवारें छलनी कर गयीं, फिर किसी ने कोई हिसाब न रखा कि कितनी गोलियां चलीं, कितना खून बहा, किस-किस की चीखें रात के उस दूसरे पहर में फरियाद बनकर गूंज उठी। सुबह के हल्के उजास में आसमान हल्का गुलाबी था पर बेजी की धरती खून से नहा उठी थी। लाल जवान खून धारों में बहकर जगह-जगह जम गया था। बाबू गौरी, किश्ना, सावित्री और दरवाजे के बाहर बेड़े में औंधा पड़ा सतिन्दर...आश्चर्य! यह सतिंदर यहां कब और कैसे आ गया? कहीं बेजी ने उसे घर आए रुक्के की बात तो नहीं कही थी?

सब खत्म हो गया, सारी ऊहापोह! बाबू ने सतिन्दर को मुसीबत से बचाना चाहा पर गोलियों की आवाज सुनकर वह घर के भीतर दुबकने वाला दोस्त नहीं

था, उसके हाथ में खून सनी किरपान थी, एकाध हत्यारे को जख्मी भी कर गया था वह, बेजी ने देखा था।

बेजी गुड्डो को बांहों में दबाए इस हत्याकांड की गवाह थी। उसे किसी ने न छुआ। उसने अंधेरे में आए मौत के दूतों के हाथ-पैर पकड़े थे, वाहे गुरु का वास्ता दिया था, अपना घर न उजाड़ो...फरियाद की थी, लेकिन उन्होंने बेजी को बन्दूक के कुन्दे से परे धकेल दिया था और बेजी की सभी प्राथनाओं का उत्तर उनकी आयातित ए के 47 ने दिया था, जिसका न धरती से कोई सम्बन्ध था और न खून से कोई रिश्ता।

बेजी पथरायी सी सहमी सिकुड़ी गुड्डो को लेकर बैठी रही, गांव भर के लोग इकट्ठा हो गए। पुलिस आयी, तहकीकातें हुई, बेजी चुपचाप देखती रही, बेशुमार मृतकों में कुछ नाम और जुड़ गए। दूरदर्शन पर ताजा समाचारों के लिए ताजा फोटो खिंचें, सरकार की तरफ से बेजी को 'मदद' का आश्वासन मिला, लेकिन बेजी ने कुछ भी न सुना, लोगों ने चाहा बेजी को तसल्ली दें, पर वह तो सदा से दूसरों को दिलासे देती रही है। सतिन्दर की चाची बेजी के कन्धे पर सिर रखकर बूढ़ी आंखों की आखिरी तरावट बहाने लगी, बेजी के होंठ कांपे, आवाज गहरे कुएं से निकली, "मौत भी जुदा न कर सकी साड्डे लालों को भैण।"

परकाश ने दोनों मांओं को अलग किया, "अब इधर नहीं रहना है बेजी, हम भी चलेंगे तुम्हारे साथ, उधर बाबा जयमल सिंह के डेरे में, उधर दोनों को आश्रय मिलता है..."

बूढ़े बेजी के मुर्दा चेहरे पर थोड़ी सी हरकत हुई, हलक में अटकी सांस निकालते उसने कमजोर आवाज में आखिरी प्रश्न किया, "हण कित्थो जाणां पुत्तर?" उम्र भर की धनीभूत पीड़ा से सना प्रश्न!

क्षमा करना, मैंने पहले नहीं बताया। यही सामने उनका घर है, बेजी का घर! जिसकी दीवारों पर गोलियों के निशान नजर आते हैं, वह रही परली परफ तोरी कम्हड़े की मुरझायी बेल और वे गोभी के फूल आप पहचान तो गए ही होंगे।

हां, बेजी भी नहीं रही, दूसरी बार उखड़ना उन्हें मंजूर न था, तन तो शायद अभी भी चलता पर मन छलनी हो गया था। आखिरी चोट भारी पड़ी। परकाश चाची और गुड्डो को लेकर कहीं चला गया, लेकिन बेजी जाने से पहले अपना आखिरी सवाल जट्टों की धरती पर खोद गयीं, क्यू वेडिस? आखिर तुम कहां जा रहे हो?

क्या बेजी के इस प्रश्न का उत्तर कोई राजनैतिक या धार्मिक नेता, या आप स्वयं दे सकेंगे???

भीतरी सफाई

हरे डिस्टेम्पटर की चकत्तेदार दीवार पर 'रक्तदान दीजिए' का अधफटा पोस्टर हवा के झोंकों से फड़फड़ा रहा था। ठीक उसकी सीध में नीचे लगी मेज-कुर्सी पर एक सिकुड़ी हुई नर्स, बाएं हाथ से बार-बार नाक छिनकती और दाएं से मरीजों के नाम-पते दर्ज करती रजिस्टर में सिर घुसाए बैठी थी। बीमारों की लम्बी कतार में खड़ी स्त्री चुपचाप 'आ-छीः' 'आ-छीः' सुनती भीतर-बाहर आ-जा रही नर्सों-डाक्टरों को देखती रही, आंखों में कष्ट और सहम की परछाइयां लिए। ताजा धुले ठण्डे-फर्श पर खडे-खड़े उसकी कमर अकड़ने लगी थी, पांव जूते-मोजों के भीतर भी सुन्न हुए जा रहे थे।

बाईं ओर एक चिड़चिड़ी नर्स कारीडोर में खड़ी औरतों को झिड़कियां देती, भीतर वाले कमरे की ओर झांक रही थी।

हाथ की पर्ची नाम-पता दर्ज करने वाली नर्स की ओर बढ़ा कर स्त्री कठघरे में कैदी की तरह सिर झुकाए खड़ी रही। नर्स ने उसे आपादमस्तक घूर कर देखा और नकियाते से स्वर में पूछा, 'आप डाक्टर लिल्ली की पेशेण्ट हैं?'

उत्तर में स्त्री ने स्वीकारात्मक ढंग से सिर हिलाया और कहा, 'डाक्टर ने आपरेशन के लिए दस बजे का समय दिया था।'

'बैठिए, डाक्टर आ रही होंगी।' नर्स ने एक ओर लगी बेंच की ओर संकेत किया, जिस पर पहले ही चार-छह औरतें सिमट कर बैठी हुई थीं। स्त्री ने 'ठीक है' कह कर पहलू बदला और थोड़ा पीछे हट कर कमर दीवार के साथ सटा ली। साथ आई बारह-चौदह वर्ष की लड़की ने मां की कमर के पीछे हाथ रख कर सहारा दिया, शायद उसकी कमर बहुत अधिक दुखने लगी थी, दर्द की सीत्कार दबाती वह दाईं ओर के वार्ड में लेटे बीमारों को देखने लगी।

अधिकांश के चेहरों पर मुर्दनी छाई हुई थी। अकथ पीड़ा से जर्द, उभरी हुई हड्डियों के ढांचे, गहरे गड्ढों में धंसी आंखे, और उन आंखों में दर्द की हरहराहट ठाठे मारती हुई। वार्ड में गूंजती धीमी आहटों और आहों-कराहों के बीच एकाध की खांसी का स्वर उभरता था, एकाध का, 'ओ मां।' 'हे राम।' एकाध की अर्थहीन कुनमुनाहट।

बिखरे बालों वाली एक औरत हांफती-कांपती, दीवार का सहारा लेती, गलियारे से गुजरने लगी। चिकने, गीले फर्श पर एहतियात से पांव रखते भी उसका सन्तुलन बिगड़ गया और वह मुंह के बल गिर पड़ी। ताजे रक्त की बूंदें उसके आस-पास धरती पर लकीरें बनाती रहीं। पोंछा लगाने वाली आया ने उसे 'खाने वाली' नजरों से घूरा और कसकर डांट लगाई। औरत ने सहम कर कपड़ा अपने इर्द-गिर्द लपेटा और लड़खड़ाते कदमों से उठ कर अपने बेड पर लुढ़क गई। लज्जा मिश्रित पीड़ा से उसकी कीच भरी अधमुंदी आंखों से आंसू की बूंदें झिलमिलाईं। आपरेशन के लिए आई स्त्री सहज संवेदना से द्रवित उसके बेड तक साथ आई। सांत्वना देते धीमे स्वर से कुछ बातें की, कुछ सुझाव दिए। बीमार औरत ने दबी-दबी आवाज में कहा कि दिन में एक ही बार काटन मिलता है। उससे काम नहीं चलता। दुबारा मांगने पर नर्स गुस्सा होती है और वह कब से पाट के लिए चिल्ला रही है।

शायद डाक्टर लिल्ली आ गई थीं। नहीं कोई और थीं। नर्स ने उन्हें स्त्री की पर्ची दिखाई। वह कुछ सोच कर बोली, "डाक्टर लिल्ली एक जरूरी मीटिंग अटेण्ड करने गई हैं, दो बजे से पहले न लौट सकेंगी, पर घबराने की कोई बात नहीं, हम प्रबन्ध कर देंगे।"

स्त्री ने मन-ही-मन भगवान को याद किया। डाक्टर नर्स को पेशेण्ट तैयार करवाने का आदेश देकर वार्ड का चक्कर लगाने चली गई। आया को पुकार कर नर्स ने जरा रुआब वाली आवाज निकाली, "जरा जल्दी करना लक्ष्मी! डाक्टर आपरेशन-रूम में हैं।"

लक्ष्मी ने ईंट का जवाब पत्थर से दिया, "सभी जल्दी करने को बोलते हैं, पर जानते नहीं कि यह जल्दी का काम नहीं। हमसे बिल्कुल जल्दी नहीं होगी, कहे देते हैं...।"

'जो मर्जी आए करो' वाले अवहेलना के भाव से नर्स को देखती लक्ष्मी ने स्त्री को अपने पीछे आने का संकेत किया।

कमरे के बाहर पीली साड़ी वाली एक नवविवाहिता उदास आंखों से नर्सों-

आयाओं को आवाजावी करते देख रही थी। उसके साथ डाक्टरी पढ़ने वाली उसकी ननद भी थी। आया के तेवर देखकर वह होंठों-ही होंठों में बुदबुदाई, "मालूम नहीं मैं कैसे काम कर पाऊंगी यहां!" स्त्री ने प्रश्नसूचक दृष्टि से देखा, 'आप यहां डाक्टर हैं?'

"नहीं, अगले महीने से इण्टरनशिप कर रही हूं।" लड़की की आंखों में ढहते प्रासादों का दर्द उभरने लगा था, "यहां तो कोई किसी की सुनता ही नहीं।"

तैयार होकर, अस्पताल की धारीदार कमीज और पेटीकोट पहने महिला खड़ी-खड़ी ठण्ड में ठिठुरती रही। आया ने जिद करके बख्शीश ली और चली गई, पर डाक्टर ने बुलावे में कोई जल्दी न दिखाई। कोई आध घण्टा बाद, महिला की बार-बार की गई विनती पर स्ट्रेचर आ गया और उसे लाद कर आपरेशन-थिएटर की ओर रवाना हुआ।

आयताकार मेज पर लेटी वह अल्ट्रावायलेट लैम्पों की चुंधियाहट भरी गर्मी महसूस करती रही। कुछ देर बाद डाक्टर दत्ता ने आकर पेशेण्ट की पर्ची देखी तो भौंहें माथे पर चढ़ाकर महिला को निहारा, "आपको क्या तकलीफ है?"

एक घिसा हुआ प्रश्न महिला की ओर फेंक कर वह उत्तर की प्रतीक्षा करने लगी। असमय पूछे गए इस अप्रत्याशित प्रश्न से वह चकित रह गई। उत्तर के लिए उसे यथोचित शब्द भी न मिले, "वह...डाक्टर ने पर्ची में लिखा है न?"

"वह तो ठीक है, पर हम आपसे जानना चाहते हैं।" डाक्टर आदेशात्मक लहजे में उत्तर मांग रही थी।

"पक्का मालूम नहीं। कुछ दिन ऊपर हो गए थे, बाद में ब्लीडिंग...।

डाक्टर ने कहा था, डी.एण्ड.सी. होगा शायद।'

'डाक्टर दत्ता ने गुस्से से आंखे तरेर कर उसकी ओर देखा और स्ट्रेचर वालों को बुलाकर आदेश दिया, "इसे फेमिली-प्लानिंग सेण्टर ले जाओ।"

बाहर आकर उसे दुबारा कपड़े बदलने पड़े। एक आया के साथ उसे 'परिवार नियोजन केन्द्र' भिजवा दिया गया। गलियारे में खड़े उसके पति ने आया से वहां भेजे जाने का कारण पूछा। उसने, हमें क्या मालूम' कह कर कन्धे उचका लिए और होठों पर मुहर लगा ली। पति बच्ची का हाथ पकड़कर उनके पीछे हो लिया।

'परिवार नियोजन केन्द्र' में नामादि दर्ज कराने में दस-पन्द्रह मिनट लगे। तभी डाक्टर शुक्ला ने, हवा से छाते की तरह फूले हुए कोट को लपेटते तेज कदमों से कैबिन में प्रवेश किया, 'पेशेण्ट तैयार हैं?'

'जी।' नर्स ने कर्सी से उठकर अभिवादन किया। महिला की ओर मुड़कर डाक्टर ने कुछ शब्द फेंके, "जरा जल्दी तैयार हो जाओ, लंच-टाइम हो रहा है।"

ड्रेसिंग-रूम में जाते हुए, अपने पीछे-आती नर्स से उसने कहा कि उनके घर में कुछ अतिथि आए हुए हैं, जल्दी जाना जरूरी है, पर डाक्टर दत्ता ने आग्रह किया कि पेशेण्ट को देख लूं, डाक्टर लिल्ली की पेशेण्ट हैं।"

एप्रन-दस्तानों से लैस डाक्टर शुक्ला ड्रेसिंग-रूम से बाहर आईं तो महिला आया के रखे कपड़े उलट-पलट कर देख रही थी। इस बेअदबी पर उन्हें बेहद गुस्सा आया, "अभी तक कपड़े नहीं बदले?" उफनते स्वर को नजर अन्दाज करते महिला ने अंगुली से गन्दे कपड़ों की ओर संकेत किया। "कृपा करके दूसरे कपड़े भिजवा दीजिए, यह पहने हुए हैं।"

डाक्टर ने सामने अनधुले दागदार कपड़े देखे तो चढ़ता हुआ पारा नार्मल होना लगा, "ओ-के, ओ-के हरि अप!"

अब की बार वह आया की ओर मुड गई। माथे पर त्योरियां चढ़ा कर उसने आया को डांटा और काम जिम्मेदारी के साथ निपटाने की हिदायत दे दी। कड़वे डोज के असर से मुंह में कड़वाहवट घोलती आया लज्जित होने के बदले कुछ और अकड़ गई, धूप लगने पर बारिश में भीगी जूती-सी। धोबी को चुन-चुन कर गालियां देती वह अलमारी से नए कपड़े निकाल आई।

आया के मनहूस चेहरे पर उतरी लाल-पीली परछाइयां देख कर महिला भीतर तक धंस गई। उसकी थकान और ऊब बराबर बढ़ती जा रही थी। फिर भी, दांतों के बीच जीभ दबाकर उसने जल्दी-जल्दी कपड़े बदले और बाहर आ गई। बच्ची को साड़ी सौंपते हुए बाहर खड़े पति के पास भेज दिया। जब तक आपरेशन-थियेटर का द्वार बन्द न हुआ, बच्ची मां को निर्निमेष देखती रही।

एक परिचारिका ने उसकी आंखों पर पट्टी बांधी तो महिला ने आशंकित होकर पूछा, 'मुझे बेहोश नहीं करेंगे?'

"नहीं, बेहोश करने की जरूरत नहीं। दो मिनट में आजाद हो जाओगी, तुम्हें मालूम भी नहीं पड़ेगा।"

डाक्टर शुक्ला जल्दी-जल्दी अपना काम करने लगीं। डाक्टर के आश्वासन के बावजूद भी महिला यन्त्रों की नुकीली कौंच महसूस करती रही और दांत भींचकर सहती रही। फिर भी उसके लिए चीखें रोक पाना कठिन हो गया। उसे लगा जैसे असंख्य चीलें उसका मांस नोंच रही हैं और खूंखार पंजों में जकड़ी वह मुक्ति के लिए छटपटा रही हैं। नर्स ने चिल्लाने पर डांटा, 'कैसी औरत है? पूरे अस्पताल में

इसी की चीखें सुनाई दे रही हैं। कई सीरियस पेशेण्ट बाहर के कम्रों में सोए। हैं, वे क्या डिस्टर्ब नहीं होंगे?"

–डाक्टर! मझे बेहोश कर दीजिए, मुझसे सहा नहीं जाता। महिला ने हांफते हुए बेहद आजिजी से कहा।

"ओ-के! अभी पैथडीन का इंजेक्शन देते हैं।" डाक्टर ने कुछ नरम पड़कर आश्वासन दिया।

इंजेक्शन लगते ही महिला पर नींद छाने लगी। शिराओं का तनाव ढीला पड़ने लगा। आवाजें दूर पार से गूंजती हुई उस तक पहुंचने लगीं। नर्स और डाक्टर के बीच का वार्तालाप था शायद "औरत न्यूरोटिक लगती है।" एक स्वर।

"डाक्टर, लिल्ली की पेशेण्ट है भई।" और दबी-सी खिलखिलाहट! खिलखिलाहट में व्यंग्य की तीखी धार थी, जिसे महिला नें अर्द्ध-मूर्च्छित अवस्था में भी अनुभव किया।

नींद खुलने पर उसने स्वयं को 'साइड-रूम' में लाल कम्बल से ढका हुआ पाया। पति और बच्ची पास खड़े थे। भूखे-प्यासे उन दोनों के चेहरों पर जर्द थकान जम गई थी।

"डाक्टर ने कहा है, दो घण्टों में घर लौट सकती हो। अब तुम ठीक हो।" पति ने पत्नी के उलझे बाल सहलाते धैर्य बंधाया।

आया को एक बार फिर बख्शीश देकर वे लोग घर आ गए। रास्ते भर महिला के कानों में, कैंचियों व चिमटों के साथ उठती-गिरती आवाजें गूंज रही थीं। उसने पति से इस विषय पर बात भी की। वह पत्नी के निचुड़े हुए आंसुवाते चेहरे को देखकर अपराधी-सा महसूस करता इतना ही बोला, "वैसे तो पैथडीन-इंजेक्शन पहले ही देना चाहिए था और लोकल एनीस्थीसिया में तकलीफ मालूम नहीं पड़नी चाहिए थी, पर क्या कह सकते हैं? वे लोग ज्यादा जानते हैं।"

महिला ने अपने पति के कन्धों का सहारा लिया तो पति के भीतर एक बार फिर करुणा का नन्हा-सा सोता उमड़ आया। उसने मोह-भीगे स्वर से दुलारा, "अब तो तुम ठीक हो, जो हुआ भूल जाओ।"

परन्तु हुआ ठीक इसके विपरीत। घर पहुंचते ही महिला की तकलीफ बढ़ गई। दो दिन दवाइयां लीं, कोई आराम न आया। तीसरे दिन विवश होकर डाक्टर लिल्ली के प्राइवेट-क्लीनिक पर पहुंचना पड़ा।

डाक्टर ने उसकी दशा पर खेद प्रकट किया, "मुझे बेहद अफसोस है। दरअसल उस दिन एक जरूरी मीटिंग में जाना पड़ा, नहीं तो आप अब तक बिल्कुल

ठीक हो गई होती।" डाक्टर ने वाणी में मधु घोल कर दूसरे दिन प्रातः अस्पताल आने का आदेश दिया, 'दस बजे ठीक। साधारण-सा आपरेशन है, घबराने की कोई बात नहीं।"

डाक्टर के लहजे से पति-पत्नी दोनों प्रभावित हुए। सचमुच, बड़े लोगों के तौर-तरीके कितने अलग होते हैं, नम्रवाणी, मृदु व्यक्तित्व।

दूसरे दिन दिए गए समय के अनुसार वे सार्वजनिक-अस्पताल में उपस्थित हुए। संयोगवश डाक्टर लिल्ली उस समय किसी मेजर आपरेशन में व्यस्त थीं। आउटडोर मरीजों के लिए उस दिन डाक्टर नरगिस की ड्यूटी थी। उन्होंने महिला की पर्ची देखी और तैयार होने के लिए कहलवाया। महिला के मन में डर बुरी तरह घर कर गया था। उसने विनीत शब्दों में नर्स से कहा कि वह डाक्टर लिल्ली से ही आपरेशन करवाना चाहती हैं। उन्होंने कहा भी है कि वे स्वयं देख लेंगी।

कुढ़ कर नर्स ने डाक्टर को सन्देशा पहुंचा दिया। डाक्टर नरगिस इस जिद्दी औरत को देखने कारीडोर तक चली आई और आंखों से ही उसका ऐक्सरे करती हुई बोली, "डाक्टर लिल्ली आज एक इमरजेन्सी-केस में व्यस्त हैं वे आपको देख नहीं पाएंगी। आप चाहें तो कल आ सकती हैं।"

अनवरत बढ़ते दर्द से महिला के माथे से पसीना चुहचुहाने लगा था। उसकी आंखों में निराशा कुण्डली मार कर बैठी थी, "आप कृपा करके मेरी बात उन तक पहुंचा दें। पहले भी आपरेशन हुआ था। वह बोलीं, ठीक नहीं हुआ। क्या पता इस बार फिर भी...।"

डाक्टर के चढ़ते तेवर व फूलते नथुने देख कर उसने बात बीच में ही छोड़ दी।

"ऐसा होता है, अक्सर होता है। पेशेण्ट बेसब्र हो तो हम काम ठीक से नहीं कर पाते।" गर्दन हिलाते अपनी हमपेशा का दोष ढकते हुए बचकानी-सी सफाई दी, "हम तो रोज बड़े-बड़े आपरेशन करते हैं। यह मामूली-सी बात है!" डाक्टर नरगिस ने नई-नई प्रेक्टिस शुरू की थी, पर चेहरा बहु-अनुभव के भाव से मंडित था।

महिला के पीछे पीली साड़ी वाली वही नवविवाहिता खड़ी थी, जिससे वह पिछली बार भी मिल चुकी थी। डाक्टर के जाते ही वह महिला से सम्बोधित हुई, "मैं तो आज तीसरी बार आई हूं। मेरे साथ दो बार ऐसा ही हुआ। इस बार डाक्टर लिल्ली ही देखेंगी। मेरे पति ने उन्हें प्राइवेट फीस भी दी है।"

औरत बुद्धू-सी देखती कुछ आश्चर्य से बोली, "फीस तो हमने भी दी है।'

"वह नहीं, आपरेशन की फीस-।"

"पर यह तो सरकारी अस्पताल है।"

"है तो!" पीली साड़ी वाली नर्स को अपनी ओर आते देख चुप हो गई। नर्स चुस्त कदमों से लेफ्ट-राइट करती महिला के पास आई और संवेदनहीन स्वर से बोली, "चलिए, आपको डाक्टर बुला रही हैं।"

महिला एक बार फिर तैयार होकर, धारीदार कमीज-पेटीकोट पहने स्ट्रेचर पर लादी गई। अज्ञात-से आतंक एवं पीड़ा के अतिरेक से महिला का चेहरा सूख गया था। स्ट्रेचर पर लेटते असहाय-सी दृष्टि उसने अपने चारों ओर घुमा ली। बच्ची सहमी हुई और पति अवश-निरुपाय उसे दूर से ले जाते देखते रहे।

आपरेशन-थिएटर में एक बार फिर प्रवेश करते सहसा उसे लगा कि कमरे के बीचों-बीच पंखे की जगह, सूली के आकार में लोहे की नुकीली छड़े लटकाई गई हैं। भय से उसका गला सूखने लगा। गले की नसें कसने लगी। भिंचते गले से उसने चीखना चाहा, पर कमरे के सभी द्वार जल्दी-जल्दी बन्द कर दिए गए। उसे विश्वास हो गया कि लाख चीखने-चिल्लाने के बावजूद उसे कोई नहीं सुन पाएगा। भीतर-ही-भीतर उसकी चीख छुट जाएगी। उसने एक बार फिर डाक्टर लिल्ली का नाम लिया। मन में हल्की-सी आशा शेष थी–शायद वे उसे बचा लें! डाक्टर किसी दूसरे केस को देख रही थीं। पास आकर उसने मुस्करा कर महिला को सान्त्वना दी। इस बार इंजेक्शन दे कर उसे बेहोश कर दिया गया।

कोई दो घण्टे बाद मूर्च्छा टूटने पर महिला को कंपकंपी छूटने लगी। सिरहाने खड़ी डाक्टर नरगिस उसके पति को दवाइयों सम्बन्धी कुछ सूचनाएं दे रही थीं। पत्नी की बढ़ती सर्दी देख पति ने नर्स से एक अतिरिक्त कम्बल देने का अनुरोध किया। नर्स ने पंजों के बल उचक कर बीमार को देखा। आंखों में पहचान उभरते ही उसकी पुती हुई मुस्कराहट गायब हो गई। भौंहों में बल पड़ गए। याद आया कि यही वह महिला है जो पिछली बार जरा-सी तकलीफ होने पर नों व डाक्टरों को दायित्वहीन कह कर कोसने लगी थी। उसका मन हुआ कह दे कि आराम चाहिए तो अण्टी से रुपया निकालकर किसी प्राइवेट नर्सिंग होम चली जाए। पर यह सोचकर चुप रह गई कि बड़ी तीखी औरत नजर आ रही है, कहीं ऊपर शिकायत न जड़ दे!

पुरुष के अनुरोध पर उसने वार्ड के अन्य बिस्तरों की ओर इंगित किया, "देखिए, सभी को एक ही कम्बल देने का आर्डर है।"

पुरुष ने अनुनय जारी रखी, "इन्हें काफी सर्दी महसूस हो रही है, कृपा कीजिए, एकाध घण्टे के लिए ही चाहिए।"

"हमें परमिशन नहीं हैं, नहीं तो हमारा क्या जाता है?" लम्बोतरा चेहरा कुछ और लटका कर वह स्टोर से एक पुराना बदरंग कम्बल निकाल आई। कम्बल थमाते पूछना न भूली, "आप लोग कब तक जा रहे हैं?"

महिला पर अभी भी एनेस्थीसिया का प्रभाव था। वह सुन्न-सी अनुभव कर रही थी। पुरुष नर्स के अभद्र व्यवहार पर मन-ही-मन कुछ उफनने लगा था, परन्तु स्थिति का जायजा लेते, स्वर को शान्त बनाए रखने का भरसक प्रयत्न करता रहा, "बस दो-तीन घण्टों में छुट्टी देंगे!"

नर्स जाते-जाते एक बार फिर याद दिला गई, "कम्बल लौटाना न भूलें!"

महिला की बाईं ओर एक सूखी ठठरी-सी बुढ़िया घुटने सीने से चिपकाए धीमे-धामे स्वर में कराह रही थी। उसने तकिए से कान दबा कर आवाजें बन्द कर दीं।

घर जाने की अनुमति मिलने से पहले ही नर्स कम्बल उठा कर चली गई। महिला ने बिना कुछ कहे शाल से शरीर ढक लिया। उसकी कंपकंपी अभी भी जारी थी। पति को डाक्टर के पास भेजकर उसने घर जाने की अनुमति मांगनी चाही। पति जाकर रिक्शा ले आया। अनुमति मांगने की शायद आवश्यकता भी न थी, क्योंकि डाक्टर के नाम पर, पूरे वार्ड में उस समय कोई नर्स भी न थी।

सार्वजनिक अस्पताल छोड़ते औरत ने मुक्ति की सांस ली। मन-ही-मन ठीक होने पर मन्दिर में सवा रुपए का प्रसाद चढ़ाने का संकल्प भी किया, पर शायद भगवानजी महज सवा रुपए के वादे से सन्तुष्ट न हुए। पैसे वालों ने भी उनके रेट बढ़ा दिए थे, क्योंकि घर जाकर औरत को मुक्ति का कोई अहसास न हुआ।

पति दोनों हाथों से सिर थाम कर बैठ गया। पत्नी के इलाज के सभी प्रयत्न बंजर धरती में फसल उगाने जैसे तकलीफदेह मालूम दे रहे थे। सुबह से शाम तक अस्पताल की भाग-दौड़, दवाइयों-रिक्शों के पैसे, दो-चार बची हुई कैजुअल छुट्टियों, सभी पर गीली लीर फिर गई थी–ऊपर से आठ-दस दिन परेशानी के आलम में गर्क हो गए थे। वह पत्नी को ही दोषी ठहराता, यदि उसी रात डाक्टर की बताई गोली खा कर उसे जबरदस्त उल्टियां न हो गई होतीं। ऊपर से बुखार और बेचैनी। छटपटाते-कराहते महिला का शरीर ऐंठने लगा था। होश सम्भालते ही उसने अपने कष्टों के लिए पति को उत्तरदायी ठहराया। वह चाहता तो किसी प्राइवेट नर्सिंग-होम ले जाता। इस तरह दस हाथों से ज़िबह न करवाता।

पति सिर झुकाकर अपनी पत्नी के आरोप सुनता रहा। बात अहल्ले-मुहल्ले वालों तक पहुंच गई। उन्होंने पुरुष को समझाया। परामर्श दिया कि वह संकट की स्थिति से बच निकलने का कोई अन्य विकल्प सोचे, अन्यथा पत्नी की जिन्दगी खतरे में पड़ जाएगी। अतः अगले दिन, आकाश में धुंधले उजास के फूटते ही महिला एक बार फिर रिक्शा पर लादकर सार्वजनिक अस्पताल की ओर रवाना की गई।

बेहद कमजोरी के कारण उसके मुंह से कोई आवाज नहीं निकल पा रही थी। सांस की गति बहुत धीमी थी। तमाम रास्ते वह आंखें बन्द किए पड़ी रही। इस बार न उसे मंगलकर्ता हनुमानजी याद आए, न सिद्धिदाता गणेश जी ही। बल्कि बन्द पलकों के भीतर मन के कैनवस पर, क्रास पर लटकी एक धुंधली-सी तस्वीर उभरती गई। महिला ने इस तस्वीर को पहचानने की कोशिश की–कील-कांटों से बिंधी, रक्त में सनी इस आकृति में ईसा नहीं, स्वयं उसका अपना चेहरा झांक रहा था।

अब महिला की सांसों की गति क्रमशः धीमी होती-होती लगभग बन्द हो गई।

मेरी मां कहा करती थी....

कितना तो भरा बैठा है आसमान! काला सायबान ज्यों तना हो सिरों के ऊपर। उस पर कनफोड़ घड़घड़ाहट और बिजली की कौंध! धार बनकर बरसेगा मेघ, जरूर आकाश-पाताल एक कर देगा। सीधे गले तक लपक आते हैं बिजली के हाथ। ऐसा लगे ज्यों देवकी की जायी अभी-अभी पापी कंस के साथ से छूटकर आकाश में वास करने गई हो। खूंखार, गुस्साई! सोना देखकर तो और भी बेकाबू हो जाती है। लड़की की जात हुई न?

यों तो सोना-ओना पहनने का ज़माना अब रहा नहीं। आग लगी है सोने के भाव में और अब जिसके पास धरा हो पुराना पहले का, वह भी पहनने से कतराए है। क्या पता कब कौन कान-गला काट डाले एकाध तोले के लालच में। तोले-भर का डेजहोरु है कान में और गले में डेढ़ेक तोले की चेन। बस, इन्हीं को ब्लाउज-कुरते के भीतर ढकना-लुकाना पड़े है। सोने की बड़ी आशिक जो हुई यह छोकरी।

ठठाक...ठठठक! कैसी तो दहलाने वाली गड़बड़ाहट उठी है आकाश के हिए में। धरती का कलेजा कांप उठे है। हे राम! हे खीर भवानी! रक्षा कर! किसी जंगल-पहाड़ पर जाकर गाज गिरा। इधर मेरे जायों पर अपना साया कर।

उठूं, बन्द ही कर लूं खिड़की। पर्दे-शर्दे से ढक लू कांच। शीशा तोड़ आंख फोड़ती है सीधी तीर-तलवार-सी भीतर घुसकर। नन्हा सोया है अभी-अभी, रो-रोकर बेहाल हुआ जा रहा था। अब मांएं आफिसों में जाएंगी चाकरियां करने तो रोना ही हुआ न बालों का। मैं कहां तक जान खपाऊं? घर भी देखूं, बच्चे भी। एक हाथ से साग चुनूं, दाल बीनूं, पकाऊं-रांधूं और दुसरे से नन्हे के लिए फेरेक्स-एरेक्स बनाऊं, गीले पोतड़े-पातड़े सम्हालूं। मुंडू तो चार बर्तन करने में ही दिन गंवाता

है। हाट-बाजार भेजो तो समझो गया हाथ से। पड़ोस के रमेश-गनेश के साथ इस-उस घर की खोटी-खरी करनी हुई-इसको क्या मिले, उसको कितना? इतना ही नहीं फलां की सासू कैसी, अलां की बहू कैसी? रसोईघर से लेकर बैडरूम तक की खोज-खबर रखते हैं ये चार दिन के छोकरे। हवा लगी है इन्हें भी ज़माने की। ऊपर से अपने ये तो उम्र-भर मिजाज के राजा-रईस ही रहे। ज़रा-सी ऊंच-नीच हुई कि खोपड़ी पर अखरोट फोड़ दें। पेंशन मिले दस साल हो गए, पर न आदतें बदलीं, न तेवर। जरा सम्भाल लेते बच्चे को दसेक मिनट, तो मैं भी चार काम निपटा देती पलक झपकते। मगर ये रीं-रीं रिरियाहट बजती रहे कान में, तो कमलावती से काम नहीं होने का। यह आज की बात नहीं, भले पूछो किसी से भी! कोई जो कहे, अब उम्र ज्यादा हो गई। जब नाजों पली, कच्ची कली, चार भाइयों में अकेली बहन ने–मोती में नगीना कहती थी मां–पांच हाथ का घूंघट काढ़े, गिरते-संभलते मां की देहरी लांघी थी, तब भी यही हाल था। याद है मुझे, ज्यों कल की बात हो। तुलसी भाभी और बिमला रानी नाते-रिश्तेदारों से ठसाठस भरे कमरे में "थोद तुली रोनि दामानव्यसिये' गाती धुंघरू-जड़े दामन संभालने की हिदायतें दे रही थीं और नई बहू के गृह-प्रवेश पर मंगल-गीत गा रही थीं–मेरा नन्हा-सा पांव सलमे-सितारे जड़े दामन में उलझ गया था। तुम्बकनारी की सदा और आठ-दस जनियों की ऊंची आवाज़ों से मैं घबरा गई थी। दस आवाजें एक साथ सुनती तो कलेजा धड़कने लगता था मेरा! भला हो स्वर्गवासी बबलाल का, जो बांह पकड़कर थाम लिया था मुझे, नहीं तो देहरी पर गिरकर गोड़-घुटना तोड़ ही लेती उस दिन।

थी भी क्या मैं? चौदह साल की दुबली नाजुक, छुई-मुई की डाल समझो। आजकल की धींगड़ियों-जैसी पच्चीस-छब्बीस की थोड़े ही थी जो दुल्हनें किसी भी तरा न लगें। सासू जी मेरी ने तो जो मेरा घूंघट खोला तो टकटकी बांधे देखती रही जाने कितने देर। मेरे हाथ में धरी मुंह-दिखाई की सीने की मोहर लेना भी भूल गई। अब क्या कहूं? अपने मुंह मियां मिट्ठूवाली बात हो जाती है। पर सच बात तो वही जो उसने बाद में मुहल्ले की दस जनियों बीच कही। घूंघट में ढके-मुंदे चेहरे पर जो पसीना छितर आया था, सो सासू मां बोली–ओस-भीगा कमलफूल है मेरी बहू! बहरहाल! वह बात जाने दो। मैं ज़िक्र कर रही थी शोर-शराबे का। मुझसे ऊंचे बोल सहे नहीं जाते थे, पर वह कहते हैं न कि लड़की कितनी भी लाड़ली हो, बहू बनकर दस जनियों की उल्टी-सीधी सुनने की हक़दार हो जाती है। खानमाज़ि (लाड़ली) लड़की के लाड़ निभे हैं भला सासरे में? हमारे जमाने में तो नहीं। अब मुझे ही देखो, कभी छाज-छलनी उठाई मां के घर? फटकना-बीनना जानती थी कि किस चिड़िया

का नाम है? पैर उठाती तो मां अतलस बिछा देती। दूध-खीर की कटोरी लेकर बबा आगे-पीछे फिरा करते। अब इधर के हाल तो दूसरे ही थे। अब क्या-क्या कहूं? सासू-मां मुंह-अंधेरे मंदिर जातीं और लौटते वक़्त, मंदिर के घाट से, महदजू से, निके-निके गुरन (छोटी मछलियां) भी ले आतीं। उन्हें पसन्द जो थे। एक बार मुझसे कहा–इन्हें साफ कर ले। मेरे तो डर से हाथ-पैर फूल गए। फूलने ही हुए न! वह निकी-निकी हजार जनियां फुदक-फुदक परात में नाचने लगें तो मैं दस गज दूर उछल न जाती! मेरी हालत खराब! न मुंह खोले बने, न हाथ चलाए बने। पर सासू अच्छी थी मेरी। समझ गई, इसे आदत नहीं है काम-धाम करने की, आगे से आप ही कर लेती। बाकी मैं तो रहती थी पास में। चीज-बस्त थमाती, नजर-गुजर रखती। सो जो जैसे भी वह पकाती-रांधती, मैं आप ही सीख गई, बल्कि उससे बेहतर पकवान बनाना सीख गई। चाह हो तो राह निकल आए है। अब आज की बहूरानियों को देखो, घर ज्यों काटने को दौड़े हैं, यों दीन-जहान घूम आएंगी।

अंग्रेजी-फारसी बोलती फिरेंगी। जेठ हो, सुसुर हो या ऐरा-गैरा! सब जानने-समझने की उम्र जो पा गई होती हैं। यों घर का काम करेंगी, पर कैसे? तौबा-तौबा! कलेजा जलता है देखकर। ठास-पटास दो-चार बर्तन खनकाए रसोई में, प्रेशर कुकर में बेस्वाद उबला-सुबला खाना बना दिया चटोपट्ट! और हो गई रसोई! अब दलिए को पॉरिज और शोरबे को सूप बताने से पकाने-खाने का ढब थोड़े आता है? ढंग से चीज़ तलो-भूनो, तबीयत से मसाला पीसकर छौंक-बघार लो। वह तो होगा नहीं। कुछ कहो तो जवाब हाज़िर। इससे यह विटामिन ज़ाया होगा। उससे वह प्रोटीन बरबाद होगा। हमने तो यह विटामिन-इटामिन न खाए, तो भी उनसे अच्छी-भली देह हैं हरि-कृपा से। ये सींकिए पहलवान जब देखो विटामिन-प्रोटीन ही गाते रहें राम-भजन सा और सेहत देखो तो लगे हाल ही में बीमारी से उठे हैं। अब इन्हें तो वही पुरानी आदत है खाने की। मीट-मुर्ग की बात जाने भी दें, वह गृहस्थ में कौन रोज़ पकता है, पर वह निका-निका कानुल-वोस्तहाख भी पकाना हुआ तो तल-भूनकर, हींग बघार, वरी-मसला डाल जब मक्खन की बट्टी-सा नरम साग तैयार होता, तो हरियाली देखकर ही तबीयत हरी हो जाती। चटनी-भर साग चटाकर थाली-भर भात खा लो भले, अपना पेट इजाजत दे तो! इधर अब बहूरानियां राम-रसोई बनाती हैं कि पानी में तैरता है पीला-मुरझाया साग, ज्यों अपने भाग को रो रहा हो। जाने क्या कर देती हैं कि देखकर ही भूख मर जाती है। सच मानो तो, मैं तो खाने का स्वाद ही भूल गई हूं अब। जैसे-तैसे दो कौर निगलने हुए इस पापी पेट की खातिर। अब स्वाद-वाद क्या देखें। यही किट-किट करते हैं खाने को लेकर।

बोलते हैं–पित्त बढ़ता है, पानी-पानी का स्वाद लगता है। समझो, मेरा काम बढ़ा देते हैं। बहुओं की तो चांदी समझो। स्वाद न लगे, अपने हाथ से पका लो। इसमें वे भी खुश! टंटा छूटा उनका तो। यों जब से बहुएं आई हैं, मैं ज्यादा दखल नहीं देती। क्या करूं, सास की जात यों भी बदनाम जात हुई। सीधा कहो तो उल्टा समझेंगी। चार अच्छर जो पढ़ी हुई हैं, सो अपनी इज्जत-आबरू को ही थामना भला। यों पढ़ाई की कहो तो मैं भी कोई अनपढ़ नहीं। आठ जमात पास हूं उस जमाने की, जब शहर में मिडिल पास लड़कियां यों अंगुलियों पर गिनी जाती थीं, पर हम तो लाज-हया के परदे में ही रहीं। इधर तो समझो राम ही मालिक है। अब बड़ी को ही देखो। तीनेक बेटियां ब्याहने के बाद जो पहली बहू घर में लाई तो क्या-क्या अरमान न थे मन में। आपके नहीं होंगे?

आहा! कमर तनिक सीधी कर लूं। तख्ता हुई जा रही है निगोड़ी? निकी रानी! ज़रा दो घूंसे मार दे तबीयत से। ये हड्डियों का दर्द तो जान ही निकाले दे रहा है। लगे, ज्यों कुत्ते खींच रहे हों बोटी-बोटी!

हां, तो क्या कह रही थी मैं? लड़कियों की ब्याह-शादी की बात! सोचिए जरा, तीन लड़कियां ब्याहकर किस मां-बाप की कमर सीधी रहती है आज के जमाने में? आग जो लगी है हर चीज़-बस्त में। सच कहूं तो दो हजार रुपए तोला सोना तो मैंने मुन्नी-चुन्नी के वक़्त न लिया। उस वक्त सस्ता भाव था, पर घर नें था। मेरे पिता ने साठेक तोला बांधकर भेजा था मुझे। चफकल, कमरबन्द और बाजूबन्द में ही दो लड़कियां ब्याह दीं। बीस-बीस तोला समझो, दो में बांट दिया। तीसरी के वक़्त दसेक तोला ले लिया। उस वक़्त भी छह सौ रुपया तोले का भाव था पर, आगे की भी सोचनी हुई न? मेरी मां कहा करती थी, 'पुत्तर, रुपया-पैसा हो या चांदी-सोना, अपने पास बचाकर रखना। उसी से बाल-बच्चे भी दबकर रहेंगे। कंगालों को तो अपने जाए नहीं पूछते, बहूरानियों की तो बात ही छोड़ दो...' सो नन्नी रानी की भी सोचनी थी। इसी से रखा बचाकर कुछ-कुछ पास में।

अब, समझो कुदरत की करनी। जन्म जिसे लेना हुआ उसे कौन रोके? नन्दू के पूरे ग्यारह साल बाद आई यह नन्नी रानी। मांगी तो हमने न थी। चौथी लड़की भला चाहेगा भी कौन? बदलने को तो कहे हैं लोग ज़माना बदल गया, पर दहेज-अहेज के मामले में तो हमने सौ से सवा सौ होते देखा जमाने को। लाख कानून सुनाएं आप हमें, पर हम वही मानेंगे न, जो इन आंखों से देखें। हमारे रिश्ते-नाते में ही लड़कियों को बीस-तीस तोले सोना देने का चलन है आज भी। बड़े-उच्चों की बात मैं नहीं कर रही। उनकी तो देने-दिलाने की कोई हदें नहीं। वह मेरे छोटे

भैया बद्री ने क्या किया? ओवरसियर है वह। अपनी तीसरी बेटी विजी, जानते तो हो आप, वही जो खादी की साड़ी भी पहने तो आंखें चुंधिया आएं, उसे पूरे पच्चीस तोले के गहने दिए। पच्चीस-तीस साड़ियां, क्या कहें तनशोई, कांचीवरम्, वह सब जो आजकल देते हैं। पश्मीने के दो शाल, दो हाथ की कढ़ाईवाले आलओवर, पश्मीने की साड़ी-वाड़ी। अब पहने भले न, पर देनी तो हुई न! विजी के दूल्हे को सगाई पर जो दिया सो दिया ही, उससे पहले ओबराय पैलेस होटल घुमाया, पहलगाम ले गए तो रोलेक्स घड़ी बांध दी साले साहब ने! और जो अब इधर रीत बन गई फर्नीचर, फ्रिज, रंगीन टी.वी. देने की–वो सब सामान शादी से पहले ट्रक में भरकर पहुंचाया विजी के ससुराल! ऊपर से, मैंने पूछा न पूछा, पर नन्दूबाबू की बहू कह रही थी, पूरे बीस हजार नकदी भी दी हैं। उसके बिना भला चले है खाते-पाते घरों में आजकल?

अब आप कहो सुधार-उधार की बातें तो कमलावती कैसे पचाएगी? बोलो तो? कल ही ये कह रहे थे कि उधर तमिलनाडु के किसी गांव में, क्या कहें कोई कोल्लर जात के लोग जन्मते ही लड़कियों का गला टीप देते हैं। सुला देती हैं कुछ खिला-खिलूकर मांएं आप ही! यह कहकर कि जो उम्र-भर रोएं कपाल पर हाथ धरकर, सो एक बार ही चीख मारकर रो लें और मुक्त हो जाएं। इसी लेन-देन के मारे हो रहा है यह सब! यह आज की बात है? करेगा कोई विश्वास ? यों बड़ी चांद-तारों पर पहुंचने की बातें करो, पर लड़की आखिर तो रहेगी लड़की जात ही। गरीब आदमी भी सोना-पैसा मांगे है, तो होगा यही। कानून-आनून क्या करेगा इसमें!

यह तो मेरा ही हिया है कि सिर-माथे लगा लिया जो कुछ भी बहुएं ले आईं। मुंह खोलकर पूछना तो दूर, सांस तक रोक दी अपनी। वरना यह बड़ीवाली क्या लाई मायके से? आपसे छिपा है कुछ? सऽऽब किस्मत का लेखा है। क्या-क्या सपने देखे थे बड़के के लिए। फारेन में रहा है लड़का। अच्छा कमाता-खाता है। इसे कोई भी सेठ-महाजन अपनी रूपवती बेटी देकर अपने भाग्य सराहता। आए नहीं थे कई रिश्ते? वो कंट्रेक्टर रैना दान-दहेज में जो देता सो दे ही देता, उसके अलावा एक बस दे रहा था सगाई में। वो तो मेरी बेटी के कान भर दिए किसी जलनखोरी ने। सही थोड़े जाय किसी से दूसरे की भलाई-बड़ाई? मेरी बड़की बेटी मना कर गई–नहीं मां, वो लोग लड़की को लाते ही दूल्हे के साथ भेजने की गारन्टी चाहते हैं। अब बताओ, लड़की की शादी हुई नहीं कि दूल्हे पर कब्जा जमाने की तरकीबें सोची जा रही हैं। पट्टे लिखवाए जा रहे हैं। वाह रे जमाने, तू कहां से कहां पहुंच गया? आज के दूल्हे क्या आकाश से गिरते हैं कि आते ही दुल्हन उठाकर बटुए में

डाल ले और डोरी खींचकर जेब के हवाले कर दे? अरे, किसी मां-बाप, ने तो जना है उस बेटे को, उनका कोई भी अधिकार नहीं बनता? अब आते ही सिरहाने की मैना सुर-ताल निकालकर जाने कौन-सा राग अलापेगी कि लड़का मां-बाप, भाई-बहन, सभी से नाते तोड़, भेड़ बनकर बीवी के पीछे-पीछे मिमियाता जाय। आते ही पल्लू से बांध देंगी, ऊपर से नाक में नकेल भी डाल देती हैं आज की पढ़ी-लिखी छोकरियां। इसी डर से बड़की ने मना किया था कंट्रेक्टर रैना को। पर हुआ क्या? कड़ाही से निकले, चूल्हे में गिरे। बम्बई-दिल्ली में पली-बढ़ी लड़की लाए। बाप का नाम सुना था बड़ा। रूप-रंग में तो उन्नीस ही है, सुना था, पर सोचा, कार-बंगला दे देंगे तो चलो निभ जाएगी। पर वही ऊंची दुकान और फीका पकवानवाली बात हुई। मेरा यूसुफ-जैसा लड़का जाने लड़की में क्या देखकर लट्टू हो गया। ऐसी तो कोई जुलेखा न लगी हमें। क्या कहें! उन लोगों ने भी कम चालाकी न की हम सीधे-सादों के साथ। कच्ची मछली परोस दी और ऊपर से तुर्रा यह कि गले में फंस क्यों गई?

अब मैं तो भाग्य का खेल समझकर चुप लगा गई। वह कहनी हुई न–'दे दे भाल, क्या करे गोपाल!' बड़की बिटिया ने कहा एक बार भाभी से कि वह अपने भाई के लिए परी-सी लड़की चाहती थी। अब समझो गलत क्या कहा? पर बहू को तो ज्यों तत्ता अंगार छू गया। चमक के बोली, "किसने रोका था? मैं इस घर में आने को तरस तो नहीं रही थी। आपके बेटे ने खुद चुना है मुझे...' जाने क्या-क्या बोल सुना गई। अब लिहाज़-शर्म जिसने भून खाई, उससे क्या कहे कोई? अपनी इज्जत-आबरू आप ही थामनी हुई कि नहीं? मैं तो यों भी कुछ बोलती नहीं। पड़ोसिनें तक कहती हैं, कमलावती तो मुंह में दही जमाए बैठी है। भला सीधी उंगली से घी निकलता है कभी? ज़रा ढेला-पत्थर मार दिया कर। आखिर अपना ही फल का पेड़ है। तुम्हारा हक बनता है।....पर मैंने तो हाथ झाड़ लिए समझो, अब बहू जैसी मिली सो अपने भाग्य। पर बेटे का तो कायापलट न होना था न? आखिर इसी मां का दूध पिया है उसने। नौ महीने संभाला है इसी मां ने जान के साथ लागकर। पेट में आते ही तपस्या करवा गया मां से। कसम ले लो जो नौ महीने नौ तोले अन्न भी गया हो पेट में। गले में ज्यों रेत फंसी रहती थी। जब भी खाती तो उलट देती थी। सूखकर कांटा हो गई थी मैं। वो तो खैर मैं मां हुई सो सहना भी हुआ, पर ये बहन-भाई, सुख-दुख के साथी एकदम पराए कैसे हो गए, एक बीवी के लाते ही? हम तो यही जानें कि बीवियां मिलें दसियों, पर मां-बाप दूसरे न मिलें। उनका ऋण उम्र-भर तो क्या, मरकर भी न चुके। पर नई पौध को यह अक्ल-बुद्धि की बात कौन

समझावे? जब अपने पेट के जाए मुंह मोड़ लेंगे, तभी मां-बाप की पीर भी समझ आएगी।

नहीं, दोष मेरे लाल का नहीं। वह तो सीधा है जन्म से। नहीं तो इस जादूगरनी के चक्कर में क्यों फंसता? नौकरी जब से की, तभी से पूरी तनख्वाह मेरे हाथ में थमा दिया करता था। मैं ही उसे खर्चे-पानी के लिए कुछ रुपए उठा के देती, सो देती। उसने तो मुंह खोलकर कभी मांगा नहीं। फिर बाहर चला गया तो भी न बदला। जब भी घर आता तो क्या-क्या चीज उठा न लाता हमारे लिए। मेरे तो रसोई के बर्तनों से लेकर कपड़े-लत्ते, मिक्सी-उक्सी तक बस फारेन का ही है घर में। समझो, पहन-ओढ़कर हम थक जाते, पर जब से बहूरानी आई है घर में, कसम ले ली जो ढंग की एक जापानी साड़ी भी ले आई हो। छुटके ने भाई से एक वी.सी.आर. मांगा था। ले देता समझकर कि छोटा भाई है। भाई ही तो हाथ-पैर होता है, पर वो कहा है न–'बोय बेयिस पुशिपनाह, बोय बेयिस दुश्मनाह।' देखते-देखते भाई भाई का दुश्मन हो गया बीवी रानी के आते ही। पहले स्कूटर लेकर दिया। कहा, साइकिल पर कालेज जाते टांगें दुखती होंगी। अब कहता है, 'दस हजार ड्यूटी देनी पड़ती, इतना बचता नहीं, उतना होता नहीं। मुन्नी आ गई है। उसका भी सोचना है...अब, यह सब बहाने हैं सो तो सभी समझें। चिड़ी की टांग जितनी मुन्नी का खर्चा ही कितना? देखो, सांस टिकी तो आगे क्या कमाओगे नहीं, जो अभी उसे उसके ब्याह की चिन्ता सताने लगी। जरूर बीवी रानी ने सिखाया-पढ़ाया है। कहा होगा, अब खुद कमाता है भाई तो तुम क्यों हैरान होते हो! नकचढ़ों की जायी है न! नाम बड़े दर्शन छोटेवाले लोग! डायरेक्टर-मनेजर होंगे अपने घर के, इधर तो कंट्रेक्टर-ठेकेदार छोड़ो, क्लर्क तक लाखों के वारे-न्यारे करते हैं बेटियों की शादियों में। हम उन लड़केवालों में नहीं जो लड़की के बाप की ऊंची कुर्सी के रौब में आ जाएं। आखिर हमने भी तीन-तीन बेटियां ब्याही हैं, लड़केवालों के नाज़ उठाए हैं, ऊंच-नीच सुनी-सही है। बड़की के सासरेवालों ने अभी तक मेरी नाक में दम करके रखा है। आते हैं तो राजा-महाराजों की-सी कद्र चाहते हैं। तीज-त्यौहार पर आज भी जैसा जुड़े, नेग देती ही रहती हूं। यह सब क्या बहूरानी नहीं देखती?

छोटे भाई की शादी में बड़के ने सोने का एक जड़ाऊ सेट दिया, दो कड़े और चार-छह तनशोई बनारसी साड़ियां। कौन-सी बहन का ब्याह रचवाया है? अब बहू-भात में तीसेक हजार खर्च किए होटल में, तो क्या वह बड़े भाई का फर्ज नहीं बनता? उसकी शान नहीं बढ़ती इसमें? सच्ची कहूं तो बड़ी कुढ़ती है कि छोटी को क्यों करते हैं।

छोटी बहू के आगे-पीछे न देखूं तो क्या करूं? आप ही कहो! वह तो मेरे संग-साथ रहनेवाली हुई। हारी-बीमारी में उसी का भरोसा है। बड़ी ने तो देश-निकाला ही पसन्द कर लिया। उस पर क्या आस-उम्मीद रखूं? छोटी दिन-भर दफ्तर में खटती है, थक-टूट भी जाती होगी। मैं न देखूं तो कौन देखेगा? बड़ी चार दिन आए साल-दो साल में तो, धूप-धाम में लौटी देवरानी को शर्बत का गिलास थमाने में भी अपनी हेठी समझती है। नाक नीची होती है जाने। मैं क्या समझूं नहीं भीतर की बात! अभी परसों ही खाना खाकर उठे तो मेज पर छोटी ने अपनी थाली रख छोड़ी, ध्यान नहीं रहा होगा। क्या हुआ जो बड़ी ने चार थालियों के साथ उसकी भी थाली उठा ली। कुछ घटा उसका? ऊपर से बड़के से झगड़ा भी करवाया। उसी ने पढ़ाया है, नहीं तो वह वैसी बात करता? कहा–'देखता हूं मां, तेरी छोटी बहू का दिमाग खराब होने लगा है। छोटे-बड़े का लिहाज नहीं मानती।' अब इसमें कैसी बेलिहाज़ी की बात हुई। बड़ी घर आई है तो चारेक काम ज्यादा करने से घिस थोड़ी जाएगी। इस-उस से कहलवाती है–छोटी की सेवा करती हूं, उसकी नाज़बरदारी नहीं करती। अब मैं लाली बहुओं की जालीदार परंदियां देखूं कि घर-गृहस्थ की रास संभालूं? बदलते-बदलते कहां पहुंच गया जमाना। देखो, एक हम थे, रोज घंटा-भर सास के पैर दाबते थे, आंख में आंख डालकर कभी बात नहीं की। एक ये हैं कि सासू जी से सेवा भी कराएं और नाज़-नखरे भी उठवाएं।

एक बात और भी है सच कहूं तो। छेटीवाली दान-दहेज भी लाई है घर में। वह भी देखना हुआ न। ट्रक भरकर सामान आया। यों है तो बी.ए. पास, पर बड़ी की एम.ए. पीएच.डी. से मैं क्या मांगूं? छोटा भाग्यशाली है। उसे मिलना भी चाहिए था। यों तो बड़ी को भी दस-पन्द्रह हजार दिए थे फर्नीचर-अर्नीचर के वास्ते। पर क्या दस-पन्द्रह हजार में आता इतना फर्नीचर? डबल बेड, डाइनिंग टेबल, सोफा, स्टील की आलमारी, फ्रिज-विज। यों मेरा क्या है! सास-ससुर यों ही बदनाम बेचारे! दिया अपने ही बेटी-दामाद को। मेरा कौन-सा हक बनता है इस्तेमाल करने का? पर दिल में तसल्ली रहे है कि नहीं? बेटे की गृहस्थी बन रही है, इससे ज्यादा माता-पिता को चाहिए भी क्या?

यह तो आपसे बतियाकर जी ज़रा हल्का कर रही हूं, नहीं तो अब बोल-बतियाना भी भूल गई हूं। कौन किसकी सुनता है आजकल के जमाने में? एक गम थोड़े लगा है जान को। गृहस्थ का जंजाल समझो। बड़ी को तो व्रत-अनुष्ठान के दिन सुच्चे-झूठे की तमीज भी नहीं। अब देस-बाहर रहने से आदमी अपने

संस्कार थोड़े भूलता है। मेरी सासू चतुर्मास के व्रत करती थी। मैं जो हाथ बांधे खड़ी रहती थी सेवा-टहल को। पर अब? राम भजो जी! सुच्ची थाली सामने ला दें तो वही कृपा समझो। अपने घूमने-फिरने से फुरसत मिले तब न! इसकी पार्टी, उसकी पिकनिक, चलते ही रहते हैं आए दिन। चार दिन घर में खाएं तो होटलों में खाने के लिए फफूंदी उठती है। चिकन, सूप, फ्राई फिश और वह जो चले हैं नूडल्ज़-ऊडल्ज़, हमें तो न रुचे है। केंचुवे-से लगे हैं मरे। हमें घर का दाल-भात ही भला। बहुएं पैसे की कदर नहीं करतीं। हम तो समझें औरत घर की बरक्कत होती है, जो लकड़हारे को भी राजा-रईस बना दे। सुनी तो होगी वह कथा। इधर तो बड़ों के काम झंझट लगे हैं। ठीक है, अब जमाना बदल गया। मैं कब नाराज हूं इस बात से, पर अपना धर्म-कर्म तो न भूले आदमी। खैर, छोड़ो, मुझे क्या फर्क पड़ता है। गम तो यही है कि अपना जाया पराया हो गया। उधर बम्बई में फ्लैट ले लिया। यह न हुआ, इसी घर के ऊपर दूसरी मंजिल चढ़वाता। दोनों भाई मिल-बांटकर रहते-खाते। बनाया तो उसी ने था यह घर भी, पर तब भेदभाव न जन्मा था मन में। यह सब बीवी रानी की सलाह है, और उसके मां-बाप की। कल को देश लौटोगे तो रहोगे अपना अलग घर बसाकर, अपनों से दूर। बेटा मेरा भी बेपेंदे का लोटा। जिधर लुढ़का दो, लुढ़केगा। कितना सहे आदमी? अब देखो, नौकरी का बहाना लेकर पड़ा है परदेस में। घरवाले पराए हो गए। पहले हर माह मां-बाबू के पास रकमें भेजता था बिला नागा। अब सऽऽब छोड़ दिया। सोचता होगा, अब छोटा कमाता हैं, क्यों करे। कुछ बोलो तो कहता है, पहले इतना किया, उसका क्या हुआ। साल-दो साल में मेहमानों की तरह आता है और मुझी पर धौंस जमाता है। पैसे भेजे, घर पेंट कराया। छत टपक रही थी, टिन-शिन छवाया। उसका कमरा रह गया। पैसे कम पड़ गए तो मेरा क्या कसूर? आग जो लगी है हर चीज में! मैं क्या न चाहती उसका कमरा भी रंगवा लूं? मैंने कहा, भेजा होता एकमुश्त पैसा तो तुम्हारा भी कमरा पुतवा देती। बस जी, गुस्सा गया। 'मेरा ही कमरा क्यों रह गया, जबकि घर के छह कमरों में पुताई हुई?' अब मैं कैसे समझाऊं कि भैया, तू तो साल-दो साल में महीना-भर आए रहने को। बाकी जन तो इधर ही रहने-बसनेवाले हुए, पर पैसा उसका था सो बोल सुना गया।

उसका तो दिमाग ही फिरा दिया बीवी रानी ने। ऐसा कायापलट हुआ कि पहचाना नहीं जा रहा। मां-बाप किसी के रहते हैं सदा, जो उसके रहेंगे? आपके-हमारे रहे? क्या पता कितने दिन का अन्न-जल है। आए-दिन हाड़-गोड़ दुखते रहते

हैं। कभी दिल में ज्यों धुनक-धुनक रूई धुनता है कोई। बीमारियां भी तो नई-नई फैल गई हैं आजकल। ये तो ब्लडप्रेशर के मरीज ही हैं। खाने-पीने में भी दस परहेज लगे रहते हैं। ये सब लड़का नहीं सोचेगा तो कौन सोचेगा? अब इन ढाई दिन के चिड़ी-चिरौंटों के पीछे सत्तर साल के माई-बाप तो छोड़ने नहीं हुए न। आप ही कहो! वो तो यही सोचे कि बहुत किया, अब क्या करना है। इतना दिया, उतना भेजा। वह कहां गया? यह हिसाब-किताब पढ़ी-लिखी जोरू ही समझाती है। पर हमने भी तो दुनिया देखी है, और ऊपरवाले ने चाहा तो अभी दस-बीस बरस और देखेंगे। हमारे भी दस तरह के लेन-देन हैं। उम्र-भर किया। अब क्या आखिरी वक्त में हाथ खींच लें। नाते-रिश्तेदारी नहीं है? दुनियादारी नहीं है? जीते-जी संन्यास तो नहीं लिया जाता न? यों खानी तो दो रोटियां ही हुईं, पर क्या पता उम्र कितनी खिंच जाए? फिर किसके आगे हाथ फैलाएं? मेरी स्वर्गवासी मां ठीक ही कहती थी–'बेटी! जीते-जी अपना आसन न छोड़ना! ठनठन गोपाल को अपनी आल औलाद भी न पूछे आज के जमाने में। वो सात पूतों की मां कुत्तों का भोजन बन गई थी, सुना होगा। इधर तो दो ही हैं। अब आप ही कहो, रखती न मैं वक्त रहते अपना दिमाग दुरुस्त, तो सड़क पर डेरा डालने की नौबत न आती? गोपाल के भरोसे रहती तो जो कुछ भाल में था वह मिलता?

कलियुग का स्वाभव है जी, और क्या कहें। मनों को बांट देता है तेरा-मेरा करके! नहीं तो क्या तेरा और क्या मेरा। आप ज्ञानी हो, जानते हो आखिर तो सब रैन-बसेरा ही है! बस, वही दो गज कपड़ा मांगे आदमी अंत में!

वो गजर की आवाज़ आ रही दिखे...हां! पांच बज गया लगे। नन्हा जग रहा होगा। इसकी मां भी आ रही होगी। चलूं, इसका दूध-शूद तैयार करूं। चाय का पानी भी रख आऊ, इन्हें तलब उठी होगी। मुंडू तो बाहर कहीं कंचे खेल रहा होगा। आपसे दो बतियां करके हिया हल्का कर लिया, बाकी जान है तो सौ जंजाल समझो। मरने की तो फुरसत नहीं। वो कहा है न–मरती, पर घर किसके हवाले करूं? हां! यों किस घर में खटराग नहीं है?

बाहर आसमान कुछ साफ हो गया है। चलती हूं नन्हे के लंगोट-अंगोट धूप में डाल देती हूं। बाकी, मां खीरभवानी तुम्हारा माथा ऊंचा रखे...अरे। चली गई लगे है...बोली भी नहीं...

ऊंह! आज भला किसे फुरसत है घड़ी-पल मिल-बैठकर दो बोल कहने-सुनने की। अब नए को क्या दोष दें, पुराने का ही हाल देखो! मेरी मां कहा करती थी...

ओ सोनकिसरी!

ऐशगाह की रेलिंग से पीठ टिकाए, ऊंचे आसमान में बदहवास घूमती बदलियों पर नजरें जमाए तुम क्या देख रही हो, सोनकिसरी? तुम अब वह सात-वर्षीय कलन्दर बालिका नहीं हो, जो नंगे पैर, माथे पर छितरे बालों को झटकती, टेढ़ी-मेढ़ी पगडन्डियों पर कुलांचे भरती थी और गर्दन दुखने तक मुंह उठाए आकाश छूती फुनगियों और उन पर बैठी कान के कीड़े मारती नन्हीं सोनचिरैयों को देखती थकती न थी।

फिर यह वक़्त भला आसमान के नज़ारे देखने का है? जबकि तुम जानती हो, वहां न काली-पीली घटाओं का घटाटोप छाया है और न तारों की मन्दाकिनियों में कोई दुमदार तारा उग आया है। ज़ेहन में उमड़ते खयालों के सैलाब को आसमान के खोले में खुला छोड़ देने का सुकून ला-जवाब ज़रूर होता है, मगर इस वक़्त तुम्हारे सामने कीकर के झुरमुट में लाल, नीले, पीले रंगीन बल्बों की झिलमिलाती रोशनी में सजा-संवरा शादीवाला घर खड़ा है, जहां से रली-मिली आवाज़े तुम्हारे कानों तक पहुंच रही हैं। गड्डमड्ड आवाजें हैं तो क्या? हर आवाज़ कोई-न-कोई अर्थ तो रखती है न!

वह हज़ार वाट के बल्बों से जगर-मगर छप्पर-तले की रसोई तुम्हारी दीठ के सामने है, जहां लकड़ी की लपलपाती लपटों पर विशाल देगों, हंडों में पकते पकवानों की मसालेदार सौंध आसपास के घरों की भूख बढ़ा रही है। शामियाने में विमल और ग्रेवियार के लेटेस्ट सूटों में सजे पुरुष खास वक़्त के लिए सुरक्षित मुखौटे लगाए हंसी-मज़ाक की औपचारिकताएं गर्मजोशी से निभा रहे हैं। कांजीवरम्, तनशोई, पटोला में सजी-संवरी महिलाएं देशी-विदेशी इत्रों और जूही-मोगरे के

गजरों में पसीने-सनी देह-गंध छिपाए अतिरिक्त मुस्तैदी से शादी के मुबारक मौके पर बधाइयां लुटा रही हैं।

तुम यहां अकेली क्या कर रही हो? तुम तो नए कपड़े पहनने, सजने-संवरने के लिए यहां आई थी। क्रीम कलर की मैरून टेम्पल साड़ी बांह पर धरे-धरे तुम अचानक बुत क्यों बन गईं? यह अकारण व्यर्थता बोध तुम्हें डस क्यों गया?

शामियाने में बैठे बरातियों का स्वागत करते अपने लोगों में तुम्हारी उपस्थिति कितनी जरूरी है, तुम एकदम भूल गई लगती हो। 'अपने' शब्द पर मेरी ओर टुकुर-टुकुर क्यों ताक रही हो, सोना? तुम क्या अपनी नहीं हो यहां? श्यामा जीजी ने कितने आग्रह-मनहारभरे खत लिखकर तम्हें यहां बलाया है। फिर लडकियों की शादी पर तो एक बार बिनबुलावे के भी जाना पड़े तो मलाल कैसा?

जीजी की इकलौती बेटी की शादी में तुमको कितने तो काम करने हैं, सोना! ज़रा सोच लो, 'व्यूग' डालना बुड्ढियों का काम है क्या? यों ही अंगूठे पर हल्दी-मेंहदी भरकर कटे नाखूनों के निशान बना देती हैं, कोई रंगोली थोड़ी पूरती हैं? लड़कियों की कमी नहीं है यहां, पर उनमें इतना धैर्य कहां कि शादी के अनेक आकर्षण छोड़कर दूल्हा-दुल्हन के लिए रंगोलीवाला व्यूग पूरने बैठ जाएं। ये परदे के पीछे के काम शोख लड़कियों के नहीं होते सोना! तुममें ही कितनी ताब थी, झरने की तरह छल-छल बहती इस उम्र में?

यहां, घर के पिछवाड़े के इस नीम-अंधेरे कोने में अभी कौन खड़ा रहता है इस तरह? कोई देखेगा तो क्या सोचेगा? सभी लोग तो खिलखिलाती रोशनियों में, मखमली कुर्सियों-सोफों पर बैठ कैम्पा, औरेंज के जायके ले रहे हैं। कुछ लड़कियां इधर-उधर टोलियां बनाकर ढोलकी पर थाप दे-देकर गा रही हैं। गाना तो तुम तक भी पहुंच रहा है। तुम्हारी रितु भी तो लड़कियों में घुसी चहक रही है।

'लड़का तुम्हारा कुंवारा रह जाता...', कितना सही कहा है? लड़की हां न करती तो बेचारा लड़का कुंवारा ही रह जाता। तुम हंस रही हो? आई न आखिर हंसी होंठों पर? बात-बात पर दंदियां दिखाने की पुरानी आदत जो है। उदासी की झीनी चादर ढंकी ही सही, होंठों के कोने पिघल तो गए। यही सोच रही हो न कि लड़का भला कैसे कुंवारा रह जाता? पास गुच्छे-गुच्छे लड़कियों के होते दूल्हे को दुल्हनों की क्या कमी थी?

इस इकलौती सुकुमारी के लिए ही जीजी को कितने पापड़ बेलने पड़े हैं। नाना जी बेचारे तो अपना मुहर-मांडवाला साफा समधी के पांवों पर रखने लगे थे। च-च्, कितना ज़बर्दस्त धक्का लगा था तुम्हें। यों समधी बेचारा बुरा नहीं है। अपनी

तीन-तीन लड़कियों के लिए वर जुटाने की इल्लतों-जिल्लतों से गुजरना भूला नहीं है, पर 'किचन कंट्रोल' के आगे नतमस्तक है। धर्मपत्नी जी उन महिलाओं में से हैं, जो अपने कड़वे-तीखे अनुभवों को अगली पीढ़ी को थमाकर ही सन्तुष्ट होती हैं। यों भी वे अपने बेटे के लिए तीन लोक के रूप-गुणोंवाली घरेलू अप्सरा चाहती थीं। अपनी थुलथुल गर्दन पर टिके चौड़े-चकले चिकने मुंह की गोराई पर जो उसे बेहद नाज़ है।

उसने नकियाती आवाज़ में बड़ी उदारता से, हाथ नचाकर नाना से कहा था–'दान-दहेज का क्या है? भाग्य में हो तो छप्पर फाड़कर बरसता है। फिर कोई आबरूवाला अपनी लड़की को नंगी-बुच्ची ठूंठ-सी घर से थोड़ी निकालेगा।'

अनोखी लोकोक्तियों और कभी न सुने मुहावरों में सिद्ध समधिन ने खूब-सा सम्मान देकर अपनी कूटनीति बरकरार रखते हुए बहू के पीहर की तुलना फलदार पेड़ से की थी, जिस पर से फल उतारने के लिए लड़केवालों को गिल्ली फेंककर पेड़ को झकझोरना पड़ता ही है। तभी न पेड़ पर लटके फल नीचे गिरेंगे। यों बिना रोए तो मां भी बच्चे को दूध नहीं पिलाती है, और कच्ची मछली को गले से उतारने के लिए बघार-मसाले की ज़रूरत होती ही है, वगैरह-वगैरह।

घर के लोग सिर झुकाकर सुन रहे थे। नाना के गले की उभरी नसों में घुटी-घुटी सी हरकत हो रही थी। अपनी बहुएं उन्होंने रूप और धन के कारण नहीं, बल्कि गुणों के आधार पर ही चुनी थीं।

जीजी प्लेटों में मिठाई-नमकीन भर-भर समधिन को साग्रह खिला रही थीं, जो 'मैंने बहुत देखा है' वाला अन्दाज़ अपनाती उंगलियों की लापरवाह हरकतों से दस काजू गिरातीं, एक-आध मुंह में डालती, बराबर अपना फूहड़पन दर्शा रही थीं। कमरे में बैठे घर के लोग कुछ अभिभूत, कुछ हालात से विवश, मुंह पर खिसियानी मुस्काने पोत-पोतकर उन्हें और उनकी करतूतों को निहारे जा रहे थे। एक चन्दन जरूर इस सब तमाशे से ऊबा गुस्से से फों-फों कर रहा था और घर में रहने की हिदायत से बंधा बरामदे में बिलावजह आवाजाही किए जा रहा था। तुम भरी बैठक में मासी, बुआ, फूफा आदि के बीच से उठकर चली आईं-जीजी को तुम्हारी वह हरकत बेहद बुरी लगी थी। तुममें धेर्य की इतनी कमी क्यों है सोनकिसरी?

औरत ही औरत की सबसे ख़तरनाक दुश्मन है, तुमने कहा नहीं, पर तुम्हारे खिंचे-तने चेहरे पर वह वाक्य फैसले की तरह लिख गया था। भरी महफिल से तुम्हारा निष्कासन। यह स्वतः चुना हुआ निष्कासन तुम्हारी जिद को भले सहलाता

हो, पर तुम उस हरकत से जीजी का बना-बनाया काम बिगाड़ सकती थी। जिन्दा रहने की शर्तों में वक्त-बे-वक्त के समझौते भी तो शामिल हैं, सोना!

तुम्हें मालूम है, तुम्हारे नाम के पीछे एक इतिहास छिपा है, लोक-कथाओं की 'सोनकिसरी' के हठ और आत्मसम्मान का इतिहास! यों जन्मते ही तुम्हारे रूप की आंच से घर की दीवारें जगर-मगर भले न हुई हों, पर उस सोनकिसरी की समझौता न करने की ज़िद तो तुम्हारे खून में घुल गई है। वही सोनकिसरी, जिसने पहली बार ही चाव से रसोई पकाकर जेठ जी के सामने रख दी तो दुर्भाग्य से उसमें एक लम्बा-सा बाल निकल आया। उस बाल को देखकर जेठ जी ने बड़े फूहड़ ढंग से घर के एक-एक सदस्य को दिखाकर कहा था–"जिसका यह बाल, वह मेरी जोरू!' क्या पता उसने अपनी पत्नी को दोषी ठहराकर वह वाक्य कहा हो। लेकिन सोनकिसरी उस फूहड़ वाक्य को सह न पाई और घर छोड़कर चली गई। वह मां के पास भी नहीं गई। लड़की को विदा करते बड़ों के आशीषों में उसे वह बेढंगा आशीष याद रह गया था, जिसमें मायके से डोली और ससुराल से लड़की की अर्थी उठने की कामनाएं की जाती हैं। कोई दुबारा घर लौटाने के लिए थोड़े अपनी बेटी का ब्याह करता है? तर्कहीन लोगों के सामने तर्कों की शक्ति पर उसका विश्वास उठ गया था या आंख बन्द कर लीक-लीक चलनेवालों के सोच पर उसके मन में सन्देह उग आया था, कौन जाने?

लेकिन जेठ जी ने जो फिकरा कसा था–पहला फिकरा, वह एक लम्बी जलालत-भरी जिन्दगी की शुरुआत का संकेत था। सोनकिसरी समझ गई थी। उसका स्वाभिमान फुफकार उठा था। नहीं, वह नहीं सहेगी। उसका पति भी तो उसकी तरफ से नहीं बोला था। अग्नि की साक्षी लेकर पत्नी के मान-सम्मान की रक्षा करने के वादों के बाद भी पति का नपुंसक मौन उसे अक्षम्य अपराध लगा था। जिस घर में मान-मर्यादा नहीं, उस घर का अन्न खाना भी अपराध!

सोनकिसरी अपने आत्मसम्मान को समेटे कई-कई दिन भूखी-प्यासी एक विशाल चिनार के नीचे बैठी रही। उसने दुःख सहे, दुःसह कष्ट, आते-जाते लोगों के अनेकार्थी फिकरे, सगे-सम्बन्धियों के लगाए लांछन...

तुम्हें देखकर मुझे अक्सर उस सोनकिसरी की कहानी याद आती है, सोना! लेकिन वह तो सदियों पहले की बात है। तुम तो आज, बीसवीं सदी की जिन्दगी जी रही हो। तब सोनकिसरी को साधु-महात्मा भी मिले थे। तुम तो आदमियों की बस्ती में इंसानों को खोजते ही टूटने लगी हो। सोनकिसरी की तकलीफ समझनेवाला बाबा उसे सात बीज दे गया था, जिन्हें धरती में बोकर उसने सात पेड़ उगाए। लम्बे-ऊंचे,

आकाश छूनेवाले पेड़ और उन पर कदम-कदम चढ़ते वह चन्द्रमा के द्वार तक पहुंच गई...

लेकिन यह सब आज के विज्ञान-हावी युग में कोरी कल्पना और गप्प की लकड़दादी ही लगती है। ऐसे युग में तुम सोनकिसरी का स्वाभिमान लेकर क्या करोगी, कहां जाओगी? समझौतों के आदी तुम्हारे लोग तुम्हें शंकाओं के दंश ही देंगे। वह सात बीज देकर चन्द्रमा के द्वार तक पहुंचाने का रास्ता दिखानेवाला बाबा किसी गहरी गुफा में सोया पड़ा है–सदियों की नींद के लबादे में दबा-ढंका। जमी हुई बर्फ की तहों को फोड़कर निकलना आसान नहीं होता, सोना! वह रिप-वान-विंकल अपनी नींद पूरी करके ही उठेगा। उस पर नींद की खुमारी जब टूटेगी, तब तक तो तुम नहीं रहोगी, सोना! रहोगी भी तो उम्र तुम्हें अपनी गिरफ्त में जकड़कर निरीह बना चुकी होगी।

क्या तुम नहीं सोचती कि तुम्हें अब बदलना चाहिए? एक कमोबेश लम्बी जिन्दगी जी चुकी हो तुम।

तुम्हारे आगे का यह ताम-झाम भरा आयोजन। सब तमाशा लग रहा है न तुम्हें? बाजीगर के हाथों में डुगडुगी और बन्दरिया का झुक-झुककर सलाम करना।

–चल मेरी बन्नो, चल ससुराल!

–चल ठुमक-ठुमक, चल मटक-मटक, चल लचक-लचक।

न, न, न, दुल्हन नहीं चलेगी। अयं? क्यों भला दुल्हन रूठ गई। न, न, न, रूठो नहीं रानी। झुमका चाहिए? ना! सितारों जड़ी चूनर? ना! सोने का कंठहार? हांऽऽऽ!

–ला दूंगा, ला दूंगा। देखो, सिर हिला रहा है तुम्हारा दूल्हा। हाथ जोड़ रहा है तुम्हारा दूल्हा। अब तो खुश? मदारी डुगडुगी बजा रहा है–'नाच मेरी बन्नो, नाच छम्मक छल्लो...'

आदाब, आदाब! अब बाजीगर झोली में पड़े पैसे समेटता है और बन्दर-बन्दरिया झुक-झुककर सलाम कर रहे हैं; आशीष बटोर रहे हैं। खुदा हाफिज़, बाय-बाय. ..और भीड़ छितरने लगती है।

यही होता है, सोना! सदियों से यही हो रहा है तमाशा–भीड़, पैसा, और फिर खेल खतम, पैसा हजम। यही रीत है, यही रस्म। पीढ़ी-दर-पीढ़ी इसे ही हम निभाए जा रहे हैं, मंच बदल रहे हैं, सज्जा बदल रही है, पर दृश्य वही घिसे-पिटे। तुम किस बदलाव की अपेक्षा में पलकें उघाड़े बैठी हो, सोना?

यादें तुम्हारा पल्ला नहीं छोड़तीं न? मस्तक में कीड़ों की तरह कुलबुलाती हैं।

देसी घी में छुकी-तली सब्जी-कचौरी खाने की अभ्यस्त हाई ब्लड प्रेशर की मरीज़, दूल्हे की मां ने कदली स्तम्भ-सी कलाइयों पर बंगाली कड़े घुमाते हुए शेर का खुला मुंह सहलाते जीजी से एकाधिक बार कहा था–

"हमें तो बस सुशील कन्या चाहिए जी..."

"और क्या?" हीरों-जड़ी दो-तीन अंगूठियां चमकाते उनकी बेटी ने हामी भरी थी, "असली चीज़ तो हमारी भाभी ही है न? यों लेन-देन तो प्रेस्टीज पाइंट ही रह गया है. य नो। अब वक़्त कितना बदल गया है। अब वो मोटे-बेढंगे चन्दनहार पहनने का ज़माना भी लद गया। मैंने तो ममी जी से साफ कहा था कि मुझे सोना-चांदी कुछ नहीं चाहिए। क्यों ममी जी?"

ममी जी कल्ले में पान घुमाते कंधे उचकाते हुए जीजी से मुखातिब हुई थीं– "क्या करती, बेटी राजी ही नहीं हुई। नहीं तो सेर-सवा सेर मेरा खुद का ही सोना पड़ा था घर में। मैंने भी बेटी का मन रखा। बस, एक हीरों का सेट लाकर विदा कर दिया...।"

प्रेस्टीज़ पाइंट, मान-मर्यादा, हीरों का सेट...अनपढ़ मां और ग्रेजुएट बेटी ने मिलकर गर्दनें तानी थीं, शराफत का इज़हार किया था और अक्लमन्द को इशारा करके जीजी की बुद्धिमत्ता की परीक्षा ली थी।

जीजी शक्कर में लिपटी कुनीन की गोलियां निगल गई, पर तुम, सोना?

–हां, प्रेस्टीज़ ही तो है। कोई हाथी पर चढ़कर मांगता है, कोई झोली पसारकर। मंगते तो सभी हैं...

शुक्र है, तुम्हारा स्वर प्लेटों-प्यालियों की खनक में थोड़ा दब गया था और जीजी ने घबराहट में थोड़ी बेअदबी से मेज़ आवाज़ के साथ सरकाई थी। फिर भी चेहरा तपे तांबे-सा सुर्ख हो गया था।

बाद में रोष और दुःख से जीजी फट पड़ी थीं, सही भी था। कितनी तिकड़में भिड़ाकर 'योग्य वर' जुटाया था बेटी के लिए उन्होंने? शुक्र है, बात उन तक पहुंची नहीं। नहीं तो एक तुम्हारे कारण सबकुछ मिट्टी में मिल जाता।

–लेकिन दीदी, पापा ने जो काम शुरू किया था, उसे हम...फिर वे लोग जैसी बातें कर रहे थे...

जीजा ने कसे जबड़ों से बात अधबीच ही काटकर कहा था–अभी रितु छोटी है। जब उसकी शादी का वक़्त आएगा तो सोना की आइडियालॉजी और पापा का सोशल रिफार्म हम भी देखेंगे। तुम्हारे विमल भैया समझदार निकले जो समाज-

सुधार की भावुकता में न पड़े और पापा के उसूलों पर बेटी की जिन्दगी बरबाद न होने दी...

बरबाद! जीजा जी ने बात कही या भाला फेंका? तुम तिलमिला उठी। तुम्हारी आंखों में जलते अंगार दहक उठे। तुमने ज़्यादा सहा था, पर पापा के साथ तुम्हारी सहमति थी। कुछ बदलने का विश्वास और दमखम भी। न, गलत के आगे झुकना नहीं है।

इस निर्णय के साथ ही तरह-तरह के काण्ड हुए थे। वह माघ मास में बर्फ-से ठण्डे पानी से नहाना; बुखार में तपते भी चाबी लगी गुड़िया-सी घर-भर की टहल में खड़ी रहना।

तुम्हारा सुहाग तुम्हारे साथ था, तभी न तुम बिजली की नंगी तारों को लांघ गईं और बेरंग लिफाफे-सी पापा की देहरी पर न लौटी। सास जी खार खाए दुश्मन-सी पैंतरे बदलती रहीं। जुबान की छुरियां-चाकू तुम पर बेअसर साबित हो गए थे। भीतर की दृढ़ता ने तुम्हें ग्लेशियरी चट्टान-सा सख्त बना दिया था। ठण्डी, फिसलनी चट्टान। तुम्हारा वह विश्वास डिगने क्यों लगा, सोना?

जीजा ने एक और बात कही थी, तभी क्या?

–सोना की बात जाने दो। वह गृहिणी की ज़िम्मेदारियां क्या जाने? वह तो आफिस में कुर्सी पर बैठी ही जंचती है, कहा है न, 'खानदारी कोह ब्र मिज़गां, कन्द न अस्त'।

तुम्हें टंडन का चेहरा याद आया तब?

–लेडीज आर ऑफ्टर ऑल लेडीज़...

यानी औरतें भावुक, लिजलिजी, घरेलू, समझौतावादी, तर्कहीन, हर बात को घुमा-फिराकर पति, बच्चों और गृहस्थी पर ही ले आनेवाली होती हैं। दफ्तर का अनुशासन उनसे निभता है?

लेकिन तुम हर फतवे को चुनौती की तरह क्यों लेती हो, सोना?

–मिसेज़ कौल इज़ एन एक्सेप्शन, ऑफकोर्स...तुम्हारी वक्र नज़रों के प्रश्नों से बचते हुए उसने जोड़ दिया था।

पर क्या तुम किसी की जिह्वा को मनमाने मरोड़ खाने से रोक पाओगी? कौल साहब ही कितनी बार समझा चुके हैं तुम्हें–कितना कुछ तो हमारे न चाहने के बावजूद घटता है। तुम उसे नज़र-अन्दाज नहीं कर सकती?

–लेकिन क्यों? जानवर भी जब अपना धर्म निभाते हैं, हम...?

–ठीक है, लेकिन बात सही जगह न बोली जाए तो उसका अर्थ अनर्थ कर

देता है। बया बन्दर को सीख देगा तो अपना घर ही तडवाएगा न? जीजा-जीजी की बात तो जाने दो, मालूम है बनिए और किराने तक तुम्हारे बारे में क्या कहते हैं?

कौल साहब ने बात निगल ली, लेकिन सुरेश ने जरूर कहा–बुरा न मानना, दीदी! विमल किराना कह रहा था; मिसेज़ कौल जैसी तेज़ स्त्री पूरे मुहल्ले में दूसरी नहीं देखी। क्यों तुम बेकार...। मेरा मतलब, एकाध रुपया भाव में फर्क भी हुआ तो क्या हुआ?

–हुआ कुछ नहीं? वैसे पैसे का फर्क इतना महत्व नहीं रखता। लेकिन यह हर जगह मुनाफाखोरी की ज़लील आदत? यह गलत है और मैं ग़लत बात को सहना अपराध मानती हूं।

–यह तो सभी जगह है दीदी, ग़लत काम कहां नहीं होते? दफ्तर में तुम कैसे निभाती हो मैं हैरान हूं। हैरान तो सोना तुम खुद भी कम नहीं। लेकिन फिलहाल सब निभ रहा है, गोकि यह सच है कि दफ्तर में तुम एक आकर्षक कार्यदक्ष महिला की अपेक्षा एक चिड़चिड़ी तुनकमिज़ाज कर्मचारी के रूप में जानी जाती हो। बॉस से लेकर चपरासी तक से तुम एक स्त्री की तरह नहीं, बल्कि एक व्यक्ति की तरह मिलती हो और तुम्हें देख, तुम्हारे जरा-सा पीठ मोड़ते ही क्लर्क लोग अकड़ी-तनी मुद्राओं में मुंह चिढ़ाते हैं। क्या उस सबसे तुम्हें बगावत की गंध नहीं आती?

घर-बाहर, दोनों जगह थकान और ऊब। यह थकान तुम्हारे चेहरे पर लकीरें बनाने लगी है, मुझे डर है, तुम्हारे भीतर भी यह झुर्रियां न डाल दे। अजय ने तुम्हें चेताया भी था–इतना तनाव लेकर जिओगी तो उम्र से पहले बुढ़ा जाओगी, सोना!

तुम्हारे मूड्स, तुम्हारा अचानक हंसते-चहकते माहौल से उठकर खुद को अकेले कमरे में बन्द कर देना, इसे तुम्हारी नन्ही रितु भी महसूस करने लगी है। तुम्हारे जाते, पीठ पीछे किए गए रिमार्क उसे बौखला जाते हैं। वह तुमसे प्रश्न करने लगी है–

'हाई आर यू सो डिफरेंट, ममा?

–तुम्हारे बारे में, आंटी-अंकल लोग ऐसी-वैसी बातें क्यों करते हैं?

–ममा, जीजी तुम्हें 'पीविष' और जीजा तुम्हें 'एबनारमल' क्यों कहते हैं?

तब तुम कोई तर्कपूर्ण उत्तर देने की बजाय बेटी को सीने से लगाकर, सिर पर हाथ फेर देती हो।

–तुम्हें बुरा लगता है रितु?

–ममा, अच्छा नहीं लगता। आखिर क्यों सभी...? वह तुम्हारे सीने में सिर धंसाकर गले में फंसा वाक्य पूरा कर लेती है।

बेटी की शफ्फाक़ आंखों में तरलता देख तुम्हारे भीतर का मंथन जबान तक आ जाता है।

–तुम्हें मुझ-जैसी मां पाने पर तकलीफ होती है न, रितु? जिसे लोग चिड़चिड़ी और असामान्य कहते हैं? रितु का चेहरा टटोलते तब तुम अपने भीतर उठते सवालों से ही जूझती हो।

–मां बच्चों को जाने-अनजाने बहुत कुछ विरासत में दे जाती है, रितु! दुनिया-भर के सुख बच्चों की झोली में डालने की आकांक्षा के बावजूद वह अनचाहे ही उन्हें अपनी तकलीफों और तनावों का भी साझीदार बना जाती है। ऐसा जरूरी है, मैं इसमें कुछ नहीं कर सकती मेरी बच्ची!

सोना चाहती है, रितु मां के तनावों से बेखबर अपने बचपने की सौंधी गन्ध में चहकती रहे। पर हो नहीं पाता। जुड़ाव की अपनी शर्तें जो हैं, उनसे मुक्त नहीं हुआ जाता।

तकलीफ होती है, सोना? अपने तनावों के साथ उगती उम्र की किलक को घोंट देना? उम्र से पहले ही न समझ में आनेवाले सवालों से सिर पटकना? लेकिन सोना क्या करे? वह जो है उससे हटकर कुछ हो नहीं सकती। उसके दिमाग में वही सोनकिसरी जो घुस गई है, जो थकती-चुकती भी सात पेड़ों की सीढ़ी-दर-सीढ़ी लांघती चन्द्रमा के खुले द्वार तक पहुंचना चाहती है–जिसमें प्रवेश कर वह उस संसार में कदम रखना चाहती है जहां उसे सिर्फ अपनी औक़ात के बल पर जाना जाए, और उसका दाय मिल जाए।

रितु मां की गोद में सिर डालकर उनींदी हो जाती है।

–तू बहुत सोचा मत कर, मेरी बच्ची! जिसे जो मन आए, कहने दे। हम किसी को बात करने से रोक नहीं पाएंगे। तेरी तो मैं मां हूं न? बस, इतना काफी है।

–हां, मां! अब एक कहानी...। रितु को नींद आ रही है।

हां, अब सोना कहानी सुनाएगी। उसके बिना रितु सोएगी थोड़ी?

एक थी लड़की, नाम सोनकिसरी, सुन्दर हठीली...न...स्वाभामिनी...

और रितु सुनती जाती है, देखती जाती है...वह सोनकिसरी घर से निकल रही है, आक्रोश-भरी चिनार की छाया में बैठी भूख से बेहाल...वह सफेद दाढ़ीवाला

दरवेश उसे सात बीज थमा रहा है। लो, वे लम्बे-लम्बे सात पेड़ उग आए... सोनकिसरी सीढ़ी-दर-सीढ़ी चढ़ रही है। उसके सुनहरे बाल हवा में उड़ रहे हैं। भूख से पीले-दुबले चहरे पर निश्चय का तेज है। कांपते हाथों में मजबूत पकड़... लो, वह चन्द्रमा का द्वार खुल गया। अरे! ये तो बिल्कुल नई दुनिया है। ये नन्हीं चिड़ी-चिरौटे उसके तो दोस्त बन गए। सभी सामान सजाकर रखा सामने...वाह! ये क्या? राजा की मुनादी सुनाई पड़ रही है–सबसे योग्य लड़की को राजा अपनी पटरानी बना देंगे। बूढ़ा कौआ समझा रहा है...

और ये योग्यता का प्रदर्शन हो रहा है। ढेरों आयोजन, रानियों के कमरे, वाह! झाड़-फानूसों से सजे...हीरे-मोतियों से जड़े कक्ष। रितु का छोटा-सा दिल कांप उठता है। ओ बाबा। कहां से लाएगी बेचारी सोनकिसरी यह सब तामझाम? बूढे कौवे ने कह तो दिया–तुम भी सजा लो कमरा! लेकिन फायदा?

लेकिन सोनकिसरी को चिन्ता नहीं है। वह नकलची बन्दर नहीं है। वह अपने विश्वास को संभाले अडिग बैठी है। कैसा तेज है मुख पर।

राजा एक-एक कमरे को देखता जा रहा है। हीरे-मोती, आभूषण। नहीं, राजा को कोई चीज़ नहीं सुहाती। वह पलटने को ही है कि अगरबत्तियों की सुवास उसे खींच लेती है। कस्तूरी-गंध में लिपटी सादा लिबास पहने सोनकिसरी और राजा के लिए गुलाब-मोगरे का सिंहासन! और कुछ भी तो नहीं है कमरे में। न हार, न श्रृंगार। राजा की नजरें उठती हैं और चुंधिया जाती हैं। ज्यों सोनकिसरी के माथे पर नामगणि चमक उठी हो। उसका मुकुटवाला माथा सोनकिसरी के माथे पर झुक जाता है और वह सोना का हाथ थाम लेता है। सोना के चेहरे पर सुनहरा तेज दिप-दिप करने लगता है...और उसे उसका दाय मिल जाता है। सोना की आंखों के आगे से शामियाने हट गए हैं। रितु रह गई है। सोनकिसरी की जगह...

...और रितु की आंखों के आगे अब सोना है–मां सोना! मां के माथे पर नागमणि चमकती है। लेकिन वह बूढ़ा दरवेश? अहं, मां को शायद उसकी तलाश नहीं। रितु आंखे बन्द ही रखती है। वह इस तिलस्म को टूटने नहीं देगी। नहीं, किसी कीमत पर नहीं, आखिर है न वह सोना, रितु, तेरी ही बेटी?

इस दौड़ में कहानी

सामने पसरी सड़क पर लोगों का हुजूम दौड़ा जा रहा है। साइकिलों, मोटरबाइकों पर, कारों-ट्रकों में और अनेक पैदल पांव, आगे और आगे। पता नहीं किस खजाने की तलाश में? कहां है उनकी दौड़ का आखिरी छोर? आज के हर पल को निचोड़ने में विश्वास रखने वाले, इन लोगों की बदहवास दौड़, धक्का-मुक्की, रेलमपेल, कौन बीच राह गिरा, कौन लुढ़का, कौन पीछे छूटा की चिन्ताओं से बेअसर, संवेदनहीनता की हदें छूती है।

आह! पीछे मुड़कर देखने का वक्त किसके पास है? एक-दूसरे से हड़बड़ी में टकराते, कारों-मोटरबाइकों से बचते लोगों के चेहरे पढ़ने की कोशिश कर रही है शिवि, जो अपने तीसरे माले के अपार्टमेंट से भीड़ के रेले को देख रही है। उसे याद आ रही है, बचपन में दादी मां से सुनी पुरानी कहानी। कहानी में कई बीहड़ जंगलों, चट्टानी नोकदार खड़े पहाड़ों और दलदली बियाबान के पार, कहीं भारी खजाना पड़ा था, जिसकी खोज में कई दिग्गज वीर, राजे-महाराजे और खोजी जिज्ञासु चले तो गए, पर लौटकर न आए। रास्ता बेहद खतरनाक तो था ही खंदक-खाइयों से अटा, बेहोश करने वाली वनस्पतियों से भरपूर भी। उस पर उस यात्रा से जुड़ी एक जरूरी शर्त थी कि पीछे मुड़कर नहीं देखना हैं। कोई पत्थर मारे, गाली दे, पलट कर जवाब नहीं देना है। भला किसी भलेमानस को पीछे से कोई कोड़े मारे, बिना कारण सात पीढ़ियों को गालियां दे, तो कौन मां का लाल चुप रह सकता है? सो नतीजा वही हुआ जो होना था। जिसने पलट कर पीछे देखा, वह पत्थर हो गया।

सिर्फ एक गरीब लड़का, जो सुबह दो रोटी खाकर शाम की जुगत में दिनभर पत्थर ढोता था, वह बड़ा दृढ़ निश्चयी निकला। उसने तमाम कोड़े-हंटर खाए, सात

पुश्तों तक पहुंचती घनघोर गालियां सुनी-सही पर पीछे मुड़कर नहीं देखा, मुंह तो खैर खोला ही नहीं। जाहिर है, उसे रास्ते में पीर-साधु मिले, जिन्होंने उसके धैर्य और मजबूत इरादों से अभिभूत होकर, उसे सलाह-मशविरा दिया, रास्ते सुझाए और अन्त में वह खजाने तक पहुंच गया। उसके दुख और दरिद्रता दूर हो गई। जैसा कि तब की कहानियों में हुआ करता था, तमाम राजपाट उसकी झोली में आ गिरा और राजा की सुन्दरी कन्या भी उसकी पत्नी, यानी कि महारानी बनी। हमारी दादी कहानी समाप्त करते एक वाक्य कहना कभी न भूलती थीं, 'बच्चों, आदमी को आगे देखना चाहिए, पीछे मुड़कर नहीं, तभी गंतव्य मिल पाता है।'

अब दादी की नजर में कौन से गंतव्य थे, ये तो वे ही जानें, जरूर उनका कोई सार तत्व तो रहा ही होगा। तभी तो शिवि को यह कहानी बराबर याद रही। पढ़ाई के दौरान भी और उसके बाद नौकरी, शादी और मां बनने पर भी यदा-कदा कहानी याद आती रही। बचपन में, जैसे कि अक्सर बच्चे देखा करते हैं, उसने भी एक सपना देखा था। यह सपना तब जुनून की हद तक पहुंचा जब उसकी गांव में रहती नानी को हार्ट-अटैक हो गया। उसके ननिहाल का गांव बड़ा प्यारा था। पेड़-पौधों से भरा हुआ, हरी कचहरी गंध में रचा-बसा, ढेर सारे पक्षी, उनकी चहक और नानी, जो नन्हे पक्षियों को अपनी हथेली पर दाना चुगाती और शिवि को आकाश, समुद्र, परियों-राक्षसों ओर जाने किन-किन राजाओं महाराजाओं की कहानियां सुनाती, लेकिन वहां कोई अस्पताल नहीं था। एक डिस्पेंसरी जरूर थी, जिसमें एक अलसाया-ऊंघता कंपाउडर बैठा रहता, जो मरीजों को सीली-सीली टैबलेट और पानी मिले मिक्सचर दिया करता। डॉक्टर अक्सर शहर के दौरे पर रहा करता और जरूरत के वक्त अच्छे कर्म किए हुओं को ही मिलता। नानी बच नहीं पाईं। तब नन्ही शिवि ने पिता से अनुनय सी की, 'पापा, मुझे डाक्टरी पढ़ा देना, बड़ी होकर मैं इसी गांव में अस्पताल खोलूंगी, मेरी नानी को तभी शान्ति मिलेगी न?'

पापा ने पीठ पर प्यार भरी धौल जमाकर लाड़ किया, 'पहले दसवीं की परीक्षा तो पास कर, फिर देखेंगे आगे क्या करना है। चिन्ता क्यों करती हो? तेरे भैया को भी तो डॉक्टरी करा दी, तुझे क्यों नहीं कराऊंगा?' शिवि को लगा था उसका सपना पूरा होगा। भैया शहर के नामी डॉक्टर थे, लेकिन गांव में जाना पसन्द नहीं करते थे। 'गांव? वहां क्या फ्यूचर है मेरा? विदेशों से जो ढेरों डिग्रियां लेकर आया हूं, वहां उनका क्या करूंगा? उधर ओझा, हकीम अभी भी इलाज करते हैं। सरकार ने डिस्पेंसरियां खोल दी हैं।'

शिवि को भैया की बात पसन्द नहीं आई थी। लेकिन उसके पापा ने उससे वादा किया था, उसका सपना जरूर पूरा होगा। यह दीगर बात है कि होनी कुछ और थी। मैट्रिक पास करने से पहले ही पापा एक दुर्घटना के शिकार हो गए। मौत ने न पिता की उम्र देखी न बेटी के सपने। डॉक्टर भैया और भाभी मुम्बई में प्रैक्टिस करते थे। उन्होंने शिवि और मां को वहीं बुलाया। शिवि के लाख चाहने पर भी वह डॉक्टरी पढ़ नहीं पाई। उसमें कई व्यावहारिक दिक्कतें थीं। 'बड़ा खर्चा, लम्बी पढ़ाई। खाली एमबीबीएस से क्या होना है? ऐसे डॉक्टर तो गली-गली में पड़े हैं। बनना है तो किसी सब्जेक्ट में स्पेशलाइजेशन करना होगा। विदेशी डिग्री हासिल करनी होगी।'

भैया ने सोच-समझ कर मशविरा दिया, 'आर्ट्स में एम.ए. करो। अपने पांवों पर खड़ी तो हो ही जाओगी, आगे चाहोगी तो डॉक्टरेट भी कर सकती हो।' भाई के अपने बच्चे भी बड़े हो रहे थे। उनकी जिम्मेदारियां भी थीं। फिर पापा कोई खजाना छोड़कर तो नहीं गए थे। जो कुछ भी था, वह शिवि की शादी में काम आना था। शिवि ने उदास आंखों से मां को देखा। मां ने बेटी के मरते हुए सपने की चिलक महसूस की, दोहरी विवशता भरे आंसुओं से गले लगाया। शिवि ने मां के कांपते आंसुओं में अकेली पड़ी स्त्री की अबोली व्यथा देखी। मां अपने जायों और नियति, दोनों से हार गई थी। शिवि को दादी की कहानी तब भी याद आई थी। 'आगे देखो, पीछे देखोगे तो पत्थर हो जाओगे।' डॉ, भैया को भी शायद कहानी याद थी। पीछे से आंसुओं की पुकार पर उसने मुड़कर नहीं देखा, उसकी नज़र आगे किसी खज़ाने पर टिकी थी। शिवि ने भी मुड़कर नहीं देखा, वहां पिता के वादे थे, उसके अपने बिखरे सपने थे। वह पीछे देखती तो पत्थर हो जाती, सचमुच की पत्थर। दुख, निराशा और बेबसी से जड़।

शिवि की शादी रचे-बसे घर में हुई। पापा का नाम और भैया की शोहरत काम आई। शिवि नितिन के साथ लग्न मण्डप में बैठी। वेद मन्त्रों के साथ फेरे हुए। 'मैं प्राण, तू वाणी, मैं साम तू ऋक, मैं धर्म, अर्थ, काम में तुमसे–अतिचार नहीं करूंगा।' नितिन से वायदे कराए गए। ढेरों अक्षत, फूलों, यह कहना, यह नहीं करना की हिदायतों और मंगल आशीषों के साथ स्त्रियों ने आंसू भरी आंखों से गीत गाए, 'जा! तुझे भगवान के हवाले कर दिया।'

शिवि के मन में उस वक्त एक प्रश्न कौंधा, 'क्या वह कालवन में जा रही है?' उड़ीसा की लोककथा की नायिका कालिजई की पुकार उसके मन को मथने लगी, मां, मुझे कालवन में क्यों भेज रही हो? अकारण ही तो। नितिन ने तो अग्नि की

साक्षी में उससे कुछ वायदे किए हैं, एक भरपूर जीवन जीने के वायदे। क्या वह उसे भगवान के भरोसे छोड़ देगा? लेकिन उसने किसी से कुछ न पूछा। बड़ी-बूढ़ियां ज्यादा पढ़ी-लिखी नहीं थीं। जिन्दगी में जो देखा-भोगा, वही उनके वेद मन्त्रों का सार था।

शादी हुई। कश्मीर की सरसब्ज वादियों में हनीमून मना। नितिन ने झील डल में, स्प्रिंग शिकारे पर सैर कराते, आंखों में आंखें डाल, प्यार के अछूते राग गुनगुनाए। पीर पांचाल की पहाड़ियों के ऊपर ऊदे बादलों वाले नीले आसमान में वे लव बर्डस बनकर कुछ देर उड़े। पहलगांव में लिद्दर की छलछलाहट संगीत की तरह उनके दिलों में गूंज उठी। गुलमर्ग, सोनमर्ग, योसमर्ग। हरे चरागाह, बर्फ ढके नीले पहाड़, यानी प्रकृति का अनावृत सौन्दर्य, मुग्ध होकर रंगों-रेशों से महसूस किया। ठण्ड से अकड़ते हाथ उन्होंने एक-दूसरे की गर्म सांसों से गरमाए। शिवि को उन्हीं दिनों महसूस हुआ कि मुक्त मन के साथ फिजाएं दूर तक अठखेलियां करती साथ चलती हैं, नितिन में शिवि को अपना खजाना मिल गया था। यही तो उसकी कष्टकर यात्रा का सुनहरा पड़ाव था। उसकी मंजिल, भला वह पीछे मुड़कर अपने अधूरे सपनों को क्यों देखती? साल भर बाद ही नन्ही सेजल गोद में आ गई। शिवि मां बन गई, नितिन पिता। एक अभिनव अनुभव, रोमांचक।

नितिन ने शिवि से अनुरोध किया, 'अब बच्ची आ गई है, इसे हम खुद पालेंगे, आया के भरोसे नहीं छोड़ेंगे।' शिवि को भला क्या एतराज होता। उसने छह महीने की लम्बी छुट्टी ली। शिवि की छुट्टियां खत्म होते ही नितिन ने फरमान जारी किया, 'नौकरी छोड़ दो, बच्ची की देखभाल करो।'

शिवि ने मनुहार की, 'नौकरी छोड़ दूंगी, फिर इतनी अच्छी नौकरी नहीं मिलेगी। अभी तो घर से दस मिनट दूर कॉलेज हे, फिर मांजी भी तो हैं, वे सजल को दिन में दो-चार घंटे देख लेंगी।'

'मां ने ताउम्र हमारी सेवा की है, उन्हें अब आराम चाहिए। फिर ऐसी कौन सी नौकरी है तुम्हारी कि छोड़ने से कुछ फर्क पड़ेगा? मेरा इतना बड़ा बिजनेस है।' शिवि ने आहत होकर नितिन को देखा। क्या उसकी अपनी मंशा कोई अर्थ नहीं रखती? क्या काम सिर्फ धन कमाने के लिए किया जाता है। नितिन कुछ नरम पड़ा, 'ठीक है, आगे देख लेंगे, अभी तीन मास की छुट्टी आगे बढ़वा दो।'

नितिन आदेश देता रहा, शिवि सुनती रही। 'सीरियल दिया? अब कुछ सॉलिड दिया करो, डॉक्टर को दिखा आओ, दांत निकल रहे हैं, यह माथे पर चोट

कैसे लगी? भई, तुम दिन भर घर में बैठी-बैठी क्या करती रहती हो कि एक नन्ही बच्ची तुमसे संभलती नहीं?' शिवि अकारण खुद को अपराधी महसूस करने लगी। शिवि बच्ची के लिए सीरियल तैयार करने जाती, पीछे से सेजल घुटनों के बल चलती, कभी मुंह में अनापशनाप भर लेती, कभी मेज, खाट, कुर्सी से टकरा जाती। सच ही तो उसे बच्ची की तरफ ज्यादा ध्यान देना चाहिए।

मांजी बच्ची को लाड़ करतीं, पर नितिन ने हिदायत दी, 'प्यार करना उनका अधिकार है, तुम उन पर किसी काम का बोझ नहीं डालना।' शिवि कभी-कभी किचन में व्यस्त होती तो सेजल को मां की गोद में डाल देती। उसके ओट होते ही सेजल की नन्ही शैतानियां शुरू हो जातीं। नितिन देखता तो नाराज होता, 'भई, अब मां को तुमने आया बना कर रखा है। वे घण्टों बच्ची को लिए-लिए बैठती हैं, आखिर उनकी अपनी भी तो लाइफ है, सहेलियां हैं। उन्हें इस तरह बांध कर रखना क्या ठीक है?'

घर में नौकर था, पर नितिन नहीं चाहता बच्चा नौकर के पास रहे। उसे सेजल को छूने की भी इजाज़त नहीं थी। 'मैं नौकरों-आयाओं के भरोसे बच्ची को नहीं छोड़ सकता। पता नहीं तुम कैसी मां हो, आए दिन अखबारों में, टीवी पर दिल दहलाने वाली खबरें सुनती हो, आज अलां नौकर ने नन्ही बच्ची से बदसलूकी की, फलां आया बच्ची को लेकर चम्पत हुई, क्या तुम चाहोगी कि हमारी बच्ची भी किसी दुर्घटना की शिकार हो जाए?'

पता नहीं क्या हुआ अचानक नितिन का व्यवहार बदलता गया। यों तो उसकी चिन्ताएं जेनुइन लगती, पर एक अप्रत्याशित ठण्डा रवैया, ऊब और खीज से भरा जो शिवि के हिस्से में आ गया। उसे वह किसी भी तर्क से समझ नहीं पाई। क्या यह महज बच्ची की ही चिन्ता है या कुछ और?

घर में दो-चार मेहमान आते, जन्मदिन पर दस-बीस नातेदार, दोस्त इकट्ठा होते, तो नितिन बिजनेस बढ़ाने के तरीकों पर ही बातें करता, बिजनेस पार्टियां तो खैर थीं ही। रात देर घर लौटना उसकी दिनचर्या ही बन गई। शिवि को लगा कि बिजनेस बढ़ाने की चूहा दौड़ में वह घरबार, नन्ही बच्ची और पत्नी को तो भूल ही गया, अपना मानसिक संतुलन भी खोने लगा है। दफ्तर में कुछ गलत हो जाता, कोई प्रपोजल रिजेक्ट हो जाता, टेन्डर नहीं मिलते, तो घर आकर शिवि पर ही भड़ास निकालता, 'सेजल क्यों रो रही है? घर आता हूं तो महाभारत चलता रहता है। थका-मांदा होता हूं, पर यहां भी सुकून नहीं।'

'मैंने तो कभी कोई शिकायत नहीं की। शिवि ने एक बार आहत होकर कहा, पर नितिन भड़क उठा। 'तुम्हें किस चीज की कमी है, जो शिकायत करोगी? घर

में नौकर है, बाई है। तुम्हें तो बस जरा सी बच्ची को देखना है, वह भी तुमसे होता नहीं।' नितिन ने जरा सी बच्ची की जरूरतें नहीं जानीं। पहले कभी गोद में उठाकर सेजल से लाड़ करता, बाद में वह भी छोड़ दिया, वह सिर्फ दौड़ता रहा। हमेशा तनावग्रस्त। बिजनेस मीटिंग लम्बी और लम्बी खिंचती गई। घर के खटराग उसकी समझ से परे ही रहे। आज इस एम.डी. के साथ डिनर, कल एम.पी. के साथ मीटिंग। शिवि खाने के लिए इन्तजार करती रहती। वह देर रात लौटता, तो घरवालों की चिन्ता और इन्तजार उसे खिजाने लगता, 'तुम लोग खाने पर मेरा इन्तजार मत किया करो। मुझे खाने के अलावा भी हजार काम होते हैं।' वह मां की तरफ मुखातिब होता, 'तुम तो जानती हो मां, काम का कितना प्रेशर रहता है मुझे। इसे समझ नहीं आता समझा दो।'

शिवि को नितिन का व्यवहार अपमानजनक लगता। सीधे मुझसे बात करने में भी परेशानी होती है? या मैं इतनी गैर हो गई कि तीसरे को बीच में डालना जरूरी हो गया है? उसने अपनी नाराजगी जाहिर की, 'एक फोन करके बता तो सकते हैं, देर से आऊंगा, हम लोग भी परेशान नहीं रहा करेंगे।'

'अब मैं सभी काम छोड़कर घर ही फोन करता रहूंगा क्या? मरने की भी फुरसत नहीं रहती मुझे। तुम्हें कुछ अन्दाजा भी है क्या? बस एक बार कह दिया। आगे से भूखे बैठकर सती-साविली का ढोंग मत करना।'

नितिन शिवि को छीलने का कोई भी मौका छोड़ता नहीं। शिकायतें फिर भी कम न हुईं, 'कभी अपना हुलिया भी ठीक किया करो। पच्चीस की उम्र में पचास की बुढ़िया लग रही हो।' शिवि ने एक और कोशिश की। नितिन को उसमें पहली जैसी शिवि नजर आए, जिसे कश्मीर में उसने बाहों में भरे-भरे कहा था, 'तुम किसी लाला रुख से कम हो क्या, मेरी शहजादी।'

खाने में शाही पनीर और कमलककड़ी के कोफ्ते बनाए, नितिन को खूब पसन्द हैं। नितिन ने शिवि को गहरी नजर से देखा, 'कहीं जाने की तैयारी है क्या?' 'नहीं तो।' शिवि जाने क्यों शर्म से गड़ सी गई। क्या अब भी उसे उम्मीद है कि नितिन उसे समझने की कोशिश करेगा। बिना संवाद, मन के आवेगों की उमड़न महसूस कर अपने रूखेपन पर पछताएगा?

घर देर से लौटना अब रुटीन ही हो गया। नीतिन और शिवि के बीच कैसा तो अबोला आकर बैठ गया कि शिवि चाहने पर भी उसे हटा न पाई। नितिन के स्पर्श तुर्श और बेरहम होते गए। शिवि के मन में प्रश्न उठे, क्या नितिन को कोई लड़की मिल गई है जो शिवि दिन ब दिन दूर होती जा रही है? इतना लम्बा रेगिस्तान बीच

में फैलता गया कि धूप और प्यास से शिवि बदहाल होती गई।

बचा-खुचा स्वाभिमान बटोर कर शिवि ने जरूरत के जल्दबाज स्पर्शों से एतराज किया। 'क्या बात है, कोई मिल गया है क्या?' नितिन फुफकार उठा। पुरुष के दम्भ को चुनौती जो दी एक स्त्री ने, जो उसकी पत्नी थी, निजी जागीर। एक अनाम युद्ध दोनों के बीच तना रहा, दोनों अपने-अपने अस्त्रों से एक-दूसरे को जख्मी करते रहे। एक दिन तो हद ही हो गई। सेजल खेल-खेल में गिर पड़ी। माथे पर चोट लगी। शिवि डॉक्टर के पास जाकर मरहम पट्टी करवा आई, टिटनेस का इंजेक्शन भी दिलवाया। नितिन ने बच्ची के माथे पर पट्टी बंधी देखी तो उबल पड़ा। अनाप-शनाप जो भी मुंह में आया, शिवि को सुना दिया। 'खेल-खेल में ऐसा होता ही है बच्चों के साथ। तुम आपे से बाहर क्यों हो रहे हो? डॉक्टर ने इंजेक्शन दिया है। एक-दो दिन में जख्म भर जाएगा।'

शिवि की शान्त मुद्रा ने नितिन के गुस्से को शान्त करने के बजाय भड़का ही दिया, 'मैं आपे से बाहर हो रहा हूं? सिर फट जाता, यह तुझे छोटी बात लगती है? शुक्र करो, मैं शराफत से पेश आ रहा हूं, दूसरा होता तो मुझे सिखा देता कि बच्चे को नेगलेक्ट करने का क्या नतीजा होता है।'

शिवि की नसें विरोध से चटकने लगी, पर वह घर में तमाशा खड़ा करना नहीं चाहती थी, आवाज धीमी रखकर बोली, 'तुम सेजल के पिता हो, मैं भी तो उसकी मां हूं, यह क्यों भूलते हो? क्या मैं जानबूझकर उसे चोट खाने दूंगी? असल में तुम्हारे गुस्से की वजह कुछ दूसरी है। मुझे तुम सॉफ्ट टारगेट मान इस्तेमाल करते हो। अपनी नाकामयाबियों या ऊंची दौड़ में आई चोटों से अगर तुम्हारे मन में कोई ग्रंथियां हैं, कोई फस्ट्रेशन है तो मुझे खामख्वाह जलील करने से तुम्हें कौन सा फायदा होने वाला है? अच्छा होगा तुम शान्त मन से अपने रवैये पर सोच लो। मैं अगर तुम्हारी परेशानियों की वजह हूं, तो साफ बताते क्यों नहीं?

नितिन शायद पहली बार ही शिवि का विरोधी स्वर सुन रहा था। थोड़ा सा हैरान तो हो गया, पर वह मर्द ही क्या जो पत्नी की बहसों को गम्भीरता से ले। नितिन तो वह शख्स हो नहीं सकता। गुस्से से उसकी नसें तड़कने लगीं, 'मेरी परेशानियों की जड़ तो तुम्ही हो। बिजनेस के बारे में तुम क्या जानो, जिसकी सात पीढ़ियों ने दफ्तरों में कलम घिसाई की और सरकारी नौकरियों में खपते रहे। पता नहीं, खुद को क्या समझती हो? दूसरे कमरे में चली जाओ। तुम्हें देखकर मेरा ब्लडप्रेशर बढ़ जाता है।'

शिवि पत्थर हो गई, तो यही है उसका सुखी संसार। यहां वेदमन्त्र अर्थहीन हो गए हैं, बड़ी-बूढ़ियों के आशीष भी फलने से रहे। यह तो वही कालवन है जिसमें जाने पर कालिजाई रो-रो कर पिता से मनुहार करती रही थी। शिवि बेजान कठपुतली नहीं थी। नितिन के लिए वह परेशानियों का कारण बने, वह नहीं चाहती थी। जब संवेदना के स्रोत सूख जाएं तो किस सुख की कामना की जा सकती है? सिर पर तपती धूप, पीठ पर पड़ते कोड़े। शिवि ने तो नितिन को ही अपना गंतव्य माना था। उसका घर, परिवार जिसमें नितिन ने कहा था, 'मैं प्राण तू वाणी, मैं साम तू ऋक, मैं धर्म, अर्थ, काम, में तुमसे अतिचार नहीं करूंगा।' उसने तो मुड़कर नहीं देखा।

नितिन भूल गया अपने वादों को। पीछे मुड़कर नहीं देखा, पास खड़ी अपनी संगिनी को भी भूल गया। क्या उसे डर था कि पीछे देखने से वह पत्थर हो जाएगा और खजाना पाने से वंचित रह जाएगा? इसीलिए वह अपने पास के खजाने को पहचान नहीं पाया?

शिवि मां के पास लौट आई। बिना मुड़कर देखे ही वह पत्थर बनने लगी थी, उसने पत्थर बनने से इंकार किया। क्या पता वह नितिन के पास लौटेगी भी या नहीं। यह तो समय ही बताएगा। हो सकता है नितिन दौड़ते-भागते थक जाए और अपने किए-धरे पर सोच विचार कर पाए कि उसने तो असली खजाना खो दिया है। तब तो उसे मुड़ कर देखना ही होगा। क्योंकि वहां पर गाली-गलौज, मारा-मारी और ईंट-पत्थर नहीं बरसते। वहां खुशहाली की चिड़ियां, नन्ही सेजल की तोतली बोलियां हैं, शिवि के नाम की मीठे पानी की झील लहरा रही है। हो सकता है थक-चुक कर एक दिन नितिन को उस ठण्डी झील में नहाकर खुद को समझ पाने की इच्छा जागे और फिर से कोई प्यार का घरौंदा बस जाए? बशर्ते कि उसके सिर से खजाने का भूत उतर जाए। यह भी हो सकता है कि शिवि फिर से नौकरी करे, सेजल को खुद पाले, उसे डॉक्टर बनाकर अपना सपना भी पूरा करे, भविष्य का क्या पता, होने को तो कुछ भी हो सकता है। अब, इस इक्कीसवीं सदी में अगले पल क्या कुछ नया घट जाए, इसका ही भरोसा न रहा। तभी न, दादी मां की सदियों पुरानी कहानी के अर्थ ही बदल गए, बदल क्या गए, कहानी का ही भंटाधार हो गया। देखो, आगे जो हो सो हो, अभी से क्या निष्कर्ष निकालना, कोई नयी कहानी तो बनेगी ही।

ना सोहणी ना हीर

हादसे और अप्रत्याशित घटनाएं कैसे बिना दस्तक-सूचना दिए सामने प्रकट होकर पैरों तले की ज़मीन खींच लेते हैं, इसका जी-धंसाऊ अनुभव पहली बार विमला रैणा को तब हुआ जब उर्वशी गृह-त्याग करते समय उसके नाम एक चिट्ठी छोड़ गई। उस चिट्ठी में बेटी ने माथा ऊंचा रख, खांटी भाषा में, मां के उम्र भर के जमा हासिल को अंगूठा दिखा दिया था, यह लिखकर कि "मैं जा रही हूं मम्मा। यूसुफ मेरे साथ है। मुझे ढूंढना मत। जाना जरूरी था क्योंकि मैं जान गई थी कि आप चाहकर भी यूसुफ को अपना नहीं पाएंगी। आपने प्यार को ज़ख्म बनाकर पोसना ही सीखा है मां, पर मैं बलि का बकरा नहीं बनना चाहती। दुःख तो कई हैं मां, आप दोनों ने मुझे वक़्त के साथ चलने के क़ाबिल बनाया, अपने फैसले ले सकने की कूव्वत दी, पर भूल गए कि मेरे फैसले आपकी सोच से अलग भी हो सकते हैं।

मां! मैं सोहणी, लैला या हीर नहीं कि मर-मिटकर शहीद हो जाऊं। आपकी बेटी उर्वशी हूं जिसे जीना ज़्यादा बड़ी चुनौती लगता है।"

भास्कर पत्र देखकर फुंफकार उठा था। सात पीढ़ियों और सत्रह जन्मों में भी ऐसी शर्मनाक घटना रैणा खानदान में नहीं हुई थी और अब यह सब भास्कर रैणा के साथ होना था, जिसने अपने अधूरे सपने बच्चों में पूरे करने चाहे। एक विधर्मी के पीछे 'लट्टू' होकर बेटी ने पिता को मुंह दिखाने के क़ाबिल न रखा। डैम!

सो दिनों नहीं, महीनों घर में दबा-दबा महाभारत मचा रहा। एक दूसरे को ज़िम्मेदार ठहराते पति-पत्नी, इस 'महाकाण्ड' को लेकर आमने-सामने युद्धरत तने रहे और वर्ष भर बाद बिना किसी नतीजे पर पहुंच, लस्त-पस्त होकर बेटी का तर्पण कर बैठे।

अब और हो भी क्या सकता था?

संभ्रांत परिजनों, मित्रों, मुहल्लेदारों की सवालिया नजरों के उत्तर पहले तो 'सखी-सहेली' के पास, या दूर की मद्रास, कलकत्ता में रहती चाची-ताई के पास गई है, कहकर दिया। बाद में चुप रहे। दरअसल, बाद में लोगों ने भी पूछताछ करना छोड़ जमाने को ही कोसना चालू कर दिया। सभी आल अयाल वाले थे, शीशे के घरों में रहने वाले। फिर टी.वी., वीडियो का ज़माना! एम.टी.वी., जी.टी.वी. और आए दिन हाय सेक्सी, हेलो सेक्सी, चोली के पीछे क्या है–नुमा गीतों का चलन। जो न हो, उसी का आश्चर्य।

वैसे भी लोगों ने अब आश्चर्य करना छोड़ ही दिया है, लेकिन बेटी का तर्पण करने के बाद भी न भास्कर बेटी को भूल पाया न विमला। भास्कर को लगता, दफ्तर में ही नहीं, गली-मुहल्ले, सड़क से गुज़रते बराबर उस पर थुक्का-फज़ीहत हो रही है। इस सब की ज़िम्मेदार उर्वशी की मां है, जिसके खून में ही गलत काम, गलत संस्कारों के 'जीन्स' भरे पड़े हैं।

विमला पता नहीं क्या सोचती थी, हां, थाली में भात परोसते उसका हाथ रुक जाता। उर्वशी के वार्डरोब में हैंगरों पर लटके 'बुटीकों' में डिज़ाइन किए सलवार-कमीज़ चौड़े पहुंचे के गरारा-नुमा पाजामें और आकाश को ढकनेवाली चौड़ी ओढनियां देखकर वह उन्हें उलट-पलटकर महसूसती। छू-छूकर सोचती, उर्वशी ने कितने चाव से बनाए थे, इन्हें भी छोड़ गई?

खुद उसने, जो उर्वशी की पसंदीदा जामदानी, तनशोई और कान्था वर्क आदि साड़ियां लाई थी, वे तो अलग बक्सों में भरी पड़ी हैं। फिर मां-पापा का लाड़। वह भी तो....

बेटा प्रवण छुट्टियों में महीने भर के लिए होस्टल से घर आया, तो विमला ने चुन-चुनकर बच्चों के मनपसन्द पकवान् बनाए। मेथी-पनीर का साग और सीक कबाब खासकर। प्रणव ने पनीर चखकर एक तरफ रख दिया तो विमला के मुंह से बेतहाशा निकल पड़ा–अरे, तूने यह मेथी-पनीर नहीं खाई। तेरी दीदी कितने शौक से बनवाती थी...

भास्कर को जैसे तत्ता चिमटा छू गया। उसने पत्नी को खा जानेवाली नजरों से घूरते उसके मायकेवालों की सात पुश्तों को बेदर्दी से नोच-काटकर चिंदी-चिंदी कर डाला। जवान बेटा पहले तो हैरानी से पिता पर अचानक पड़े दौरे और मां के ज़र्द पड़ते चेहरे को देखता रहा, बाद में, "पापा प्लीज़! स्टॉप इट", कहकर प्लेट में खाना छोड़कर कमरे से बाहर हो गया, उसके कानों में पिता, के चन्द बोल नगाड़े

की तरह बजते रहे–"जैसी तुम वैसी तेरी बेटी। नाम मत लो उसका मेरे सामने। तेरे पिता पर तरस खाकर मैं तुमसे शादी न करता तो तुम भी उस दो टके के यार के साथ मुंह काला कर गई होती।"

उस दिन दूसरी बार हादसा घटा था विमला के साथ जब वह जवान बेटे के सामने बिना वजह ज़लील कर दी गई थी। बेटी का नाम लेना अपराध हो गया। लेकिन उस दिन विमला ने पति के आरोपों का जवाब नहीं दिया। दीवारों से सिर फोड़ना उसने इधर छोड़ दिया था।

रात तकिए पर सिर रखते वह उर्वशी को उमगकर याद करती रही। क्या सचमुच विमला बेटी जैसी है? जैसा कि भास्कर ने कहा–जैसी मां वैसी बेटी।

उर्वशी ने कहा था, "मैं सोहणी लैला या हीर नहीं...

वह भी तो इनमें से कोई नहीं थी और वह भी तो जीना चाहती थी, नीले आसमान में ऊंची उड़ान भरना। उस रात उसके मन के आईने में पच्चीस साल पहले की विमला झांक आई। विमला नहीं, विम्मी, विम्मू, विमली।

सोहणी, लैला, हीर, शीरीं।

ये नाम उसने ज़रूर सुने थे। बल्कि सच तो यह है कि उनके किस्से भी पढ़े थे। ज़ोरदार किस्से! पढ़ते-पढ़ते भल-भलकर भीतर से कुछ उमगने लगता। सुड़कती नाक पोंछते उसने सुबक-सुबक आंसू भी बहाए, पर वह जानती थी कि वह उनमें से कोई भी नहीं, न हीर, न सोहणी, न शीरीं या हीमाल ही। होना भी नहीं चाहती थी।

दरअसल, अबरक मांड लगा किंगरीदार बारीक चुन्नटोंवाला आसमानी या मोतिया दुपट्टा गले में रस्सी-सा लटकाए गली-मुहल्ले में बछेरी-सी घूमती विमली के पास वक्त ही कहां था–प्यार-व्यार के चक्करों में पड़ने का?

सुबह की गई दोपहर दो बजे स्कूल से लौट, बस्ता पटक, दाल-भात या सब्ज़ी-रोटी, जो भी मिले, बिना शिकवे खा लेती। स्कूल का होमवर्क निपटाते-निपटाते ही बिल्ली-टिल्लू दो-चार बार कमरे में झांक उझक माझे की खूब बड़ी चरखी दिखा-दिखा ललचाते कि हम तो चले पतंग उड़ाने, आना हो तो...। निक्की-विनी पिछवाड़े की गली में पहले रस्सी-टप्पा, स्टापू, 'आलमाल पहला थाल, मां मेरी के लम्बे बाल' और बाद में उम्र बढ़ने पर बैडमिंटन खेलने के लिए गुहार मचाते। शाम का खाना बनाना भी तो उसी के जिम्मे था।

मां उसके खिलन्दड़ेपन और पैरों में चकरी होने के कारण विमला के भविष्य की चिन्ता में घुली भुनभुनाती रहती। पिता पर बेटी को पढ़ाने का भूत सवार न होता

तो वह 'मैट्रिक' पास करने के बाद ही उसके हाथ पीले कर गंगा में गोता लगाती। मां के कहे, पिता के लाड़ ने बेटी को बिगाड़ने में कोई कसर नहीं छोड़ी। सीख-सिखौवल की बात मुंह से निकली कि पुलिसिए की तरह डण्डा घुमा धौसियाएंगे, "यमदूत की तरह बेटी की जान के पीछे क्यों पड़ी हो, चार दिन की मेहमान होती है लड़की। बाद में तो...।"

मां खानदानी घराने के संस्कार लेकर आई थी, जिसमें पति की धौंस-धमाल सुनना, सहना और पीढ़ी-दर-पीढ़ी इसे सहने की सीख आगे सरकाना, पहली शर्त थी। उसे बेटी को शऊर सिखाना था सो उसके पैरों में ज़ंजीर डाल घड़ी-दो-घड़ी गोड़-घुटने मोड़कर बिठाने की तरकीबें सोचती रहती, "लो, यह सूप भर चावल चुन लो, "कुछ नहीं तो मेथी ही तोड़कर दो।"

माया-वाया मां के मन में भी कम नहीं थी, कहती थी कभी-कभार कि मां-बाप के पास ही लाड़ निभते हैं बेटियों के बाद में पराए घर और पराए मर्द के नाज़-नख़रे उठाते वे ये भी भूल जाती हैं कि हमारे अन्दर भी कोई इच्छा-आकांक्षा थी कभी...।"

मां लड़कियों से हेल-मेल रखने से कभी नहीं टोकती, पर 'ताड़ की झाड़' लड़कियां छज्जों पर चढ़कर पतंग उड़ाती फिरें, यह वह सह नहीं पातीं। उसने सुना था कि महात्मा विश्वामित्र फिसल पड़े थे स्त्री के मोह में, फिर गली-मुहल्ले के ताका-झांकी करते सड़क छाप लौंडों से अपनी बिटिया को कैसे बचाया जा सकता था?

लेकिन विमली को इसकी चिन्ता नहीं।

एक बार उसकी पक्की सहेली निक्की ने उसकी आंखों में आंखे डाल, राज़भरा सवाल पूछा, "तुझे कोई लड़का अच्छा लगता है?"

–सभी अच्छे लगते हैं। तू क्यों पूछती है?" वह हैरान होकर देखती रही।

–नहीं, वह, मतलब, तुझे किसी से 'लव' हो गया है?

सुनते ही विमली पर हंसी का दौरा पड़ गया, "तू उस 'लव' की बात करती है जो सोहणी को महिवाल से हुआ था, हीर को रांझे से...?"

गम्भीर प्रश्न को मज़ाक़ में टालते देख निक्की को बुरा लगा था।

–ज़्यादा सीधी मत बन। नहीं बताना चाहती तो तेरी मेरी कुट्टी।"

तब विमली ने सखी को मनाते हुए ईमानदारी से कहा था, "सच्ची निक्की, मैं किसी से लव-शव नहीं करती। मुझे डर लगता है। देखो न, जिसने प्यार किया उस पर आफतों के पहाड़ टूट पड़े। किसी को पत्थर मारकर ज़ख्मी कर दिया गया,

कोई नदी पार करते डूब गए, कोई चीखें मार-मार अरदास करती भी ज़बरदस्ती डोली में बिठाकर पराए घर भेज दी गईं। ना बाबा! मैं तो जीना चाहती हूं। खूब नीले आसमान में ऊंचा और ऊंचा उड़ना चाहती हूं–उस लहराते पतंग की तरह जो बादलों के पार जाकर सूरज से बतियाती है।

निक्की ने कहा, "तू पागल है, तुझसे कुछ नहीं होने का।" लेकिन होनी ने कहा, "ठहर, ज़रा, वक़्त आने दे।"

एक दिन कॉलेज से लौटते विमली ने देखा, गली के मोड़ तक कोई अनजाना लड़का पीछे-पीछे चला आ रहा है। उसने सोचा, होगा कोई। दूसरे दिन उस अनजाने लड़के ने मुस्कराकर एक वज़नी-सा लिफाफा उसकी किंगरीदार ओढ़नी की चुन्नटों में खोंस दिया।

– "अरे, कौन बदतमीज़ है यह?" विमली ने गुस्से से लिफाफा झटक दिया, जैसे कोई बिच्छू हो।

मनीष पहले घबराया फिर हंस पड़ा।

–बेशर्म, बेहया, लच्चा, लफंगा, 'तेरी मां बहन नहीं?" उसने चुन-चुनकर गालियां सुनाते वह मां-बहन वाला मुहावरा दुहराया, जो उन दिनों ऐसे मौकों पर इस्तेमाल हुआ करता था। खासा असरदार।

लेकिन लड़के पर कोई असर नहीं हुआ।

"–ले लो न प्लीज़!" उसने याचना भरी नजरों से देखा।

"–क्यों?" विमली खतरा भांप, अपनी सुरक्षा के लिए अड़ी-अड़ी कठिन सवाल पूछने लगी–"बोलो क्यूं ले लूं? कौन हो तुम? किस सल्तनते गुलिस्तान के शहज़ादे हो, जो मैं तुम्हारी बात मानूं?

–मैं मनीष हूं। एम.ए. फायनल का स्टूडेन्ट, शाहज़ादी गुलअफशां। तुम्हारे लिए ताजमहल बनाऊंगा।" उसने अदब से इल्तजा की।

होनी ने मनीष की बांह बनकर विमली का रास्ता रोका–"यह बात?" विमली ने पूरी ताकत लगा बाहें हटाने की कोशिश की–"अरे, यह बाजू है या राजा जनक का धनुष?"

इंचभर भी नहीं हिलता। विमली ने कमजोर पड़कर कहा कि वह शोर मचाकर लोगों को इकट्ठा करेगी। जवाब में मनीष ने उसकी कलाई पकड़ ली। उसका हाथ पसीने से तरबतर था। 'यह तो पानी का गुब्बारा ही निकला।' गुस्सा आना चाहिए था पर नहीं आया। शरीर सुन्न-हो गया। दिल के आसपास कबूतर पंख फड़फड़ाते रहे। विमली बिना वजह बेबस हो गई।

अपनी बेबसी वह निक्की के अलावा किसे बताती? निक्की ने कहा, "तुझे प्यार हो गया है।" वही मुर्गे की एक टांग।

"–प्यार उस मुस्टंडे से? जिन्न जैसा लगता है..."

"–अल्लादीन का? चलो अच्छा हुआ, तेरी सभी फरमाइशें पूरी कर देगा।"

मनीष जो भी था, इश्क में गिरफ़्तार था। चिट्ठियों पर चिट्ठ्यां लिखता रहा। बहलाती, फुसलाती, हालेदिल बयान करती बेशुमार चिट्ठ्यां। जिन्न भी ऐसी हरकतें करता तो सारी जिन्नगी फुस्स हो जाती।

"–बन्दे को कोई काम-धाम नहीं।" विमली पहले हंसती रही, बाद में इन्तज़ार करने लगी। खिड़की-दरवाजों से झांक उचक गली में आते-जातों के चेहरे देखती रही। दिमाग में घण्टी बजी, "कहीं तू सोहनी, हीर वाली लाइन में तो खड़ी नहीं हो रही?"

"अरे नहीं! मुझे क्या कोई काम-धाम नहीं, जो बेकारों के शगल पालूं?" उसके नाक पर से मक्खी की तरह ख़याल झटक दिया।

बाहर बसन्त आया। हवा में मदहोश करती गन्ध समा गई। फिर गर्मी, जिसका काम यों भी तन-मन को झुलसाना होता है।

उसके बाद आई झर-झर झरती बरखा!

"वर्षा की फुहारों से भरे मेघ के मतवाले हाथी पर चढ़ी हुई, चमकती विद्युत पताकाओं को फहराती हुई, मेघ गर्जना के नगाड़े बजाती हुई...।"

अरे रे! यह तो कालिदास के ऋतुसंहार की वर्षा है, इसका विमला से क्या लेना देना?

लेकिन नीले आसमान पर मेघ छा गए और विमली की पतंग बादलों में खो गई। वह घुमड़ते बादल देख रुआंसी हो गई। क्या कालिदास का यक्ष भी मेघ देखकर ऐसे ही उदास हो गया था?

खिड़की के नीचे बारिश में मनीष भीग रहा था। भीगा कौवा! भीगे कपड़ों में खड़ा खेत का बिजूका जैसा। विमली कब तक खिड़की की संधों-झिर्रियों से देखती? जब तक झलक-भर दिखाकर 'बाई-बाई' न करें, वह टलेगा थोड़ी? हठी विस्मार्क! उसने मनीष को नया नाम दिया।

क्या कुछ हुआ होता रहा जाने-अजाने कि खिलंदड़ी विमली संजीदा होती गई। निक्की से पूछा, "क्या करूं, समझ में नहीं आता। क्या सोहणी की तरह मुझे भी उफनता दरिया पार करना पड़ेगा?

निक्की ने अपनी मां से कहा, मां ने तसल्ली दी कि वह सिफ़ारिश करेगी।

मौसी ने विमली की मां से जब कहा कि लड़का अच्छा है, एम.ए. करता है, विमली को भी पसन्द है, तो विमली की मां ने अपना माथा पीटा, "मैं जानती थी, लड़की कोई गुल खिलाकर रहेगी।"

बाबा सोच में पड़ गया। लड़का कौन? पूछताछ कराई। लो! मिला भी बेटी को तो कौन? न हसब-नसब, न खानदान-पानदान, न घर न घाट। नौकरी-हौकरी ही ढंग की होती तो भी सोच लेते! एम.ए. कर रहा है? अरे, ऐसे हज़ारों एम. ए. चप्पलें घिसाते हैं दफ्तरों में आवाजाही करते, 'वेकेंसी ढूंढते। "न भई न, न नौ मन तेल होगा न राधा नाचेगी।" उसने यह भी कहा कि लाडों पली बेटी को वे भाड़ में नहीं झोंक सकते, नदी में बहा नहीं सकते। वे मां-बाप हैं, जो करेंगे ठीक ही करेंगे।

निक्की की मौसी ने आह भरकर कहा, "कहीं लड़का कुछ कर-करा न बैठे। बड़ा हठी है, कह रहा था..."

लेकिन विमली के बाबा मनीष की दाढ़ी फूट धमकियों से डिगनेवाले नहीं थे।

विमली ने मां को पिघलाने की व्यर्थ कोशिशें कीं, "हम रुक सकते हैं मां, एकाधसाल में उसे कोई-न-कोई काम मिल जाएगा, न मिले तो जो मर्ज़ी हो कर लेना, घर से नहीं देश से बाहर कर देना, मैं मुंह नहीं खोलूंगी..."

बेटी की 'ज़बानदराजी' पर मां गश खाकर गिर पड़ी। बाबा से कहा, "थोड़ा संखिया लाकर दे कि चैन से आंखें मूंद ले, फिर जो भी होना हो, हो ले, वह तो नहीं देख पाएगी।"

तब भी घर में महाभारत मचते-मचते रह गया था। अर्जुन के धर्मसंकट में पड़ी विमली को किसी कृष्ण ने प्रहार की सलाह नहीं दी। अपनों के बीच, अपनों के विरुद्ध होकर भी विमली युद्ध नहीं लड़ सकी और बिना लड़े ही हथियार डाल दिए।

घरवालों ने सोचा, इश्क का भूत उतर गया। रास्ते पर आ गई लड़की। होता है ऐसा ही अक्सर! मां ने बनारसी, ज़रदोई, टिशू तारबान की लिश्कारे मारती साड़ियों और चन्दनहार, कर्णफूल, मगरमुहां कंगन इत्यादि वस्त्राभूषणों से सजाकर बेटी को पब्लिक वर्क्स डिपार्टमेंट के इंजीनियर भास्कर रैणा के पल्लू से बांध दिया।

विमली वरमाला-फेरे डाल सुहागन बनी विदा हो गई। सखियों से गले मिले रोई तो जाने क्यों उसे हीर की चीखें याद आ गई, "डोली चढ़दयां मारियां हीर चीकां,' 'मैंनू ले चल बाबला लै चल वे, मैंनू रख ले बाबला हीर आंखें, डोली छड़ कहार नी लै चल वे..."

लेकिन विमली डोली में नहीं, इम्पोर्टिड कार में ससुराल चली गई। बिस्मार्क कहां गया था? बाद में सुना, विमली के पिता ने मनीष की मां के पांव पकड़कर 'लाज रखने' का वचन लिया था और मनीष की मां ने 'जान दूंगी' कहकर बेटे को कमरे में बन्द कर दिया था। दरअसल, उन दिनों कुछ हारे हुए प्रेमी, प्रेमिकाओं को पराई होते देख ऐन लगन के वक्त दूल्हा बनकर चार-छः दोस्तों की बारात लेकर लड़की के घर धमक आते थे। दो-दो दूल्हे मैदान में आमने सामने होते, ऐसे में क्या तो फज़ीहत हो जाती पूरे कुनबे की। कहने की बात नहीं।

लेकिन विमली बाइज़्ज़त ससुराल पहुंची और आम लड़कियों की तरह ससुराल की हो गई। पति भास्कर कभी-कभी मज़ाक़ करता, "सुना, तेरा कुछ चक्कर था किसी के साथ...क्या हुआ उस मजनूं का?" विमली हंसकर टाल देती, "क्या मज़ाक करते हो?" पर जब-जब भास्कर याद दिलाता, उसे मजनूं पर पत्थर बरसाते हाथ याद आते, बारिश में भीगता मनीष याद आता। वह ध्यान झटक देती।

गृहस्थी अच्छी जमी विमली की। उर्वशी बेटी और प्रणव बेटा–दो बच्चों की मां बनी। उर्वशी ने एम.एससी किया, बेटा इंजीनियरिंग के लिए दूसरे प्रदेश चला गया। बच्चे दोस्त बने, अपने क़द-बुत के हो गए, वक़्त कैसे बीता, पता ही न चला।

एक दिन उर्वशी ने मां से कहा, "मम्मा! मुझे यूसुफ अच्छा लगता है। मैं उसे जीवनसाथी बनाना चाहती हूं...।

विमली चौकन्नी हो गई। क्या फिर कोई हादसा घटनेवाला है? लेकिन उर्वशी विमली नहीं थी। पढ़ाई के अलावा एक्स्ट्रा कैरिक्युलर एक्टिविटीज़ में भाग लेती। एन.सी.सी., ट्रैकिंग उसके शौक! भास्कर या विमला किसी ने उसे टोका नहीं, बल्कि बढ़ावा दिया। रोमियो जूलियट नाटक खेलते ही तो यूसुफ से दोस्ती हो गई।"

"क्या नाम बताया" ? भास्कर ने ठीक से सुना नहीं, या शायद विश्वास नहीं किया अपने कानों पर कि बेटी इस नाम से जुड़ सकती है। उर्वशी की आवाज़ में कोई कम्पन नहीं था। स्वभाव ही नहीं है बात को घुमा-फिराकर कहने का।

लेकिन भास्कर सुन नहीं सका। चेहरे पर कई रंग आए। माथे की नसें तड़कने लगीं, "दुनिया कहां से कहां पहुंची और तुम अभी रोमियों-जूलियट से आगे नहीं बढ़े? शेम!"

"–पापा! हम बहुत अच्छे मित्र हैं!"

"–मैं थक गया हूं, आराम करूंगा।" भास्कर अधबीच ही उठकर चले गए। विमला चुपचाप मेज़ पर से डोंगे समेटने लगीं।

"–मम्मा! कुछ कहो!' उर्वशी ने मां से याचना की, पर विमला कुछ बोल ही न पाई! विकास का चक्र उल्टा घूम गया।

कई दिन घर में अबोला रहा। विमला ने पति को समझाना चाहा, "लड़की सयानी है" तुम ज़िद मत करो। अब वक़्त बदल गया है... !"

"–नहीं! भास्कर रैणा ने साफ़ इनकार किया। वह अपनी नाक कटने नहीं देंगे। अमीर-ग़रीब वे नहीं मानते, खानदान-वानदान भी नहीं, पर यहां धर्म की बात है। इसका मतलब समझती हो?

कोई-न-कोई वजह पैदा कर ही देते हैं सनातन संस्कारों और थोथे अहंकारों से तने बुज़ुर्ग और इसे 'होनी' कहते हैं!

भास्कर रैणा का सिर आकाश में तना रहता है। बच्चों के लिए उन्होंने क्या-क्या सपने नहीं देखे। नो, नो, फरगेट इट! दोस्ती ठीक है पर शादी नहीं। शादी में सिर्फ़ दो जने नहीं, दोनों तरफ़ के परिवार, नातेदार जुड़ते हैं! कैसे हो पाएगा?

उर्वशी ने बहस नहीं की। तर्क-वितर्क भी नहीं। सोच की खिड़की बन्द हो तो संवाद कैसे हो पाएगा? उसे चुनाव करना था, उसने किया! जीना, साथ रहना उसे है, अपनी शर्तों पर जिएगी।

और भास्कर ने कहा–"जैसी मां वैसी बेटी!"

रात की स्याह खामोशी में करवटें बदलती विमला को पहली बार लगा, कि भास्कर ने ठीक कहा है। बहुत कुछ न होकर कुछ तो है उर्वशी में, कुछ वो तो है जो विमली मन-ही-मन होना चाहती थी।

मां के संखिया खाने के डर से चुपचाप मण्डप में बैठनेवाली विमली, मन की तहों में रोती हुई हीर बसाए विमली ने ज़िन्दगी ढोई है, जी नहीं, लेकिन उसने अपने भीतर की कमज़ोर लड़की को पिछले पच्चीस सालों से बराबर लताड़ा है। उठते-बैठते भास्कर के मनीष से जुड़े प्रहारों ने उसे बार-बार मनीष की और लौटाया है। बार-बार मरते हुए भी उसने जीना चाहा है।

उर्वशी भी जीना चाहती है। लेकिन वह कमज़ोर नहीं है। वह उस विमली की बेटी है, जो अहंकार को संस्कार समझने के जुर्म में, यातनागृह में पच्चीस वर्ष बिताकर मुक्त हो गई है।

इस मुक्ति से अहसास के साथ विमली ने अपने मां-बाबा और भास्कर को ही नहीं, दुनिया भर की तमाम सोहनियों और हीरों को भी माफ कर दिया।

असम्भव

छप छपाक्, छप छपाक्, छप्प छप्प छप्प, छप्प छप्प छप्प!

भाषी कपड़े पीटे जा रही है, कभी दोनों मुट्ठियों में भींचती हुई, हाथों से उठाकर पटकती हुई, कभी मुंगरी से, छप्प, छप्प!

छींटों की फुहारें झाग भरे कपड़ों से उचक-उचक भाषी को सराबोर कर रही हैं पर भाषी है कि चुपचाप भीगे बालों, भीगे कपड़ों से बेखबर धोती जा रही है।

'नी गूजरी! कपड़े सत्यानाश करके छोड़ेगी क्या?' चटक आवाज सुन अंगीठी अधबुझी छोड़ नीचे झांकने लगती हूं।

बीजी चारपाई चरमराती, भारी-भरकम शरीर को उठने के लिए हिलाती-डुलाती चप्पलें खोज रही है। पैरों के धक्कों से कभी एक चप्पल आगे, कभी दूसरी पीछे हो जाती है। शायद भाषी की नज़र उन खिसकती फिसलती चप्पलों पर पड़ी हो, नहीं तो वह अपने आपसे ही क्यों हंस पड़ती। भाषी बीजी को तंग नहीं करती। पर यह चप्पलें थोड़ी बहुत कसरत तो कराती ही हैं।

खुले नल के नीचे भरती बाल्टी से पानी के भरे-अधभरे लोटे निकाल-निकाल वह साबुन बहा रही है। खुश। कितने तो चेहरे बनते हैं झाग से, कितने तो पूरे के पूरे शरीर! भाषी किसी के हाथ काट देती है, किसी का मुंह और किसी की आंखें। मुस्कराती भाषी हाथ चलाते-चलाते चित्रों को नाम देती जाती है–बिना हाथ के तोषी, बिना आंखें बीजी, बिना मुंह पापा...

'बीजी एक चप्पल तो मंजी की परली तरफ रह गयी।'

छज्जे से मेरी बावाज सुन बीजी पंचम पर पहुंचती बुड-बुड़ धीमी कर देती है।

आंखे ऊपर उठा लेती हैं, दोनों हाथों से चारपाई की पाटी पकड़ उठने की कोशिश करती हैं। मेरे आस-पास घिर आए धुए को घूरती हैं।

'क्यो मोनी, यह धुआं क्या लगा रखा है। इस बद्री के बच्चे से अंगीठी भी नहीं जलती क्या?'

'नहीं बीजी! वह आज छुट्टी पर है। मुझसे नहीं जलती।' मैं कुछ सकुचाकर बोलती हूं।

'तो तू क्यों करती है यह सब? छोटी से कह दे बह कर देगी। तेरे पीछे तो घर वही संभालती थी।'

मुझे एकाएक उत्तर नहीं सूझता। छोटी मुझसे छः साल छोटी है। बड़ी बहिन के नाते मुझे ही घर सम्भालना चाहिए; फिर उसके तो अभी खेलने के दिन हैं।

'बात यह है कि...वह पढ़ रही है।'

'अरे तो कौन-सी बड़ी पढ़ाई है उसकी। दसवीं ही तो है, फिर तुम भी तो एम.ए. कर रही हो और सुनो, तुम्हारे हाथों से कोयले क्या टूटेंगे। कहो तो भाषी को भेज दूं?

भाषी एक जलती नज़र से बीजी को देखती है। मैं जल्दी से भाषी को आदेश देने से रोक लेती हूं, 'नहीं बीजी! अब तो अंगीठी हो ही गयी। दो-चार कच्चे कोयले ऊपर डाल दिए। दहक रही है।' मैं भाषी के तेवर देख नजाने क्यों सिमट जाती हूं।

छज्जे की दीवार में बड़े-बड़े छेद हैं। नीचे आंगन में तार पर कपड़े डालती भाषी पर मेरी नज़र टिक जाती है। भरा-भरा शरीर, गोल-मटोल सांवला चेहरा, घुटनों तक आयी लम्बी अधखुली चोटी, बिना संवारी, कुछ भूरापन लिए, छितरी-छितरी।

भाषी बीजी से कुछ कह रही है, 'बीजी मुझे पूरे मुहल्ले की नौकरी करके जीना है क्या?' साड़ी को दुहरी तहाकर वह क्लिप लगा रही है। बीजी भाषी की आवाज़ बहुत कम सुनती है। कभी सुन भी ले तो पचाने से पेट दर्द करने लगता है। शरीर थुल-थुल भले हो, पाचन-शक्ति काफी कमज़ोर है। दो-एक विशेषण जोड़ती फुफकार उठती है।

'कौन-सी नौकरी कर रही है? जिस घर में जाएगी वहां तेरे लिए सिंहासन रचा होगा क्या? सिर-सड़ी!' बीजी तकिए की टेक लगाकर टांगे पसार लेती है। भाषी के लिए उसके विशेषण रूढ़ हो गए हैं। कुछ अर्थहीन भी। बीजी उन्हें ज़्यादा समझती है, भाषी कम। तोषी की कमीज़ पर छपे बातिक डिजाइन को नज़र भर

देखती वह संयत स्वर में बोलती है, जो तोषी के लिए हो सकता है, वह मेरे लिए भी हो सकता है।'

बीजी के साथ यह बहुत ज़्यादती है। कहां तोषी कहां भाषी। उजाले-अंधेरे में कौन-सा साम्य? फिर वह भाषी को एक बार कह चुकी है कि जो भी तोषी का नाम लेगा, उसकी जुबान खींच ली जाएगी। भाषी तोषी की नौकर है नौकर।

'मैं किसी की नौकर नहीं...' भाषी का मुंह आज बन्द नहीं हो रहा है। बीजी मोटी तोंद पकड़ती बैलगाड़ी-सी हिलती डोलती बाथरूम से मुंगरी ले आती है। जब तक मैं छज्जे से खड़ी होकर आवाज़ लगाऊं, दो-तीन लगाती बीजी की आवाज़ कानों तक को चीर देती है' 'जवानी का नशा हो गया है, खसमा खानी!

मेरे हाथों से मुंडेर छुटने लगती है। मुंह में रेत ही रेत भर जाती है।

'सेवन इयर इच आयी है।' तोषी मारलिन मुनरो की कोई पिक्चर छोड़ नहीं सकती। आज रात भैया नहीं आए। दीप को कहना भूल गयी। अकेली जाने का मूड नहीं, सो मुझे आवाज लगायी। 'तोषी! आज छोटी ठीक नहीं। सिर दुख रहा है। मैं जा न पाऊंगी।' मैं खेद प्रकट करती हूं।

भाषी रसोई घर से निकल मेरे और तोषी के बीच दीवार बन जाती है।

'जिज्जी, मैं छोटी को देख लूंगी।'

'देखो मोनी, भाषी कितनी चुस्त है। हमारा घर तो इसी के कन्धो पर टिका है, जैसे बैल के कन्धों पर हल।' तोषी कन्धे हिलाती आंख मारती है और भाषी बिना सुने खिसक जाती है।

हल्की नीली साड़ी, हल्का नीला ब्लाउज़, एक लम्बी चोटी, बेहद हल्की लिपस्टिक।

'यह क्या मोनी। बिलकुल भाषी लग रही है। ना, मेरे साथ ऐसे नहीं।'

गाढ़ी लाल शिफून की साड़ी, सिलवर वर्क का ब्लाउज, मैचिंग लिपस्टिक, बीहाइव हेयर स्टाइल...

'तोषी! हम मैटिनी जा रहे हैं, नाइट शो नहीं।' तोषी नहीं मानती। भाषी मेरी ओर देख बड़ी उदार-सी मुस्कान बिखेर देती है। 'जिज्जी, तुम हर मौसम में, हर तरह सुन्दर लगती हो।'

तोषी का मैटिनी खूब जम रहा है। अपने सहपाठी उमेश के साथ, नहर का प्रोग्राम बनता है। मुझे छोटी की याद सता रही है। फिर भाषी को भी तो उसके साथ बांध दिया है।

भाषी और छोटी खूब घुट-घुटकर बातें कर रही हैं। मैं बीच में नहीं आना चाहती।

गली के नुक्कड़ पर श्याम की दुकान है, बजाजी की दुकान। बगल में नन्दू हलवाई। जब भी राज भैया, दीप, चाचा या तोषी का और कोई मित्र आता है, भाषी को दौड़कर नन्दू से मिठाइयां और नमकीन लाना पड़ता है। श्याम ने उसे कई बार देखा है। सभी देखते हैं, पर भाषी को किसी से कोई गरज़ नहीं।

जल्दी में चाय बनाती प्लेटों में मिठाई सजाकर वह 'चाचा' को देती है। चाचा तोषी के लिए नयी कलाई-घड़ी लाए हैं, सोने के रिस्टवाली। भाषी की आंखें एक बार तो चुंधिया ही जाती हैं।

'चाचा, मेरे लिए भी एक ला दो न?' बहुत पहले उसने कहा था। चाचा हंसकर टाल गया था।

'जब तेरी शादी होगी, जरूर ला दूंगा।'

'शादी? हां ढूंढ़ दो किसी बुद्धू को, जो भैंस को गले मढ़ने के लिए तैयार हो।

चाचा खी-खी कर खीसें निपोरने लगा था। यह न हुआ हो झापड़ मारकर तोषी के रुज पुते गाल मैरून कर देता। यह भी कोई चाचा हुआ?

बेबी, लाडो, दोनों भाषी के साथ सोती हैं। एक रानी ही तोषी से चिपकी रहती है। दस लातें खाने पर भी छोड़ती नहीं। तोषी 'राज भैया' को जब मन आए, लम्बे-लम्बे पोथे लिखकर भेज देती है। बाज़ार लांघकर दो गलियां पार करते भाषी का दिल धक-धक करता है। उस दिन गली में मानसिंह ने कलाई पकड़ ली थी। शुक्र है वह नशे में था और भाषी हट्टी-कट्टी। एक चप्पल कसके मारी तो पाग सम्भालने में लग गया। तोषी को सुनाया तो तुनक गयी।

'तू अपने को जाने क्या समझती है। मानसिंह के पीछे तो परियां लगी रहती हैं।'

भाषी को बहन की त्यौरियां कभी अच्छी नहीं लगीं। उस दिन तो वह और भी बदसूरत लगी, पर तब से वह रात को चिट्ठी-पत्री लेने से बाज़ आयी।

ग्यारह बजे रात तोषी राज के साथ शॉपिंग से लौटी है। बीजी खाने के लिए बैठी रही। तोषी बढ़िया कांजीवरम साड़ी लायी और स्टील हील की मैंचिग सैन्डिल। बीजी के लिए लाल दुपट्टा। पापा के लिए सिल्क की कमीज और महीन वाइल की धोती।

'तुम्हारे पापा को यह सब पहनने में शर्म नहीं आती?'

'क्या पता? मगर वह हमेशा पहनते हैं। न पहने तो बीजी घर भर का चैन हराम कर देती है।'

पासा पेन्शनर हैं। सौ रुपए की पेन्शन। पांच लड़कियां, एक लड़का। बेटा मैट्रिक में दो-तीन बार फेल होकर बैठा है। जब तक कोई अच्छी नौकरी न मिले, छज्जे पर बैठा लड़कियों को ताकने का काम करता है।

बीजी तोषी पर जान निछावर कर देती है। किस बात की कमी है? रंग-रूप, चाल-ढाल। मेनका, रम्भा नाम न रक्खा, एक यही तो ग़लती की है। बीजी उसे चूल्हे-चक्की में नहीं भेजती। कजरारी आंखे धुएं से टपकने के लिए नहीं होतीं। नाजुक लम्बी-लम्बी पतली अंगुलियां। दो इंच लम्बे क्यूटैक्स लगे नाखून। कई सौन्दर्य प्रतियोगिताएं जीती हैं तोषी ने। कपड़े धोने से नाखून टूट जाते हैं। फिर हाथ भी खुरदुरे हो जाते हैं। रोज़ आध घण्टा तोषी नाखूनों पर ग्लिसरीन-नीबू की मालिश में बिताती है।

दीप के साथ तोषी दस बजे क्बल से लौटी तो चाय पीने का मन हुआ। भाषी चाय बना लायी पर रसगुल्ले खाने भी ज़रूरी थे। भाषी फुल्के बनाने के लिए तवा चढ़ा बैठी थी कि हुक्म हुआ 'नन्दू की दुकान से रसगुल्ले ले आओ।' नन्दू सिरसड़ा भी तो ग्यारह बजे तक दुकान पर ही चिपका रहता है। गुड़ पर की मक्खी-सा। गली का लैम्प खराब-था, धुप्प अंधेरे में टटोल-टटोलकर चलने पर भी भाषी का पैर गोबर पर रपट पड़ा, श्याम बाबू दुकान बन्द कर रहे थे। भाषी को देखा तो पट खुले रख दिए। पास आकर रोशनी में देखती भाषी पैर धोना चाहती थी। उसे खुद ही पानी लाकर पैर धुलाया। भाषी शाम की ठण्डी हवाओं में भी पसीना-पसीना हो गयी। शुक्रिया का एकाध शब्द भी न कह सकी। खाली एक नजर भर देख सकी। श्याम उसे देख रहा था। भीगी-भीगी आवाज में पूछ रह था, 'भाषी! इतनी रात गए क्या जरूरी काम आ पड़ा?'

भाषी का मुंह बन्द हो गया। इतनी रात गए दीप के लिए मिठाई लानेवाली बात कैसे कहे। कुछ जंचा नहीं। भागकर वापस आयी। तोषी कढ़े हुए सिल्कन बेड कवर पर लेटी-लेटी सलवटें बना रही थी। दीप पास ही आरामकुर्सी पर अधलेटा पैरों से सलें मिटा रहा था। भाषी को खाली आते देखकर तोषी का पारा चढ़ गया। चाय के दो प्याले ठण्डे हो गए थे। भाषी के माथे से एक प्याला झन्न से टकरा गया। 'डार्लिंग मूड खराब मत करो,' दीप की मीठी बात सुन तोषी को लगा वह जाहिलों के साथ दिन गुजारती है। प्यालों की किरचियां देख बीजी 'सत्यानशी' भाषी की गत बनाने लगी। भाषी सूनी-सूनी आंखो से देखती रही। बीजी की ओर। तोषी की तरफ। फिर धीरे-धीरे दबे पांव सरक गयी। टंकी का नल खोल माथे की लकीरें देर तक धोती रही थी भाषी उस दिन।

तोषी मीत के साथ पिकनिक जाती है तो लौटने में बाहर बज ही जाते हैं। बीजी सो जाती है। पापा चारपाई पर करवटें बदलते रहते हैं। भाषी सो नहीं पाती। उसे दरवाज़ा खोलने की चिन्ता रहती है। तोषी कुन्डी खटकाए और भाषी न सुने, फिर तो हो-हल्ले से पूरे मुहल्ले की नींद उचट जाय। भाषी इसीलिए आंखों में अंगुलियां डाले पड़ी रहती है। फिर जब से श्याम बाबू से उसकी बातें हुई हैं, देर तक उसे नींद भी नहीं आती।

तोषी कभी-कभी राज के साथ टप्पे गाती है :

'इक मेरा रंग मुश्की

दूजा नशा ये जवानी दा...

राज-तोषी के टप्पे सुन भाषी खिसक जाती है पर उनके कमरे के साथ ही उसकी खाट लगी रहती है। वही लाडो-बेबी के पैताने वह थकी-मांदी पसर जाती है। देर तक गाने-बजाने होते हैं। बीजी सोती है। पापा करवटें बदलते हैं। भैया बार-बार बाथरूम के बहाने मितरो की खिड़की के पास खड़े हो जाते हैं। आंगन के पीपल के नीचे चांदनी का छनता हुआ टुकड़ा दो जुड़ी हुई आकृतियों पर पड़ता है। भाषी आंखें बन्द कर लेती है। लाडो-बेबी को दो बांहों में भींचती अपनी ही दुनिया में खो जाती है।

पापा को टी.बी. की शिकायत है। आजकल खांसते ही रहते हैं। भाषी थूकदानी साफ करते हुए गाढ़े कफ में खून के जर्रे देख-देख कांप जाती है। गले में जमा कफ फेंक वे बीजी से कभी कभार पूछ लेते हैं, 'वह...राज अभी नहीं गया?'

बीजी आखें बन्द किए पड़ी रहती है।

'सुनो मैं कहता हूं...'

बीजी करवट बदलती झिड़क देती है, 'लगता है अब नींद की गोलियां भी खिलानी पड़ेगी। राज उसे पढ़ाता है। लड़की एम.ए. पढ़ती है, घास नहीं काट रही...'

भाषी पापा की धीमी-सी 'त्राहिमाम्' सुन तकिए से कान दबाकर आवाजें बन्द कर देती है। कुछ देर बाद बीजी के बेडरूम में खामोशी लम्बे-लम्बे बाजू फैला देती है। पर तोषी के टप्पों का सिलसिला खत्म नहीं होता।

'इक मेरा रंग मुश्की...'

'आज बीजी ने भी उसे कहा था, जवानी का नशा 'भाषी अपनी सूरत तोषी के आदमकद . शीशे में देखती है, देखती ही जाती है

छज्जे के साथ ही श्याम का घर है। घुटनों तक रेंगते भूरे बाल सुखाती भाषी तौलिए से झटक-झटक देती है।

'ज़रा तरस खाओ भाषी...'

मुंडेर पकड़े श्याम बाबू। जाने कब से देख रहे हैं। भाषी दौड़कर नीचे भाग जाती है।

भीगे कपड़ों में लिपटी भाषी छत पर बड़ियां सुखाने जाती है, सुबह-सुबह। श्याम छतवाले कमरे के पास अखबार खोले बैठा रहता है। भाषी से नज़र मिलती है। अपने गीले कपड़ों का अहसास उसे छिपने पर मजबूर कर देता है। वह मुंडेर के पास आकर बुलाता है, 'भाषीऽऽ'

'हिश,' वह दांतों से जीभ काटती मुंह पर अंगुली रख देती है।

'भाषी, इधर आओ।'

भाषी आगे-पीछे देखती पास आती है।

'कल शाम तू रो क्यों रही थी?'

'ऐसे ही। सिरदर्द हो रहा था।'

'दर्द बहुत था तो एस्प्रो क्यों नहीं लिया?'

'एक नहीं दो लिए थे।'

'भाषी! तेरे माथे पर सूजन क्यों है?'

'बाथरूम में फिसल गयी थी।'

'भाषी! तुम सच कब बोलोगी?'

भाषी एक क्षण तेजी से देखती हैं।

'कभी नहीं।' और सिर झटककर तेजी से सीढ़ियां उतरने लगती है। उतरते-उतरते उसे लगता है कि वह कुछ थरथरा रही है। या सीढ़ियां ही कुछ फिसलनी हो गयी है जो पैर सीधे नहीं पड़ते। दिल धौंकनी हो रहा है। यह श्याम बाबू बार-बार क्यों उससे बोलते रहते हैं? जब देखो तब उसी को खोजती नजरें। ज़रूर कोई बूद्धू होगा यह तो! आज-कल वह कोई काम भी तो ढंग से नहीं कर सकती। आलू छीलते चाकू से हाथ काट लेती है, आटा गूंथते ढेर सारा आटा परात से बाहर बिखेर देती है। पापा की आवाज़ सुनकर रोनी-रोनी हो जाती है। बीजो को देख बर्फ की चट्टान-सी जम जाती है और तोषी के राज के आते ही छज्जे की मुंडेर के पास झांकने लगती है।

श्याम मुस्कुराकर बोलता है, पर भाषी को तो मुस्कराना भी नहीं आता। वह बार-बार पूछता है, भाषी! तुम दिन-रात क्यों घुटती हो?, भाषी देखती रहती है

बिना बोले!

और आज बीजी ने कहा, 'जवानी का नशा।' उसे लगता है रगों में धीरे-से कोई गरम चीज उबलने लगी हैं। पूरी देह में बेचैनी पसर गयी है।

बीमार-सी भाषी जानती है कि तोषी राज़रानी बनने के सपने देख़ती है पर उसका तो कोई सपना है ही नहीं।

बांहों के घेरे से छूटती भाषी सहसा ही पूछ बैठती है, 'श्याम बाबू, मुझसे शादी करोगे?'

'शी-चुप्प। 'श्याम बाबू जैसे फिसलते-फिसलते रह गए हों। आगे भाषी नहीं सुनती, सिर्फ कनपटी की ललाई देखती है, एक क्षण सहमी-सी फिर भौंचक्की-सी, पैरों के नीचे की सीढ़ी चटाक से टूटकर गिर जाती है। भाषी छलांग लगाकर जमीन पकड़ लेती हैं।

छोटी-भाषी बतियाती थकती नहीं, छोटी का दर्द गायब है। दर्दीली मुस्कानों की सलवटें मुंह पर खेल रही हैं।

रानो भैया की चिट्ठी लेकर आयी थी। सुन्दर कहता है, 'छोटी, तुम्हारी याद में ताजमहल बनाऊंगा। आना जरा, तुम्हारा ही मरीज हूं।'

छोटी कहती है. 'आऊंगी, पर किसी बड़े डाक्टर को लेकर।'

छोटी-भाषी खूब हंसती हैं, रोती हैं।

मकान के पिछवाड़े वाले गुप्ता जी का नया किराएदार है न? छोटी ने उसे देखा नहीं पर उसके बारे में सुना जरूर है। चुप्पा-सा है। शायद अकेला है। वैसे एक बुढ़िया भी है। खाना-वाना बनाती है। सुना है बी.ए. पास है। नौकरी ढूंढने आया है। भाषी उनके घर कभी-कभी जाती है। कल बुढ़िया कपड़े धोती बाथरूम में फिसल गयी। भाषी छत से देख रही थी। तीन छत लांघकर पास आयी। बाकी कपड़े धो दिए। टांग पर हल्दी-तेल लगाकर पट्टी बांधी। बुढिया हजार दुआएं दे गयी। घर में दो खाटें, एक पुरानी कुर्सी और चौके में दो-तीन पतीलियों के सिवा भाषी को कोई खास चीज़ नजर न आयी। पर भाषी वहां रोज़ जाएगी। वह कंवल, उसका लड़का है न? भाषी को 'सुभाष' बोलता है। 'आप'–'आप' करके बात करता है। भाषी को हंसी आती है। उसने तो बुढ़िया से कहा भी, यह आप-आप बोलना उसे अच्छा नहीं लगता। वह कोई बुजुर्ग थोड़े ही है। बुढ़िया ने भी लड़के को मीठी-सी डांट पिलायी। बच्चू मुस्कराए बगैर रह न सके।

भाषी छोटी के नजदीक सरक कर कहती है। 'कंवल बहुत अच्छा हंसता है। बहुत अच्छा बोलता है। तू एक बार देखेगी न, तो बार-बार देखना चाहेगी।

'चल-चल, अब तू ही देख। मुझे दिखाकर बेकार में पछताएगी।' भाषी एक मीठी-सी चिकोटी काटती है।

बुढ़िया कहती है, 'बेटी, मेरे पास तो रस्सियोंवाली खाट है।' भाषी को रस्सियां नहीं चुभतीं। उसे तो पलंग के निवाड अड़ने लगते हैं।

'भाषी! मेरे यहां मिट्टी का चूल्हा है। कांसे की थालियां, चार गिलास और चार कटोरियां। कोई डिनर सेट नहीं, कोई टी सेट नहीं।'

भाषी को गिलास की गरम-गरम चाय पसन्द है। कंवल कान के पास आकर कहता है, 'भाषी, मुझे प्यार की बातें करने की फुर्सत नहीं।'

भाषी को अनबोला प्यार ही चाहिए।

'भाषी! तू जिद्दी है। बेक़ार ज़िद न कर, पछताओगी।'

भाषी दो मजबूत हाथ दिखाती है। भाषी काम करना जानती है, जीने के ढंग जानती है। पछताना नहीं जानती, मरना नहीं जानती, बहुत-सी बातें नहीं जानती।

और आज बीजी ने कहा...

मुंह अंधेरे कामवाली की छटर-पटर से आंख खुल गई। वैसे ही पूरी रात बीजी और तोषी की चखचख ने हैरान कर दिया था। जाने भाषी की क्या हालत बनी हो। आंखें मलती छत पर आई। आंगन में तोषी और बीजी इधर-उधर भाग-दौड़ कर रही थीं। पापा चारपाई पर बैठे थे, खामोश सुबह की ओस-भीगी किरणों में नहाए से। भाषी के विषय में पूछा तो पता चला, रात से ही गायब है। कपड़े-लत्ते सभी घर में मौजूद हैं। अकेली भाषी नहीं।

मेरी दृष्टि अनायास ही सामने गुप्ता जी के मकान वाली बुढ़िया के कमरे पर टिक गयी। दरवाजे पर ताला लगा था। शायद वापस देश गए हों।

एक लड़की शिल्पी

सच तो यह है कि शिल्पी आलतू-फालतू के चक्कर में पड़ने वाली जैसी लड़की नहीं है। श्रीमती सराफ यों ही नहीं कहती कि शिल्पी मेरी बेटी नहीं, बेटा है। अपनी चारों बहनों में एकदम अलग। बहनें जब खादी भवन 'एम्पोरियमों, पालिका-शालिका में 'लेटेस्ट क्रेज' और 'इन वोग' डिजाइनों को खोजती-ढूंढ़ती हलकान हुई जाती हैं, शिल्पी पास की किसी बुकशॉप में अपनी मनपसन्द किताब खरीद रही होती है। प्रेम-प्यार की भावुकता उसे निठल्ले लोगों का ही शगल लगता है। उसका मानना है कि चुस्त-दुरुस्त लड़कियां भी इस बीमारी में पकड़कर आहों-कराहों और जागी-जागी रातों में अच्छे-खासे वक्त को हलाल कर लेती हैं और अपनी आजादी के दुश्मन के हाथ का खिलौना बनकर अथवा उसके बाग्जाल में फंस कर यानी कि चिकनी-चुपड़ी बातों में आकर अपनी आत्मनिर्भरता और आइडेण्टिटी खो देती हैं। शिल्पी अपनी आत्मनिर्भरता और अस्मिता दोनों बनाए रखना चाहती है, पर साहब, हादसों का क्या कीजिएगा? एहतियात से चलते-चलते कभी गोड़ मुसक जाता है, खोंता लग जाता है। हादसों को तो बस ज़रा सी झिरी-दरार मिली कि सेंध लगा लेते हैं। इस हादसे से शिल्पी भी न बच सकी। पर वह तो आगे की बात है।

सो जी, शिल्पी अपने काम काज में दिल-चस्पी रखती आई है। दोस्ती-वोस्ती तो ठीक, पर उससे आगे वह बढ़ती नहीं। श्री और श्रीमती सराफ दोनों बेटी को देख-देख अपने पिछले जन्मों के पुण्यों पर विश्वास करने लगे हैं। यों बेटा पाने के चक्कर में पांचवी बेटी को जन्म देते समय श्रीमती सराफ को ग्लानि, निराशा आदि जो हुई सो हुई, लेकिन बेटी ने जवान होते ही उन्हें दुःख के सागर से बाहर खींच उनके

बुझते मनों में नई उम्मीदों के दिए जला दिए। चार बेटियां एम.ए. करके अपने-अपने मुकामों यानी ससुरालों में पहुंच गईं तो श्रीमती सराफ ने कुछ-कुछ हल्कापन महसूस करते ऊपर की ओर हाथ जोड़े– "हे भगवान, जैसे चारों की नाव पार लगाई वैसे इसकी भी लगा लेना। मैं भी गंगा नहा लूं।"

शिल्पी ने सुना तो नाराज़ हो गई। "मां, और कोई प्रार्थना नहीं जानती तुम? मुझे पढ़ना है, इंजीनियर बनना है और शादी-वादी तो मैं करूंगी नहीं। गंगा तो चार बार नहाई हो, बहुत है...।"

लड़की महत्वाकांक्षी है, माता-पिता जानते थे। इंजीनियर-डॉक्टर भी ठीक, पर बिना शादी? क्या मजाक है यह? श्री और श्रीमती सराफ का मुंह अधखुला रह गया एवं आंखें सिकुड़ने लगीं।

बेटी बात बढ़ाना नहीं चाहती थी तो बहस की जड़ में दरांती लगा दी। "अच्छा मम्मा, वह सब आगे देखेंगे। अभी तो मुझे पढ़ाई करने दो..."

मम्मा-पपा ने वक्त की धारा और मौके की नज़ाकत को देख-समझ लिया। बेटी की लगन, और कुव्वत का जायज़ा लेकर अनुमति और आशीर्वाद दोनों दिए। बल्कि अपनी योग्यता के कारण सरकार की तरफ से शिल्पी को वज़ीफा भी मिला।

श्री और श्रीमती सराफ ने सोचा लड़की ट्रैनिंग पूरी करेगी, फिर आप ही आप शादी के लिए हां करेगी। अभी उम्र ही क्या है? बचपना है।

दादी जी ने इस-उस से खोज-खबर करवाकर योग्य वर पर नज़र रखनी शुरू की। यों सुन्दर और आगे कमाऊं बनने वाली लड़की के लिए दूल्हों का टोटा भी न था, पर शिल्पी अड़ी रही। वह कोई पचड़ा नहीं पालेगी। उसके बेशुमार सपने थे, अनेक योजनाएं थी जो पूरी होनी थीं। शादी! जैसे कि जिन्दगी का वही आखिरी मक़सद हो। वह तो प्रेम और शादी को लड़की की जिन्दगी के हादसे भर समझती थी। जिसके बाद उसकी ख्वाहिशों, उम्मीदों और स्वप्नों पर भी दूसरे का अधिकार हो जाता है।

तभी न जाने उसकी कोशिशों में कौन सी दरार रही (इरादे तो पक्के थे) कि सेंध लगाकर एक हादसा उस पर हावी हो गया। यानी कि अमित कुमार उसकी सधी-सधाई, साफ-सुथरी जिन्दगी में झोल डालने आ गया।

झोल ही तो। पहले-पहले बिलकुल पता ही न चला। अमित कुमार तो उसका सहपाठी है, अनेक में एक। उसने बहुत ज्यादा ध्यान भी न दिया उस पर। ध्यान देने जैसा लगा भी नहीं कुछ उसमें पहले-पहले, पर बाद में ज्यों उसे दिव्य ज्ञान

प्राप्त हुआ और अमित कुमार की बेशुमार खूबियां यके ब-दीगरे प्रकट होती गईं, वह अभिभूत हो गई। आह! एक साधारण से दीखने वाले आदमी में इतनी ढेर सी खासियतें। दिखने में माइकल जैक्सन, सोज भरी आवाज, मोहक अन्दाज, ड्राइंग से लेकर डांस तक हर काम में माहिर। हुआ ऐसा कि ट्रेनिंग के दूसरे साल से ही अमित कुमार लाइब्रेरी-कैण्टीन वगैरह में उसके साथ ज्यादा वक्त बिताने लगा। ठीक ही तो है। एक सहपाठी मित्र है। इससे आगे भला शिल्पी क्या सोचती? सोचने के लिए कोई वजह ही न थी। होना क्या था?

लेकिन कुछ-कुछ होता उसे तब महसूस हुआ जब अमित कुमार कोर्स की किताबों की बातें करने व ड्राइंग-शाइंग में हाथ बटाने के अलावा उसके कानों के पास मीठे-सुरीले गीत गुनगुनाने लगा और गीतों की गूंज उसके सीने में सितार के सुरों की तरह झंकृत होने लगी। जगजीत-चित्रा के गीत, मुहम्मद अली और पंकज उदास की गाई गजलें–"जिन्दगी धूप तुम घना साया..." "तुम मेरे पास होते हो गोया, जब कोई दूसरा नहीं होता", और माइकल जैक्सन तो वह था ही।

उसके होंठ इतने करीब आ गए कि कानों की लबें छूने लगे और शिल्पी की आंखें मुंदती गईं...

"तुम जो कहो तो...तुम्हारे लिए मैं...।"

"क्या?" उसके भीतर से नामालूम-सी आवाजें जन्म लेने लगी और वह अर्थहीन बातों में रसलीन हुई, अर्थात् अमित कुमार की 'चिकनी-चुपड़ी' बातों में आकर अपनी 'आइडेण्टिटी' खोने लगी।

"मेरे तुम्हारे बीच पारे की तरह बहता यह प्यार का उन्माद...इसे कोई नाम न देना...यह तुम्हारे लिए है। सिर्फ तुम्हारे लिए...आश्चर्य।" शिल्पा इस मकड़जाल में कैसे फंस गई?

कब शुरू हुआ यह सब? शायद उन्हीं दिनों जब उसके मौसा का तबादला शहर में हुआ और वह छुट्टी के दिन मौसी के हाथ का खाना खाने उसके पास जाने लगी। अमित उसे हॉस्टल से मौसी के घर तक छोड़ने आता और घण्टा दो घण्टा अपने किसी अंकल के घर काटकर वहीं से फोन करके वापस लेने के लिए गली के मोड़ पर खड़ा रहता। कई छुट्टियों में वह नियम से मौसी के घर जाती रही। बाद में एक दिन अमित बोला, "क्यों न आज चेंज के लिए चाइनीज ट्राई किया जाय? अन्ना करिनीना देखी है? चाणक्य में एक बार फिर लगी है, चलें? रशियन बैले ग्रुप आया है...आज वही देखेंगे...हंसों की तरह पंख फड़फड़ाती फूल-सी हल्की लड़कियों का नृत्य।"

मौसी ने अगली बार शिकायत की। "बात क्या है? छुट्टी के दिन भी काम रहता है क्या? महीनों नहीं दिखलाई पड़ती।"

"नहीं...हां...दरअसल...आ जाया करूंगी अब...।" शिल्पी समझ न पाती कि क्या कहे। महीना दो महीने बाद वह आ भी जाती तो उसकी बातें, 'कैसी हो मौसी? मौसा कैसे हैं? निक्कू की चिट्ठी आती है?' से आगे न बढ़ पाती। पहले खूब बतियाती थी। अब अचानक क्या हो गया? एक गहरी नींद सी उस पर छा गई थी।

लेकिन मौसी दो-चार प्रश्नों के कटे-कटे उत्तर पाकर भी सन्तोष कर लेती, सोचकर कि आखिर लड़की इंजीनियरिंग की पढ़ाई कर रही है। भला उस जैसी अधपढ़ी गृहस्थिन के साथ किन विषयों पर बात करेगी? शिल्पी बुकशेल्फ से कोई किताब खींच, लेटी-लेटी दो-चार पन्ने पलटती। पढ़ते-पढ़ते ही उसकी आंख लग जाती। थकी-थकी और निन्दासी भांजी के लिए मन में प्यार की हिलोर उमड़ आती।

"सो जाओ ठीक से। आंखें मुंदी जा रही हैं। मेहनत भी तो कितनी करनी पड़ती है, रात-बिरात जागना...चेहरा कैसा पीला पड़ गया है।"

"हां मौसी, रात देर तक काम करती हूं..."

"लड़कों जैसी पढ़ाई लड़कियां करेंगी तो दुहरी मेहनत लगनी ही है।" मौसी चद्दर उढ़ाकर बेडरूम का दरवाजा धीमे से उढ़का देती ताकि किचन की खटर-पटर से नींद में खलल न पड़े! मौसा कहते "कैरियर माइण्डेड लड़की है। दूसरा कोई शौक भी नहीं।"

घण्टा-दो-घण्टा नींद लेकर वह रबड़ के बबुए-सी हड़बड़ी में जागकर उठ जाती "बहुत देर सोयी क्या मैं?" वह आंखें मींचती पूछ लेती।

"कहां? दो सवा-दो घण्टे ही तो हुए..."

वह खाना खा लेती, मौसी के प्यार से पगी। मौसी के 'ना ना' करने पर भी बरतन समेटने में हाथ बटाती। फिर मौसी के हटते ही फोन की ओर बढ़ जाती और डायल घुमाती।

अब तो उसकी नींद और बोरियत दोनों उड़न छू हो गए होते। धीमे-धीमे स्वरों में चाशनी घुल जाती। मनुहार-पुचकार के स्वरों की भनक से मौसी के कान खड़े हो जाते। लेकिन वह तुरन्त अपने रूढ़िगत सोच को दुत्कार मन ही मन मुस्कराती– "कितनी भी कैरियर ओरियेण्टेड हो, है तो जवान लड़की, कामकाज के अलावा भी कुछ ख्वाहिशें हो सकती हैं, कुछ सपने, जैसे...।"

बाद में एक दिन मौसी ने उसके फोन से हटते ही बिना भूमिका बांधे पूछ

लिया–"शिल्पी, तेरी सखी नलिनी ने तो शादी कर डाली, दीपी की भी सगाई हो गई, तेरा क्या इरादा है?"

"मौसी, मेरी भी हो जाएगी।" शिल्पी के कपोलों पर प्यारी सी थिरकन नमूदार हुई।

अरे यह लड़की तो शादी के नाम से ही ततैया बनकर काटने दौड़ती थी, अचानक यह कैसा बदलाव? लेकिन मौसी को ज्यादा आश्चर्य नहीं हुआ। उसने शिल्पी को फोन पर मीठे मनुहार भरे सुरों में बतियाते सुना था और चेहरे पर इन्द्रधनुषी रंगों का खिलना महसूस किया था।

"कब?" उसका उत्साह बढ़ा। इधर उसने शिल्पी के बारे में कुछ ऊलजलूल सुना था। यों भी लड़कों के साथ घूमती, देश-विदेश की यात्रा करती और महानगर में कमरा लेकर अकेले रहने वाली युवा लड़की का समाज तो दुश्मन था ही, उन्हें स्वयं भी यह सब खतरे से खाली नहीं लग रहा था।

"कौन है वह?" जाहिर है अगला प्रश्न यही होगा।

"अमित कुमार नाम है। पिता बंगाली हैं और मां मद्रासी। मेरे ही ग्रुप का है... बस, पापा उससे मिलकर बात पक्की करेंगे।"

'पापा मिलकर तय करेंगे' यह सुनकर अच्छा लगा। लड़की आत्मनिर्भर है और आधुनिक विचारों में विश्वास करने के बावजूद बुजुर्गों को आदर जैसी चीज़ देती है। शादी-ब्याह के मामले में उन्हें एकदम खारिज नहीं करती।

पर जाने क्या हुआ कि बात बनते-बनते रह गई। उसने मम्मी-पापा को फिर अकेली रहने का निश्चय सुना दिया। सराफ दम्पति उबरते-उबरते फिर गहरे पानी में डुबकी खा गए।

मौसी ने जीजा को प्रश्नवाचक नजरों से घूरा।

"आप मिले तो थे अमित से, फिर क्या हुआ। सुना बड़ा सूझ-बूझ वाला लड़का है। दोनों राज़ी भी हैं...।"

"खाक राजी।" श्री सराफ, जो कभी संयम नहीं खोते, उबल पड़े, "मुझे तो यह अमित कुमार बड़ा बेवकूफ लगा। सूरत-सीरत भी हिप्पियों जैसी। मुंह में चुरुट दबाए धुआं उगलता रहा। एक ही बात बार-बार दुहरायी, मैं तो अभी शादी के लिए मन नहीं बना पाया हूं...। मैं हैरान। यह लड़का या तो उजबक है या धूर्त। शिल्पी जैसी लड़की इसके चक्कर में कैसे आ गई?"

"हम कई सालों से साथ रहते हैं। ऐसे ही क्या बुरा है, हम एक-दूसरे को समझते हैं...।"

लो सुनिए बात! यह पाजी तो 'फ्री लिविंग' के चक्कर में है, जिम्मेदारियों को सोचकर ही सांप सूंघ गया।

सराफ साहब को अमित कुमार के विचार समाज-विरोधी और अतार्किक लगे परन्तु अपने कद से लम्बे लड़के को वे सामाजिक कायदे-कानून सिखाने नहीं बैठे। समझदार थे, गदहे को गुड़ खिलाने में वक्त क्यों बरबाद करते? सिर्फ इतना कहा कि आप सोचकर अपना मन पक्का कर लीजिए और शिल्पी को बता दीजिए।

वे बेहद निराश थे। ये आधुनिक पौध। अल्ला-अल्ला करके अमित कुमार जी ने ट्रेनिंग पूरी करके अपने जन्मदाताओं पर अहसान तो कर लिया, पर अभी कहीं नौकरी-चाकरी ढूंढ ले, सो नहीं, सिर्फ कागजी योजना बना रहा है। जल्दी क्या है...बाप पैसे भेज रहे हैं, वे कुछ खास काम करना चाहते हैं, सपने में। ऊपर से यह लड़की, जाने क्या देखा इसमें कि अपना एक साल इसके पीछे बरबाद कर बैठी। ग्रहों का ही चक्कर है कुछ, वरना...। अब क्या कहें?

सराफ साहब को अफसोस था तो इतना कि क्यों न वे झापड़ रसीद कर इस लड़के को नींद से जगा सके। कह तो वे जरूर देते एकाध तीखी बात, लेकिन उनकी अपनी जायी उस उजबक को अधमुन्दी आखों से बराबर निहारे जा रही थी...।

बात खटाई में पड़ गई पर शिल्पी पर जो बीती सो कोई न जान पाया। उसके प्यार पगे मन में संशय का कांटा चुभ गया। क्या मीतू उसे टालना चाहता है?

कहीं उसका मन ऊब तो नहीं गया शिल्पी से? कोई 'तीसरा' बीच में आया क्या? नहीं नहीं, ऐसा कैसे हो सकता है? अमित की वह ईमानदार मुहब्बत, तन-मन और जेहन पर हावी होने वाला प्यार का उन्माद, जो नीले धुएं-सा उन पर छा जाता था। पहाड़ी कोहरे-सा अपनी गिरफ्त में लपेटता उन्माद। आतंक भरा सुख।

तुम मेरे पास होते हो गोया, जब कोई दूसरा नहीं होता...वह साथ रहकर जीने का अर्थ बदल जाना, वक्त का अहसास खत्म होना, जैसे सदियों-सदियों से वे एक रहे हों। सीने में हजारों वाद्य एक साथ बज उठना।

तो क्या उनके प्यार के रथ का चक्का जाम हो गया? नीले जादुई विस्तार में ऊंचे और ऊंचे उड़ान भरते उसके हल्के पंखों में थकान तो नहीं भर गई?

इसी जादुई जाल में कसी शिल्पी अक्सर अलसाई, ऊंघती रहती। मीतू दो

दिन बाहर जाता तो दुनिया वीरान हो जाती। पास होकर भी मीतू कभी मणिका या रत्ना के साथ दो बोल ज्यादा बोलता था अपने मित्रों की हाउस पार्टी में उसे छोड़ किसी दूसरी लड़की पर जरा भी तबज्जोह देता तो उसका मन उचट जाता। मणिका की पार्टी में मीतू ने अपनी होस्ट के साथ चार स्टेप्स लिए तो उसका माथा भारी हो गया–"मीतू, मेरे सिर में दर्द हो रहा है, मैं हास्टल लौट जाना चाहती हूं। सॉरी मणि, तेरी पार्टी छोड़कर जाना पड़ रहा है। आय एम ए स्पॉयल स्पोर्ट। इट वाज सो वण्डरफुल...डोण्ट माइण्ड प्लीज़ मीतू..."

शिल्पी को हॉस्टल पहुंचाते अमित पूछता–"क्या हुआ अचानक।"

वह नन्ही बच्ची सी गोद में दुबक जाती, "प्लीज मीतू, मुझे अकेली मत छोड़ा करो..."

"डोण्ट बी सिली शिल्पी, ऐसे बच्चों की तरह बिहेव करने लगी हो। हमारे साथी हैं सभी, क्या सोचेंगे वे? अच्छी-भली पार्टी का मजा किरकिरा कर दिया।" इस बार अमित कुमार की आवाज में खीझभरी तुर्शी झलक आयी।

शिल्पी तभी सावधान-सी हो गई थी, यानी कि हालात ने जिस तन्द्रिल अवस्था में डाल उसे मदहोश सा कर दिया था, उसका उसे अहसास होने लगा। पूरे चार सालों से वे एक दूसरे को जानने-समझने का दावा करते रहे हैं, तो क्या यही है एक-दूसरे को जानना? अनकहे को समझने का दावा? अन्तरंग आत्मीयता का तकाज़ा? वह शिल्पी का मन ही नहीं समझा।

पर शिल्पी अमित को छोड़ नहीं सकती थी। हादसा गहरे होकर पैठ गया था। तो क्या इस सम्बन्ध पर सामाजिक मुहर डालकर ज्यादा निश्‍चिंत हुआ जा सकता है? एक बन्धन स्थायित्व के लिए चाहिए। शायद ऐसा ही हो। तभी उसे विवाह का विचार आया था।

लेकिन अब मीतू का यह उत्तर। उसने मौका और मूड देख कर एक बार फिर अमित को टटोला, "मीतू, पापा चाहते हैं कि हम विवाह के बारे में फैसला करें। हम जब इतने करीब हैं तो 'हां' करने में नुकसान क्या है?"

लेकिन अमित बौखला गया, "इतनी जल्दीबाजी क्यों? एक छत के नीचे न सही, साथ तो हैं ही। बन्धन की जरूरत क्या है? मेरी कई योजनाएं हैं, नहीं-शादी नहीं...मैं इस सम्बन्ध में नहीं पड़ूंगा।"

शिल्पी यों रोने वाली लड़की नहीं। अपने फैसले खुद लिए हैं। उसकी आंखे पानी भरी कटोरियों सी छलकने को हुईं और उसने मुंह घुमाकर उन्हें छिपाने की कोशिश की।

बन्धन! इस एक शब्द ने ऊंची हवाओं में उड़ती शिल्पी के पंख कतर दिए। इतना तीखा और निर्मम फैसला! पल भर में पूरे पांच सालों पोसी गई अन्तरंगता 'शादी' नाम से 'बन्धन' में बदल जाएगी, एक-दूरे में पूर्णता पाने में एक कारगर कदम साबित नहीं होगी।

शिल्पी अपमानति हुई। या अपने को बिना शर्त देने की परिणति यही थी? मन छिल गया, और वह उसे सहलाती रही।

लेकिन अमित गाहे-बगाहे फोन करता रहा। संग-साथ का आमन्त्रण भी देता रहा, "शादी को लेकर इतनी भावुक बनकर तुम खुद को औसत की श्रेणी में ला रही हो, शिल्पी। असल बात तो आपसी समझदारी और भागीदारी है। तुम मीडियाकर जिन्दगी क्यों चाहती हो?"

लेकिन शिल्पी समझ गई कि उसका अतिरिक्त मोह और जुड़ाव, बांधने की नारी जनित प्रकृति, अमित को विरक्त कर रही है, क्योंकि मन से वह उससे दूर हो रहा है...। इस सबके बावजूद शिल्पी उसे खोना नहीं चाहती थी। आश्चर्य! उसके विचार-भाव उसे ही छल रहे थे।

श्री और श्रीमती सराफ ने बेटी की उदास मनःस्थिति को टटोला और सीख दी–"जो भी लड़का तुम्हें पसन्द हो, चुन लो, एक साथी का होना जिन्दगी में जरूरी है...।"

"नहीं ममा, मीतू नहीं तो कोई नहीं।" बल्कि मां के दुनियावी डर और बदनामी का हवाला देने पर वह बोली, "क्या हिन्दुस्तानी औरतें प्यार के बारे में अपना फैसला बार-बार बदलती हैं?" प्रेम शब्द पर कभी वह हंस पड़ती थी। लेकिन अब?

यह प्रश्न मूल्यों-मान्यताओं में आस्था रखने वाली श्रीमती सराफ के लिए बेहद कठिन प्रश्न था गोकि उसके विचार से शिल्पी ने स्वयं कुछ ठोस विचार रखकर हिन्दुस्तानी स्त्रियों के कई पारम्परिक विश्वासों को डगमगा दिया था और इधर, प्रेम, पवित्रता और देने-पाने के नैतिक मापदण्डों में काफी फेर बदल हो गया था। फिर भी शिल्पी की मम्मी फिलहाल निरुत्तर हो गई।

नाते-रिश्तेदारों के पूछने पर वह उसांस भर कहती–"ग्रहों का फेर है, सब ठीक हो जाएगा। देख लेना।" पिता सोचते, "बेटी आर्थिक रूप से स्वतन्त्र है, फिर शादी की जल्दी क्यों मचाएं?"

आत्मनिर्भरता और शादी। फिर बहस की गुंजाइश?

लेकिन इस तर्क पर बहस इसलिए न हुई क्योंकि अचानक एक बादल भरे दिन मणिका शिल्पी से मिली और सूचना रूपी तोप दाग दी।

"मीतू सुलक्षणा के साथ शादी कर रहा है।"

डॉ. सुलक्षणा राव। उस्मानिया से ट्रान्सफर होकर आई हैं, अभी साल भर भी नहीं हुआ "कब से चल रहा था उनका अफेयर?"

"मालूम नहीं।" शिल्पी के ऊपर ज्यों मन भर ओस गिर पड़ी।

गुस्सा, अपमान, बदले की भावना? न, कोई भी भाव चेहरे पर नहीं आया। केवल विराग भरी अनुभूति। एह हादसा घटा उसके साथ, बस और कुछ नहीं। घटकर टल गया, और ज़ख़्म जैसा छोड़ गया।

अभी छः महीने पहले ही तो टकरा गई थी वह, सुलक्षणा और अमित से। कनाट प्लेस में। शिल्पी ने कहा था–"तुमसे कुछ बातें करनी थी अमित, दो चार मिनट निकाल सको तो..."

सुलक्षणा से 'एक मिनट' कहकर वह 'निरुला' तक उसके साथ चला गया था। "प्लीज मेरी ज़िन्दगी से निकल जाओ।" यही आखिरी वाक्य था जो माथे में ठहर गया था शिल्पी के और वह चक्कर खाने लगी थी। यानी सब खत्म।

यह प्यार है। मन में उठती हिलोर, जो हवा के हल्के थपेड़े से सूख जाती है, नीले सागर में तैरते अचानक पैरों में मोच आ जाती है और अतल की गहराइयों में डूबना नियति बन जाती है...

लेकिन तब भी विराग के सिवा कुछ भी न उभरने दिया था अपने भीतर। हां, वह अपने पहले विचारों-विश्वासों की दुनिया में लौटने लगी थी। यह प्यार... एक-दूसरे का इस्तेमाल, अपने सुख में दूसरे को भागीदार बनाना...अनुरक्ति की चरमावस्था और फिर समाप्ति...। मृत्यु की तरह अन्त को प्राप्त होना और बीच में ढेर से वक्त की बरबादी के बाद अपने आप पर से विश्वास खो देना। क्या यही प्रेम अमर होता है?

लेकिन जीवन को तो निरंतर आगे बढ़ना है। सो वक़्त गुजरता गया। ऐसे में जब कि श्री और श्रीमती सराफ ने शिल्पी के आजन्म कुंवारेपन को विवश स्वीकृति दी थी, मणिका ने उन्हें फोन पर बधाई दी।

"कांग्रेट्स अंकल, शिल्पी वसंत के साथ शादी कर रही है। वसंत मिश्रा, अमेरिका से एम.एस. करके आया है, हमसे दो साल सीनियर रहा है। बहुत अच्छा इन्सान है।..."

"बधाई! बधाई!" श्री और श्रीमती सराफ ने बारी-बारी से फोन का चोंगा एक दूसरे के हाथ से छीनकर शुभ-समाचार की पुष्टि की। बधाई शब्द देर तक उनके कानो में गूंजता रहा और हृदय में उछलता रहा।

जाहिर है परम्परागत सोच वाले आधुनिक ममा-पप्पा के मन से मन भर सिल्ली उतर गई। मां ने घर बैठे ही गंगा जी के दर्शन कर लिए। नहाएंगी तो बाद में। अन्त भला तो सब भला। अब पूछताछ क्यों कर? कितना कुछ घटा था शिल्पी के भीतर–वह तो समय ही जानता है।

वसंत और शिल्पी ने आपस में क्या वादे इरादे किए, क्या योजनाएं बनाई मालूम नहीं। बड़ी जल्दी रिश्ता हो गया। हां, शिल्पी ने वसन्त से कहा–"मेरे साथ एक हादसा हुआ था।"

"हादसे तो जिन्दगी में होते ही रहते हैं।" वसन्त ने उत्तर में कहा।

"मैं अमित कुमार से प्यार करती थी।" उसने खुलासा किया।

"वह तो तुम मुझसे भी करोगी।" उत्तर मिला।

"तुम बीते वक्त के बारे में मुझसे प्रश्न तो न करोगे?"

"बुद्ध! बीता वक्त तो मेरा भी रहा है, पर मैं वर्तमान से होकर ही भविष्य में जीना चाहता हूं और मुझे तुम अच्छी लगती हो।" सो वसन्त और शिल्पी ने अग्निकुण्ड के सात फेरे लगाए, मन्त्रों के बीच। थोड़े-बहुत रद्दोबदल के साथ, यहां काट वहां छांट करके रस्में भी निभीं। शिल्पी के व्यक्तित्व पर आंच न आई। जिसने देखा उसने वसन्त की प्रशंसा की। शिव-पार्वती की जोड़ी। दादी ने श्रद्धा से हाथ जोड़े, आंखे मीचीं–"जोड़ी तो स्वर्ग में बनाई जाती है।" सुना है, शिल्पी-वसन्त इस हादसे के समय भी मन्द-मन्द मुस्करा रहे थे। किसी को आश्चर्य न हआ। नाते-रिश्तेदारिनों ने कहा, "जैसे शिल्पी के दिन फिरे, वैसे सब के फिरें।

रानी भाभी

जब भी दूरदर्शन पर उस बड़ी-बड़ी आंखों और खाली चेहरे वाली समाचार वाचिका को देखती हूं, मुझे रानी भाभी याद आ जाती हैं। बहुत कुछ साम्य न भी हो, पर आंखें! बिलकुल वही! कौतुक-भरी नज़रों में उदासियों के अक्स! जैसे झील के पानियों पर सर्द कुहासा तैर रहा हो! हादसे के बाद तो रानी भाभी की आंखें कांपती झील का उदास आईना ही बन गई थी, झील डल का आईना, जिसकी सतह पर हाउसबोटों, ढोंगों और सजे-धजे शिकारों में, सैर-सपाटों के शौकीन लोग वाह-वाह करते गजर जाते हैं, पर जिसके भीतर बेचैन करवटें लेते लहरीले शैवालों और आदमखोर हलचलों का हहराता संसार कोई देख नहीं पाता। रानी भाभी देख पाई थीं, तभी तो उनका हरदम मुसकराता चेहरा एकदम सपाट और खाली लगने लगा था।

रानी भाभी अचानक बहुत व्यस्त हो गई थीं। उनके दायित्व बेअंत हो गए थे। दो नन्हीं बेटियां, उनकी उंगलियां पकड़ उन्हें कदम-दर-कदम उम्र की सीढ़ियां चढ़ाना, उनकी पढ़ाई-लिखाई, देह-मन की जरूरतें पूरी कर ब्याह-शादी करने तक तमाम ऊंच-नीच से गुजरना। लोगों ने कहा, "ससुराल वालों ने द्वार बन्द कर दिया, पर इकलौते गरीब भाई ने अपना सुख होम कर दिया। बहन की खातिर!" पापा ने भी कम कोशिशें नहीं की। बीसवें वर्ष में विधवा हुई रानी भाभी को रिश्ते के पुलिसिया विधुर जेठ के साथ पुनर्विवाह की तैयारियां भी हुई। वह भी 'मन मार कर' 'पुण्य कार्य' के लिए तैयार हो गया था, पर रानी भाभी दोनों बेटियों की उंगलियां थाम सफेद झिल्ली मढ़ा पतला चेहरा पापा के आगे कर जज के आखिरी फैसले-सा 'नहीं' बोली। फिर तो कोई मुल्ला नसरुद्दीन भी उससे हां कहलवाने

की जुर्रत नहीं कर सका। सुधारवादियों को अफसोस हुआ कि शम्भू बेचारा तो दो बच्चियों समेत रानी की ज़िम्मेदारी लेने को तैयार हो गया था, मगर मतिमारी जिद में अड़ गई। मुहल्ले वालियों ने गोल घेरों में फुसफुसाते हुए शंकाएं जाहिर कीं–"पता नहीं किस बात का गुमान है? चेहरे पर तो मुर्दनी छाई है, चार पसली की देह। सूखी हुई हड्डी तो...।" कुत्ते वाला मुहावरा जबान पर रोककर उन्होंने ईश्वर को हाथ जोड़, बेचारे भाई की सलामती के लिए प्रार्थनाएं कीं कितना तो बोझ आन पड़ा बेचारे के कन्धों पर!

जेठों ने, असहाय अबला नारी की आर्थिक स्थिति बेहतर बनाने की योजना बनाते चन्दा इकट्ठा करने की सोची, पर वह योजना भी दो महीनों के बाद ढेरों समस्याओं के कारण ठप्प हो गई। बुआ छोटे बेटे की मौत पर छाती पीटकर रोती रही, पर बड़े बेटों को न अपनी और न रानी भाभी की व्यथा समझा पाई। हां, सरकारी महकमों में उसके आंसुओं से थोड़ी हलचल हुई और रानी को विधवा भत्ते के रूप में सालन में नमक-भर रुपया प्रतिमाह मिलता रहा।

लेकिन निभ गया! दयावती भाभी ने रिश्ते-नातेदारों के आगे अनेकों उसांस भरकर कहा–"ठाठ से रहे मेरे पास महारानी बनकर! मेरी चमड़ी भी ननद जी के काम आए तो क्या मैं इंकार करूंगी? रिश्तेदारों ने दुआएं दीं–"ऊंचे माथे वाली हो दयावती। कलियुग में भी सतयुगी स्वभाव पाया है। वाह! वाह! भाभी हो तो ऐसी!"

रानी भाभी ने एक बार खाली आंखों से चौतरफ देखा और चुपचाप काम में लग गई। अब सचमुच नन्दू उसके पास नहीं था। उसने सफेद साड़ी नहीं पहनी, एक वक्त खाने का कोई व्रत भी नहीं पाला। भाभी ने माना ही नहीं। पर महारानी नहीं, महाराजिन बनी रानी भाभी ने खुद क्या खाया, बच्चियों को क्या खिलाकर बड़ा किया, इसकी खबर किसी ने न रखी। वे लोग तो वह कहावत दुहराते ही अघाते न थे कि "रसोइया न माघ में मरे न द्राग (अकाल) में!" भोजन और चूल्हे की आंच हरदम हाज़िर! जब जी चाहे खाए, जब जी चाहे तापे; पर रानी भाभी को यह कहानी रास न आई, क्योंकि दूसरों की दया पर अन्नपूर्णा बनी, घर-भर को रांध पकाकर खिलाने वाली रानी, अपनी दी गई पदवी की शर्तें जानती थी। तभी देगची-पतीलियों की खुरचन से पेट न भर पाने पर वह नानवाई से एकाध कुल्चा लेकर पानी के साथ निगल लेती और प्रेतछाया-सी घर में घूमती रहती। दो वक़्त भोजन पकाने के अलावा झाड़ू बुहारी, कपड़े धोने की जिम्मेवारी भी उसने अपने ऊपर ली। भाभी बेचारी की तो सेहत भी अचानक गिरने लगी थी। रानी ने खूब

तारीफे पाई, "कितनी सेवाभावी है? कपड़े कितने उजले धोती है? जैसे जन्म की धोबन हों उसके हाथ का बना कड़म का अचार खाया कभी? और स्वेटर कितने सुन्दर बनाती है! वो बिल्ली की आंख, लहरीली चोटियां और किसिम-किसिम के जालीदार डिजाइन। घर-भर के लोग तो पहने रहते हैं उसी के बनाए सुटर! सुना बेचने के लिए भी बनाती है! कुछ पैसा-टका पाती होगी! क्या करे बेचारी! आखिर भाई कहां तक करेगा?" निष्कर्ष रूप में सर्द आहे, "हे शम्भो! किस स्याही से लिखा तूने इस सोनकिसरी का भाग!"

एक व्यस्त दमघोंट दिनचर्या! 'ओह बेचारी'। रानी भाभी ने कान बन्द कर लिए, चुपचाप हड्डियां गलाकर जिन्दगी का कर्ज चुकाती रही, पर तमाम उम्र दूसरों की नजरों में याचिका ही रही। भीतर-भीतर दावानल दहकता रहा, पर कोई शिकायत नहीं की। माघ मास में यख बर्फीले पानी से बर्तन घिसते जब हथलियां जलीं, फटी बिवाइयों से रक्त झरा, और जिस रात चुन्नू-मुन्नू पतीलियां खुरचने के बाद भी भूखी सोईं, उस वक्त भी उसने आत्महत्या जैसे विषय पर नहीं सोचा। इसलिए नहीं कि वैसा करना पाप था और आत्महत्या के बाद उसकी रूह जन्म-जन्मान्तरों तक भटकती रहती, बल्कि इसलिए कि उसे नन्दू भैया का अधूरा काम पूरा करना था! उसके पास सहने, जीने की वजह थी!

लेकिन एक दिन अचानक भूकम्प-सा आ गया। भले लोगों ने ॐ नमः शिवाय उच्चारने के बदले सिर जोड़कर कानाफूसियां कीं–"हाय! ओ! आहा! ढलती उम्र में कहां मुंह काला कर गई? उम्र-भर लाजवन्ती बनी रही-अब उम्र के तीसरे पाटे में? क्या पता नदी में छलांग लगा दी हो? या काशी, हरद्वार चली गई हो, उम्र-भर का कलेश धोने! किसी से सांठ-गांठ तो नहीं थी अभागन की?"

जिसने जो चाहा, सोचा–कहा। अपने ढंग से सोचने के लिए किसी को कोई पाबन्दी नहीं होती। हमने सुना कि रानी रात खा-पीकर सोई और सुबह नजर नहीं आई। ऐन बैसाखी के दिन लिहाफ के नीचे ही गायब हो गई। सब सुखसान था, कोई वजह नहीं थी, किसी से कहासुनी भी नहीं हुई।

वजह नहीं थी या थी! उम्र के पैंतालीसवें साल में तमाम दायित्व निभाते क्या पता अचानक उसे ख्याल आया हो कि उसका कोई अधिकार भी हो सकता है?

लेकिन बैसाखी के दिन ही क्यों? अचानक बरसों पुराना बैसाखी का दिन हमारी आंखों के आगे खड़ा हो गया। जब नन्दू भैया कलकत्ते में नौकरी करने लगा था और छुट्टियों में रानी भाभी और बच्चों को साथ ले जाने के लिए घर आया था।

कलकत्ता लौटने से पहले नन्दू भैया, रानी भाभी और चुन्नू-मुन्नू को लेकर हमसे मिलने घर आए तो हमने उन्हें रोक लिया। अगले दिन बैसाखी थी। हम स्प्रिंग शिकारे में सैर करते हुए निशातबाग में पिकनिक मनाना चाहते थे। नन्दू भैया बेहद खुशामिज़ाज थे। रानी भाभी भी हमारी हमउम्र खिलंदड़ी-सी लड़की ही थी। सो खूब मजा आएगा कहकर हमने रानी भाभी को मनाया कि वह पापा से कहे, हमें शिकारे में जाने की इजाजत दें। रानी भाभी की मध्यस्थता इसलिए जरूरी थी कि पापा बैसाखी के दिन शिकारे में सैर करने के खिलाफ थे। उनका अखण्ड विश्वास था कि इस दिन शाम ढलते ही तेज हवाएं चलती हैं सो जाना चाहो तो बस में चले जाओ।

पर पापा बहू जाति के प्रति कुछ अतिरिक्त उदार थे, सो जब रानी भाभी शिकारे में पिकनिक का अनुरोध लेकर गई तो कुछ ना-नू करने के बाद उन्होंने इस शर्त पर इजाजत दी कि "सूरज का घोड़ा पश्चिम की ओर मुंह करे, इससे पहले ही लौट आना, पानी में झुककर कमल ककड़ियां और खिलवत्तर नहीं तोड़ना, तमाम एहतियात बरतना।"

सो हम तीन बहनें, लोकनाथ दादा, रानी भाभी और नन्दू भैया, कुल मिलाकर छः जने मल्लाह के सजे-धजे स्प्रिंग शिकारे 'पैरिस ब्यूटी' में झील की सैर को निकल पड़े। मां ने रानी भाभी के जुड़वां बच्चों, चुन्नू-मुन्नू को दिन-भर सम्भालने का ज़िम्मा अपने ऊपर लिया और नान-रोगनजोश, सिरी नानबाई की ताजा बाकरखानियां और चाय बनाने के लिए 'समावार' यह कहकर साथ थमा दिया कि पहाड़ के दामन में घास के गलीचों पर बैठकर आबशारों को देखते हुए 'कहवा' पीने में 'स्वर्ग जैसा सुख' मिलता है।

उस पूरे दिन रानी भाभी और नन्दू भैया हाथ में हाथ डाले, नवविवाहित जोड़े की तरह छोटी-छोटी बातों पर खिलखिलाते रहे। कोतखान पर तैरती बतखों, गुपकार के महलों, शंकराचार्य और 'हारी पर्वत' की पहाड़ियों को देखकर अपने-अपने संस्मरण सुनाते रहे। हमने उन्हें–'लव बर्ड्स' 'हीमाल-नागराय', 'लैला मजनू' आदि उपाधियां थमाईं। नन्दू भैया के मजाकिया मिज़ाज से शह पाकर हमने उनसे जब पूछा कि आपने सुहागरात को रानी भाभी से पहली बात कौन-सी की? तो उन्होंने रानी भाभी की तरफ छेड़ती नजरों से देखकर सहगल का गाया हुआ 'दो नैना मतवारे तिहारे, हम पर जुल्म करें' गाना पूरा का पूरा सुना दिया। नन्दू भैया की आवाज बड़ी मीठी थी। हम उन्हें मुग्ध होकर सुनते रहे। तभी उन्होंने यह राज़ भी खोला कि रानी भी तो बड़ा अच्छा गाती है। इस नए इल्हाम के साथ हमने रानी

भाभी को घेरकर गाना सुनाने की फरमाइश की। तभी हमने उससे पहला और आखिरी गाना सुना। मल्लाह मुहम्मद के चप्पू की धाप और लहरों के सुरूर पर संगरमाल तक गूंजती तान :

"नसीम बूज़ुम चु बाले दामन्य,
कमद ह्यथ थ छुख शिकार छाड़ान।
बु शोक चाने शिकारि अन्दर
पनुन यि सर हाथ तरय हा लाऽऽलो।"

(नसीम, बाग में बैठे सुना कि तुम पहाड़ियों के दामन में कमन्द लेकर शिकार तलाश रहे हो। मुझसे कहते, मैं तुम्हारे शौक की खातिर नाव पर अपना सिर लेकर आप ही तुम तक पहुंच जाती।)

रानी भाभी मोहसनी नजरों से छेड़ती नन्दू भैया को देख रही थी और नन्दू भैया तो मुग्धता के ऊपरी सोपान पर विराजमान थे। लोकनाथ दादा ने खाँसकर दोनों को धरती पर पटक दिया था, "भाभी! तुम नसीमबाग में बैठी नज़ारा देखती रहो। नन्दू पहाड़ियों के दामन में नहीं, मैदानों में कमन्द लेकर शिकार तलाश रहा है। इसका कोई भरोसा है? बेकार अपने सिर की दुश्मन हुई जा रही हो..."

लेकिन रानी भाभी को भरोसा था। उसी भरोसे के कारण तो वह पूरे 'छः महीने' पति से अलग रह पाई थी। यह दीगर बात है कि उन छः महीनों में उसने पूरे डेढ़ सौ पत्र नन्दू को लिखे और रोज डाकिए का इन्तजार करती रही। जेठानियों ने इस 'पागलपन' पर नुक़्ते जोड़े और आशंका भी ज़ाहिर की–"इस तरह के अतिरिक्त लगाव से औरत एक दिन नागिन बनकर पति का खून चूस लेती है..."

गगरी बल प्वाइंट पर तैराकीं में माहिर लोकनाथ ने नन्दू भैया को तैराकी सिखानी चाही, पर नन्दू भैया को व्हील के साथ संघर्ष करते और पानी में ऊब-डूब जाते देख रानी भाभी के चेहरे का रंग उड़ गया। हम उसका चेहरा देखकर डर गए और नन्दू भैया को वापस बुला लाए। नन्दू भैया शिकारे में लौटे तो रानी भाभी ने उनकी बांह कसकर पकड़ ली। लोकनाथ दादा ने छेड़ा..."कसकर थाम लेना, कहीं डोलती नाव में पानी में न गिर जाए मुन्ना राजा!" यह भी कहा कि वे नन्दू को स्विमिंग सिखाना चाहते थे। जीवन में आगे काम आती, लेकिन रानी भाभी तो चिड़िया दिल वाली है। रानी भाभी ने इतना ही कहा–"घर में चुन्नू-मुन्नू तो इन्तजार कर रही हैं। इन्हें कुछ हो जाता तो उन्हें क्या जवाब देती?"

पता नहीं, रानी भाभी ने ऐसा क्यों कहा! वही अतिरिक्त लगाव या अप्रत्याशित की कोई अज्ञात चेतावनी थी वह? नन्दू भैया ने उसका मूड ठीक करने के लिए बात हंसी में उड़ाई। यह भी कहा कि चुन्नू-मुन्नू की ज़िम्मेदारी तो रानी भाभी की है, नन्दू भैया तो बेटियों का दाज जुटाने में लगे रहेंगे। लेकिन रानी नहीं मानी, ना भई, अपनी लाड़लियों को तुम खुद संभालो।

दिन तो हमने खूब मजे में बिताया। चिनार के चितकबरे साए में सब्ज़ कालीन पर लेट पैंज़ी-गुलाब की रंगो-बू सांसों में भर ली। नन्दू भैया और रानी भाभी फव्वारों के बीच आबशारों तक एक-दूसरे को धकेलते भीगते रहे। दौड़ते-हांफते चश्माशाही की पहाड़ी चढ़कर परी महल तक घूम आए। लोकनाथ दादा ने बताया कि यहां किसी जमाने में एक पुस्तकालय था, जो दारा शिकोह ने अपने गुरु अखुन्द मुल्लाशाह के लिए बनाया था। अब वहां खण्डहर-भर शेष थे, जिन्हें घूम-घूमकर देखते रानी भाभी ने कहा कि वह तो समझी थी वहां 'परी महल' में परियां रहती होंगी। पर वहां तो भूतों का डेरा था, उसने यह भी कहा कि "खण्डहर देखकर मेरा दिल घबराता है।"

शाम ढलने लगी तो हमें पापा की जल्दी लौटने की हिदायत याद आई। सो लौटते समय मल्लाह मुहम्मद के साथ लोकनाथ दादा और नन्दू भैया ने भी चप्पू सम्भाले। पर तमाम जल्दी के बाद भी झील में पहुंचते ही शंकराचार्य की पहाड़ी के ऊपर काले बादलों का मेमना नज़र आया। मल्लाह मुहम्मद ने हवा को सूंघकर 'या अल्लाह खैर कर' की दुआ मांगी और नाव किनारे की तरफ बढ़ाने लगा। लेकिन पहाड़ी बादलों और वसन्त की सुहानी हवाओं का कोई एतबार नहीं होता। किनारा अभी दसेक गज दूर था कि आंधी का जबरदस्त झौंका 'पैरिस ब्यूटी' को डगमगा गया। चुन्नटदार पर्दे हवा के थपेड़ों से फरफराकर चिन्दी-चिन्दी हो गए। झील में गज-गज-भर ऊंची लहरें उठीं और झड़ीदार वर्षो में आसमान और झील एकसार नजर आए। चारों तरफ पानी का प्रकोप! हम चीखते-चिल्लाते दहशतजदा, दैत्याकार शैवालों का ग्रास बनने की नियति पर कांपते रहे। रानी भाभी तो नन्दू भैया से लिपटकर रोने लगी। लेकिन मल्लाह मुहम्मद ने तूफान पहले भी देखे थे! उसने ऊँटकदल के पास डल के भीतरी नाले से नाव निकालकर शिया मुहल्ले में रस्सों-खूटों से बांध दी। धारासार वर्षों में नाव रुकना नामुमकिन देखकर हम लोग पास के एक फूस के छप्पर वाले दो तले के मकान में घुस गए। अन्दर से आपादमस्तक कम्बल ओढ़े काले चोर-से मुस्टंडे ने हमें सामने पाकर सवालिया नज़रों से घूरा–"क्या चाहिए?" तूफानी शाम में बारिश के साथ कौन

नमूने आ टपके। लेकिन उसके सवालों के जवाब हमें देखते ही मिल गए थे। भीगे परिन्दों से नुचे, ठिठुरे, अस्त-व्यस्त दहशतजदा सैलानी! क्या खूब बैसाखी मनाने चले थे।

उस शाम कोई चारेक घण्टे हम उस मुस्टंडे के मवेशीखाने में घास के पूलों पर बैठकर बारिश थमने का इन्तज़ार करते रहे। घास के गट्ठरों की ओट में रानी भाभी नन्दू भैया की छाती पर सिर रखे आंख मूंदकर पड़ी रही, जैसे अपने सुरक्षित घर में पहुंच गई हो!

आधी रात को बादल छितर आए और आसमान के कोने से कुहरीले चांद के फीके प्रकाश को उझकते देख मल्लाह मुहम्मद ने हमें बुलाया और नाव का छप्पर रस्सों से बांध दिया।

नंगी बुच्ची, लुटी-पिटी पेरिस ब्यूटी पर लौटते हम एक ही सोच में मुब्तला थे कि घर पहुंचकर पापा का सामना कैसे करें–कि तभी वह अप्रत्याशित घट गया। ऊंटकदल के पास शिकारा एक तरफ झुका और छप्पर का कोना खंभे से टकराकर एक तरफ लटक आयी। नंदू भैया एहतियात से उठे छप्पर को पानी में गिरने से बचा लें। मल्लाह मुहम्मद भी हमतुल पानी में गाड़कर छप्पर सधाने के लिए खड़ा हो गया। इसी उठा-बैठी में नाव बायीं ओर झुक गई और नन्दू भैया लड़खड़ाकर पानी में गिर पड़े। हमारी आंखों के आगे अंधेरा छा गया। लगा एक जबरदस्त भंवर पूरी नाव को निगलने वाला है। डोलती नाव और हमारी भयग्रस्त चीखों के साथ ही रानी भाभी और लोकनाथ दादा एक साथ पानी में कूद पड़े। फिर पता ही नहीं चला कैसे क्या हो गया।

हम होश में आए तब तक मल्लाह मुहम्मद हमें किनारे ले जाकर मदद के लिए हाउस-बोटों-ढोंगों से कुछ मल्लाहों को बुला लाया था। लोकनाथ दादा ने रानी भाभी को पानी से बाहर निकाल पुल के खम्भे से उलटा टिका दिया था। नन्दू भैया के लिए लोकनाथ दादा के साथ दसियों मल्लाहों ने पानी को खंगाल डाला, पर वे नहीं मिले। मल्लाहों ने कहा–कि बीवी पानी में न कूदती तो शायद बाबू बच जाते। लोकनाथ दादा रानी भाभी को बचाने में लगे, तब तक नन्दू भैया पानी के भीतर गहरे सर्पीले शैवालों के भीतर फंसकर अदृश्य हो गए थे। उन शैवालों के अन्दर घुसना मृत्यु में जाना था। सो नन्दू भैया की लाश भी न मिली, उनकी जलसमाधि हो गई।

घर लौटकर जो कुहराम मचा, सो मचा ही। दो दिन रानी भाभी बेहोश रहीं, उन्हें तब होश आया जब चुन्नू-मुन्नू के हिचकियां बंधे रुदन ने उसे विश्वास दिलाया

कि नन्दू भैया ने बच्चों की ज़िम्मेदारी उसे ही सौंप दी है और खुद सभी ज़िम्मेदारियों से बरी हो गया!

रानी भाभी का संसार अचानक खण्डहर हो गया। वही खण्डहर, जिसे देखने-भर से उसे घबराहट होती थी, उसका अतिरिक्त लगाव ही क्या नागिन का फन्दा बन गया? रानी भाभी विदेह हो गई।

लेकिन उसने दायित्व निभाए कैसे? वह अलग बहरे तवील है। लेकिन सब निभ गया। सरकार की मुफ्त शिक्षा योजना की मेहरबानी से चुन्नू बी.ए.बी.एड. और मुन्नू एम.ए. कर गई। नौकरियां मिली और रानी भाभी के कहने पर बेटियों ने अपने लिए आप ही वर भी चुन लिए। भाभी का वर ढूंढाई का सिरदर्द भी टाला। रानी ने अपना जेवर बांटकर दोनों बेटियों को विदा कर दिया। लोगों ने कहा, रानी गंगा नहाई! अब क्या? एक कोने में पड़ी रहेगी, किसी भी बेटी के घर। दो मुट्ठी भात की हकदार, भजन-पूजन में बाकी गुज़ार देती। आखिर उम्र-भर खटती रही है इन बेटियों के लिए।

रानी भाभी बारी-बारी से दोनों बेटियों के घर हो आईं। दोनों दामाद सुशील, उसका जी जुड़ गया, रचे-बसे घर! कुछ संवाद भी सुने, गो कि सुनना नहीं चाहती थी। छोटे दामाद ने पत्नी के गले में बांहें डालकर कहा–"अब तो मम्मी जी यहां रहेंगी?" "यहां क्यों? चुन्नी बड़ी है (पहले वही हुई थी) कभी-कभी मेरे पास आया करेंगी। वैसे वह मामा का घर नहीं छोड़ेंगी..." बड़े दामाद ने चुन्नी से कहा–"तुम दोनों जुड़वां हो सो छोटा-बड़ा क्या? चलो, हम ही रख लेंगे। आगे बच्चे होंगे, तुम्हारी नौकरी है, घर में बड़ा रहेगा तो हम भी निष्फिकर रहेंगे... बड़ों की सेवा का पुण्य भी मिलेगा।"

रानी भाभी भाई के घर लौट आई। भाभी ने माथा-पीटा। सोचा था बेटियों के पास रहेगी, पर मेरे भाग में मुक्ति कहां? रात खा-पीकर सभी सो गए। सुबह देखा रानी कहीं नहीं। ढुंढाई हुई, व्यर्थ! वितस्ता पर नहाकर आए राधे पंडित ने कहा–"तट पर लाल छापल साड़ी पड़ी थी, शायद नहाते वक्त पानी में पैर फिसल गया...।"

भाभी ने सोचा-लाल छापल साड़ी तो रानी के पास थी ही नहीं!

थोड़ी गहमा-गहमी, थोड़ी अटकलें, कानाफूसियां–शायद हरद्वार, काशी चली गई? किसी से सांठ-गांठ तो नहीं थी? चलो जो हुआ, सो हुआ। सभी काज पूरे कर चुकी।"

हमने सुना बैसाखी के दिन रानी भाभी घर से गायब हो गई तो बहुत पहले की

वैसाखी याद आई जब रानी भाभी ने सुरीले स्वर में गीत सुनाया था–

"नसीम बूज़ुम चुं बाले दामन्य..."

नन्दू भाई कमन्द डालकर शिकार करने का शौकीन नहीं था। रानी भाभी उसके शौक की खातिर सिर कटाने से बच गई। लेकिन ताउम्र दूसरों की चाकरी में रहकर तमाम काम निभाने वाली रानी भाभी ने आखिरकार अपने अधिकार का इस्तेमाल कर ही लिया। याचिका की स्थिति से मुक्ति का अधिकार! इस हक से उसे कौन महरूम कर सकता था??

टेकरी पर दीया

मां आज चन्नी के पास चली गई, पिता को गुजरे तीन माह बाद। मां ने कहा–"तीन महीने नहीं, तीन युग लांघ लिए मैंने इस बीच।" और अपनी जगह मां गलत भी नहीं थी। पिछले तीन महीनों में जो कुछ घटा, उसे सरसरी तौर पर देखकर भाग्य का खेल या विधाता की इच्छा कहकर उसका सामान्यीकरण नहीं किया जा सकता। पिता घर की एक महत्वपूर्ण जगह खाली करने के साथ मां के साथ जिए वक्त के भरपूर कोष खाली कर गए।

यादों का एक अथक काफिला उनके साथ-साथ चलता रहा। यादें और यादें। बात-बात पर पीछे मुड़कर देखती रहीं। यों मुड़कर पीछे देखने की आदत हम सभी को होती है। मां को क्या दोष दूं! बच्चे थे तो बुजुर्ग कहा करते–"राह चलते पीछे मुड़कर देखना ठीक नहीं। आगे देखो, सामने से कोई मोटरगाड़ी वगैरह आए तो बेकार चोट खा जाओगे।" लेकिन क्या उन्होंने सचमुच राह चलते कभी पीछे मुड़कर नहीं देखा और गाहे-बगाहे चोट नहीं खाई?

लेकिन आज मां ने हमें भौचक्क कर दिया। हमेशा अतीत को कुरेदती रहती मां आज जब टैक्सी में बैठी तो आगे की ओर नज़रें जमाए रही, हम ही पीछे मुड़-मुड़कर देखते रहे। तो क्या मां ही सही थी? रमेश कोलतार की पक्की सड़क पर सत्तर मील की रफ्तार से गाड़ी दौड़ा रहा है। श्राद्ध वगैरह करके आज ही घर लौटना जरूरी है। मां के पास बिट्टी और रमेश की बूढ़ी मां है।

गाड़ी के साथ-साथ मेरा मन भी भाग रहा है। मेरी गोद में पड़ा बैग सीझ गया है बल्कि कुरते से होकर पानी भीतर रिसकर पूरी सीट पर गीलापन फैलाने लगा है। मैं सोच रहा था कुछ देर बैग गोद से उतारकर गाड़ी में रख दूं तो पहलू बदल सकता

हूं। एक ही स्थिति में बैठे टांगें भी अकड़ने लगी हैं। लेकिन बैग अपने से अलग करने का मन नहीं कर रहा। बैग में मात्र अस्थियां नहीं, पिता हैं मेरे। बांहों के घेरे में सुरक्षा से सहेजे इस बैग को देखकर बहुत दूर पहुंच गया हूं। मां की डांट हो या ताया की मार का डर, भागकर पिता की गोद में दुबक जाता था। एक विशाल गढ़ था वह, जिसे कोई भी शत्रु बेध नहीं सकता था। और अब?

पितृ ऋण...पितृ ऋण। मां कहती थी, "पितृ ऋण चुकाना जरूरी है बेटा, आखिर मां-बाप बच्चों के लिए क्या नहीं करते? यानी कि गोदी में लिए खिलाने, बेशुमार रतजगों, पोतड़े-पातड़े धोने से लेकर उनकी बेहबूदी के लिए ताउम्र खटने तक।" मैं हिसाब नहीं लगा पाता। अकसर बीमार भी तो रहा करता था।

"इतनी सारी हड्डियां?"

श्मशान में दोस्त आश्चर्य से भर गए थे। "दस मन लकड़ी जलाई थी। राख देखो, सफेद झक्क। पर अस्थियां? देखो कितनी बड़ी-बड़ी!"

उन्होंने अनुमान लगाने शुरू किए थे, "शायद दवाइयों का कुछ असर हो, हड्डियां सख्त हो गई हों। कई सालों से तो बीमार थे। ढेर-ढेर दवाइयां, इंजेक्शन। कोई कसर छोड़ी बेटे ने?" बाल्टी-भर अस्थियां समेटकर दूध, दही, शहद और फूल मिले पानी में ठण्डे कर दिए थे। बोरा-भर राख अलग से। इन्हें जमुना जी में विसर्जित करना है।

मां की हिदायत थी, "दही वाला जल छिड़ककर ठण्डा कर देना पिता को। उधर...उनकी आखिरी जगह पर फल, फूल, चावल की लाइयां रख देना। हमारी तरफ तो मछली-भात रखा जाता है। पक्षी तृप्त हो जाते हैं। पता चलता है, कोई था। यहां क्या मालूम क्या होता होगा?" यह कहते हुए उनके चेहरे पर निराशा और दुःख के आवेग से परे एक अव्यक्त भय थरथरा आया था।

रमेश ने मां को दिलासा दिया था, "मां जी, आप चिन्ता न करो। हम हैं न! सब देख लेंगे।"

पिता की काया जहां अग्नि को समर्पित हुई वहां आयताकार कुंड-सा बना था। हवन कुण्ड, अग्नि को शरीर का होम, जरूरतों, इच्छाओं, आकांक्षाओं का शमन। पिछले कई वर्षों से पिता बिस्तर से बंध गए थे, पर बीमारी में घर का मोह न छूटा–दरवाजा जोर से क्यों खड़का, पल्ले हवा से भिड़ रहे हैं। चिटखनी नहीं लगाई, टूट जाएंगे। गेट वाला ताला, सदा चाबी बनाने ले गया था। हफ्ता-भर हो गया, लाया नहीं।

"ओह बाबा! आपकी चिन्ताएं छूटती नहीं।"

"छूटेंगी बेटा, छूटेंगी, जब शरीर अग्नि को होम होगा, चिन्ताएं-आकांक्षाएं भी भस्म हो जाएंगी, तब तक तो नहीं।"

राख में से अस्थियां अलग करते वक्त दोस्त साथ हो लिए। बड़ी परात में रख खूब दूध, दही, शहद मिला पानी छिड़कते गरम भाप का भभका उठा। रमेश भी हथेलियां भर-भर पानी छिड़कता रहा।

"क्या पता यहां क्या होता होगा, सच्चा-झूठा!"

"जन्म-मरण तो सभी जगह होता है मां!"

रमेश मां को तसल्ली देना चाहता था शायद। पर मां ने मुझे आंसुओं के बीच भी सख्त नजरों से देखा था।

"बेटा! वे तुम्हारे पिता थे।"

कौशल्या धोती समेट कुण्ड में उतर आई। गोबर-मिट्टी मिले पानी से दाह की जगह लीपने लगी।

"आप क्यों करेंगी यह सब? इधर करने वाले हैं न!" श्मशान के पंडे ने टोका था। बायें हाथ से 'ठीक है' का संकेत देकर कौशल्या गरम जमीन को थपक-थपककर ठण्डा करती रही।

मछली-भात रमेश खुद ही ले आया। कौशल्या घर से भी थोड़ा दही-भात वगैरह ले आई। दुहरी सामग्री मां की तसल्ली के लिए। क्या पता यहां क्या करते हैं? उनकी शंकाएं जाते समय तक दूर नहीं हो पाईं। पराई जगह, पराए लोगों बीच। लेकिन पराई जगह कहां थी? "पिता बेटे को नए घर में बसा हुआ देखकर चले गए। बीमार तो थे बहुत, पर समझो–मुट्ठी में प्राण बन्द करके रखे थे..." कहने वालों ने बार-बार दुहराया।

दाहस्थल के चार कोनों और अग्र भाग में पुरोहित ने माश की दाल-भात के दोने रख दिए और विधिवत् पूजा कराने लगा। "यह पवित्रियां, अंगुलियों में डालिए, इस तरह इधर...यहां से फूल लें। रौली, चन्दन, धूप दीप...बोलिए–अन्नं समर्पयामि...पुष्पम् समर्पयमि...दीपम् दर्शयामि। पिता की अस्थियों को इस दही-मधु मिले जल से ठण्डा कर दीजिए, ठण्डा..."

ताप शाप क्लेश मुक्ति की प्रार्थना। शरीर ने इधर ही भोग लिए नरक के दुःख। बिस्तरे पर लकवा जड़े अंग क्षीण होते गए। कोई हिलाए तो हिलें। कोई खिलाए तो खाएं। पीठ में खुश्की हो तो दयनीय आंखों से सामने वाले को देखते। दाएं हाथ में थोड़ी-सी हरकत बाकी थी। जहां तक वह हाथ खिंचता, खुरचते रहते, मां परेशन थी, "घाव कर दिए हैं खुरचते-खुरचते। कितना समझाती हूं, न खुरचा

करो। पर तुम समझते तो हो नहीं। जान मेरी सांसत में।" मां दुःख और गुस्से से माथा पीट लेतीं। दवाइयां, पाउडर, मलहम। कितना कुछ यत्न किया, पर घाव एक से अनेक होते गए और अब तमाम एहतियातों के बावजूद उनमें मवाद भरने लगा था।

चन्नी विदेश से पिता को देखने आई थी। बिलकुल नहीं उठ पाते? खाने-पीने के लिए मुहताज हैं? नहाने-धोने और बाथरूम वगैरह के लिए क्या इन्तजाम है? उसके मन में और जुबान पर कई-कई प्रश्न थे।

"देख लो, नौकर स्पंज कर देता है। कमोड पर बिठाता हैं। यों तो किसी बात की कोई खबर नहीं रहती अब..."

"ओ गॉड। मुझे चलते-चलते उठा लेना।" उसने आंखें आसमान की ओर उठाकर उच्छ्वास फेंक दिया था। यानी कि बहुत लम्बी उम्र हो गई थी पिता की। उसकी तकलीफ भी दोहरी थी। पिता का कष्ट तो था ही था, मां भी अज़हद परेशान थी। बुढ़ापे का शरीर, उस पर पिता को खिलाना-पिलाना–तमाम देखभाल।

अब पिता सचमुच मुहताज थे। रियाटरमैंट के बाद भी झोले भर राशन सब्जी उठाकर मीलों पैदल चलते कभी थके नहीं। रिक्शा कभी किया नहीं। चन्नी जब दो-तीन साल में चक्कर लगाती तो महीना-भर पहले से ही चीजें जुटाना शुरू करते। चन्नी को गुच्छियां-क्लाड़ियां पसन्द हैं। मीलों चलकर पहाड़ी गांव से क्लाड़ियां ले आते। मां गुस्सा करतीं, "यह मीलों चलकर क्लाड़ियां लाना जरूरी था क्या? गुले को एक खत लिख देते, दसेक दिन में लेकर पहुंच जाता।"

"लेकिन नहीं, बेटी की छोटी-सी पसन्द के लिए इस-उसको क्या कहना! अभी तो मैं ज़िन्दा हूं। वह इतनी अच्छी ले आता? मैं तो गूजरों के कोठों तक चला गया, वह जाता भला?"

अब चन्नी द्रवित थी मां के लिए। मां बुढ़ापे में कष्ट उठा रही थी। मां को सुख चाहिए इस उम्र में। पिता बहुत सेवा करवा रहे हैं मां से। लेकिन पिता ने ताउम्र दूसरों की ही देखभाल की। खुद कभी अपनी सेवा कराई नहीं। मां हमेशा नाजुक रही हैं, शरीर से भी और मिजाज से भी। पिता ने हमेशा नाजबरदारी की। जरा-सी थक गई तो कम्बल ओढ़ाकर उन्हें आराम करने की हिदायत दी।

पिता की बीमारी में एक बार मां को सिरदर्द हुआ था। सिर पर पट्टी बांधकर लेटीं तो पिता ने अकड़ा हुआ हाथ फैलाने की कोशिश में शरीर की तमाम बची हुई ताकत खरचते हुए साथ लगी चारपाई पर लेटी मां का माथा छूना चाहा। लेकिन

हाथ बार-बार थककर अधबीच लटक जाता, मां झल्ला उठी थी, "क्या चाहिए, एक मिनट भी दम नहीं लेने देते, सिर दर्द से फटा जा रहा है।"

"बाम मल दूंगा।" जरा-सा उंगली पर दो।" पिता ने अधटूटे शब्द जोड़कर अपनी चिन्ता बता दी। मां की झल्लाहट पिघलकर आंसुओं में बह गई थी, "इसीलिए बार-बार हाथ उठा रहे थे? मेरा सिर दुख रहा है और तुम कुछ कर नहीं पा रहे?"

जब तक टांगों में ज़रा भी होश रहा, बिस्तर से धीरे-धीरे दबे पांव उठकर मां का बिस्तर ठीक कर देते। मां बाथरूम से लौटकर देखती तो नाराज होती, "यह सब करने की क्या जरूरत है! पहले ठीक हो जाओ फिर मेरा खयाल रखना।"

"तुम बहुत थक जाती हो।" पिता की आवाज में आजिज़ी थी।

मां पिता की बातें मातम मनाने आई महिलाओं को सुना रही थी, "लेकिन बाद में पूरी तरह अपाहिज हो गए। कौन से कर्मों का फल भुगता, ऊपर वाला ही जाने।"

कर्म फल! पिता के बिस्तर के साथ लगते ही मां भी बंध गई। कोई विकल्प नहीं था। वे नौकर-चाकर के हाथ से खाना खाते ही नहीं थे।

"मुझे गांव भेज दो। मैं तुम्हारे पिता को संभाल लूंगी। यहां भी मुझे ही खटना है।" मां मुक्ति की तलाश में अंधेरे में हाथ-पैर चला रही थी। घर में क्लेश बढ़ने लगा था।

"मां ज़रा भी एडजस्ट नहीं करती। पिता की हालत तो देख लेती।" कौशल्या की सहनशक्ति भी चुकने लगी थी।

"उसने दूसरी तरह की जिन्दगी जी है कौशल! जिसमें मां के ढेर सारे नाते-रिश्तेदार, संगी-सहेलियां थीं। यहां हमारी नौकरी की वजह से वे अपनों से दूर, अकेली पड़ गई...ऊपर से पिता की बीमारी।"

पिता के प्राण त्याग के बाद रोते-रोते उसने फोटोग्राफर लाने का सुझाव दिया। यादों को आकार देने की खाहिश थी वह।

मेरे साथ रमेश, विनय और नितिन ने अर्थी को कन्धा दिया। फूल, खीलों और पैसों के ढेर बिछा दिए। चार-चार शालों से पिता को ढंक दिया, लेकिन रुदन के बीच भी मां की शिकायतें न थमीं।

कौशल्या ने 'राम नाम सत्त है' कुछ ऊंची आवाज में पुकारा। रमेश, विनय और नितिन मेरे साथ-साथ रहे, जब मैं सचमुच अकेला और असहाय महसूस करने

लगा था। वे पराए कहां थे?

अजीब हालत थी। दुःख और शिकवे साथ-साथ चल रहे थे। कौशल्या मुंह बन्द किए मां को दिलासे दे रही थी। कभी-कभी शब्दों के माध्यम से भी, "घर के बड़े घर सूना कर चले गए। पर सोचिए तो, कितना कष्ट था शरीर को! घावों में मवाद भरने लगा था। आपने सेवा भी खूब की। अब सभी कष्टों से मुक्त हो गए। स्वर्ग में जगह मिले। आप उनके लिए प्रार्थना क्यों नहीं करती।"

"हांऽऽ, सैर को निकले हैं न, जो फिर लौटकर आएंगे।" बातों की काट, नुकीली चुभन। "आह! जो भोगा सो उसी ने। अब मुक्ति के उपाय कौन करेंगे? इस परदेश में? मृत्यु के बाद भी काफी कुछ करना होता है।" वे रुदन में भी बराबर हिदायतें देती रहीं।

"सब होगा, जैसे आप कहेंगी, वैसे ही होगा। आप चिन्ता न करें।" कौशल्या एकदम संस्कारी बन गई थी। मां भी भीतर कहीं आश्वस्त थी। सभी कार्य विधिवत् हो रहे थे। पर दुःख था कि कोई देखने वाला न था। दुःख बांटने वाला, कोई नाते-रिश्तेदार, सखी सहेली। कुछेक अहल्ले-मुहल्ले के लोग और मेरे दोस्त थे, बस। मां के मन में खामोश मलाल था। कोई तो था, देख लेते उनके नाते-रिश्तेदार।

चन्नी ने कई बार बातों के दौरान स्पष्ट कर दिया था कि उसे मृत्यु के बाद संस्कारों में कोई विश्वास नहीं। "जो जीते जी खाया, पहना, ओढ़ा, वही सच है। बाद में तुम चांदी-सोने के बर्तन दो या डनलप का बिस्तरा, उनको कुछ भी मिलने वाला नहीं।"

कौशल्या ने डांटती नजरों से चन्नी को देखा था, यानी कि यह सब कहकर मां की आस्था को धक्का देने की क्या जरूरत है?

अचानक कौशल्या का मन बदलने लगा था। मां की खातिर या पिता के लिए कुछ करने का मौका पाने पर। पिता! जिन्हें अपने मन और शरीर की ताकत पर बेइंतहा भरोसा था और भरोसे की त्रासद परिणति में चारपाई से बंधी उनकी अकड़ी विवश काया। उतरती वेला में करुण और असहाय।

गंगा के स्वच्छ जल में कपड़ों समेत गोता लगाते, अस्थियां गंगा में विसर्जित करते समय आंखे बन्द कर हाथ जोड़े, वह देर तक प्रार्थना करती रही। पिता का श्राद्ध, पंडों-पुरोहितों का भोज, लूले-लंगड़ों को हलवा-पूरी खिलाना, गो ग्रास आदि रस्में वह श्रद्धा से निभाती रही। महज रस्म अदायगी नहीं थी वह। घाट की सीढ़ियां उतरकर कुछ दूर गहरे पानी में अस्थियां डालते तीसरी-चौथी सीढ़ी पर कुछ अस्थियां गिर पड़ीं तो उसने घुटनों-घुटनों पानी में उतरकर हाथ से अस्थियां

उठा लीं। "नहीं, किसी का भी पैर नहीं लगना इन्हें।" तब भी वह पिता ही थे उसके लिए। पूरे सम्मान के अधिकारी। गाड़ी में अस्थि बैग नीचे न रखने दिया। बच्चे की तरह गोद में लिए रही। दसवीं, ग्यारहीं, बारहीं के संस्कार, हवन आदि पूरी श्रद्धा से किए गए।

'अपनी तरफ का पंडा-पुरोहित मिल जाता तो विधि से क्रिया-कर्म सम्पन्न होते, उन्हें सद्गति मिल जाती...' मां घुटनों में सिर दिए ज्यों अपने आप से बतियाती थीं।

'ऐसा ही होगा' वाली मुद्रा से रमेश मेरे साथ-साथ रहा। तीस मील दूरी से पुरोहित आया। अन्नदान...वस्त्रदान...दीपदान...दक्षिणा आदि उनकी इच्छा के मुताबिक। वे दुःख के बीच भी पूरी चौकन्नी थीं। दसवें दिन रिश्ते के भाई आए। उन्होंने दान-सामग्री देखकर कौशल्या से कहा, "इतना कुछ करने की जरूरत नहीं थी।"

"ब्राह्मण दान से सन्तुष्ट हो गए और क्या चाहिए। हमने तो पिताजी के नाम ही दिया..." कौशल्या ने उन्हें टोक दिया।

मां को टिप्पणी अच्छी न लगी, "उसने तो जितना भाग में लिखा था खाया-पहना। अब इस सबसे क्या?" मैंने तो कहा था, पर...अपने रुतबे और लोकयश के लिए भी तो बहुत कुछ करता है आदमी।

पता नहीं कौशल्या चुप कैसे रही। गलत बात पर रिएक्ट करना तो उसकी खूबी-खराबी दोनों ही हैं। कौशल्या सभी खरीद-फरोख्त में मेरे साथ-साथ लगी रही। सोचा, मैं शायद दान की चीजों में कंजूसी बरतूं। उस जैसी आस्था मुझमें है भी नहीं। "मां के मन को ठेस न लगे।" वह ब्रह्मवाक्य की तरह रटती रही। मेरे भीतर भी आवाजें उतरती रहीं–पितृ ऋण-पितृ ऋण। जेब खाली होने तक खुद को समझाता रहा, पिता की मुक्ति के लिए। हो सकता है कुछ होता हो, नहीं तो क्यों करते हैं लोगबाग? कौशलया की बात सही लगी, "मां की तसल्ली के लिए ही सही, कुछ अर्थ तो है।"

पिता तो चले गए थे, पर मां हमारे साथ-साथ थी, लेकिन मां हमसे दूर छिटक गई थी।

बारहीं पर क्रिया सम्पन्न कर हवन सामग्री जमुना जी में विसर्जित की। मां ने दीपदान के दीए पिछवाड़े के आंगन में रखवा दिए। दो दीप कहीं दूर टेकरी पर या ऊंची मुंडेर पर रखने की हिदायत दी, "जाने किस दिशा में गए। अंधेरे रास्तों में प्रकाश तो मिलेगा।"

कौशल्या बस्ती से थोड़ी दूर ईंट-चूने व मलबे की बनी टेकरी-सी ढेरी पर तेल से भरे जलते दीए रख आई। दीए देर रात तक जलते रहे और चौतरफ रोशनी का छोटा-सा घेरा फैला रहा।

अब मां जा रही है, तीन माह हो गए पिता को गए। पहले सोचा था वार्षिक श्राद्ध सम्पन्न करके ही जाएगी, पर चन्नी का आग्रह था कि मां को जगह बदलनी चाहिए। वहां रहकर पिता की यादों से घिरी घुलती रहेंगी।

पहले पत्र पर मां ने साफ इंकार कर दिया, "नहीं, वे पिकनिक पर नहीं गए। जीवन-भर का संग-साथ छोड़कर मुझे अकेली कर गए हैं। मैं कहीं न जाऊंगी।" तब मुझे भी लगा था कि कम से कम छः मास मां को पिता की यादों से अलग करना गलत होगा।

दूसरा पत्र पन्द्रह दिन बाद आया–बन्टी भारत आ रहा है, उसके साथ ही मां को भेज दीजिएगा। पासपोर्ट तैयार करवाइएगा।

मां बोली, "नहीं, बन्टी के साथ नहीं जाऊंगी। उसे गरज होगी तो अपने आप लेने आएगी। चार-छः महीने बीतने तो दे, अभी तो उनकी आत्मा घर में ही चक्कर काट रही होगी।"

इस बार मां का स्वर सपाट था। सहमति-असहमति के अर्थों से परे। पिछले महीनों सुबह-शाम उनकी आहों-कराहों के बीच घर पर मातम छाया रहा। कौशल्या त्रस्त रही–मां का क्या होगा? घर की व्यस्त दिनचर्या के बीच समय निकालती वह बीच-बीच में मां के पास बैठ जाया करती। कभी चौके में दाल दल जाती, कभी सब्जी, लेकिन मां के अकेले पड़ने का अहसास घर-भर पर हावी था। करने के लिए अब उन्हें भी कुछ न था–पहले पिता के साथ काफी वक्त काटे नहीं कटता था। कौशल्या के आग्रह पर कभी थोड़ी देर टी.वी. के प्रोग्राम देख लेतीं, पर जल्दी ही ऊबकर अपने कमरे में बन्द हो जाती। निकी दूसरे-चौथे दिन मिलने आती और उन्हें अकेलेपन से उबारने की कोशिश करती, "दादी! पापा-मम्मी के साथ ही मेज पर खाना खाया करो। तीन जने तीन कमरों में बैठे अच्छे नहीं लगते, कुछ बहुत अच्छे सीरियल आते हैं उन्हें देखा करो, सामने पार्क है. या ऊपर छत पर ही थोड़ा टहला करो।"

"मेरा मन नहीं करता बिट्टो। आखिर तेरे दादा जी के साथ उम्र के पैंसठ साल बिताए मैंने, वही इस ढलती वेला में साथ छोड़ गए।" मां की आवाज में अतीत के ढहते खण्डहरों का दर्द था, लेकिन वह ढहता या ढह गया अतीत अब उन्हें उबाने लगा था, "क्या पता अगले साल तक मैं रहूं न रहूं?"

"एक बार गई तो क्या लौट आऊंगी?" कौशल्या से मां ने कहा था एक बार, "मुझे एक महात्मा ने पहले ही कह दिया था। दोनों आगे-पीछे ही चले जाओगे। ज्यादा फर्क नहीं है।"

मां के आगे अब छोटा-सा भविष्य था, लगातार छोटा होता हुआ, उसकी कुछ कल्पनाएं, अधूरी, जिन्हें पूरा करना था। वे यकायक चौकन्नी हो गई थीं। समय के बारे में, मुट्ठी से रेत की तरह फिसलते समय के बारे में।

तीन महीने कल बीत गए। तीसरा मासिक श्राद्ध सम्पन्न हुआ। "आज वे अपने पुरखों के साथ मिल गए। उनकी भटकन समाप्त हो गई।" मां के उदास लहजे में अदृश्य-सांत्वना का स्पर्श था और शायद भीतर कहीं अपनी मुक्ति का भी छोटा-सा अहसास।

आखिर मां कितनी देर अतीत के साथ बंधकर जी पातीं? अस्सी तो पार कर गई, अब कितने दिन बाकी होंगे? थोड़ा घूम-फिर लें और बहल जाएं तो अच्छा हो...कौशल्या ने खुद को समझाया होगा, गो कि मां की तमाम तुनकमिज़ाजी के बावजूद वह हमारे जीने का जरूरी हिस्सा बन गई थी। उसकी खाली जगह बहुत खलेगी।

जाते समय मैं कोई एहतियात बरतने की हिदायत भी न दे सका। आखिर मां बेटी के पास जा रही थी। कौशल्या ने कहा, बिना भूमिका बांधे, "मैं वर्ष-भर तक रोज पिता के लिए सांध्यदीप जलाऊंगी और ये सुबह नियम से जल देते रहेंगे। आप निश्चिन्त रहिएगा।"

'जैसा ठीक समझो' वाली मुद्रा बनाकर मां ने लम्बी सांस छोड़ दी। कहा कुछ नहीं।

घर से चलते वक्त टैक्सी सड़क के मोड़ से गुजरी तो पार्क के पास वाली मलबे व ठीकरे की ढेरी पर मेरी नज़र गई। बारही क्रिया के दिन, कौशल्या ने पिता के लिए जो तेल-भरे जलते दीए टेकरी पर रखे थे, वे तेल से रिक्त, धूल-मिट्टी सने, वहीं उलटे पड़े थे। मैंने कौशल्या की तरफ देखा, वह भी उसी तरफ देख रही थी। लेकिन मां उस वक्त तमाम तन्मयता से आगे की सड़क निहार रही थीं।

पहाड़ पर वर्षा

बस जम्मू से चली तो आकाश लगभग साफ ही था। रात थोड़ी वर्षा ज़रूर हुई थी, पर सुबह बादल छंट गए। बुहारी लगे आसमान के बीच चटक नीला रंग निकल आया और सूरज की चमकदार किरणों की छुअन से धुली-धुली हरी पत्तियां खिलखिला उठीं।

मौसम का यह रंग सभी यात्रियों को भला लगा। अधिकांश टूरिस्ट गर्म इलाकों से आए थे, जहां जून की झुलसाने वाली गर्मी और पसीने की धारों के माहौल में पहाड़ों का ख़याल ही तबीयत में ठण्डक भर देता है। शायद इसलिए वर्षा की यह हल्की बौछार उन्हें कुछ ज़्यादा ही खुश कर गई थी।

श्री और कुमार भी इसी बस में थे, गो कि वे टूरिस्ट नहीं थे। अपने-अपने कामों की वजह से श्रीनगर जा रहे थे। जाना तो विमल को भी था, बुआ की बेटी की शादी थी, पर ऐन वक़्त मिस्टर एक्जक्यूटिव को किसी ज़रूरी मीटिंग का सिलसिला बना और जाना, फिर कभी के लिए मुलतवी हो गया। श्री का आरक्षण करवाकर उसने कहा, "तुम चली जाओ, ऐसे मौकों पर महिलाओं की ज़्यादा मांग होती है...अपने दादाजी को भी देख आओ। मेरा हाल तो जानती ही हो।"

श्री बिना हीले हवाले तैयार हो गई थी। अकेले सफ़र में थोड़ी बोरियत ज़रूर होगी पर वहां पहुंचकर भरपाई हो जाएगी। वह तो घर और दफ़्तर के काम में जुटी भूल ही गयी थी कि गुलमर्ग में बाबा ऋषि और अलपत्थर के बर्फ़ीले विस्तार की रंगोबू कैसी होती है। पहलगाम में ढोक चट्टानों से लड़ियाती-झगड़ती लिद्दर के पारदर्शी आइने में झांकना और नदी की आवाज़ के साथ, पास खड़े चीड़,

देवदार और बांज के दरख्तों से लिपटती हवाओं को रंगों-रेशों में घुलते महसूस करना कैसा होता है! यह महज़ संयोग ही था कि कुमार का भी प्रोग्राम बन गया था। विमल भी थोड़ा आश्वस्त हुआ, "चलो अच्छा है, रास्ते में कोई दिक़्क़त नहीं होगी।"

दिक़्क़त की तो खैर श्री को चिन्ता न थी, कई बार अकेली गयी है वह। साथ हो गया, यह अच्छा लगा और साथ भी कुमार का! कितने वर्षों बाद? वह याद करने लगी। अब तो साल-दो साल में किसी नाते-रिश्तेदार या दोस्त-वोस्त की शादी-गमी में ही मुलाकात हो पाती है। बातें भी बस जल्दबाज़ी में औपचारिक हाल-चाल पूछने से आगे नहीं बढ़ पातीं। अब पूरे रास्ते का साथ है, तो खूब बातें होंगी, अगली-पिछली। श्री के अन्दर सालों पुरानी अल्हड़ किशोरी मचल उठी थी। पीछे मुड़कर वक़्त का एक नायाब टुकड़ा ज्यों अचानक उसकी झोली में आ गिरा हो, अप्रत्याशित ढंग से।

और अब वे जम्मू-श्रीनगर हाईवे पर साथ सफ़र कर रहे थे, श्री जैसे पहाड़ों को काटकर बने टेढ़े-मेढ़े सर्पिल रास्तों को नयी नजर से देख रही थी। रामवन के पास चन्द्रभागा लपक-लपक तटबन्धों को छूती मचल रही थी। रात की वर्षा ने पहाड़ों से ढेर-सी लाल मिट्टी बहाकर नदी में घोल दी थीं। सस्पेंशन ब्रिज पार करते उसने खिड़की से ज़रा-सा सिर निकालकर नीचे झांका तो भय से चक्कर आ गया। रामवन और रामसू के बीच चक्करदार सड़क यहां-वहां धंस गई थी और किनारे खड़े मजदूर बेलचे-संबलें लिए ऊपर पहाड़ी से लुढ़के ढोक-पत्थरों को हटाने में लगे हुए थे। पब्लिक वर्क्स डिपार्टमेंट की कार्य-कुशलता और पहाड़ों की पत्थर लुढ़काऊ प्रवृत्ति की दुहरी मार से यों भी यह सड़क वर्ष के आठ महीने त्रस्त रहती है। खूनी नाले के पास बस जरा-सा डगमगाकर एक तरफ झुकी तो यात्रियों की चीखें निकल गईं। श्री ने झट से कुमार की बांह पकड़ ली। कुमार ने कन्धे से घेर लिया, "अरे, इतना डर? पहली बार आ रही हो क्या इन रास्तों से?"

कुमार कम बोलता है। टुकड़ों में, छोटे-छोटे अर्ध विरामों बीच वाक्यांश अपने आप अर्थ खोलते जाते हैं। हां, बांह पर धरा हाथ बल्कि ज़्यादा बोलता हुआ लग रहा था, ढेर-सी आश्वस्त करती बातें।

पत्नीटॉप पर धुली-धुली प्रकृति बेबात खुश नजर आ रही थी या शायद बात थी। रात की वर्षा में पोर-पोर भीगे चीड़-देवदार धरती की खुशबू आकाश तक लुटा रहे थे। मैदानों में तपे तन-मन को सहलाने, यात्री बस से उतरकर सड़क किनारे

टहलने लगे थे और बर्फ़ीले पहाड़ों के सीने तक उगे घने जंगलों की सुकूनदेह ठण्डक आंखों से पी रहे थे। श्री भी पस्त-सी सड़क के किनारे बनी बेंचनुमा दीवार पर बैठ गयी। बांज-बुरांश, चीड़-देवदार कहीं-कहीं चिनार-कीकर और ढेर-ढेर पहाड़ी दरख़्तों से अटे पहाड़ बहुत नीचे दामन तक घने वन की शक्ल में फैले थे। बीच-बीच में पहाड़ों को काटकर बनी घुमावदार सड़क ऊपर से पानी की टेढ़ी-मेढ़ी लकीर-सी नज़र आ रही थी। ठण्डी हवा खिलंदड़े बच्चों-सी पेड़ों के बीच चक्करघिन्नी खेल रही थी और पेड़ उनके साथ हंसी के आवेग से दुहरे हुए थे जा रहे थे। कितनी ढेरों-ढेर रंगीन चिड़ियां अलग-अलग बोलियों में चहचहा रही थीं, और पेड़ों-पांखियों की हरकतों पर मुग्ध बुजुर्ग पहाड़ अपनी गर्वित परम्परा में चुप खड़े थे–धीर गम्भीर और अडोल!

यात्री देख रहे थे मन्त्र मुग्ध, और बातों के टुकड़े हवाओं के बीच उछलकर आस-पास गिरते जाते थे।

आहा! कितना सुन्दर! कितना सुकूनदेह!

इस ऊंचाई पर हवा कितनी शफ़्फ़ाफ़...

यह झरने...जगह-जगह...गिरते आबशार, मेहमानों का स्वागत करते हुए, "ज़र्राज़र्रा है मेरे काश्मीर का मेहमान नवाज़...", किसने कहा है?"

"अरे, अरे, नीचे मत झांको, लुढ़क जाओगी तो..."

"तो क्या?"

"राम नाम सत्त! हड्डी पसली ढूंढे न मिलेगी।"

"यहां मरना कितनी शान्ति देगा। तुम साथ हो तो मुझे और कुछ न चाहिए।"

एक नवेली पति की आंखों में आंखे डाल मृत्यु-सुख की कल्पना कर रही थी।

"ओ, नो! हमें तो तुम्हारे साथ जीना है..."

पुरुष समझदार था और ज़्यादा मुश्किल काम के लिए सन्नद्ध! श्री और कुमार दोनों हंस पड़े।

"अब तो तुम भी उठो यहां से।" कुमार ने हाथ आगे बढ़ाया, "कहीं पोशनूल और सोनचिरी खोजते भुरभुरी ज़मीन पर पांव न धंस जाए..."

"हां, भई हमें अभी मरना नहीं है..."

लगातार घुमावदार रास्तों पर चलते श्री को मतली आने लगी तो आंखें बन्दकर उसने कुमार के कन्धे पर सिर टिका दिया। पीठ पीछे बैठा एक उत्साही

युवक आगे को झुका-झुका उसके ऐन कान में गालिब का शेर गुनगुनाने लगा, "या रब वह न समझे थे न समझेंगे मेरी बात..."

बानिहाल तक पहुंचते शाम घिरने लगी। ड्राइवर ने मौसम का रुख देखकर पहले ही तय कर लिया था कि आगे जाना मुमकिन नहीं होगा। पहाड़ी रास्ता है, ऊपर से रात की वर्षा से कच्ची मिट्टी जगह-जगह धंस गई है। बीच राह चट्टान कहां अड़ गई हो, कोई भरोसा नहीं। "नहीं साहब, बीस साल से इस सड़क पर बसें चलाता आ रहा हूं...आज रात बनिहाल में रुक जाइए, सुबह कूच कर लेंगे... चलो बादशाहों, ढेरा-शेरा ढूंढ लो, इधर बढ़िया होटल हैं, कोई दिक्कत नहीं होगी..."

दानिशमंद ड्राइवर यात्रियों को ज़रूरी सुझाव दे रहा था।

श्री और कुमार ने भी अटैची-बैग संभाले और कमरे की तलाश में छोटी ढक्की चढ़ने लगे। कुछ ऊंचाई पर पहुंच, ढलान पर बने होटल में, जिस पर लाल शिंगल की छत ढली थी, उन्हें कमरा मिल गया। कमरे की खिड़की पहाड़ों के दामन में बहती नदी की तरफ़ खुलती थी। श्री ने अटैची एक तरफ रखते ही बन्द खिड़की खोल दी।

वाह! कितना पिक्चरस्क नज़ारा है! चाहो तो पूरा दृश्य फ्रेम में जड़ दो।

उसका मन हुआ, सचमुच वह दृश्य कैनवस पर उतार दे। सुरमई पहाड़ों के दामन में खड़े लम्बे ऊंचे पहाड़ी वृक्षों के घने जंगल, घिरती सांझ के नीम अंधेरे में धीरे-धीरे घुलते हुए। नदी किनारे कुछ ऊपर, यहां-वहां कुकुरमुत्तों की तरह उगे इकमंजिले-दुमंजिले घरों की ढलुआ छतें, शाम के सायों में ज्यों प्रार्थना में झुकी हुई। ऊपर पहाड़ पर गूजरों के छोटे-छोटे कोठों में इक्का-दुक्का लालटेन-बत्तियां जलती हुई। बरसाती मौसम में जुगनुओं की तरह टिमटिमाती...पूरे परिदृश्य पर प्रकृति इतनी हावी थी कि शाम को घर लौटती भेड़-बकरियों के मिमियाने और मनुष्यों की आवाज़ में फ़र्क करना मुश्किल था।

लेकिन शाम ढलने लगी थी और कुमार साथ था।

"मेरे ब्रीफकेस में पैड हैं, निकाल दूं?" कुमार ज्यों उसका मन जान गया हो।

"रहने दो, अब अंधेरे में जितना दिखेगा, उतना मन के कैनवस पर खींच लूंगी। फिर कभी उसे क़ाग़ज पर उतार दूंगी।"

"हां, कुछ दृश्य मन पर खुद जाते हैं, बरसों धुंधलाते नहीं...पर अब चलकर मुंह-हाथ धो लो। कुछ खाकर आगे की सोचेंगे। मालूम नहीं बाद में कुछ बचेगा भी

हमारे लिए। काफ़ी बसें अटक गयी हैं इधर...”

होटल में सचमुच काफ़ी भीड़ इकट्ठा हो गयी थी...फुल्कों के लिए लम्बा क्यू। उन्होंने थोड़े पनीर-चावल लिए, एक कप कहवे के लिए छोकरे से कह आए, ऊपर भेज दे कमरे में।

हवा कुछ तीखी हो गई थी। कमरे में लौटते उन्हें हल्की ठण्ड का अहसास हुआ। जून-जुलाई में भी, वर्षा हो तो पहाड़ों पर शॉल-स्वेटर के लायक सर्दी पड़ ही जाती है। खुली खिड़की से हवा के सर्द झौंके पहले तो अच्छे लगे पर जल्दी ही रीढ़ की हड्डी से लेकर कमर तक शीत की लहर सरसरा गई।

श्री ने कुरते के ऊपर चुन्नी को शॉल की तरह अपने इर्द-गिर्द लपेट दिया। गरम कपड़े वह साथ नहीं लायी थी। लखनवी चिकन का कुरता-चूड़ीदार मौसम के लिए अनुकूल ही था। जून का महीना श्रीनगर में काफ़ी गरम रहता है। अब यह किसे मालूम था कि बानिहाल की बारिश में रात गुज़ारनी होगी?

कुमार ने अटैची से स्वेटर निकाला। वह ज़्यादा सावधानी बरतता है। “ओढ़ लो, तुम्हें ठण्ड लग रही है।” उसने आदेश-सा दिया।

“न, तुमने भी तो हल्का-सा बुशर्ट ही डाला है, तुम पहन लो।” कुमार ने श्री के न-न करने पर भी स्वेटर उसके कन्धे पर डाल दिया।

“अच्छी बच्ची की तरह कहना मानो।”

श्री ने चुपचाप स्वेटर पहन लिया। कुमार की आवाज की गूंज से सालों की बन्द खिड़की खुल गई और वह दृश्य, फोकस में आ गया जहां एक छोटी सी नादान लड़की बुखार में कराहती, तपती, दवा खाने से इनकार कर रही थी। पिता मना रहे थे, मां समझा रही थी, “दवा नहीं खाएगी तो ठीक कैसे हो पाएगी?”

“ना...उल्टी आती है...ऊहूं, कड़वी है...”

तभी कुमार आया था, “ले लो दवाई, अच्छे बच्चे कहना मानते हैं।

“लाओ मैं पिलाता हूं...” कुमार ने भैया के हाथ से मिक्सचर की बोतल और चम्मच लिए थे। “आह, बच्ची! पूरे बाहर साल की हो जाएगी अगले महीने।”

वह थोडी शर्म, थोडी उलझन से गटागट दवाई पी गई थी। फिर ठीक होने तक कुमार के लिए रोज का ही काम हो गया था—श्री को दवा पिलाना। घरवाले भी निश्चिन्त हो गए थे। श्री को याद आया और वह अपने-आपसे हंस पड़ी।

“कुछ याद आया?”

"वह, जब तुमने मुझे दवा पिलाई थी पहली बार।"

"बहुत हठ करती थी न?" अब भी करती हो क्या?"

"लेकिन तुम्हारी बात कभी टाली मैंने?" श्री ने प्रतिप्रश्न किया।

बात करते लगा यह कहना ग़ैरज़रूरी था। कुमार तो जानता है वह सब, जो उसने नहीं भी कहा, उम्र के किस दौर में वह किन हालात से गुज़री। बाहर-भीतर की उलझनें, कुमार के सुझाव, सांत्वना के स्पर्श, अकेले पड़ने पर साथ होने का आश्वासन, कुमार तो कहे बिना भी जानता है। कैसा अजीब-सा तार जुड़ा था संवेदन का उसके साथ! टेलिपैथी? लेकिन क्या कुमार ने श्री से कभी कुछ मांगा?

शिशिर भाई का दोस्त कुमार, बचपन का संगी। अक्सर रात देर तक साथ बैठकर पढ़ा करते। कभी-कभी कुमार ज़्यादा रात होने पर घर में ही सो जाता। पापा ने भी उसे कम न चाहा। शिशिर का भाई ही माना। क्या था कुमार में कि वह हर किसी का मन जीत लेता था? पराया होकर भी अपना बन जाता था।

मां, बहनें, पापा, भैया और श्री। श्री तो कुमार में अपना बचपन पा गई थी, जो अक्सर बीमार और अकेले रहने से उम्र से पहले ही उसके हाथ से निकल गया था। वह मौका पाते ही भैया के कमरे में चली जाती। कुमार से ढेर-ढेर कहानियां सुनती। चूहे-बिल्ली की कहानियों से लेकर इतिहास-पुराण की बातों तक। प्रेमचन्द की निर्मला रवीन्द्रनाथ की चंडालिका, गोर्की की मां, टॉलस्टॉय की अन्ना केरिनीना और मोपासां की गहनों की शौकीन उस महिला की कहानी तक, ढेरों-ढेर कहानियां, जो अपने मित्र से उधार लिए नकली हीरों का हार खो जाने पर उसे असली समझने के भ्रम में उसकी भरपाई करने में पूरी जवानी की खुशियां गंवा देती है....अनजाने में ही उन्होंने कितने संस्कार बो दिए श्री के मन में।

"अगर उन दिनों तुम तीसरे माले से आंगन में कूदने को भी कहते, तो मैं बिना आगा-पीछा सोचे कूद जाती..."

"चलो, तुम बच गईं..." कुमारा भी पीछे लौट गया था। छोटे-छोटे किस्से जेहन में आकर चेहरे पर कई रंग ला रहे थे।

बाहर अंधेरा घिरने लगा था, बल्कि धीरे-धीरे घना होता जा रहा था। पूर्वी आकाश के कोने से दो कलौंछ खाए बादल पागल भैंसों से भिड़ जाते और बिजली की लकीर-सी दुर तक खिंच जाती, पीछे-पीछे बादलों की टंकार।

"डर तो नहीं लगता? खिड़की बन्द कर लें?"

"नहीं, अब तो नहीं, हां पहले जरूर लगता था।"

घटाटोप बादलों की गर्जन और बिजली की तीखी चौंध के बाद उस दिन सफेद कंचों की शक्ल के ढेर सारे ओले गिरे थे, टिन की छत पर ज्यों घमासान युद्ध छिड़ गया हो। कुमार रात घर नहीं जा पाया था। परीक्षा के दिन थे, पापा थोड़ा पढ़ा देते थे। लेकिन बूढ़ी मां पीछे से चिन्ता करने लगती थी। ओलों के बाद वर्षा की झड़ी में ही निकल पड़ा। भरे घर के सामने तब श्री ने उसे रोका था, "बाहर कितने बड़े ओले गिर रहे हैं, ऐसे में..."

पापा ने बेटी की चिन्ता पर मुस्कुराकर कहा था, "ठीक तो कह रही है श्री, थोड़ा रुक जाना ही ठीक होगा..."

चाचाजी ने बाद में जाने किस सन्दर्भ में कहा था, "श्री को कुमार की बड़ी चिन्ता लगी रहती है। हें...हें...हें। मैं तो हैरान रह गया कल..." घर में चाची बहनों, भाइयों ने उसे प्रश्नवाचक नज़रों से घूरा था। देह के साथ रिश्तों को जोड़ने-भुनाने की उनकी पारम्परिक सूझ लम्बे-चौड़े अनुमान लगाने में जुटी थी, हालांकि श्री में तब देह की समझ भी न उगी थी, लेकिन प्रश्न पूछने की शुरुआत तभी से हो गई थी। तब से बराबर श्री इन सवालिया नजरों से घिरी रही है। पर उसने उत्तर देने की ज़रूरत ही नहीं समझी। अनजाने ही एक छोटा-सा विश्वास उगा था उसके भीतर। मन के रिश्तों से जुड़ा यह विश्वास उसके जीवन की तमाम विसंगतियों में आस्था का संबल बन गया था और इसे श्री ने बड़े एहतियात से बराबर पोसा है।

बाहर धारासार वर्षा हो रही है। श्री खिड़की के पास कुर्सी सरकाकर बैठ गई। कुमार खिड़की का पल्ला थामे नदी का हहराता शोर सुनता रहा। अंधेरे में पहाड़ों के ऊपर कोई लालटेन या बत्ती टिमटिमाती, किसी गूजर के कोठे में! लगता अंधेरा पलकें झपका रहा है। नीचे, होटल के अहाते में बिजली के खम्भे के पास मटियाले परनाले बहने लगे हैं। बिजली की रोशनी में जगह-जगह बने पानी के डबरों में बारिश झाग भरे बुलबुले बना रही है और चिनार के नक़्क़ाशीदार पत्ते पानी की धार में सिर धुन रहे हैं। सड़क पर खड़ी जिन बसों की छतें दुहरे तिरपालों से ढकी गई हैं, उनके किनारों से पानी झरनों की शक्ल में सड़क पर गिरता जा रहा है...लगातार!

टेढ़ी बौछारें अब कमरे के भीतर आने लगी हैं। कुमार ने पल्ले बन्द कर दिए हैं, "उठो अब, बहुत भीगोगी तो बीमार हो जाओगी..."

श्री को लगा, कुमार उसे अभी भी कमज़ोर अल्हड़-सी लड़की समझ रहा है, जिसे पानी में भीगने का शौक रहा है। पिकनिक पर वे नसीम गए थे उस बार, जब अचानक ऐसे ही बरखा की झड़ी लग गई थी। श्री खूब भीगी थी, बहनों-भाभियों की बाहें खींच-खींच साथ घसीटती हुई, डांट खाती हुई। बाद में हफ़्ताभर बिस्तर पर पड़ी रही थी...

वक़्त के जिस हिस्से में हम एक-दूसरे के सबसे ज़्यादा करीब होते हैं, दूर होने पर वही हिस्सा, उम्र के उसी पड़ाव में, जेहन में फ्रीज होकर रह जाता है। वक़्त का पहिया रुक जाता है वहीं पर।

लेकिन अब श्री आठ-नौ वर्ष के बेटे की जिम्मेदार मां हैं और घर-बाहर के दायित्व भी ठीक-ठाक निभा लेती हैं। लेकिन वह सब क्या कहना?

"मेरे बीमार होने से डर लग रहा है?"

"बेकार में परेशानी..."

"अच्छा मैं बीमार हो जाऊं तो मेरे लिए गुलाब के फूल लेकर आओगे?" जाने क्या सोचकर श्री बोली।

"उसके लिए बीमार होने की जरूरत नहीं। वैसे भी ला सकता हूं।" कुमार के चेहरे पर नरम उजास फैल रहा था। गुलाब के फूल श्री को बेहद पसन्द हैं। शादी के बाद ही एक बार वह बहुत बीमार हुई, टाइफाइड हो गया था। उन दिनों कुमार लखनऊ में नौकरी करने लगा था। लीना को लेकर घर आया तो श्री की बीमारी की ख़बर सुनी। तुरन्त श्री को देखने चला आया। श्री को आश्चर्य हुआ था, सुख भरा आश्चर्य! मन के अतार्किक विश्वास पर, जो सुबह से ही दस्तकें दे रहा था, कुमार आ जाएगा, देखेगा तो कि श्री दवाई पी लेती है या नहीं। आते ही कुमार ने पहला प्रश्न यही पूछा था, "दवाई पी लेती है?"

विमल ने आश्चर्य से उसे देखा था। "आप तो ऐसे पूछ रहे हैं जैसे वह कोई बच्ची हो..."

कुमार झेंप गया था। जाते-जाते माथे पर हाथ फिराकर सिरहाने दो गुलाब रख दिए थे, एक टहनी से जुड़े दो गुलाब।

"जल्दी अच्छी हो जाओ। पहलगांव का प्रोग्राम बनाएंगे। घुड़सवारी नहीं करनी?" श्री उन गुलाबों की महक सूंघते गहरी नींद सो गई थी। नींद में पहलगांव से चंदनवाड़ी तक सबसे तेज घोड़े पर बैठकर वही पहले पहुंच गई थी। दौड़ते-दौड़ते उसके बाल उलझ गए थे, चुन्नी घोड़े की जीन में अटक गई थी, दीदी, भैया हंस रहे थे, लेकिन वह कुमार के घोड़े से आगे निकलना चाहती

थी...बावली।

"अब रात काफ़ी हो गई है। सो जाओ। सुबह जल्दी उठना है।"

"हां!" श्री स्वेटर समेत चारपाई पर पसर गई, "तुम भी सो जाओ, बत्ती बन्द करो, नहीं तो मैं बोलती ही चली जाऊंगी..."

बोलने का नायाब मौक़ा जो मिला था, कितने-कितने वर्षों बाद! दो पलंग साथ-साथ लगे थे। कुमार एक पलंग थोड़ा एक किनारे सरकाने लगा।

"क्यों?" श्री जैसे चौंक गई।

"अच्छा, रहने दो," कुमार पलंग खिसकाते रुक गया, ज्यों अनजाने में कुछ ग़लत हो गया और उसे संभालने की कोशिश में कहा, "मैं सोच रहा था, सुबह जल्दी उठूंगा, तो कहीं तुम्हारी नींद न ख़राब हो जाए। कमरे के उस कोने में पलंग लगा देता..." कुमार हमेशा की तरह एक-दो वाक्यों में ढेर सारे अर्थ भरकर चुप हो गया। न प्रश्न, न उत्तर अपनी समझ में जैसा चाहो, अर्थ ग्रहण कर लो।

श्री, जो अभी तक खुलकर चहक रही थी, अचानक संजीदा हो गई।

"तम्हें...अटपटा लग रहा है न? नहीं," "अटपटा क्या...जब रास्ते ही बन्द हैं...इस बरसात की रात में..." क्या कुमार दूसरों के पूछे गए प्रश्नों का समाधान कर रहा है?

बनिहाल के इस होटल के कमरे में वे दो अकेले, बाहर झड़ीदार वर्षा! कुमार और श्री, जो न पति-पत्नी हैं, न ख़ून के किसी रिश्ते से जुड़े बहन-भाई, पिता-पुत्री...ममेरे-फुफेरे भी नहीं। जो दसेक वर्षों से शादी शुदा हैं, और अपने-अपने घर-गृहस्थी से खुश–लेकिन फिर भी वह आदम और हव्वा की सन्तानें हैं। इतने बूढ़े भी नहीं कि देह सीमा को लांघ विराग की अवस्था में पहुंच गए हों। बत्तीस-अड़तीस के बीच की उम्र के स्त्री-पुरुष, जो वर्षों से एक दूसरे के इतने करीब रहे हैं कि इस करीबी के लिए कोई उपयुक्त नाम तक ढूंढना व्यर्थ लगा है। उम्र के उस दौर में, जब लड़कियां पराए मर्दों से बिनावजह बतियाती नहीं थीं–उससे घर की परम्परागत मान्यताओं की अवहेलना जो होती थी। लेकिन कुमार श्री को पराया कब लगा था? तभी तो अपने आस-पास उगती नाराज़ आवाजों और बदसूरत कयासों की कभी परवाह नहीं की। मन के भीतर किसी अंतरंग कोने में उन्होंने जो कुछ एक-दूसरे के लिए महसूस किया था, वह इतना कोमल, इतना सुन्दर और स्वार्थहीन, गोकि बेहद अतार्किक और लीक से हटकर था, कि उसे किसी सम्बोधन में बांधना सम्भव नहीं था। वह उनका अर्जित सम्बन्ध था, नितान्त व्यक्तिगत पूंजी,

इसीलिए शायद उन्हें उस पर गर्व था। उसकी व्याख्याएं दूसरों ने कीं, जो उतने ख़ुशकिस्मत न थे कि उस सम्बन्ध को महसूस कर पाते। उन्होंने तो उसे जस का तस ही स्वीकार किया था। अगर फ्रायड और युंग की अवधारणाओं के आधार पर स्त्री-पुरुष के हर सम्बन्ध की शर्त शारीरिक आकर्षण न माना जाए, तो यह सच है कि वह सम्बन्ध देह की सीमाओं में कैद नहीं था। उसमें जी भर कर बतियाने की ललक थी, एक-दूसरे को खोजने-जानने की उत्सुकता के साथ अपने छोटे-छोटे सुख-दुःख बांटने की उतावली थी। वह सम्बन्ध उन्हें अपने भीतर घोंघे-सा बन्द नहीं करता था, बल्कि अपनी सीमाओं से ऊपर उठने के उदार भाव जगाता था। आज इतना एकान्त, इतना सामीप्य पाकर कुमार को अटपटा लगा, लेकिन श्री को ऐसा क्यों न लगा? क्या श्री स्वाभाविक को नकारती है? या उसने कुमार को जानने की कोशिश ही नहीं की? उसके भीतर गढ़ी कलाकृति में कहीं खोई खम रह गया था क्या?

श्री को अपनी आवाज़ खोखली लगी, "लेकिन चारपाई चाहे दूसरे कोने में खिसका लो, तो भी क्या फ़र्क़ पड़ेगा? यानी कि यदि तुम्हारे भीतर से अपने प्रति अविश्वास उगा हो तो यहां इस एकान्त में कोई तीसरा नहीं है, तुम कुछ भी करने को स्वतन्त्र हो। अगर तुम्हें श्री के पति या नाते-रिश्तेदारों के सोच की चिन्ता सता रही है, तब भी तुम चाहे लाख कोशिश करो, इन हालातों में तुम उनकी अपने या मेरे प्रति बनी धारणाएं बदल नहीं सकते। क्योंकि करीब पन्द्रह-बीस सालों में जिन्होंने अकारण ही तुम्हारे सम्बन्ध को देहसीमा में बांधकर ही देखा, उनके लिए पर्याप्त कारण पहले ही जुट गए हैं। फिर यह सब क्यों?" श्री चारपाई पर उठकर बैठ गई। "इतने-इतने सालों में आज तक एक बार भी हमारे बीच वह सब न घटा, जो हमारे इर्द-गिर्द के लोगों के अनुमानों को सच में बदल देता। क्या महज़ इसलिए कि हम समाज से डरते थे? धर्मभीरु थे, या पारम्परिक सोच से पीड़ित? या हमें 'एकान्त' नहीं मिला था? क्या युवा मन का उत्ताप इतना तर्कशील होता है कि संहिताएं बांच-बांचकर शरीर की उद्दाम मांगों को लगाम दे?"

"नहीं, ऐसा मैं नहीं कह रहा, तुम शायद समझ नहीं रहीं..." कुमार के माथे पर गन्दुमी जिल्द के भीतर नीली नसें उभर आईं। वह कमरे में चहलकदमी करता रहा, बिना मकसद।

शादी से पहले श्री एक विवाहित पुरुष से आकर्षित हुई थी। कुमार ने उसकी उहापोह भांप ली थी। बिना पूछताछ किए उसने श्री से कहा था, "स्त्री-

पुरुष का सम्बन्ध अब इतना छुई-मुई नहीं रहा कि जरा-सा उंगली दिखाने से मुरझा जाए। वैज्ञानिक खोजों ने तो हमारे पारम्परिक डरों को मन से निकालकर शायद नैतिकता के अर्थ भी बदल दिए हैं। अब सोचने के लिए नई बातें हैं, जटिल होता हुआ रोज़मर्रा का जीवन है। लेकिन फिर भी अपने निर्णय तुम अपने मन के मुताबिक ही लो। क्योंकि बाहर के दवाब में आकर भीतरवाले मन को मारना ही पाप है..."

"मन बेकाबू भी तो हो सकता है कुमार..."

"नहीं श्री, उसे बेकाबू नहीं होने दो। मन को अनुशासित करना ही व्यक्ति की सबसे बड़ी उपलब्धि है और समाज में रहने की एक शर्त भी। यह इसलिए कि हमारे आस-पास जो लोग रहते हैं, उन्हें हमारी वजह से कम-से-कम तकलीफें हों...।" मन को मारने और अनुशासित करने का फ़र्क़ उसने तभी से जानना शुरू कर दिया था। तभी वह शायद अपनी छोटी-छोटी परीक्षाओं में पास भी हुई थी। जिसे सासूजी ने एक दिन पूछा था, "यह कुमार इतना क्यों आता जाता है तेरे पास? भाई का दोस्त ही है न, खून का रिश्ता तो नहीं, लोग क्या कहेंगे?" वही अब उसे बुलाने का इसरार करती है। "कुमार तो इंसान नहीं देवता है।" विमल ने भी काफी परीक्षाएं लेकर, आखिर कुमार को स्वीकार कर लिया था। इस सबमें उसके साथ कुमार भी था। तभी तो यह सम्भव हुआ। मन के अनुशासन ने ही तो उन्हें इस उदात्त अंतरंगता में बांध दिया। फिर आज अचानक मन के भीतर संशय क्यों सिर उठा रहा है?

बाहर धारासार वर्षा और भीतर गहराता एकान्त। भीतर की कोई गांठ अनुकूल परिवेश पाकर खुलने लगी है क्या?

श्री उत्तेजित हो उठी, "मैं तुम्हारी सामाजिक चिन्ता समझ रही हूं कुमार। लेकिन बोलनेवालों को समझाया जा सकता है कि इस एकान्त का माहौल हमारा बनाया नहीं है। चाहें तो छुपाया भी जा सकता है। तुम्हारे भीतर क्या घट रहा है, वह भी समझ रही हूं पर क्यों, यह नहीं जान पा रही। देखो...बड़ा अजीब लग रहा है खुलासा करना, पर सच तो यह है कि मैंने तुम्हारे बारे में, सपने में भी इस तरह नहीं सोचा..."

कमरे के चक्कर काटता कुमार रुक गया। कुछ देर पानी की आवाज़ के सिवा कोई स्वर नहीं उभरा। कुमार श्री के कन्धों पर हाथ रखकर, अकारण उभर आए आवेग को ज्यों थाम लेना चाहता हो, "श्री, तुमने मुझे बहुत ऊंची जगह पर रखा है। पर मैं एक औसत आदमी हूं, तुमसे बेहद प्यार भी करता हूं। तुम जानती

हो, शरीर को उतना ही महत्व देता हूं जितना समझता हूं, देना चाहिए। नहीं, एक पत्नीव्रती व्यक्ति भी नहीं हूं और न औरत को महज़ शरीर ही मानता हूं। लेकिन आज इस एकान्त में, इतना पास रहकर भी तटस्थ रह सकूं, इतना विश्वास नहीं है खुद पर..."

श्री सुन्न-सी रह गई। स्त्री-पुरुष के सनातन लगाव को क्या वह नहीं जानती? लेकिन आज तक कुमार के बारे में उसने इस तरह तो कभी नहीं सोचा। उन दिनों भी नहीं जब पुरुष के मात्र स्पर्श से शरीर की नसों में पिघला लावा बहने लगता है, वह तो बारह वर्ष की उम्र में जो अंतरंग नाता जोड़ चुकी थी–अल्हड़ बच्चों के संवेगों से भरा वह नाता–वक़्त के साथ मैच्योर होता गया, पर उसकी उम्र बचपन की देहरी पर ही टिकी रही। उसमें कहीं शरीर होता तो वह पापा से कह देती। पापा शायद मना भी न करते। वे पति-पत्नी बन सकते थे। लेकिन वह अपनी उपलब्धि को हर रिश्ते से बाहर रखना चाहती थी। कुमार से उसने कहा, "तुमने एक बार कहा था कुमार कि मन को मारना ग़लत है, तुम जो चाहो, करो, अगर तुम सचमुच मेरी देह ही चाहते हो, तो मैं तुम्हें रोकूंगी नहीं। लेकिन वह सब एकतरफा होगा। तुम चाहो तो मुझे आज़मा लो। मैं देह की भागीदारी में तुम्हारे साथ शामिल नहीं हो पाऊंगी। हो सकूंगी नहीं...अपने मन की ही बात कर रही हूं।"

"तुम सच नहीं कह रही।" कुमार किससे लड़ रहा था? उसकी आवाज़ कस गयी थी। कुमार के हाथों को अपने हथेलियां में भरकर श्री ज्यों रूठे बच्चे को मना रही हो, "इतना अविश्वास हमारे बीच कैसे घुस आया कुमार? क्या अचानक देह ही सच हो गई और बरसों का पोसा विश्वास झूठ? महज़ इस शरीर की ख़ातिर? जिसे तुम या मैं, चाहें तो, किसी के साथ भी शेयर कर भूल सकते हैं। एक मीठे-तीखे वक्ती एहसास के लिए इतनी दूर तक साथ चला विश्वास झूठ हो जाएगा?

पता नहीं श्री की आवाज़ कुमार तक पहुंच भी रही थी या नहीं। वह तो अपने भीतर यकायक फूट आए गरम सौते की आंच से पिघला जा रहा था, ज्यों बाहर का तूफ़ान खिड़कियां, दरवाजे तोड़ता भीतर घुस आया हो और वह उसे रोक नहीं पा रहा हो। बरसों बाद, अचानक पहाड़ी वर्षा की इस निचाट एकान्त रात में उमग आया यह उन्मत्त प्रवाह, तटबन्धों को साथ लेकर बहेगा क्या? उबरने की हड़बड़ाहट में उसने श्री को जकड़ लिया। श्री ने कोई प्रतिवाद न किया। शायद अपने-आपको जानना ज़रूरी हो गया था। वह स्थिर देखती रही, अडोल, कुमार

से ज़्यादा अपने भीतर उगती हुई प्रतिक्रिया। लेकिन एक ठण्डी स्तब्धता के सिवा उसके भीतर कुछ भी न उगा–न गुस्सा न प्यार। शिराओं में रक्त का प्रवाह ज्यों यकायक थम गया हो।

वह सांस रोककर कुमार के भीतर उठे ज्वार के गुज़रने की प्रतीक्षा करती रही। बहुमूल्य सीपियां, शंख या घिनौने घोंघे? क्या दे पाएगा यह अचानक उफन आया ज्वार? इतने-इतने सालों बाद कौन-सी उपलब्धि होगी वह?

लेकिन इस बीच श्री जान गई कि सागर की भीतरी तहों में झांकना सम्भव हो भी, पर भीतरी रहस्यों के निष्कर्ष निकालना मुमकिन नहीं।

कुमार के नाखून उसके कन्धों में चुभने लगे और वह लगभग उसे धकेलकर अलग हो गया। बेहिस्स, बेजान, अकड़ी हुई ठण्डी देह। यह क्या श्री थी? लगा, किसी ठण्डी लाश को बाहों में जकड़ लिया है। जलते हुए अलाव पर पानी की प्राचीर ढह गई। सारी उत्तेजना ठण्डी ठार! यह श्री की उदारता थी या उसकी आसक्ति का उपहास?

खिड़की खोलकर कुमार देर तक खड़ा रहा। ठण्डे सीकचों से माथा टिकाए। व्यर्थता का बोझ सीने को दबोच रहा था। अंधकार में आंखें गड़ाए वह बेहद अकेला महसूस करने लगा। अपनी धुआंती उत्तेजना के साथ अकेला और नितान्त बौना। श्री बहुत दूर छिटक गई थी।

अचानक वह बहुत पीछे लौट गया। जहां, एक बार बर्फ़बारी में भीगा, ठण्ड से ठिठुरा वह देर रात घर लौटा था। बरामदे में खड़ी श्री ने उसे कांपते देखकर गले में अपनी नन्हीं बाहें डाल दी थीं। तब अचरज भरी खुशी के साथ उसने जाना था कि वह बच्ची छूकर बतियाना जानती है, "मैं तुम्हारी तकलीफ़ समझती हूं।" उस वक़्त श्री मुश्किल से बारह वर्ष की थी, जो अचानक उसकी मां बन गई थी। श्री का माथा चूमते तब भी वह समझ न पाया था कि इस बच्ची से कैसे पेश आना चाहिए?

ठण्डी बौछारें भीतर आती रहीं। श्री तक फुहारें आईं तो वह हड़बड़ाकर उठ खड़ी हुई। चारपाई कमरे के दूसरे कोने में खींच ली। कुमार काफ़ी भीग चुका था, उसे सूखा तौलिया थमा दिया, "ऐसे भीगते रहोगे तो बीमार हो जाओगे। यात्रा अभी खत्म नहीं हुई।" कुमार आवाज़ से चौंककर पलटा और चुपचाप चारपाई पर जाकर लेट गया। उसके शब्द चुक गए थे। आज श्री ने देह की भाषा से उसे फिर निरुत्तर कर दिया था। लेकिन उसके व्यावहारिक-से लहजे ने भीतर हल्की सी तसल्ली भी जगा दी। हो सकता है, सुबह तक श्री इस छोटे या बड़े हादसे को भूल जाए। उसके

औसत होने को स्वीकार कर ले और लौट आए...

दो चारपाइयों के बीच की खाली जगह को देखती श्री बिल्कुल दूसरे ढंग से सोच रही थी कि वह तो कुमार के साथ बेकार ही बहस में उलझ गई थी। जो कुछ भी उनके बीच घटा, या घटते-घटते रह गया, उसे किस तर्क से समझाया जा सकता है? हर स्थिति की परिणति पूर्वनिर्धारित तो नहीं हो सकती? और माहौल से उपजी मात्र एक स्थिति को वर्षों पुरानी अर्जित आत्मीयता के साथ जोड़कर देखना क्या बेवकूफी और बचकानापन नहीं है?

बाहर वर्षा थमने लगी थी। सुबह तक बादलों के नीचे से शायद नीला आसमान झांकने लगे, पहाड़ी वर्षा का क्या भरोसा???

काली बर्फ

हमारी दादी-नानी जब किसी असम्भव अनहोनी की सम्भावना को समूल उखाड़ना चाहती तो एक छोटे-से वाक्य का सहारा लेकर सभी सम्बन्धित आशंकाओं को निरस्त कर देती, "आह! क्रुहुन शीन छा प्योमुत ज़ांह?" कभी काली बर्फ भी पड़ी है? यानी कि अगर आकाश से काली बर्फ गिरे तो इन्सानियत को बचाए रखते सारे विश्वास और सभी उम्मीदें अपनी अर्थवत्ता खो न देंगे?

उन्हें विश्वास था कि काली बर्फ कभी नहीं पड़ेगी, क्योंकि उन्होंने कड़ाके की ठण्ड में भी वादी में सफेद बर्फ के मुलायम फाहे ही गिरते देखे थे। बर्फ भले ही माघ मास में 'शिशिरगांठों' और 'तुलकतुर' में जमकर बेइंतहा तकलीफें देती, वह तो खैर स्वभाव है बर्फ का, पर काली बर्फ? और उसके साथ जुड़े सृष्टि के आतंक? जो उन्होंने नहीं देखा, उसे मानकर वे अच्छी-भली सुकून-भरी जिन्दगी मुहाल क्यों कर लेतीं?

तब की बात तब, इधर उन विश्वासी बुजुर्गों के कूच करने के बाद, कुछ ही समय पहले, एक दिन यह अनहोनी होकर रह गई। आश्चर्य? जी नहीं, इस बीच वक्त कई आश्चर्यों के दौर से गुज़र चुका था।

हुआ यों कि जाड़ों की एक सुबह, सोनमर्ग की पहाड़ियों चढ़ते कुछ पहाड़ी गड़रियों ने रात गिरी बर्फ पर पैर रखा तो डर और वहम से पत्थर हो गए। आंखें फाड़कर चौतरफ नजरें दौड़ाईं, पहाड़ तो पहाड़, चीड़, देवदार और चिनार की ठूंठ डालियां भी स्याह बर्फ की परत से ढंक गई थीं। जी हां! अनहोनी होकर रह गई थी। काली बर्फ ने पूरी वादी को अपनी लपेट में ले लिया था। प्रलय की सम्भावना सूंघ लोग बदहवास हो गए, "हे शम्भो, रक्षा कर! या अल्लाह, खैर कर!"

बाद में विशेषज्ञ आए। प्रयोगशालाओं में बर्फ की जांच हुई। निष्कर्ष निकला– दूषित वातावरण। उधर युद्ध के दौरान, कुवैत में सद्दाम हुसैन ने तेल के कुओं में आग लगा दी थी। दमघोंट धुआं दूर-दूर तक फैलकर शफ़्फ़ाक बर्फ पर भी कालिख पोत गया था। लोग सोचों में अटकलें लगाने लगे। थोड़ी राहत जरूर हुई कि चलो दैवी प्रकोप तो नहीं है।

उसी वादी के किसी गड्ढे में लेटी एक जवान लड़की ठण्डी बेलौस आंखों से आसमान के खोखे से झरते काले कहर को एकटक देख रही थी। वह सोच की किन गुफाओं से गुज़र रही थी? जानना चाहेंगे?

गड्ढा-सा था, या कोई गहरी खाई थी शायद! सख्त यख़ पहाड़ों के बीच दर्रा-सा! नुकीले पत्थरों से लड़की का जिस्म जगह-जगह छिलकर कट गया था। दीनेश्वर की गुफा का गर्भगृह तो नहीं लगता! लड़की गई थी मां के साथ एक बार वहां। श्रावण पूर्णिमा को शिव के दर्शन होते हैं वहां। काकनी ने बेटी को चेताया था, "गर्भयात्रा से गुज़रना है।" गुफा के भीतर ऊपर-नीचे, दाएं-बाएं नोकदार पत्थरों वाले तंग रास्ते से खुद को सिकोड़कर बचाना पड़ा था। गर्भयात्रा! अंधेरी कोख से छिलते-छीलते प्रकाश में निकल आना! वैसे ही राहत की सांस ली थी उसने। नीचे घुटनों तक बर्फीले पानी की धार तीखी बर्छियां खुभाती जा रही थी। लेकिन यहां तो बर्फीली नदी के सिहराते पानी में आधा शरीर डूबा हुआ है। सुन्न, बेजान, बेहरकत! धुलकर खूब साफ हो गया है। धब्बा-भर खून भी नहीं दिखाई पड़ता। खुली आंखों के सामने बादलों की मैली परत के नीचे उदास आसमान मुंह ढांपे सो रहा है। क्या इस पर अब सूरज कभी नहीं उगेगा? प्रलय! शायद प्रलय ही है। पानी, हवा और काला कहर! इतना मैला आसमान कभी देखा हो, लड़की को याद नहीं आता। मस्तिष्क बेजान मांस का लोथड़ा-सा है। वह कुछ नहीं सोच पाती। कैसे पहुंची वह इस गहरी खन्दक में?

लड़की पर नींद की खुमारी-सी छाई है। नींद में ही कुछ चित्र दिखाई पड़ रहे हैं। बेतरतीब...रील-दर-रील! एक ऊंचा पहाड़, हरा या नीला। लम्बे चीड़ों से ढंका। हरी पोशाक वाले उस पहाड़ के दामन में दूर-दूर तक फैले मक्का के खेत! वह शमा के साथ वहां जा रही है। ढेर सारे भट्टे तोड़कर लाती है। शमा टोकरी के ऊपर ज़रा-सी लकड़ियां रखकर भुट्टे छिपा देती है। उसे तो बस भट्टे चाहिए। लेकिन लड़की बावली-सी ऊंचे उठते पहाड़ों को देखती रह जाती है। "क्या होगा वहां? उस जंगल की गहराइयों के बीच?"

उसने बबा से एक बार पूछा तो बेबात डांट खाई–"उधर न जाया कर परमी!

उसे घने जंगल में बाघ रहता है। खा जाएगा कभी!"

बाघ! बबा डराते। पर डर शब्द तो परमी के शब्दकोश में था ही नहीं। वह उत्सुक हो उठती। क्या वह बाघ देख पाएगी कभी। सचमुच का? जंगल में बेधड़क घूमता हुआ? पिंजरे में बन्द बाघ तो उसे जंजीर में बंधा कुत्ता जैसा बेबस लगता है।

एक शाम उसने शमा से पूछा था–"तूने देखा है बाघ कभी?"

"मैंने? बाघ? नाम न ले परमी! हम तो शाम को न सांप का नाम लेते हैं न बाघ का।"

"अच्छा, नहीं लेती नाम। मेरी काकनी भी यही कहती है। अपशकुन होता है। पर तूने कभी जंगल में देखा है उसे? बता तो!"

परमी की उत्सुकता का कोई ओर-छोर नहीं। "ना बी, मैंने नहीं देखा। देख लेती तो आज जिन्दा होती? वह मुझे चीरकर मेरा खून पी न गया होता?"

"तू बड़ी डरपोक है।" परमी हंस देती। "मेरा मन करता है एक दिन रात को खूब-सा अलाव जलाकर बैठूं उस जंगल के बीच। बाघ आएगा भी तो आग के डर से झपटने की हिम्मत नहीं करेगा। कैसा बेचारा लगेगा! बाघ को चिढ़ाने में कितना मज़ा आएगा...!"

"तू चिढ़ाएगी बाघ को? अह! बाघ न हुआ खरगोश हो गया। दिमाग चल गया है तेरा। अलाव जलाकर जंगल में बैठेगी? तेरे बाबा सुनेंगे तो तेरा घर से बाहर निकलना बन्द कर देंगे!"

पर बाबा जल्दी ही उसे छोड़कर दूसरी दुनिया के लिए प्रस्थान कर गए। उसका घर से निकलना बन्द नहीं हुआ।

लेकिन उसने बाघ देखे थे। उनके लम्बे-लम्बे नख और तीखे दांत अपने जिस्म में खुभते महसूस किए थे। उसने भी कम नोच-खसोट नहीं की उनकी। पूरा मुंह छील दिया था एक का। उस वक्त उसके भीतर से लावा फूट पड़ा था, नीला-लाल उबलता लावा। जब तक उसके हाथ लटककर बेजान न हो गए और सिर पत्थर से टकराकर बेहोशी न छा गई, उसने अपने सभी हथियारों का इस्तेमाल किया। वह हारना सीखी ही कहां थी? लेकिन...वह अकेली थी और बाघ झुन्ड में आ गए थे। उसे कुछ-कुछ याद आ रहा है, धुंधला-सा। वह चक्रेश्वर जाना चाहती थी। मनौती के धागे की गांठ खोलनी थी।

इधर काकनी को वहम हो गया था। वह बार-बार कहती, "पता नहीं, कहां मनौती की गांठ खोलना भूल गई! नहीं तो इतना दुःख सहना पड़ता! इतना कोप

झेलना पड़ता! पीर, पंडित, बादशाह से लड़कर लायी हूं तुझे। भैरव के थान पर बकरा भी चढ़ाया। मालूम नहीं कहां क्या गलत हो गया। शायद चकेश्वर में मनौती की गांठ खोलना भूल गई...।"

मां ने सचमुच परमी को अतलस की तह में लपेट-संजोकर पाला। उसकी हर इच्छा, हर जिद पूरी कर ली। गांव से शहर आकर बस गई। परमी तो पढ़ाई करना चाहती थी। वह डॉक्टर बनाना चाहती थी, पर पिता बीच राह छोड़कर गुजर गए। मां ने दिलासा दिया। नर्स की ट्रेनिंग करवाई। डॉक्टर की पढ़ाई के लिए बड़े खर्चे करने की कूवत उसमें न थी, यह तो परमी भी जानती थी।

परमी नर्स बन गई, लेकिन क्या डॉक्टरो से कम इज़्ज़त पाई? मान, प्रसिद्धि और स्पर्श में गज़ब की राहत! हीलिंग टच! नरेन्द्र कहता था, "तेरे हाथों में कोई जादू है परमी। ज़रा-सा छू दे तो जले पर बर्फ का-सा सुकूनदेह अहसास होता है!"

सर्जन डॉ. सलमा ऑपरेशन के वक्त उसे हमेशा अपने साथ रखतीं, "तुम्हारे बिना मेरा काम चलने वाला नहीं परमी।"

परमी उसके साथ रहकर छोटे-मोटे ऑपरेशन करना सीख गई। औरतें बच्चे जनने आतीं तो उनकी मांएं परमी की मनुहार करतीं–"हमारी बच्ची के साथ रहना सिस्टर। तुम्हारे हाथ में शफा है। अल्लाहताला की मेहर है तुम पर! बेटी को तुम्हें देख राहत मिलेगी।"

मां बनने के नए-नकोर अनुभव से गुज़रती बहू-बेटियां जिस्म के कोरेपन की दर्दनाक छीछालेदार से त्रस्त, चीखती-छटपटाती उससे लिपट जातीं। 'मोज्य हय छख' कहकर बार-बार उसे मां की जगह देतीं। पहले-पहले उसे अजीब-सा लगता। बीसेक साल की कुआरी परमी तीस-पैंतीस साल की औरतों की मां! उलझन से कपोल दहक उठते। पर धीरे-धीरे वह अपने पेशे से एकात्म होती गई। अपनी लम्बी पतली उंगलियों से दर्द झेलती नवेलियों के पसीने पोंछती वह सचमुच उनकी मां बनकर उन्हें तसल्ली देती, पीठ-पैर मलती। नन्हें बच्चों के होंठ मांओं की कोरी छातियों से छुआती, दूध पिलाने के सही ढंग सिखाती वह शायद नानी, दादी की जगह पर भी बैठ जाती। इस तरह, ऐसे, बच्चे का सिर थोड़ा ऊंचा, कही धसका न लग जाए...।

सब ठीक चल रहा था। परमी को भी किसी से कोई शिकायत न थी। जल्दी ही नरेन्द्र से उसकी शादी भी होने वाली थी, पर इसी बीच हालात बदल गए। वादी के आसमान पर जो काले बादल काफी दिनों से इकट्ठा हो रहे थे, अचानक कहर

बनकर बरस पड़े। किसी ने काले मेघ के छितरे टुकड़ों पर कभी गौर ही नहीं किया। सोचा भी नहीं कि इकट्ठा होकर वे सदियों की मजबूत इमारतों को पलक झपकते तहस-नहस कर देंगे। पर हुआ कुछ वैसा ही। राजाओं के जोड़-घटाव भी गलत साबित हो गए। प्रजा को बाढ़ में बहना ही था। तूफान में दोस्त-दुश्मनों के चेहरे यकसां हो गए। लोगों ने सैलाब में छटपटाकर उबरने की कोशिश की और किनारों की कच्ची-पक्की मेड़े, पेड़ों के ठूंठ जकड़ लिए। कुछ बह गए और कुछ उबरे। परमी के चाचे-ताये लोगों के हुजूम के पीछे घर-द्वार छोड़कर पहाड़ों के पार, मैदानी इलाकों में आसरा ढूंढने चले गए।

चारों ओर आंधी उठी कि सदियों पाले विश्वास चमराकर ढह गए। मां, बहन बेटी महज़ एक लावारिस औरत रह गई, एक भोग्या! दीन धर्म की आड़ में इंसानियत का खून हो गया। कुछ कठपुतलियों को हथियारों से लैस कर दुश्मन सियासत ने दो भाइयों के बीच दरार डाल दी। मां ने परमी से कहा–"अब यहां से चलो, कहीं देर न हो जाए...।"

परमी ने मां के डर को नाक पर बैठी मक्खी-सा हटा दिया–"कहीं नहीं जाएंगे हम, तू डरा मत कर। सभी हमारे अपने हैं यहां। शमा, अज़हर के रहते हम बेघर कैसे हो सकते हैं? फिर हमने किसी का कुछ बिगाड़ा तो नहीं है...।"

मां ने दलीलें दीं, "लीला रैना का क्या हुआ, अवतार कौल की रजनी तो कॉलेज से धर लौट रही थी, उसने किसी का क्या बिगाड़ा था? सर्वानन्द की बहू जया तो पड़ोस में सब्जी लेने निकली थी...उनका हश्र तुमसे छिपा है! हमारे घर में तो कोई मर्द भी नहीं है।"

लेकिन परमी को विश्वास था खुद पर। परमी एक नर्स है। रात को भी पेशेंट घर आए या बीमार के घर जाना पड़े तो किसी को निराश नहीं करती। तभी तो दहशत के दिनों में भी वह अकेली नहीं रही। हथियारों की भाषा में बात करने वालों ने उसे अभयदान दे दिया, "हमारे रहते तुम्हें क्या डर आपा? तुम हमारे लड़कों की जान बचाओ, हम तुम्हारी जान बचाएंगे। मजाल है कोई तुम्हें मैली नज़र से देखे...।"

परमी को आत्मीयता की डोर से बंधे उन गैरों पर भी तो भरोसा था। जो पिता के गुज़रने पर उसके चाचे और भाई बन गए थे। घर में मर्द की कमी तो उसने महसूस ही नहीं की।

लेकिन मां की आत्मा में डर बैठ गया था, कुण्डली मारे! बेटी उसे निकाल न सकी। मां ने बेटी की जिद पर माथा पीटा। इतना हठ? तभी उसे लगा कि कहीं कुछ

गलत हुआ है। मनौती की गांठ कहीं अभी भी बंधी पड़ी है। इसी से लड़की चौतरफ के हालात देखकर भी ज़िद ठाने बैठी है...।

परमी मां जैसी सहज विश्वासी नहीं है, पर वह मां के विश्वासों को चुनौती नहीं देती। मां का मन रखने के लिए ही उसने कहा था–"कल शमा जाएगी दरगाह अज़हर के साथ। मैं भी उनके साथ चली जाऊंगी। चक्रेश्वर मन्दिर में माथा नवाऊंगी। तेरी मनौती की गांठ भी ढूंढूंगी। तू मुझे बता किधर बांधी थी? रंग-रूप, जगह, सब बता! कुछ याद तो होगा तुझे?"

लेकिन मां आश्वस्त नहीं हुई थी। हस्पताल तक जाना तो मजबूरी थी, पर उससे बाहर जाना तो मौत के मुंह में कदम रखना था। मां के विश्वास भी तो ढह गए थे। जिस दिन नरेन्द्र के दरवाज़े पर दूसरी बार घर छोड़ने का रुक्का चिपका मिला, उसका धैर्य जवाब दे रहा था। उस दिन पहली बार मां ने अज़हर के सामने दामन फैलाया, "बेटा, तू कुछ कर! कह दे उनसे नरेन्द्र को तंग न करें। वह चला जाएगा तो हमारा क्या होगा? अगले माह तो परमी की शादी होनी है। नरेन्द्र जाएगा तो सब बिखर जाएगा...एक ही आसरा तो बचा था मां के पास!

अजहर ने दिलासा दिया था। सरदार गुलमुहम्मद से बात भी की नरेन्द्र के बारे में। गुलमुहम्मद आभारी था परमी का। वह उसके जख्मी जंगजुओं को बिना सवाल पूछे मरहम-पट्टी करती थी। घर पर भी देखा करती। हस्पताल में तो सी.आर.पी. और बी.एस.एफ. के जवान शिकार की तलाश में घूमते रहते। परमी लड़कों का पूरा ध्यान रखती, अपने पेशे को उसने सियासत से दूर रखा।

चार-चार मास का भ्रूण लिए कुंआरी लड़कियों को मां की तरह दिलासे देती उन्हें अपमान की जिल्लत से मुक्त कर देती–"इसमें तुम्हारा क्या कसूर सलमा? समझो एक खौफनाक हादसा होकर गुजर गया। नूरी! रोने से हालात बदल नहीं जाएंगे, हौसला रखो। पाकीजगी तो मन की होती है। वक्त के कहर पर हमारा क्या ज़ोर?...जया, बीना, लता...कितनी मासूम लड़कियों की जिन्दगी मौत का स्यापा बन गई, लेकिन परमी साएदार चिनार बनकर उनके दहकते तन-मन को थपकाती रही। उसका काम तो ज़ख्मों पर मरहम लगाना था।

लेकिन दुश्मन कई गुटों में बंट गए थे। अगली बार दूसरे गुट ने नरेन्द्र को धमकी दी, "जान प्यारी है तो यहां से चले जाओ और अपनी महबूबा को हमारे लिए छोड़ दो"...तब नरेन्द्र ने परमी और काकनी से भी साथ चलने के लिए मिन्नतें कीं, पर वे लोग जा नहीं पाईं। गुलमुहम्मद के लड़के घर के बाहर पहरा दिए बैठे थे।

वे लोग उसे ख़ोना नहीं चाहते थे। परमी ने नरेन्द्र का डरा हुआ स्याह चेहरा देखा। उसकी कातर आंखें परमी का कलेजा चीर गईं, पर वह सिर्फ कुछ शब्द कह पाई –"तुम चिन्ता मत करना, हम यहां सुरक्षित है। सब ठीक हो जाएगा...तुम जल्दी अपने घर लौट आओगे...।"

तब से काकनी सभी प्रार्थनाएं भूल गई है। उसके मन में वहम घर कर गया है कि उसके सभी देवी-देवता सो गए हैं, उन्हें वह कभी जगा न पाएगी। वह बौरायी-सी बेटी के सायों की रखवाली करती है। चारों ओर कलिश निकोव और ए.के. 47 के धमाके और बम फटने की आवाज़ें सुनाई पड़ती हैं। इन सदाओं से उसके कान बहरे हो गए हैं। घर के पेड़ों के पांखी भी इन आवाज़ के डर से किसी खोह में छिपे बैठे हैं। घर की 'काकपट्टी' पर सुबह का रखा भात शाम तक अकड़ जाता है। कोई कौआ भी उसे खाने नहीं निकलता।

सुन्न होती परमी आकाश में किसी पांखी को ढूंढ रही है। कोई भी पंछी! कुकिल, पोशनूल न सही, कोई भटकी हुई मैना, कोई थकी-हारी चिड़िया। लेकिन वहां सिर्फ कुहासा है। झर-झर झरता कुहासा! आह! अधमरीं काकनी इस कुहासे को देखकर पूरी मर जाएगी। वह तो मानकर चली थी कि काली बर्फ कभी नहीं पड़ती।

उसने बन्द आंखों से मां को देखा। घने कुहरे को देखती, अंधी हो रही काकनी! लोहे के जंगले पर सिर पटकती, लहूलुहान, किसे ढूंढती है काकनी? तेरे आंगन की चिड़िया तो आसमान के खोखे में समा गई। काली खोह में बन्द हो गई। उसने तेरी बात नहीं मानी। तूने कहा था, "टेंटों में रहेंगे, पर आबरू तो बचा लेंगे... लेकिन उसे बेघर जीना मंजूर नहीं था। उसे भरोसा था हालात ठीक हो जाएंगे। फिर सभी तो उसके अपने थे।

काकनी का स्यापा खत्म नहीं होता। एक-एक कर घर छोड़कर चले जाते नाते-रिश्तेदारों को वह छाती पीट-पीटकर विदा देती है।

"गए तुम भी? अब कब देखूंगी तुम्हें, आंखें पथरा जाएंगी। प्राण निकल जाएंगे...इस देह को आग कौन देगा?"

आग! आग के लिए इतना स्यापा? मरके भी तुझे देह की सद्गति की चिन्ता रहेगी काकनी? मरे को तो चील-कौए खाकर तृप्त होंगे! लाशों के लिए क्या चिन्ता?

"तू नहीं जानती परमी! मरी देह का भी एक धर्म होता है! मां शारिका, मेरा धर्म बचाना!"

लेकिन मां शारिका अपना थान छोड़कर चली गई है। देवद्वार सूने पड़े हैं। खीर भवानी के कुण्ड का रंग काला स्याह हो गया है।

"तुम किसलिए रुकी हो परमी?" मां की आंखों में एक ही सवाल ठहर गया है। "किसलिए? अब और क्या देखना बाकी है?"

"सब हमारे अपने हैं मां! देखती नहीं? आए दिन कर्फ़्यू में तुझे कभी राशन-सब्जी की तंगी हुई अज़हर के रहते? तेरा अपना कोई बेटा होता तो इससे ज़्यादा तेरी चिन्ता करता?"

"हुम्म!" भात का कौर मां के गले में अटकता है। धसका लगा है शायद! सामने सूने घर कपाट बन्द किए सहमे-सहमे खड़े हैं। मां नज़र हटा लेती है।

धड़ाम...धम्म...ठ ठ ठ क...ठ ठा क...।

बाहर कोई बम फटा है, गोलियां भी चली हैं। सहमे घर कांप गए हैं।

"कौ...न है? परमी, आ रहे हैं वे, उठ मत। खिड़की मत खोल। किसने अंधेरे की छाती छलनी कर दी?" परमी मां को पानी का गिलास थमाती है। हाथ हल्के से कांप जाता है, "सो जाओ मां, इधर कोई नहीं आएगा। हमने किसी का क्या बिगाड़ा है?"

वह अपने आप से प्रश्न करती है या भीतर उगते भय को प्रश्नों की चुनौती देती है? जानती है, कोई कानून नहीं रहा। जो भी है, बन्दूक की नोक पर टिका है, व्यवस्था, कानून, रोज़मर्रा के दन्द-फन्द, सांसों को बरकरार रखने की शर्तें।

बदलते हालात में परमी की ड्यूटी मैटरनिटी वार्ड के अलावा आपातकालीन विंग में भी लग गई। तब से जख्म धोते, मरहम-पट्टियां करते अकसर वह ओवरटाइम काम करती रही है। गुमराह जवानों के खून और पसीने से विकृत चेहरों को साफ करती, कराहती नसों पर शफा का हाथ फेरती...। कुछ वैसा ही स्पर्श उसने भी चाहा था। शफा की छुअन...जब खून और मैल से लिथड़ी वह युद्धक्षेत्र में बिखरी पड़ी थी, थकी हारी, जहां न कोई आदमी था, न आदमज़ात। सिर्फ बाघों का झुण्ड। लहलहाती फसलों को रौंदते जानवर, आखिरी लोथ पर झपटने को आतुर...। कैसा लगा होगा लड़की को तब?

क्या पता लड़की तब अपने शरीर के अहसास से मुक्त हो गई हो और योगमाया से अपने से बाहर आकर खुद को दूर से देखने लगी हो? हारी पर्वत के दामन में...दरगाह से कुछ कदम दूर...सेबों के पास...बदरंग आसमान के नीचे उजाड़ धरती की तरह फैली।

मनौती! मां ने मनौती मांगी थी। राज्ञा के आंगन में, पीर के अस्तान में। परमी

ने भी शायद कोई मनौती मांगी हो, पानी के सैलाब में छटपटाते किनारे कोई खूंटा, कोई कटे पेड़ का ठूंठ, कोई नरकुल शैवाल...पकड़ने की कोशिश की हो। किसी खुदा, किसी भगवान् को पुकारा हो...।

"उसने एक चेहरा पहचान लिया था। उस पर झुका कर खूंखार चेहरा। जिसके ज़ख़्म साफ करते-उसने कहा था, "ठीक हो जाओ तो पीर बाबा को नियाज़ ले जाना। उसने तुम्हारी जान बख्श दी है।"

"हां...शायद हल्की भूरी आंखें, फ्रेंचकट दाढ़ी, नाक के ऊपर किसी ताज़ा घाव का निशान...! परमी ने उस चेहरे की पीड़ा की ऐंठन को अपनी चुन्नी के छोर से सहलाया था। वही अफजल! जिसे दूरदर्शन पर लाखों ने सवालों के जवाब देते सुना था।

"जिस दुनिया में हम जी रहे हैं, वहां कोई मां नहीं, कोई बाप नहीं। सिर्फ हुकुम की तामील है, वही दीन, वही धर्म है। आंख उठाकर सवाल करने की इजाज़त नहीं।"

परमी का धर्म? दोस्त, दुश्मन दोनों को राहत देना।

वही, परमी के राहत देते हाथ मरोड़ रहा था–"क्या कहा था तूने? बेदीन हैं हम? और क्या कहा था जेबा से? तू किस पुलिस से पकड़वाती हमें? बुला तो अब अपनी पुलिस को? अपने यार को, हम रचा देंगे तेरी शादी...।"

उस दिन अस्पताल एमरजेंसी केसों से अटा पड़ा था। सोलह साला लड़की का भ्रूण साफ करते उसने नर्स ज़ेबा से गुस्से में भरकर कहा था–"बहुत ग़लत काम कर रहे हैं लड़के। सिर फिर गया है। क्या दीन यही सिखाता है?" परमी खुद पर काबू नहीं पा सकी थी उस दिन। पहली बार मुंह खोलकर ग़लत को ग़लत कहा था।

जेबा जलती थी परमी से। नहीं, परमी की ताक़त से। उसके हाथ मेंजो शफा थी। ज़ेबा ने बात अफज़ल तक पहुँचाई। शमा ने सुना तो परमी को डांटा, 'तू इतनी सीधी क्यों है परमी? वक़्त पर अब ऐतबार नहीं, ज़ेबा पर तो बिलकुल नहीं। अपनी सलामती की कुछ फिक्र किया कर!"

परमी हंसकर टाल गई। उसने खरी बात कही है। उसे क्या डर? शमा हमेशा से डरपोक लड़की रही है!

"नहीं परमी, आजकल अज़हर बहुत परेशान है। उसके कई दोस्त अलग-अलग गुटों में शामिल हो गए हैं। वह कब तक बचा रहेगा? उसे कोई बचने देगा भी नहीं।"

"सब ठीक हो जाएगा।" परमी ने सहेली को तसल्ली दी। उम्मीद। परमी के पेशे ने उम्मीदें देना ही सीखा है। सांस की आखिरी उठान तक। "हम लोग दरगाह जाएंगे। मस्जिद की चौखट पर माथा नवाएंगे। मैं भी बड़े दिनों से हारी पर्वत नहीं गई–बड़ा मन है।"

उस वक्त नरेन्द्र का उदास चेहरा ज़ेहन में कौंधा था। कैसा होगा? सुना नगरोटा के पास शिविर में रहता है। बेघर, अकेला। मन तो परमी के पास ही छोड़ गया था। यहीं, अपने पुरखों की माटी के पास।

काकनी ने सहम-भरी नज़र से बेटी को देखा था। अज़हर ने जीप स्टार्ट करते वेव किया–"फिक्र मत कर काकनी, हम हैं न?"

जीप की रफ्तार में तीखी हवा दम घुटा रही थी। तीखी बर्छियों-सी ठण्ड फिरन के भीतर घुसी जा रही थी। दोनों लड़कियों ने दुपट्टों से सिर कसकर ढंक दिए थे। कान, माथा, मुंह सब। सिर्फ आंखों के जोड़े और नाक की नोक दुपट्टे के बीच से बाहर झांक रहे थे। शहर खामोश था। जगह-जगह पुलिस और रेत के बोरे!

हारी पर्वत की पहाड़ी पर चक्रेश्वर का मंदिर दूर से दिखाई दे रहा था। मन्दिर के शिखर पर फ़हराता ध्वज, और नीचे दामन में मस्जिद की ऊंची उठी नक्काशीदार इमारत! अकबर बादशाह के सर्वधर्म समभाव का अद्भुत नमूना! मन्दिर-मस्जिद एक साथ! क्या सोचकर बनाया होगा? जब धर्म के नाम पर सिर फुटौव्वलें होंगी तो सभी अपने-अपने अल्लाह-ईश्वर को एक जगह याद कर अपनी भूलों का प्रायश्चित करेंगे? अकबर बादशाह, आकर देख लो? हालात के मोड़ ने तुझे गलत साबित कर दिया।

अचानक भूचाल का झटका-सा लगा। जीप के आगे, बीच रास्ते रायफल-पिस्तौलों से लैस चार युवकों ने अज़हर को रोक लिया। अज़हर ने किनारे के खेतों से जीप निकालने के लिए स्टेयरिंग मोड़ दी, पर तभी धमाका-सा हुआ। जीप घिसटकर एक तरफ रुक गई। शायद उन्होंने टायर पंक्चर कर दिया था।

फिर आसमान से कहर बरस गया। धरती डोलने लगी। जगह-जगह दरारों, खाइयों और खन्दकों के बीच वे घिसटते रहे। किसी ने अज़हर के सिर पर रायफल के कुंदे से वार किया। वह चीख मार वहीं जीप के पास ही लुढ़क गया। दोनों लड़कियां, जो आखिरी उम्मीद की तरह उसमें चिपट गई थीं, उन्हें खींचकर अलग कर दिया गया।

वे अलग-अलग दिशाओं में घसीटी गईं। एक को दूसरे की खबर नहीं रही। सिर्फ चीखें हवाओं को चीरती गईं।

"शमाऽऽऽ।"

"परमीऽऽऽ।

आर्तध्वनियां कुछ देर हवा में गूंजीं, फिर विलीन हो गईं। पता नहीं पुलिस के कानों तक पहुंचीं कि नहीं।

परमी ने बाघ देखे। एक साथ कई बाघ। शिकार नोचते। वह लड़ती रही, जब तक कि पंजों और लातों के हथियार भोंथरे न हो गए। टूटती हड्डियों और चटखटी नसों की दहशत देखती रही। खुद से अलग होकर। तब उसने देखा, चक्रेश्वर मन्दिर का पुजारी रस्सों से बंधा पड़ा है और देवी थान से गायब है। परमी ने धरती को फटते देखा। जहां ठण्डे पानी के सोते ने उस पर शफ़ा का हाथ फेरा! आह! हब्बाखातून का ठण्डा चश्मा। पाक, पवित्र थान! नापाक लहू धुल-पुंछ गया। हवाओं ने माथे का पसीना पोंछ दिया, उसी तरह जिस तरह वह ज़ख्मियों की पीड़ा पोंछ देती थी। परमी को लगा, किसी ने उसकी अनावृत देह को सफेद चादर से ढंककर इज़्ज़त दी। क्या अज़हर उस तक पहुंच गया? अचानक उसे मस्जिद की अजान के साथ सूने चक्रेश्वर की घंटियां बजती सुनाई पड़ीं...अरे! नरेन्द्र वापस घर लौट रहा है? ढेर सारे नाते-रिश्तेदार जवाहर टनल के भीतर से वादी में अपने घरों की तरफ लौट रहे है...। परमी जानती थी, सब ठीक हो जाएगा।

परमी हवा में रुई के फाहे-सी उड़ने लगी है, हल्की, बेहद!

परमी की आंखों में दीए की आखिरी लौ कांपी। शायद अज़हर और शमा को उन्होंने छोड़ दिया हो, दीन का लिहाज़ करके। आखिर वे लोग दीन के लिए जिहाद कर रहे थे। कम से कम ज़िन्दा काकनी को तो कोई अन्धी कब्र से बाहर निकाल लेगा। लेकिन परमी नहीं जानती थी कि कुछ ही दुर पर मनौती वाले पत्थर की ओट, शमा भी उसी की तरह लहुलुहान पड़ी है। उसने भी आखिरी चीख से पहले यह उम्मीद की है कि उन्होंने परमी को छोड़ दिया होगा। वह जो उनके ज़ख्मों का इलाज करती थी। उन्हें उसकी ज़रूरत थी।

लेकिन सभी सोच ग़लत हो गए थे, क्योंकि काली बर्फ ने सभी उम्मीदों, सभी विश्वासों को स्याह लबादे से ढंक दिया था।

अन्तिम अपराध

जवाहर टनल पार करते ही बर्फ धुली हवाएं देह से लिपट गईं। पहाड़ों की ऊँची-नीची चोटियों में बर्फ कहीं कपास की ढेरियों में बैठी थी, और कहीं धारों में बहकर दरारों में गुम हो गई थी। वादी हमेशा की तरह चिनार-कीकर के झुण्डों बीच, यहां-वहां छितरी बस्तियों को गोद में बिठाए, झीलों-नदियों और पानी से टह-टह खेतों में अपनी परछाइयां देख रही थी।

नीलकण्ठ मास्टर ने गर्दन बस की खिड़की से बाहर निकाल लम्बी सांसें ले, छरहरी हवाएं फेफड़ों में भर लीं। कुछ ऐसे कि धूप घाम से सिकुड़ी चमड़े सी देह की एक-एक सल निकल जाए। किसे उम्मीद थी कि एक बार फिर लौट कर वे ब्रह्मशिखर के दर्शन कर पाएंगे।

सात साल। पूरे सात साल बाद मास्टर नीलकण्ठ पण्डित अपने घर लौट रहा था, अपने साथ किए एक वादे के साथ कि अब घर की देहरी पर ही प्राण छोड़ने हैं। पुरखों की मिट्टी में अपनी भी मिट्टी जज़्ब हो।

यों भी अस्सी का आंकड़ा छूती उम्र। बची ही कितनी होगी?

टनल पार करते ही जो चेकिंग का सिलसिला शुरू हुआ सो काज़ीगुण्ड-टूरिस्ट रिसेप्शन सेन्टर से होते गांव घर की देहरी छूने तक जगह-जगह चलता ही गया। शुक्र है, मास्टर के पास एक थैलेनुमा बैग भर ही था, पर बार-बार पोटलियों-बुगचों की गांठें खोलने बन्द करने की तवालत से तो गुजरना पड़ा ही। चेकिंग वाले भी मजबूर थे। दहशतगर्दी में सामान की चेकिंग उनकी ड्यूटी ही बन गई थी।

गांधरबल बस अड्डे से मास्टर ने घर तक का रास्ता पैदल पांव ही तय किया। दाएं-बाएं खड़े पहरेदार सफेदों को उसने मुंह उठाकर देखा। चिनार में खूब आतश

झलकने लगा था, और खिल-खिल बहने वाली सिन्ध नहीं दुबली और गुमसुम सी दिखाई दे रही थी।

घर से बीसेक कदम दूर, रेत की बोरियों की आड़ में खड़े एक बन्दूकधारी सिपाही ने 'हाल्ट' का इशारा देकर मास्टर को रोक लिया। उसकी नज़रों में शंका भरी तरेर थी।

"बगल में क्या छिपा रखा है?"

गोया कि मास्टर कोई 'कलिश निकोब' छिपा के ले जा रहा हो।

मास्टर ने कम्बल हटाकर बगल में दबा बैग खोल दिया। दो-तीन कुरते-पाजामे, गंजी, कच्छे, तौलिया, शेविंग रेजर, साबुन आदि इत्यादि सामान सड़क पर फैल गया। मास्टर ने अलमूनियम का डिब्बा भी उलट दिया जिसमें बहू ने सफर के लिए रोटी-सब्जी भर दी थी।

सिपाही ने ठीक है, ठीक है, कहते हुए सामान समेटने में मदद की।

"साहब! अपने घर लौट आया हूं, पूरे सात साल बाद। वो अपनी सरकार बन गई न? फारुख साहब ने फरमाया, कि घर छोड़ आए पंडित वापस घर लौट आएं, उनके जान माल की हिफाज़त होगी... हमारे लिए तो बड़शाह[1] लौट आया है साहब।"

सिपाही ने जगह-जगह सिले, धूल अटे भारी जूतों से लेकर खलवाट खोपड़ी के किनारों पर झूलती सफेद बालों की झालर को एक ही नजर से देख डाला और शक की गुंजाइश को खारिज करते 'ओ के' का इशारा दे दिया।

मास्टर के पैर ठिठके रहे, "अब तो सुना हालात बेहतर हो गए हैं ..." सिपाही ने चौकस नजरें चौतरफ घुमाईं, "फिर भी! एहतियात जरूरी है।"

मास्टर की पुतलियां सिकुड़ गईं, "हां ऽऽऽ! अपने डार साहब ने कहा था कि अभी बाहर ही रुकना ठीक रहेगा। पर क्या करें भाई, इस तरह घर गांव छोड़कर प्राण भी तो नहीं निकलते।" मास्टर की आंखों में भूरा अवसाद उभर आया।

सिपाही ने 'इस तरह' की व्याख्या सुने बिना, हूं हूं में सिर हिलाकर आगे बढ़ने का संकेत किया। वह जल्दी ही सावधान की मुद्रा में तन गया। लगातार खड़े-खड़े वह ज्यादा बात करना भूल गया था, या शायद इसकी उन लोगों की इजाज़त नहीं थी।

नीलकण्ठ मास्टर अपने घर की गली में घुस गया। वट्टों की दीवार के साथ

---

1. सुलतान ज़ैनुलेबद्दीन, जिसने पिता द्वारा निष्कासित पण्डितों को दोबारा वादी में बुलाकर फिर से बसाया था।

खड़े अखरोट के पेड़ पीछे संसारभट्ट और जगरनाथ के चौमंज़िला घरों की खिड़कियां बन्द थीं। दीनानाथ बुझ्रू के घर की ऊपरी मंजिल बुरी तरह जल गई थी। कलौंछ खाई ईंटों और खाली चौखटों पर टिका टिन का छप्पर एक तरफ झुककर लटक रहा था। रास्ते पर इक्का-दुक्का लोग आ-जा रहे थे।

हवा में अजीब-सी गन्ध थी। मरे हुए जानवरों की, या शायद सड़ी खाद और खुली नालियों की तीखी, उबकाई लाती गन्ध। मास्टर ने कम्बल की सल में नाक घुसा ली।

सामने घर का भारी दरवाजा मुंहबाए खड़ा था।

मास्टर ने आदतन सिद्धिदाता, विघ्नहर्ता गणेश का स्मरण किया और दायां पैर आगे कर आंगन में प्रवेश किया। आसपास बेतरतीब उगी घास का जंगल खड़ा था, बीच-बीच में दलदली कीच के खड्ड और डबरे अजीब वीरानियत का अहसास दे रहे थे। मास्टर दल-दल में धंसने से बचता, कपड़े समेटे देहरी तक आ गया। दरवाज़े पर ताला नहीं था। मास्टर ने जम्मू कैंप में ही सुन रखा था कि पंडितों के खाली घरों पर लोगों ने कब्जा जमा रखा है। उसने डरते-डरते दरवाजा खोला, बरामदे में आकर गला खंखारकर अपने आगमन की सूचना दी। क्या पता कोई बदमाश छिपा बैठा हो अन्दर?

भीतर कोई सुगबुगाहट न हुई तो मुंह घुसाकर कमरे में झांका। कमरे का हुलिया देखकर भीतर कुछ धंस गया। यह मास्टर की बैठक थी, जहां अब घिसी चट्टाइयों पर ग्रीज़-कालिख सना छिजा हुआ नमदा बिछा था। एक तरफ लपेटकर रखा गद्दा लिहाफ, दूसरे सिरे पर गूदड़ का तेलिहा तकिया। बुझी कांगड़ी के पास हुक्का लुढ़का पड़ा था। जिसके पानी से नमदा गीला हो गया था। मास्टर ने घबरा कर छत देखी, दीवारों का मुआयना किया। कुछ तो पहचाना सा होगा। दीवारों पर बेटों के मेडल लेते चित्र, बेटी की शादी पर लिया दूल्हा-दुल्हन का एक दूसरे को वरमाला डालता फोटो, सरस्वती और मास्टर का नई-नई शादी के बाद लिया लाज भरी मुस्कराहट समोया चित्र ...। लेकिन वहां पलस्तर उखड़ी ज़ख्मी दीवारें भर खड़ी थीं।

छत पर मकड़ियों के जालों बीच चार-छः मकड़ियां फंसी हुई थीं। दीवारों पर जगह-जगह ठुकी कील-मेखों पर कपड़े टंगे थे। नाक की सीध में पट्टू का भूरा पाजामा लटक रहा था, जिसके घुटने फट गए थे और इज़ारबन्द नीचे तक लटक आया था।

मास्टर ने छाती में जकड़न महसूस की, "भाया, अन्दर कोई है?"

आवाज़ के जवाब में मच्छरों का रेला गुंगुंआता हुआ मुंह नाक से भिड़ गया। मास्टर मच्छर हटा रहा था कि पीठ पीछे पैरों की आहट हुई।

"कौन?" मास्टर घबराकर उछल-सा पड़ा।

"अरे, मास्टर जी? कब आए? गली से गुज़रते देखा तो शुबहा हुआ कहीं आप तो नहीं। पर यकीन नहीं हुआ, आप तो..."

मास्टर ने पहचान लिया, बशीर था। उसका छात्र रहा है। मास्टर गले मिला तो बशीर टेंग ने शिकायत की, "खबर भी न दी आपने लौटने की। एक खत ही डाल देते। घर साफ-सुथरा मिल जाता आपको।"

नीलकंठ 'अहं' की आवाज़ निकाल चुप हो गया। क्या लिखता और किसे लिखता, के प्रश्न यों भी व्यर्थ ही थे।

"कहां बैठें", की ऊहापोह में मास्टर दायीं ओर के बन्द दरवाज़े की तरफ मुड़ा, बशीर ने जेब से चाबी निकाल ताला खोला और सफाई सी देते बोल उठा, "आप लोग गए तो इधर आगजनी के बड़े हादसे हुए, लूटपाट, मारामारी! खुला घर यों भी अन्धे की बीवी हो जाता है। मैंने शाबान डार को चौकीदारी का ज़िम्मा सौंपा...।"

दरवाज़ा खुलते ही नए-पुराने टायरों, पिचके ट्यूबों, टूटी साइकिलों और अंगड़-खंगड़ के ढेरों ढेर फोकस में आ गए। मास्टर घबराकर सीढ़ियों की ओर मुड़ गया। यह कमरा बड़ी बहू का शयनकक्ष था। शादी में आए कढ़े हुए मेज़पोशों और चाद्दरों से सजा...

"ऊपर भी कोई है?" मास्टर जैसे अपने आप से पूछ रहा हो।

"वो शाबान के रिश्तेदार हैं। अब आप आए हैं तो वे चले जाएंगे।"

"कयूमा ओ कयूमा" बशीर ने कोने में गट्ठर बने कम्बल पर लात जमाई। कम्बल कुनमुनाया और झबरीले बालों वाला सिर उघड़ आया। मास्टर चौंक गया। उसने सोचा था, कपड़ों का गट्ठर है।

"जा शाबान चचा को बुला ला, कहना घर वाले आए हैं, घर खाली करना है। दौड़कर जा।"

"तब तक क्यों न मेरे घर चलो मास्टर जी, कहवा-शहवा पी लो... सफर की थकान होगी।" बशीर ने मेहमानबाज़ी का फर्ज़ अदा करना चाहा।

मास्टर ने शुक्रिया कहकर "जीते रहो" का अशीर्वाद दिया। चाय तो वह बस स्टाप पर ही पी आया था।

बशीर टेंग ने काइयां नज़र, मास्टर के दाढ़ी उगे चहेरे में धंसे गालों पर डाल

दी। तुर्श बालों के खूट बता रहे थे कि सप्ताह भर से दाढ़ी नहीं बनी है।

"लगता है अभी भी परहेज़ करते हैं।" उसकी मुस्कराहट विद्रूप से टेढ़ी हो आई।

"अरे नहीं बेटा, परहेज़ किसका? धूल से अटा हूं, जरा हाथ-मुंह धो लेता।"

"अच्छा मास्टर जी, आप हाथ-मुंह धो लो। मैं कुछ राशन सब्जी ले आता हूं। शाबान के स्टोव पर पका लेता। उसमें तो परहेज़ नहीं?"

"परहेज़ शब्द मास्टर को चुभ गया। अब भी परहेज़? बात में दंश नज़र आया। अब भी? जब घर गांव से महरूम रिफ्यूजी बने दर-बदर फिर रहे हो, दीन धर्म की ठसक नहीं गई?

बशीर टेंग गया तो मास्टर ने मुड़कर पीछे देखा। यहीं गान्धरबल हाईस्कूल में हेडमास्टर रहा नीलकंठ पंडित। गांव की तीन पीढ़ियां को पढ़ाया है, लोग इज्ज़त देते थे। बशीर को भी पढ़ाया। दो लग्गे देकर मैट्रिक में पास हुआ। थोड़ा खुराफाती था। घर बुलाकर मास्टर ट्यूशन देता रहा, क्या कभी कट्टरपंथी रहा मास्टर? गांव में पुश्तों से गज़ब का भाईचारा रहा। शादियों में, पीढ़ी-दर-पीढ़ी सूखा राशन, चावल-गोश्त बांटने की प्रथाएं निभीं। दीन धर्म की हदों को मान कर चले बुजुर्ग! बच्चे तो सभी हदें फलांग गए, पर मास्टर ने कभी उन्हें टोका नहीं। हां, स्नान, ध्यान, सूर्यवंदन, संध्यावंदन और ठाकुर पूजा मास्टर की दिनचर्या का हिस्सा रहा। पुरखों की विरासत! अब अस्सी पार करते क्या-क्या छोड़ देगा?

मास्टर को ठाकुर का कमरा याद आया। शायद उधर कोई दरी-नमदा बचा हो। कमरे में बिछाकर बैठने की जगह बना दें।

क्रीक की चीख के साथ दरवाज़ा खुल गया। कमरे में छत तक ऊंची लकड़ियां ठूंसी पड़ी थी। चार-छः कोयलों की बोरियां। यानी जाड़ों का पूरा सामान। मास्टर को सरस्वती याद आ गई। गैस स्टोव के जमाने में भी, गोदाम में लकड़ियों की टाल इकट्ठा कर रखी थी। मास्टर खीझ उठता, "तेरे बाद भी दस साल तक इतनी लकड़ी खत्म नहीं होगी।"

"तो क्या हुआ? मर जाऊंगी तो मेरे अन्तिम संस्कार में काम आएगी यह लकड़ी। उस वक्त तो निश्फिकर रहोगे।"

मास्टर के दिल में हौल उठा। मरना तो तुझे शरणार्थी कैम्प में था सरस्वती! मास्टर बौराया सा कमरे को घूरने लगा। ठाकुर के इस कमरे में चप्पल लाना अपराध था। सरस्वती घर छोड़ते वक्त छोटे ठाकुरों को पीतल के डिब्बों में भरकर साथ ले गई थी। रोज़ शाम धूप-बत्ती, दीया जलाए बिना सो भी कहां पाती थी? बाकी

देवता यहीं अलमारी में भर कर रख दिए थे। अष्टभुजाधारिणी शारिका मां, डेजहोरू पहने मां राज्ञा, कैलाश पर तपस्यालीन महादेव, मोदक खाते आदिदेव गणेश आदि देवताओं के शीशा जड़े फोटो।

मास्टर ने अलमारी खोली। दाएं-बाएं टोह लेते कि कहीं कोई देख न ले। अलमारी में मुसे हुए लत्ते, सूखी सब्जियों की मालाएं, कांगड़ियां और अल्लम गल्लम सामान भरा था। देवतागण पता नहीं कहां कूच कर गए थे।

मास्टर कुछ देर बुत बना खड़ा रहा। खड़े-खड़े ही जैसे किसी ने प्राण खींच लिए हों। वज़नी पैर उठाए धीरे-धीरे आंगन के पिछवाड़े आ गया। कोने में मलबे का ढेर पढ़ा था, जिस पर खजियल सा कुत्ता टांगों में मुंह घुसाए बेफिक्र सो रहा था। यही से गन्ध का भभका उठा था।

मास्टर ने कीकर से लम्बी टहनी तोड़ ली और जाने क्या सोच कर मलबा कौंचने लगा। उबकाई लाते पेशाब और गोबर सने कचरे के बीच उसने बिखरे कांच और बर्फ ओलों में गल गए फोटो फ्रेम पहचान लिए। मास्टर ने संकट मोचन मन्त्र पढ़ना चाहा, पर आवाज़ गले से बाहर ही न निकली।

बशीर टेंग ढूंढ़ता हुआ करीब आया।

"मास्टर जी, नहा-धो लिए? इधर कूडे में क्या ढूंढ़ रहे हो?"

मास्टर जैसे चोरी करता पकड़ा गया, 'वह झाड़ू ढूंढ़ रहा था, सोचा, थोड़ी जगह बुहार दूं...।"

बशीर टेंग ने मास्टर की बेचैनी महसूस की, "अरे मास्टर जी, हम क्या आपके कुछ नहीं? अशी को लाया हूं। बुहार देगी घर। आप फिक्र क्यों करते हो?"

शाबान डार टैम्पो लेकर आया था। तेल ग्रीज़ सना। मास्टर के आगे झण्डे की तरह खड़ा हो गया।

बशीर ने परिचय कराया, "ये शाबान डार है। आपके घर की रखवाली यही कर रहा है। बाज़ार में मेकेनिक की दुकान है। बीवी बेचारी तो पिछले साल अल्लाह को प्यारी हो गई...।"

मास्टर को घर में घुसते ही लगा था कि इस घर को औरत के हाथ नहीं लगे।

अशी ने सलाम किया। खैरियत पूछी और बशीर टेंग, शाबान डार के साथ कम्बल, चटाई, बिस्तरा लपेटने में मदद करने लगी।

"आपने एक खत डाला होता, तो घर आपको टिचन मिल जाता। मैं मजूर आदमी। सुबह का निकला शाम को लौटता हूं, ग्राहक छोड़कर आ गया..."

शाबान सामान खींच कर टैम्पों में पटक रहा था। यह मास्टर इस तरह टपक पड़ेगा। अचानक! उसने सोचा कहां था?

"यह कमरा और चौका खाली कर देता हूं अभी। बाकी कल होगा...।"

"ठीक है। कोई जल्दी नहीं।" मास्टर जैसे बाहरी जन हो।

शाबान बुदबुदाता रहा, घर बार छोड़ आया इधर चौकीदारी करने। नहीं तो आज घर की जगह मलबे की ढेरी होती इधर...।

मास्टर चुप रहा। कुछ भी न सुन रहा हो जैसे। बशीर टेंग अशी को आदेश देता रहा, "इधर ये जाले हटा दो..."

"यहां कुछ सामान था। मतलब कोई दरी नमदा कुछ तो होगा...।" मास्टर की आवाज़ में हिचक थी। कुछ गलत बोलने का अहसास।

बशीर टेंग को कौंचा लगा, "अरे मास्टर जी, आप पता नहीं किस दुनिया में रह रहे हो। सात साल बाद लौटे हो, इस बीच किस क़यामत के दौर से हम गुज़रे, वह तो हम ही जानते हैं।"

मास्टर की आवाज़ में दीनता झलक आई, "मेरा मतलब वह नहीं था बेटा। जाने दो, बुरा मत मानो।"

"आप तो मास्टर जी, घर रहमान साब के हवाले कर चले गए और रहमान साब आपकी खातिर जान गंवा बैठे।" बशीर का गुस्सा शान्त नहीं हुआ।

"हे भगवान! यह क्या कह रहे हो बशीरा? क्या हुआ उन्हें?"

"अब क्या कहूं? हम पर तो दुहरी मार हुई। एक तरफ जंगजुओं की धमकियां, दूसरी तरफ मिलिट्री वालों की तलाशियां। आग लगा दी थी उन्होंने आपके घर में। रहमान साब ने देखा तो फायरब्रिगेड वालों को बुलाया। बस! तभी से खार खाए बैठे थे। उनके काम में कोई दखल दे तो छोड़ते हैं क्या?"

मास्टर का चेहरा सफेद पड़ गया। "जन्नती था रहमान साब! दोस्तों का दोस्त! घर में बाकी लोग तो ठीक हैं न?"

"अब ठीक क्या मास्टर जी! दोनों बेटे दिल्ली उठा ले गए व्यापार। वहीं रहते हैं। गर्मियों में दो महीने घर आते हैं, सो भी सिक्यूरिटी में।"

बशीर टेंग ने अफसोस से जोड़ दिया कि उनके फूल से बच्चे मैदानों की गर्मी से कुम्हला गए हैं। उधर की आब हवा हमें रास कहां आती है?

बशीर टेंग कार्पेट मर्चेन्ट अकबर निसार के लिए दुखी था, जिनके बच्चे मैदानों की गर्मी से कलौंछ खा गए। मास्टर को धूप पानी से जर्जर शिविरों में जून की गर्म सलाखें खोपड़ी पर झेलते बच्चे-बूढ़े याद आए और याद आए टेंटों में घुसते

बिच्छू, सांप, मेढ़क और मच्छर! सिकुड़े-सिमटे लोग, सिरों पर गीले तौलिए लपेटे, नंगे तन हांफते कांपते लोग, जो एक दिन अपने छूटे हुए घरों को लौटने की उम्मीद में जी रहे थे। पता नहीं क्यों जी रहे थे?

मगर फिर भी मास्टर जिम्मेदार था, रहमान साब की मौत के लिए! अशी ने उबारा, "सरस्वती बेनी को ले आते साथ! अकेले कहां हाथ मुंह जलाओगे। दो मुट्ठी भात तो पका देती..."

मास्टर की आवाज़ थरथराई, "वह तो बेनी, यहां से जाकर दो मास बाद ही मुझे छोड़कर चली गई..."

"हय अफसोस! खोदाय जन्नत दे!" अशी ने फिरन की बांह से आंखें पोंछ दीं। दबी ज़बान से ज़माने को कोसा, "वक्त का ऐसा कहर भी हमें देखना बदा था। मास्टर जी। आखिरी वक्त अपना मज़ार भी नसीब न हुआ।" अंशी के भीतर दुःख का झरना फूट आया।

घर झाड़झूड़ कर वह चली गई, फिर आने का वादा किया।

थैलों में सब्ज़ियां भर दो औरतें दरवाज़ा धकेल भीतर आईं और मास्टर को हैरान होकर देखने लगीं। बशीर ने शाबान डार के रिश्तेदार कहकर परिचय कराया यह भी कहा कि घर के मालिक आए हैं, एक-दो दिन में घर खाली करना होगा।

औरतें एक-दूसरे को सवालियां नज़रों से देखती सीढ़ियां लांघ गई। बशीर टेंग भी कम हैरान न था इस मास्टर की हिम्मत देखकर। इसके सामने ही जंगजुओं ने आनन्द जू और उसके बेटे अशोक को गली से उड़ा दिया। सामान लेने पर लौटी बिट्टी को रातों-रात अगवा कर दिया। इसके बेटों को रूक्के मिले घर छोड़ने के! फिर भी मास्टर लौट आया।

बशीर टेंग, "कुछ जरुरत हो तो चले आना मास्टर जी", कहकर दूकान पर लौट गया। ग्राहक परेशान होंगे! कहां चला गया सोच कर!

खड़े-खड़े कमर अकड़ गई थी। अशी ने घर बुहार कर बशीर टेंग की लाई चटाई बिछा दी थी। मास्टर ने कमर सीधी कर ली! सूने घर में यादों का हुजूम सामने खड़ा हो गया।

दसके साल पहले यह नया घर बनाया मास्टर ने। सरस्वती की उम्र भर की हौंस पूरी हुई। गृह प्रवेश पर तुम्बकनारियां बजीं। पूरा गांव बधाई देने और दावत खाने इकट्ठा हुआ! मुबारक मास्टर, सौ-सौ मुबारकें।

सात ताक का तीन मंजिला घर! गर्मियों में ऊपरी मंज़िल पर कतार में आठ बिस्तरे डल जाते। हरमुख से आती हवाएं जो लोरियां देकर सुलाती थीं। खिड़की की

सीध में तुलामुला गांव नज़र आता है। जहां उनकी इष्टदेवीमां राज्ञा, दूधिया कुण्ड में निवास करती हैं। चिनार की छांह में मां दासों की अरदास सुनती है। हर अष्टमी सरस्वती मास्टर के साथ मां के दर्शन करने जाती थी। सुना, दहशतगर्दों के कहर से बचाने के लिए मन्दिर में सेना पहरा दे रही है। सोचा, एक नज़र देख लूं ऊपर, लेकिन वहां खवातीन थीं।

इसी ऊपरली मंजिल पर पूरा परिवार सिमट आया था, जब आधी रात को, मस्जिद से लाउडस्पीकर पर एलान गूंजे थे।

भागों भट्टो! नहीं तो भून दिए जाओगे। निजामे मुस्तफा, ज़िन्दाबाद! निज़ामे मुस्तफा में नीलकण्ड पंडित का क्या काम था?

दरवाज़े पर हल्की-सी दस्तक हुई। मास्टर रबर के बबुए-सा उछलकर खड़ा हो गया। कौन? डर से सीने में ढोल बजने लगे। खिड़की की झिरों से देखा, सिर से पैर तक कम्बल ओढ़े कोई खड़ा था।

"खोलो भाया, मैं निरंजन हूं।"

मास्टर निरंजन से गले मिल कर रो पड़ा। सीने की धुकधुकी अभी भी धप-धप आवाज़ें कर रही थी। हे शम्भो! यह कैसा भय?

–अशी ने कहा तुम आए हो। तुम्हारी भाभी ने खाना भेजा है। दिन को आ नहीं सका। भूख लगी होगी तुम्हें!

निरंजन ने कटोरदान का ढक्कन खोला। गरम भात की भाप के साथ टमाटर बैंगन की सब्जी से वरी मसाले की खुशबू कमरे में फैल गई। जेब से मुसा रूमाल निकाल, मास्टर ने आंखें पोंछीं और बह आई नाक छिनकने हौज़ पर चला गया।

"घर में घास का तिनका तक न छोड़ा। बशीर यह चटाई दे गया।" मास्टर बड़े-बड़े कौर मुंह में डालने लगा। उसे जोरों की भूख लग आई थी।

"दहशतगर्दी में चोर-उचक्कों की भी बन जाती है भाई, तुम तो जानते हो मास्टर जी! ताक में बैठे वे, मुर्दों का कफन भी खसोट लेते हैं! फिर यह घर खाली था।"

"सुना, रहमान साब को मार दिया, मेरी वजह से...।"

"तुम्हारी क्या वजह मास्टर जी! व्यापारी था! जंगजू पैसे मांग रहे थे। काफी दिए भी, पर लाखों कहां से देता? इनकार कर दिया तो उन्होंने शूट कर दिया। वह किसी का लिहाज़ देखते हैं क्या?"

मास्टर के सीने से कुछ बोझ हल्का हुआ, "मुझे लगा मेरी वजह से मारा

गया। अपराध बोध सा था मन में।" बशीर ने कहा था।

"बशीर टेंग मन का अच्छा है। पर हालात का फायदा कौन नहीं उठाता? तुम्हारे लौटने की उम्मीद तो नहीं थी सो घर किराए पर उठा दिया। ऊपर नीचे हजार रुपया महीना तो आता ही है।"

"बहुत स्वाद खाना था! अमृत! भाभी को मेरी असीस देना!" मास्टर ने उंगलियां चाटते कहा। उसकी आंखें अभी भी गीली थीं।

"तुम कैसे रहे? बच्चे क्या कर रहे हैं?" मास्टर को लगा वह तो अपनी ही हांक रहा है।

"बस! जी रहा हूं। सुरेन्द्र की दवाई की दुकान है। बहू स्कूल में टीचर है। वे लोग उठने को कहते हैं तो उठता हूं, बैठो कहते हैं तो बैठता हूं।" निरंजन ने गांव में हुई वारदातों का ज़िक्र किया! "कादिर भट्ट की बेटी को ले गए। ब्रज किराने की बहू दो दिन बाद खेतों में बेहोश पड़ी मिली। उस वक्त डर गया, सोचा जाऊं छोड़कर घरबार, पर कादिर भट्ट ने रोका, बोला, एक बार जो गए सो लौटना नसीब न होगा। सो भोग रहा हूं कर्मफल! जब तक तब तक। चारा क्या है?"

"मैं तो लौट आया भाई।" मास्टर ने दीवारों को देखा, "यही घर छोड़ गया था क्या? नंगा बुचा और ज़ख्मी! घर की आत्मा ही चली गई है। फारुख साहब पर विश्वास किया, सोचा बड़शाह लौटा है भट्टों के लिए।"

निरंजन ने लम्बी सांस में शिव शम्भो को पुकारा। आवाज में सिसकियां भी उभर आईं! कंबल छोड़ रहा हूं, रात को ओढ़ लेना। ठंड बढ़ गई है।" निरंजन जाते-जाते घर आने का न्यौता दे आया। "आ जाना, तुम्हारी भाभी को भी बात करने की हुड़क है। ज़रा दिन ढले, तो आ जाना।" मास्टर ने आश्चर्य से देखा तो निरंजन का स्वर निरीह हो आया।

"यों तो अपने लड़के अब संभल गए। पर घुसपैठिए हैं। अलग-अलग गुट हैं। डर कर रहना पड़ता है। दरअसल लौट कर आए पण्डितों को ये हिन्दुस्तानी जासूस समझते हैं। हमें मिलने की इज़ाज़त भी नहीं है..."

"मैं क्या खुशी से पुरखों का घर गांव छोड़कर भागा था?" मास्टर को लगा उसके अन्दर रुलाई का तूफान उमड़ने लगा है, "बड़का बी.डी.ओ. था यहां। उसके तो पीछे ही पड़ गए थे। तुम तो जानते हो। तोषी को बसों में छेड़ते थे, एक रोज़ कपड़े फाड़ डाले। नरेन्द्र तो हिट लिस्ट में था..."

"त्राहिमाम!" निरंजन उठ खड़ा हुआ। "भोगना है हमें पूर्व कर्मों का फल।"

निरंजन चला गया तो घर एकदम वीरान हो गया। मलबे के ढेर पर बैठा कुत्ता कूं कूं कर रोने लगा। ऊं ऽऽ ऊं ऽऽ! भय और वहम से मास्टर की अन्तड़ियों में ऐंठन सी होने लगी। माथा पसीने से अट गया। मास्टर ने संभलना चाहा! क्यों डर रहा है वह? एक मौत ही तो आएगी न? कल आनी है तो आज ही सही! इतना डर लेकर कैसे रहेगा इधर? मास्टर ने भयनाशक मंत्र पढ़ा–

सर्व स्वरूपे सर्वेशे सर्वशक्ति-समन्विते,
भयेभ्यस्त्राहिनी देवि, दुर्गे देवी नमोस्तुते!!

पता नहीं कब आंख लग गई।

सुबह खिड़की की झिर्री से पहाड़ों के पीछे उग आए सूर्य की मुलायम किरणें कमरे में घुसीं तो मास्टर की आंखें खुल गईं। कमरे के बीचोंबीच अकेले चटाई पर बैठा मास्टर उखड़ी दीवारों से मुंह चुराकर खड़ा हो गया। हौज़ में जाकर ठण्डे पानी से जी भर नहा लिया। पानी यख़ था। पहली घार से कंपकंपी छूट आई, बाद में स्फूर्ति का अहसास हो आया। सूर्यवन्दना के बाद आंख बन्द करके मास्टर ने देवी-देवताओं को नमन किया। एक बार मलबे की ढेरी में पड़े टूटे कांच और फोटो फ्रेम याद आए। पर मास्टर ने दिमाग से सोच झटक दिया। चाय की तलब उठी। स्टोव जलाया तो देखा तेल खत्म हो गया है। मास्टर ने बोतल उठाई और ब्रज किराने की दुकान की राह ली। थोड़ा मिट्टी का तेल लाना होगा।

ब्रजनाथ ने दूर से देखा और झट से नज़र हटा दी। उसकी दुकान के आगे कुछ ग्राहक खड़े थे। मास्टर लाइन के पीछे खड़ा हो गया। ब्रज ने नमस्कार नहीं किया, मास्टर को निरंजन की बात याद आ गई। घर छोड़कर लौट आए पंडितों से मिलने की हमें मनाही है। ये इन्हें हिंदुस्तानी जासूस समझते हैं।

ग्राहक चले गए तो ब्रज ने क्षमा याचना सी की, "माफ करना मास्टर जी, ग्राहक थे। आप कब आए? क्या रहेंगे? कैसे रहे?"

जब तक चार सवालों में से एक का भी उत्तर मास्टर दे पाता, एक लम्बी जुल्फों वाला लड़का फिरन की बांहें झुलता कहीं से नमूदार हो गया।

"सलाम रशीद साहब, बोलो क्या हाजिर करूं?" ब्रज उधर मुड़ गया।

"एक कैप्स्टन का पैकेट दो।" लड़का लापरवाह अन्दाज़ में बोला और मास्टर को घूरने लगा। मास्टर ने पहचाना, "सात साल पहले चड्ढी पहने गली में नंगे बदन घूमता था। रशीद बांडे का पोता।"

मास्टर ने तेल की बोतल उठाई। पैसे बट्टे के नीचे दाब कर रख दिए और बिना

कुछ-कहे सुने चला आया। ब्रज के चेहरे पर हवाइयां उड़ने लगी थीं। मास्टर को याद आया, इसकी बहू दो दिन बाद...

दोपहर को बशीर टेंग तीन-चार लड़कों-बुजुर्गों को साथ ले कर आ गया। उनमें दूरदर्शन के दो लोग थे। एक पत्रकार और एक गांव का बुजुर्ग गुलाम नबी, जो पंचायत का आदमी था। उन्होंने मास्टर जी के इंटरव्यू लिए। कैसा लग रहा है घर लौटना? आदि प्रश्न किए। गुलाम नबी ने बुजुर्ग सिर हिलाया, "इंशा अल्लाह! सभी पंडित भाई जल्दी घर लौट आएंगे। हमारे भाई हैं।" यह भी कहा कि अब वादी में अमन है, निशातबाग में सैलानी घूम रहे हैं। वे लोग उत्साहित थे। उन्हें डाक्यूमेंट्री के लिए सामग्री मिल गई थी। 'आंखों देखी' के लिए मसाला।

शाम ढलते मास्टर के पेट में फिर कुलबुल होने लगी। सोचा नीचे गोदाम में शायद कोई हांडी, पतीला बचा हो, जिसमें दो मुट्ठी भात पका देगा।

गोदाम में अंधेरा पांव फैलाए बैठा था। टूटी मटकियों बीच धूल पर मास्टर के पैरों के निशान दिखाई नहीं पड़े कैसे होंगे? भूतों के उल्टे पैर जैसे? कौने में लम्बी देगनुमा मटका पुरानी जगह पर टिका था। मास्टर ने झुककर मटके में झांका! कोई काली आंख लपककर उछली। मास्टर का दिल बैठते-बैठते रह गया। आंखों के आगे नीली लाल रोशनियां नाचने लगीं। उसने लाठियां नेज़े उठाए, ढके मुंह आदमी देखे, जो देग में बैठे आदमी को नेजों से गोदे जा रहे थे। देग से भयानक चीखें उठ रही थीं।

मास्टर नींद में था या जगा हुआ, मालूम ही न पड़ा। छत की तार से लटका मद्धम रोशनी का बल्ब नंगे फर्श पर अजीब-अजीब परछाइयां बना रहा था। बाहर गली का कुत्ता बराबर कांखे जा रहा था। गली में धप हप्प और भागने की आवाज़ें आ रही थीं। अफरातफरी और नार[1] का होऽऽ! की चिल्लाहटें।

मास्टर को लगा वह बड़ा वहमी हो गया है। दिन तो ठीक ही गुजरा। वह हिम्मत करके खिड़की से बाहर झांकने लगा। पार के गांव से आग की लपटें उठ रही थीं, साइरन की आवाज़ें और, वही, अजीब सी मरे जानवरों की गन्ध हवा को मथे जा रही थी।

मास्टर ने बूट पहने, कम्बल लपेटा और बाहर गली में आ गया। कुछ लोग आग की तरफ दौड़ रहे थे। वह भी भीड़ में शामिल हो गया। लगा, फिर कुछ अघट घट गया है।

---

1. नारहा–आग लगी है...

मास्टर परले गांव पहुंचा तो आसमान सुरमई से लाल होने लगा था। राघव भट्ट के घर के आगे फायर ब्रिगेड और सेना की ट्रकें खड़ी थीं। कादिर भट्ट, बशीर टेंग भी पहुंच गए थे। गांव की औरतें छाती पीटती रो रही थीं और दरिन्दों को गालियां बक रही थीं।

"कहर पड़े उन तावनज़दों पर! हाथ कट कर गिर जाएं। पूरा का पूरा खानदान नेस्तोनाबूद कर डाला। हा खोदायो, नजात।"

रात में किसी ने राघव भट्ट के घर में आग लगा दी थी। सोए हुए घर के बाईस लोग आग और धुएं में घुट कर मर गए थे। बाईस जन, जो दहशतगर्दी में भी गांव में रहे और खूब प्यार से गांव वालों के साथ मिल कर रहे।

"टीचर जी मुझे इंग्लिश पढ़ाती थीं। उसी की वजह से मैं फर्स्ट डिविजन ले आया। अब... अब मुझे कौन पढ़ाएगा?"

"डॉक्टर रोज़ मेरी अम्मी का ब्लड प्रेशर देखने आता था। अब कौन उसकी खबर रखेगा?"

"हाय अल्लाह, कमसिन बच्चों की भी कब्र बन गई। वह बबलू, बिट्टू पिंकी," औरतें छाती पीट-पीट रो रही थीं। आंखों से परनाले बह रहे थे। मिलिट्री वालों ने बाईस जानों को सफेद कफनों से लपेटकर बाहर कतार में लिटा दिया। छोटे-बड़े आकार के बावजूद वे एक जैसे लग रहे थे। पता नहीं उनमें राघव भट्ट कहां था? और वह नया ब्याहा जोड़ा, जिसकी शादी के मांडने अभी ताज़े हैं। प्रवेश-द्वार पर जिनके लिए सामूहिक आशीर्वाद में लिखा "लांग लिव द हैप्पी कपल" अभी भी चूने मढ़ी पृष्ठभूमि पर चमक रहा है।

मास्टर पेड़ के नीचे खड़ी भीड़ में पत्थर बना, द्वार के मांडने देख रहा था

और सोच रहा था–"काश वह हैप्पी कपल कतार में साथ-साथ लेटा होता।" सैनिक, टेलीविजन कैमरों, प्रेस रिपोर्टरों को शवों के नजदीक जाने से रोक रहे थे। एक छोटा-सा गुलाबी पांव सफेद कफन के नीचे से झांक रहा था और गांव की मुसलमान बहनें, मांएं ज़ार-ज़ार रोये जा रही थीं। सिर्फ कुछ हटकर खड़े चार-छः स्त्री-पुरुष जो शायद बचे हुए पंडित थे, मुंह पर रूमाल रखे चुप-चुप सुबक रहे थे। उनकी आवाज़ें बन्द थीं। वे उस दिलाराम कुली की औलादें थीं जिसने एक सुलतान को माथे पर लगाने वाले तिलक का रहस्य बताते समझाया था कि तिलक ईश्वर के होने का प्रमाण है, जो इस बात को नहीं मानता उसका गला काट देना चाहिए। वे सुबह-शाम गीता के श्लोक 'यदा यदा हि धर्मस्य' का पाठ करते विश्वासी जन थे, कि धर्म की हानि होने पर कृष्ण जरूर

जन्म लेगा। हालांकि धर्म की हानि की आखिरी हदें कहां हैं, यह वह नहीं जानते थे। और आगे शायद जान भी न पाएंगे।

बाईस शवों के लिए चिताएं सजीं। दूसरे गांव से आए किसी पुरोहितनुमा व्यक्ति ने, 'नैनं छिन्दति शस्त्राणि, नैनं दहति पावकः', श्लोक उच्चारा और शवों को उठाने के लिए सेना के जवान आगे बढ़े। मास्टर को तभी न जाने क्या हुआ कि गूंगी भीड़ को चीर कर सेना के एक अफसर से मुखातिब हुआ–

"साहब! आप में जो हिन्दू है, मेरे स्वर में स्वर मिलाकर शिव जी की चामर स्तुति करें। यह हम पंडितों की आखिरी रस्म है, जो बेहद जरूरी है। अब यह भट्ट परिवार नहीं है, शिव का रूप है, शिव में विलीन हो गए हैं।"

सेना का अफसर, पंडित मास्टर को आश्चर्य और अवसाद से देखता रहा रोका टोका भी नहीं। मास्टर लपककर चीड़ की पत्तों भरी टहनियां तोड़ लाया एक-दो टहनियां सैनिक अफसरों के हाथों में दीं और पत्तों का चंवर ढुलाते सप्तम तक स्वर उठा कर लय में स्तुति करने लगा। ॐ

अतिभीषण कटुभाषण यम किंकर पटली, कृतताड़न परिपीड़न मरणागम समये, उमया सह मम चेतसि यमशासन निवसन्, शिवशंकर शिवशंकर हरु में हर दुरितम।

रोते हुए स्त्री-पुरुष अब चुपचाप अर्थियों से उठती लपटें देख रहे थे। उनकी आंखों में डर और दहशत फैल गई थी। इतने सालों बाद एक पंडित ने धर्मशास्त्र की दुहाई दी, वे आवाज़ें गुंजा दीं, जिन पर सात साल पहले जंगजुओं ने सख्त पाबन्दी लगा दी थी। अब इस घर लौटे पंडित को दूसरी सुबह देखना नसीब तो नहीं होगा। चुप गूंगे लोगों के मुंह अब भी बन्द थे, सिर्फ हिचकियों से जिस्म हिल रहे थे।

मास्टर घर लौट आया। उसका डर खत्म हो चुका था। उसने अपराध किया था। मुंह खोल कर मनाही वाली आवाज़ें निकाली थीं। उसका मरण निश्चित था, लेकिन वह बचे हुए गूंगे लोगों के लिए चिंतित था।

घर आकर उसने दरो दीवारें छू लीं। नहीं, कोई आवेग नहीं उभरा। कोई संवेदन नहीं जगा। घर की आत्मा चली गई थी।

मास्टर ने सुबह का बासी बात इकट्ठा किया, उसके पिंड बनाकर श्राद्ध जैसा कुछ कर्म किया। विधिविधान की जानकारी के बावजूद वह जैसे सबसे तटस्थ हो गया था। फिर भी उसने चटाई पर पद्मासन में बैठ, ॐ तत्-सत्ब्रह्म अद्य-तावत तिथि-अद्य तिथि वार तक ठीक से याद न आई तो आगे जल हाथ में लेकर, पित्रे-

प्रपिताम्-महये माले-पिता मह्यो... से शुरू कर, समस्त पितरों का तर्पण कर दिया। उसे लगा कुछ रह गया, तो उसने नमो ब्रह्मने-नमो अस्तु से शुरू कर घर, यानी 304 नंबर मकान, और उन देवी-देवताओं का भी तर्पण कर दिया जिनकी आत्मा जाने कहां और कब कूच कर गई थी, और जिनके फोटो फ्रेम मलबे में दबकर गल गए थे।

मास्टर ने खूंटी से झोला उतारा। कन्धे पर चादर डाल ली। जूते पहने और बिना मुड़े सड़क पर आ गया। अपने अन्तिम अपराध के बाद वह निःशंक बस स्टैंड की ओर बढ़ने लगा। उसे सुबह की पहली बस से वादी से बाहर चले जाना था।

विदा गीत

"पनसा गाछे द्वि पत्र काला
सोलह बरसरु काटिलु गला
गाछे काटि देले मूलरू चक्का
कालि बनस्तकु छाडु छू एका..."

भाविनी गुनगुना रही है और बड़ी तन्मयता से बर्तन मांज रही है, तन्मयता गीत को दूर तक ले जाती अर्थछवियों की वजह से है या बर्तनों को घिसकर चमकाने के कारण, बताना मुश्किल। पर उदास धुन उसके रसीले गले से निकल घर के कोनों-अन्तरों में हवा के नम झोंके की तरह फैल जाती है।

"थाऊ नानी, थाऊ..."

प्रमोदिनी दीदी को रोक लेती है। बस कर दीदी, अब अपने इस गीत की टेर इतनी लम्बी न कर कि अगले घर जाने में देर हो जाए।

आदत-सी है भाविनी की। गीत गुनगुनाना शुरू करेगी तो समय का बोध ही ज्यों समाप्त हो जाएगा। हाथ फुर्ती से काम करते रहते हैं और मन भी तेजी से दूर कहीं भटक रहा होता है। सोलह बरस की उम्र में जब कालवन में उसे अकेले छोड़ दिया गया। कालवन की अनेकों यातनाएं रील-दर-रील आंखों के आगे घूमने लगती हैं। इस कालवन में कितने जीव-जन्तुओं की बलि दी जाती है और जिस दिन बलि देने के लिए कोई दूसरा न होगा, "मोर मुंड बलि से दिन देबे" उस दिन का भय या मात्र अहसास, जिस दिन मेरे सिर की बलि दी जाएगी।

तभी प्रमोदिनी टोकती है, बस कर दीदी, सोलह बरस की उम्र है प्रमोदिनी की। बातें भी खूब करती है। गीत तो बेहद पसन्द हैं, पर दीदी को तो एक ही गीत

सूझता है। जब-तब ससुराल विदा होती लड़की का गीत। उनके गांवों में प्रथा है। लड़की जब विदा होकर ससुराल जाती है तो मां-भाई-बहनों के गले से लिपटकर, रो-रोकर गीत गाती है। मुझे कालवन में क्यों भेजती हो मां? वहां एक दिन जरूर मेरी बलि दी जाएगी।

और फिर भाई से रो-रोकर कहती है,

"बनय भुलुथेला सपुआकेला
धरि आनिदेला बरनमाला
जिये जोगेनु पाद तलकु
सिये जोगेहला सिंहासनकु..."

वन में सपेरा घूम रहा था, मेरे लिए वरमाला लेकर आ गया और तुमने हां कर दी। जो पैरों में बैठने योग्य नहीं उसे सिंहासन पर बिठा दिया...

अब प्रमोदिनी से रहा नहीं जाता–"नानी मू जाऊछी..." हां, हां सरिगेला.. भाविनी पल्लू से गीले हाथ पोंछती साथ हो लेती है। कुछ दिन के लिए मां के पास आती है तो काम में हाथ बंटा लेती है। लेकिन देर होगी तो बूढ़ी मां परेशान नहीं होगी? गीता मां को स्कूल जाने में बस छूट नहीं जाएगी? कितनी बातों का ध्यान रखना होता है प्रमोदिनी को। भाविनी क्या जाने!

प्रमोदिनी बहन को वक्त का अहसास दिलाती है। यह घड़ी, दीदी, यह घड़ी सच है। इस घड़ी को जीना सीख। पिद्दी-सी छोकरी, पर ज़हीन गज़ब की। काम भी कितना फुर्ती से कर लेती है कि देखने वाला दंग रह जाए। पता नहीं कहां से सीख आई है, बात का ढंग और बुजुर्गों का-सा सुलझा हुआ सोच।

मैंने भाविनी से एक बार पूछा–"तू ससुराल में भी यही विदा गीत गाती रहती है?

भाविनी चुप रही। जवाब प्रमोदिनी ने दिया–"वहां यह गीत गाएगी तो सासू मां सुनेगी? भाईना (जीजा) गुस्सा नहीं करेगा? उसे सपेरा कहेगी, अष्ठ बेतालुनि से घरे जात। (उस घर में अष्ठ बेताल पैदा हुआ हैं) कह पाएगी? यानी कि यह सब भाविनी भले महसूस करे, पर कहने का साहस बटोर नहीं पाएगी।

"क्या तेरे सास-ससुर सचमुच बुरे हैं?"

प्रमोदिनी ने दीदी का उतरा चेहरा देखा और चप्पल पैर में डालती हुई बोली–जैसे सब के ससुराल वाले होते हैं दीदी, वैसे इसके भी।

"तेरी मां तो बहू के लिए कितना कुछ करती है, पर वह भी तो खुश नहीं। तो क्या तुम लोग भी बहू को दुःख देते हो? सब एक जैसे कैसे हुए?"

"ये तो हमारी भाभी से ही पूछो दीदी।"

वह अप्रिय प्रसंग समाप्त कर हंस पड़ती है। हवा के ताजा झोंके से काला मेघ छितर जता है।

सोलह-सत्रह की उम्र, बेफ्रिकी से फ्रिकमन्द होती हुई प्रमोदिनी। बचपन लांघकर तेजी से जवानी की देहरियां लांघती हुई प्रमोदिनी।

लेकिन बचपन देखा कहां उसने? सात-आठ साल की ही थी तो मां के साथ घर-घर झाड़ू-पोंचा, बर्तन-वर्तन करने निकली। बतर्न घिसना जानती नहीं थी। नन्हें हड्डियल हाथों से गिलास, कटोरियां, चम्मच-वम्मच जमाया करती। मां के साथ-साथ लगी रहती। बरसात में मां के हाथों पर सफेद झिल्ली-सी जम जाती। हथेलियों और अंगुलियों की झिरियों में खून रिसने लगता तो आंखों में जब-तब गरम आंसुओं की बूंदें झलक उठतीं। प्रमोदिनी आंखों में अबूझा अवसाद लिये मां को देखती और उसकी हथेलियां अपने छोटे-छोटे हाथों में लिये बैठ जाती। कुछ कहना चाहती, पर क्या कहे, समझ न पाती।

उन्हीं दिनों बंगालन मां ने प्रमोदिनी की मां इन्द्रा को बर्तन मांजने की मनाही कर दी।

"न बाई, फिलहाल तुम आराम करो। हाथ ठीक हो जाए तो दुबारा आ जाना।"

"मुझको कोई तकलीफ नहीं होती मां।" इन्द्रा ने भीगकर सोचा, मालकिन के मन में कितनी दया भरी है! ऐसी मालकिन कितनों को मिल पाती है?

"वो बात नहीं, साहब नाराज होते हैं।" बंगालन मां संदेश के लिए पनीर मलती समझाने के ढंग से बोली। लेकिन इन्द्रा इशारों की बात नहीं समझी। "क्यों मां, मुझसे कोई भूल हुई?"

"ना, ना, कहते है इन्फेक्शन होता है। भूल-वूल कुछ नहीं..."

इन्द्रा घर आकर दुहरे कष्ट से फफक पड़ी थी। वैद्य को दिखाया। उसने औषधि देते कहा–"पानी खा गया तेरे हाथ-पैरों को। कुछ दिन पानी में हाथ मत डाल। वर्षा ऋतु है न? बीत जाए तो अपने आप ठीक हो जाओगी..."

लेकिन बरसात दो-चार दिन में बीतती नहीं। चार दिन आराम किया तो पांचवें दिन बहूरानी ने मुट्ठी-भर पखाल सामने रखकर घर के खाली बर्तनों की याद दिलाई।

"खाने वाले इत्ते और कमाने वाला एक। कैसे होगा? पुओ-जियो (बेटा-बेटी) को क्या खिलाऊंगी...?"

"ठीक बात।" इन्द्रा के बेटे ने सिर हिलाकर हामी भरी।

"लेकिन मेरे हाथ पुओ?"

मां की आजिज़ी भांपकर बेटा दुहरे लाचार लहजे से बोला–"सो तो मां, तुम कुछ दिन आराम करो। पर प्रमोदिनी को भेज दो, थोड़ा-बहुत कर दिया करेगी। नहीं तो सभी घर छूट जाएंगे। आजकल कौन रुकता है किसी के लिए। सनातन की लक्ष्मी कल ही कह रही थी कि तेरी बोऊ की जगह मैं काम कर रही हूं..."

नारियल की छाजन सीझ-सीझकर टपकने लगी थी। आकाश पर काले मेघ पागल भैंसों से भिड़ रहे थे। दूरदर्शन समाचारों में सूचना थी कि बंगाल की खाड़ी से जबरदस्त तूफान-आंधी की संभावना है।

इन्द्रा मेघों से चिरौरी करने लगी। कितनी देर? कितनी देर आराम करेगी इन्द्रा? और यह चार पसली की नन्ही जियो, कैसे करेगी झाड़ू-पोंचा, ढेर-ढेर से तसले-देगचियां....?

कई दिन से चुप प्रमोदिनी यकायक बोल पड़ी थी, "मैं करूंगी मां। मुझसे होगा मां।" वह ज्यों छोटे-छोटे हाथों से पानी का तेज बहाव रोक लेना चाहती हो। रोकेगी नहीं तो मां-बेटी दोनों बह जाएंगी और बहना उसे मंजूर नहीं था।

सो सात-आठ साल की कुनी प्रमोदिनी बनकर मां के साथ काम संभालने लगी। मां झाड़ू करती। बेटी को पोंचा लगाना सिखाती। बर्तन घिसते-घिसते अंगुलियां दर्द करने लगतीं। हथेलियों से रक्त झरने लगता, पर मां न देखे। प्रमोदिनी जीभ दांतों तले दबाकर दूसरा बतर्न उठा लेती।

वर्षा माहौल को सब्ज चादर में लपेट लेती है। सुआपंखी पत्ते धुल-निखरकर हवा में खिलखिलाते हैं। नारियल, काजू और कटहल जी-भर नहाकर पत्तों से बूंद-बूंद पानी टपका रहे हैं। भीगी मिट्टी की सोंधी गन्ध से मन बौरा जाता है। गांव में किसान केन्देरा बजाते गीत गा रहे होंगे। मैं दीन कृष्णदास की पंक्तियां गुनगुनाती हूं:

क्रमे सजलकला अवनि देश ये
कृषि कारके होइ हरष
काले ये यहा इच्छा ये चाष
केदार मान डाकरे, पुरिला गीत अशेष से।

भीगी धरती पर खुशी से बौराये कृषक खेत जोत रहे होंगे और खेत अशेष गीतों से पुर गए होंगे।

"इस्स।" प्रमोदिनी के हाथ में भगोने की किनारी गड़ गई है अंगूठे के नाखून के बीच से धार बनकर खून बहने लगा है।

"आह! देखकर नहीं करती प्रमोदिनी। इतनी जल्दी क्यों मचाती है? दो मिनट ज्यादा लगेंगे तो कौन गजब हो जाएगा? थोड़ा बरनॉल-पट्टी वगैरह लगा देती हूं।

"ये हैंडीप्लास्ट लगाया है। भीगेगा भी तो चिन्ता नहीं।"

"हां दीदी।" प्रमोदिनी कृतज्ञ आंखों से देखती है। छुट्टी तो कोई नहीं देगा। पट्टी लगाई। यही क्या कम है?

टी.वी. पर महाभारत आने का वक्त हो गया है। घर-भर के लोग टी.वी. के आगे जमकर बैठ गए हैं।

"बैठ, तू भी महाभारत देखकर जा। तब तक वर्षा भी थम जाएगी।"

"और वह जो काम पड़ा है, उन घरों में न जाने से जो महाभारत मचेगा, उसे कौन देखेगा दीदी?"

"मानेगी थोड़ी! अच्छा छाता ले जा..."

"दरकार नहीं दीदी।" प्रमोदिनी वर्षा से ज्यों लड़ती है, देखें कितना जोर है तेरा। सिर से पैर तक भीगती है। सलवार के पांयचे घुटनों तक उठाये छप-छप छींटे उछालती सड़क पर निकल जाती है।

शान्तनु कहता है, "लड़की नहीं रोबोट है यह। थकती-चुकती भी नहीं। छःछः घर, संभालती है, दो-दो तीन-तीन फेरे लगा जाती है। माई गॉड!"

उस माई गॉड में आश्चर्य के साथ थोड़ी हिकारत भी मिली होती है। कितनी लालची हो गई है, दो सौ रुपये तो हमीं से लेती है। क्या करती होगी इतने पैसों का? पहनना-ओढ़ना भी हमारे घरों से ही होता है, चाय-चूय भी...

प्रमोदिनी हर महीने डाकखाने में पैसे जमा करती है, "दीदी। तुम्हारे और बूढ़ी मां के पैसे मैं जमा करती हूं। बाकी पैसा मां, भाईना-भाभी को देती है घर खर्चे के लिए।"

लेकिन भाई-भाभी दोनों नाराज हैं, वह भी शान्तनु की तरह सोचते हैं। क्या करती हैं मां-बेटियां इतने पैसों का?

भाभी कुढ़ती है, "मुझसे होता नहीं घर का सारा काम। प्रमोदनी थोड़ा हाथ बंटाये तो..."

भाई पत्नी के साथ-साथ गुस्साता है, "इतनी धींगड़ी-सी लड़की को घर-घर भेजने में तुझे शर्म नहीं आती बोऊ?"

इन्द्रा छाज में धरा चावल फटकने में व्यस्त हो जाती है। कहती नहीं कि बेटे, सालों पहले तुमने ही उसे घर-घर भिजाने की वकालत की थी। तब उसके लिए भात

नहीं जुटता था तुझसे, अब वह चार पैसे कमाती है तो उसके धींगड़ी हो जाने से तुझे भय क्यों लग रहा है?

"मैं तुझसे कह रहा हूं बोऊ..." बेटा, जवाब चाहता है।

"काम न करेगी तो खाएगी क्या पुओ? तेरी तनखा से तो पोसेगा नहीं..." इन्द्रा ने गुस्सा करना सीखा ही नहीं।

"मैं खाना देने के लिए कब मना करता हूं?"

"लेकिन ये तुम्हारी चार-चार बहनें। दो को तो मैंने ब्याह दिया और दो को भी तो सासरे जाना है। तेरे बप्पा को तो बोतल के लिए ही पूरा नहीं पड़ता।"

"सो तो मैं नहीं जानता बोऊ..."।

"जानते नहीं भाईना, तो चिन्ता क्यों करते हो, हम तो सब कुछ जानते हैं।" यानी तुम्हारी तकलीफें और अपनी जरुरतें, दोनों। प्रमोदिनी की आवाज धीमी होती है और बात धारदार। तीखी नोकदार।

"उठ बोऊ, ज्यादा बोल-बोलकर माथा खराब मत कर। मुंडो दर्द करेगा तो मैं दबाऊंगी नहीं।" वह मां को भी बेकार बहस नहीं करने देती।

भाभी हर आने-जाने वाले के आगे शिकायतों का दफ्तर खोले बैठती है। मां-बप्पा के घर में महारानी की तरह रहती थी। यहां देखो नौकरानी की तरह खटती हूं। सास-ननद ढेरों रुपया कमाती हैं, पर साल में एक साड़ी देने में ही हाथ दुखता है। साल में इतने तो तीज-त्योहार। उसका कुछ भी फर्ज नहीं बनता?

इन्द्रा सचमुच दे नहीं पाती उससे ज्यादा। रजनी, भाविनी, दो बेटियां ब्याही हैं। सावित्री पूजा पर उन्हें भी देना-दिलाना होता है। प्रमोदिनी को ब्याहने की भी चिन्ता है उसे। रजनी तो ससुराल में खुश है, दो बेटे हैं; पर भाविनी, एक तो उसकी सास रणचंडी है, उस पर गोद में एक संतान भी नहीं। एक ही पुओ-जिओ होता तो दस मिनट उन्हें दूध पिलाने के बहाने, गोद में लेकर बैठ तो सकती थी। सुबह से शाम तक खटती है, दस-दस जनों का खाना-पीना बनाना, कपड़ा-लत्ता धोना... ऊपर से पति भी कैसा? जरा डॉक्टर को ही दिखाता, पर नहीं। मां भी ले जाए तो लात-घूसे से बात करता है। उसकी मां ने जो दिल में बात बैठायी कि तेरी बीवी बांझ है...

प्रमोदिनी मां के दुःख को समझती है, पर दुःख को विज्ञापित करना उसे भाता नहीं। भाई-भाभी जब मुहल्ले वालों को बुला-बुलाकर झगड़ने लगते हैं तो प्रमोदिनी मां और छोटी बहन को लेकर कोठरी में चली जाती है। पिता नशे में धुत्त बड़बड़ाता रहता है। बार-बार के झगड़ों से बेजार होकर रोती-कलपती मां को देखकर एक बार

प्रमोदिनी ने कहा-"भाईना-भाभी को अलग रहने के लिए कह दो, मां। हम लोग अपना देख लेंगे। बहुत हुआ... बस..." लेकिन मां, "मेरा बेटा है गोपाल, अकेला पुओ कुनी। कैसी रहूंगी उसके बिना?"

इन्द्रा नहीं रह पाती बेटे से दूर। दूर रही थी दो दिन, तो रो-रोकर बेहाल हो गई, "मर जाऊंगी तो मुंह में पानी देने नहीं आएगा। आखिर वही तो पिंड देने वाला है..."

प्रमोदिनी समझ नहीं पाती मां के सोच को। बहू-बेटे के पास रहकर कभी दो बोल मीठे नहीं सुनती। सुबह-शाम का क्लेश। पांच बजे सुबह से लेकर छः बजे शाम तक खटती है मां बेटियां, दोपहर दो घंटा घर आती है तो भाभी का सूजा मुंह स्वागत के लिए तैयार। रोना-धोना, तीखी चुभने वाली दलीलें। क्यों मां अलग नहीं कर पाती खुद को इन रात-दिन के झगड़ों-टटों से? रोना और उसांसें भरना। नहीं, प्रमोदिनी इसे सह नहीं पाती।

बेज़ुबान भाविनी को लेकर भी उसके मन में कसक है।

"एक बहू तेरी भाभी, एक बहू तेरी दीदी। क्या मैंने सच ही उसे अष्ट बेतालों के बीच भेज दिया? और तेरा क्या होगा कुनी? किसे भेजगा जगन्नाथ तेरे लिए?"

"छोड़ बोऊ, मैं तुझे छोड़कर कहीं न जाऊंगी।"

"कहने की बात। लड़की की जात है री तू जियो..."

और इन्द्रा प्रमोदिनी के लिए वर तलाश रही है। अपने आंगन में खड़े पनसा गाछ को सोलह बरस पर काटना ही है दूसरे आंगन में रोपने के लिए। गाछ कटता है और धरती पर गड्ढा हो जाता है। मां की छाती में न पूरने वाला गड्ढा।

"छोड़ यह ब्याह का राग। देखी जाएगी। तू माथा न दुखा अपना।"

ब्याह होगा तो कौन मुक्ति मिलेगी? उसे तो खटना ही होगा। अपने घर में न सही, दूसरे घर में।

"और कोई तस्वीर नहीं बनी ब्याह की तेरे भीतर।" भाविनी कुरेदती है, "सपने में कोई राजकुमार न सही, बांका प्रेमी तो आता होगा।"

"कैसी तस्वीर नानी? यानी कि बने भी तो तेरी तस्वीर उसे दबोच लेती है। तेरे सुख का चेहरा इतना डरावना जो है।"

एक बार प्रमोदिनी ने बहन को हिलक-हिलकर रोते देखा। पीठ पर पड़े घूमड़ और फफोलों में पीर उठी थी। प्रमोदिनी को किसी ने तत्ते चिमटे से दाग दिया।

"तू यह सब सहती है नानी? किसलिए नानी? तेरा कौन है वहां?"

"यह कुछ नहीं कुनी, प्यार भी तो वही करता है। बस पीने की आदत है बुरी और कुछ नहीं।"

"नानी! दिन-भर वहां भी तो खटती है, यहां आएगी तो तेरी देह-मन को कुछ तो सुकून मिलेगा। यहां मां है, मैं हूं..."

भाविनी घर नहीं छोड़ना चाहती। एक रणचंडी सास, शराबी पति और ढेर सारे परिवार के सदस्य। जिसमें उसका अपना जो भी है, वही सबसे ज्यादा निर्दयी। लेकिन फिर भी वह घर है। भाविनी शिकायत नहीं करती बस, रो लेती है, 'निजो-निजो भाग्य'।

प्रमोदिनी मां-बहन को खिलाकर रसोई में बर्तन समेट लेती है। भात में पानी डालकर बत्ती बुझा देती है। भाविनी वापस ससुराल चली गई है। थके तन के साथ प्रमोदिनी का मन भी थक जाता है।

काश, दीदी अपने भीतर थोड़ा गुस्सा, थोड़ा मान, थोड़ा विश्वास इकट्ठा कर पाती। भाग्य का रोना कम कर लेती।

प्रमोदिनी की दिनचर्या में कोई फर्क नहीं पड़ता। भाविनी के ससुराल वाले सचमुच दुष्ट होंगे। बेचारी कितना रोती थी...मुझे सचमुच दया आई थी भाविनी पर। इतनी गुपचुप, साफ-सफाई से, अपने काम से काम रखने वाली नाजुक-सी देह। इसके लिए मुट्ठी-भर हंसी का भी अकाल? लेकिन प्रमोदिनी रोने का कारण सास या पति की दुष्टता मात्र नहीं मानती। रोना एक आदत है हम सब की। सास या पति मारे तो उनसे अलग हुआ जा सकता है। अपने हाथ से काम करने वालों के लिए मार सहना जरूरी क्यों है? यह बात प्रमोदिनी समझ नहीं पाती और समझे भी तो मानती नहीं।

मुझे रोने से नफरत है दीदी।

वह तो तब भी नहीं रोयी थी जब उसके नन्हे हाथों से कांच के गिलास-प्लेट छूटकर टूट जाते थे और बंगालन मां उसके हाथों पर चिमटे से मारती थी। आंसू नहीं, एक अनाम गुस्सा भरता जा रहा था धीरे-धीरे उसके भीतर। वह पूरी ताकत से काम में जुटती गई और हाथों के साथ उसका मन भी मजबूत हो गया। तब से आज तक उसके हाथ से कोई चीज नहीं टूटी।

प्रमोदिनी को लगातार बरसते आकाश से भी नफरत है। क्योंकि वह गाछ-गीछ को हरा करने के साथ उसके जख्मों को भी हरा कर देता है। काम करने वाले हाथ-पैरों को पानी खा जाता है। मां की हथेलियों पर सफेद झिल्लियों में पीप और

दरारें पड़ने लगती हैं। कोई काम नहीं होता। घर में ठाले बैठने से। पैसा नहीं मिलता और पैसा न मिलने पर भाईना-भाभी घर में महाभारत छेड़ देते हैं। प्रमोदिनी को घर में महाभारत छिड़ने से भी नफरत है। रोने की नौबत आने से पहले ही वह अलग हो जाती है। और मां और बहन को भी अपने साथ ले आती है।

लेकिन मां और बहन की चिन्ता प्रमोदिनी कब तक करेगी?

इन्द्रा ने उसके लिए वर ढूंढ़ लिया है। फैक्ट्री में आपरेटर का काम करता है लड़का, दुबली-पतली प्रमोदिनी की सफाई से गुंथी लम्बी चोटियां उसे भा गईं या अपने हाथों काम करने की ताकत से उगा आत्मविश्वास, मालूम नहीं। प्रमोदिनी को भी लड़का भा गया लगता है। यों चेहरा तो उसका हमेशा उजला ही रहता है। घर में थोड़ी तकरार हुई थी मां-बेटी के बीच। कैसे छोड़ूंगी तुझे बोऊ? किसके सहारे पर? मां की सनातन दलीलें बेटी को हरा गई, "लड़की की जात तू कुनी। तेरा सहारा कितनी देर? अपना अंधेरा-उजाला तो आप ही भोगना है जियो!" मां ने पोस्ट ऑफिस में रखी रकम से शादी का सामान खरीदा है। बहनें-भाभियां ताइयां वगैरह नाते-रिश्तेदार घर में इकट्ठा हो गए हैं। निर्बन्ध में आई लाल पाट की साड़ी में प्रमोदिनी को पहचानना मुश्किल हो गया है। इतना रूप कहां छिपा था? उतरन के कपड़ों में पली-बढ़ी लड़की अचानक निखर आई।

मंगलोति में बहनें दुल्हन को हल्दी-मलाई मल रही हैं। बर्तन मांजने से खुरदरे हाथों में ढेर-सी मेंहदी रचती है सखियां। सात सुहागिनों के घर से अक्षत् के चावल और पानी आया है। प्रमोदिनी के स्नान के लिए। केले व आम के पत्तों बीच प्रमोदिनी का मंडप सजा। यानी कि प्रमोदिनी की मां के घर से विदा वेला आ गई। मां ने कोई कोर-कसर नहीं रखी।

भाविनी ने प्रमोदिनी को विदा गीत याद दिलाए। प्रमोदिनी चुपचाप सुनती रही और मां को लपक-लपककर अन्दर बाहर के छोटे-बड़े काम करते देखती रही। बनी-ठनी भाभी-भैया के पास खड़ी थी उसकी मां, कितनी अलग-थलग और अकेली लग रही है। बप्पा बुजुर्गों के बीच चुपचाप बैठा है। मेहमान-सी प्रमोदिनी जाएगी तो मां को अकेले घर-घर बर्तन पोंचा करने जाना पड़ेगा। उसकी हथेलियां से रक्त और पीप झरने लगे तो मालकिनें आराम करने की सलाह देंगी। तब मां क्या करेगी? तब प्रमोदिनी की जगह छोटी सरोजिनी लेगी। दस साल की सरोजिनी, जिसे हठ करके प्रमोदिनी ने स्कूल में भर्ती कराया। लेकिन चार जमात के आगे सरोजिनी पढ़ पाएगी? और यदि पढ़े तो मां अकेली क्या-क्या कर पाएगी?

आसपास घिर आई महिलाएं मुंह बना-बनाकर कानाफूसियां करने लगी हैं।

"इस्स। यह लड़की। कुछ लाज-हया भी है? जाते समय आंख में एक आंसू भी नहीं।"

सरोजिनी बहन को चुपचाप धरती ताकते देख सुनहरी साड़ी पर हाथ फिराती है, "दीदी! खूब खुश है न?" प्रमोदिनी बहन का सिर छाती में धंसाकर भींच लेती है।

"चलो, चलो, देर हो रही है। दूर जाना है। दूल्हे के घरवाले कितनी देर रुकेंगे?" भैया जल्दी मचा रहा है।

सभी रस्में हो गईं. पर यह आखिरी रोते-रोते गानेवाली रस्म प्रमोदिनी पूरी नहीं कर रही। पहले से ही मानकर चलो कि अष्ट वेतालों के बीच जा रही हो तो क्या अच्छे-भले लोग भी वेताल न दिखेंगे? प्रमोदिनी कोई भी धारणा पहले नहीं बनाती।

दूल्हा खुश है। ससुराल वाले भी। उन्हें उल्टे-सीधे बोल सुनने नहीं पड़ रहे। लेकिन महिला मंडल असमंजस में है। पिद्दी-सी छोकरी, पेट में कितनी लंबी दीढ़ी। आह! शादी के लिए इत्ता उतावलापन? मां को छोड़ते वक्त भी आंख सूखे ताल-सी सूखी।

प्रमोदिनी शंख और हुलहुलि ध्वनि बीच बहनों, भाई-भाभी से एक-एक कर विदा ले रही है। हाथ जोड़कर। जाते वक्त मन में मैल क्यों रखना? मां नजर नहीं आती। कहां गई? वह केले के गाछ से टिकी-टिकी आड़ में खड़ी है। आंखों से खामोश झरने बह रहे हैं और मन में उठते कोह के साथ ढेरों-ढेर दुआएं। दुनिया भर की बेटियां ज्यों एक साथ पिताओं-माओं से अलग हो रही हों-पारिपुद की कलिजई। मुझे क्यों भेजा बप्पा, पराए घर? आंसुओं के परनाले बह रहे हैं। कालिजई चिलिका के मंदिर में बैठ गई। तू अपने घर में रच जा कुनी। तेरी चूड़ी वज्र की हो!

प्रमोदिनी बांहें खोलकर मां से लिपट जाती है। संबलपुरी साड़ी में लिपटी उसकी दबली देह कांप जाती है। लेकिन वह चप है। गाना, रोना कछ भी नहीं। हां, भाविनी ने इतनी बार विदा गीत गाये हैं कि कुछ पंक्तियां बरबस उसकी यादों के मेघ में कौंध जाती है :

कालि बनस्तकु छाड़ि छु एका...

लेकिन इस काले अंधेरे वन में घरवाले उसे अकेले छोड़ रहे हैं या वह अपनी बोऊ को? प्रमोदिनी समझ नहीं पा रही।

वनवास

उम्र के अस्सी पार के दौर में जब जानकी देवी अपने पेट पोंछने बेटे के साथ रवाना हुई, तो नाते-रिश्तेदारों ने मान लिया कि यह उनकी अंतिम यात्रा है और पीछे छूटते अपनों-सगों के अंतिम दर्शन भी। गो कि जानकी देवी 'सावधान' की मुद्रा में तनकर न सही, पर बिना सहारे अभी भी खड़ी रह सकती थी। सुबह-शाम मंदिर या पार्क तक सैर-वैर भी कर लिया करती थी। चलते-चलते कभी थक जातीं तो किसी दीवार या पेड़ के तने से पीठ टिका लेतीं या राह पर पड़े किसी ढोक-पत्थर पर बैठ दम-भर सुस्ता लेतीं, पर बहू-बेटों के सुझाने पर कि, "मांजी, सैर करते हाथ में स्रोटी या बाबूजी का केन रखा करें, सहारा रहेगा", उन्होंने नाराजगी और कुछ-कुछ चोट खाए भाव से ऐलान-सा कर दिया कि वे मरते दम तक केन-सोटी का सहारा नहीं लेंगी। बल्कि बड़ी ठसक से उन्होंने यह पुच्छला भी जोड़ दिया कि तुम लोग साथ चलना न चाहो, मत चलो; अभी मैं अपने ही सहारे चल सकती हूं।

तीन-तीन बेटों-बहुओं, नाती-पोतों की चहक-महक से भरपूर संसार और उसमें रची-बसी जानकी लाठी का सहारा ले? इससे बड़े आश्चर्य की बात उनके लिए दूसरी क्या हो सकती थी।

बड़ी बहू-बेटों ने जानकी देवी के वचन की लाज रखी, यानी सैर-वैर करते समय कोई न कोई उनके साथ हो लेता। बहुएं चौके में व्यस्त हुई तो बच्चे दादी का हाथ पकड़ उन्हें छत तक पहुंचा आते, जहां वे परछत्ती की दीवार के साथ डले मंजे पर बैठकर दूर तक फैले घरों पर झुके आसमान के लाल-सुरमई रंग देखतीं। नीले शामियाने पर शक्लें बदलते बादलों को देख उन्हें हजारों किस्से याद आ जाते, जिन्हें छोटे-बड़े बच्चों को सुनाकर वे बार-बार जिंदा कर लेतीं।

"ऐसा ही! बिल्कुल ऐसा ही तीतरपंखी बदलियों से ढंका आसमान था। मानसबल झील में बादलों की टुकड़ियां बर्फ के तूदों-सी तैरा करतीं। हम ढोंगे में बैठ उन तूदों को छूकर देखते...।"

"बादलों के तूदे?"

"हां जिगरा। रुई के ढेरों ढेर पानी में अपना मुंह देखते... ढोंगों में सैरं हुआ करती थीं मानसबल...डल और वुलर झीलों की। आह! हवा कैसी संजीवनी! हरमुख पर्वत के बर्फीले ताजों को छूकर आया झोंका तन को सहलाता तो प्राण हरिया उठते। कमल और हरे सिंघाड़ों की खुशबुओं से महकी झील। तुम लोगों ने वह सुख देखा ही कहां?"

"आप पानी में घुसकर कमल तोड़ते थे?" बच्चों की अनंत जिज्ञासाएं।

"ना, ना, लाडलो, पानी में घुसकर नहीं, हाथ ढोंगे से बाहर निकाल, थोड़ा झुककर। पर तुम्हारे नाना की एक आंख तो बच्चों को टोहती रहती। थोड़ी चंचल थी न मैं! जरा-सा भी शुबह होता कि बच्चे पानी के संग खिलवाड़ कर रहे हैं, आवाज़ लगाकर सामने बिठाते। फिर किसकी मजाल थी कि ज़रा-सी हिलडुल भी करता? यों खिलवत्तरों पर भोजन करना उन्हें भी कम पसंद न था। मानसबल झील की ताज़ा कमल ककड़ी, और ट्राऊट माछ! जरा-सी तरकारी के साथ थाली-भर भात खाओ बेशक। पता नहीं वह स्वाद कहां खो गया?"

"और कमल?" बच्चे जो न खाया, उसका स्वाद क्या जानें? पर कहानी आगे बढ़नी चाहिए।

"कमल, कमल डोडे, खिलवत्तर, यह सब तो रहमान जू ही तोड़ लाता था।"

"वह नहीं डूबता था पानी में?"

"अरे, पानी की मीन था रहमान। पूरा मानसबल खेल-खेल में एक छोर से दूसरे छोर तक नाप लेता।"

कहानी से कहानी जुड़ती, किस्से से जुड़ता किस्सा! कितना कुछ घटा था जानकी देवी के साथ, जैसे कल की ही बात हो। "एक बार जब में कमल-डोडे तोड़ते पानी में गिर गई तो रहमान जू ने छप्प से पानी में छलांग मारी। जब तक घर के लोग 'हाय-हाय बचाओ' करते छाती पीटें, उसने दाएं हाथ से मुझे पकड़ बाएं से पानी पछाड़ा और किनारे तैर आया। यों, ऐसे...केंकड़े की तरह!"

"ही-मैन की तरह दादी?"

"ही-मैन क्या पुत्तर?"

"छोड़ो, तुम नहीं समझोगी, फिर क्या हुआ?"

"फिर क्या? किनारे पर लाकर उलटा लिटा दिया। पीठ दबाई तो मुंह से पानी के वो फव्वारे छूटे कि काका हैरान! यह बित्ते-भर की लड़की मन-भर पानी पीकर भी जिंदा कैसे रही?"

"नया ही जन्म लिया था मैंने समझो!"

और यह नया जन्म जानकी देवी ने कई बार लिया था- "बड़का विशु जब पैदा हुआ तब तो मुंहजली अशमा दाई ने मरी महकर मुझे धरती की सेज भी दिलवा दी थी, पर तुम्हारे दादा ने -डिसीलवा' डॉक्टर को बुलाकर नब्ज जंचवाई तो जाना कि मैं तो कमजोरी के कारण बेहोश-भर हो गई थी। डॉक्टर न आते तो मुझे तो श्मशान भी पहुंचा दिया होता..."

"छोटे वरुण के वक्त तो पूरे नौ महीने पानी भी न पचा। ऐसी कमजोर, कि जरा जोर से आवाज़ हुई कि मेरा दिल बैठ जाए..."

"दादी! रानी बुआ जब आई तब", बच्चे भी दादी की टांग खिंचाई में आनंद पाते और जानकी जानबूझकर अनजान बनतीं।

"रानी की बात तो पूछो ही मत शरीरो! मैं दही-सगुन लेकर आई सातवें मास में, और मरी डॉक्टरनी बोलें कि तुम्हारे पेट में बच्चा ही नहीं है...।"

"ओ गॉड! यह तो हद हो गई दादी!"

सपनों में देखती और जागते में सुनाती कहानियों के संसार में जीती जानकी देवी, अगली पीढ़ियों को अपने अनुभवों, किस्सों का भागीदार बनातीं। वे ही तो उसके हाथ-पैर और लाठियां थे। लकड़ी की लाठी उठाएं उनके दुश्मन।

लेकिन जब इंदिरा गांधी एयरपोर्ट पर बहू-बेटों और तमाम परिजनों से घिरी जानकी देवी विदा वेला में मिलने-भेंटने की आंसू-भरी रस्में पूरी कर चुकी और 'चैक-इन' की तीसरी पुकार पर विदा में हिलते हाथों के उत्तर देती कस्टम काउंटर की ओर मुड़ी तो छोटी बहू वीरा ने उनके दाएं हाथ में एक नक्काशीदार स्टिक थमा ही दी।

आखिर सफर में ये यात्रा संबंधी एहतियातों, सामान की उठा-पटक, वायुयान की अदला-बदली और कस्टम की तवालतों आदि से निपटेंगे या मांजी का हाथ ही थामे रहेंगे? सोचने की बात है!

जानकी देवी ने उस वक्त मुड़कर बड़ी बहू विमला को जिस लाचार नज़र से देखा, उसमें उम्र-भर के पोसे अहम और-तेवर ध्वस्त होने की पीड़ा तो थी ही थी, साथ ही आगत की उन स्थितियों का खामोश स्वीकार भी, जिन पर उनका कोई अंकुश नहीं था।

बहू-बेटे ने यात्रा में काफी एहतियात से जानकी देवी की देखभाल की। विमान

परिचारिका से कंबल-कुशन लेकर मांजी को आराम के साथ सीट से टिकाकर बिठा दिया। खान-पान का पूरा ध्यान रखा।

"यह बटर चिकन लेंगी या मटर पनीर?"

"कुछ नहीं, भूख नहीं है।" जानकी देवी की भूख सचमुच ही मर गई थी।

"कोई बात नहीं, यह कुकुंबर सैंडविच ले लीजिए, पाईन एप्पल जूस के साथ। हल्का रहेगा।"

"थोड़ी ताकत तो रहनी चाहिए मांजी, जो भी मन हो, लें जरूर!" वीरा ने सामने स्क्रीन पर शुरू हुई फिल्म की ओर ध्यान दिलाया, पर जानकी देवी ने आंखें बंद कर लीं-"अह, न इन लोगों की बात समझ आए और न हरकतें। फालतू की गिटपिट से सिर दुखे...।"

वीरा ने कान पर हेडफोन लगाकर हल्के संगीत की धुन सुना दी। जैसे भी मां का मन ठीक रहे।

बेटे-बहुएं हमेशा से जानकी देवी का मन रखते आए हैं, क्योंकि वे जानते हैं कि तमाम उम्र जानकी देवी की आवाज पर घर चलता रहा है। पतिदेव अजोध्यानाथ तो उन्हें पलकों पर ही बिठाया करते थे। उन्हें ज़रा-सी छींक आती तो अजोध्यानाथ परेशान हो उठते :

"आराम करो जानकी, जुकाम बढ़ जाएगा, आओ, ज़रा अमृत अंजन मल दूं। खाने का क्या, सब जो जाएगा, हम कर लेंगे...।"

रात को उठकर चद्दर ठीक से ओढ़ाते, "आह! तुम तो बिल्कुल बच्ची हो। पंखे के नीचे बिना ओढ़ने सोयी हो। ठंड-वंड लग गई तो बेकार में हैरानी...। सोचता हूं, कल मैं न रहा तो...।"

अधूरे वाक्यों से छलकता अतिरिक्त प्यार, अतिरिक्त चिंता और सब खताएं माफ। संक्षेप में यही रिश्ता था अजोध्यानाथ का पत्नी के साथ! यहां तक कि बात करते यदि पति के अधूरे वाक्य में वे "ऊंह सुना रहे हैं उल्टी रामायण! इन्हें कुछ मालूम भी है? बात यों है कि..." कहकर हस्तक्षेप करतीं, तो अजोध्यानाथ मुसकराकर, "अच्छा अच्छा, विदुषी जी" कहकर उनको अधूरे वाक्य की रास थमाकर, वक्ता से श्रोता की पांत में बैठ जाते। मजाल है कभी बात काटने, टोकने या टांग अड़ाने की गुस्ताखी के लिए उन्होंने जानकी देवी को डांटा-फटकारा हो! या अपमानित ही महसूस किया हो!

यों भी पतिदेव ने घर के भीतरी-बाहरी शासन में पहली और आखिरी बात कहने का हक उनकी झोली में डाल दिया था। स्थितियों-संवादों के बीच कहीं उनकी

जगह थी जरूर; पर वह बच्चों की समझ में नहीं आई। हां, जानकी देवी उस जगह की अहमियत खूब जानती थीं। बच्चे, जो अब अधबूढ़े होने लगे थे, मानकर चले थे कि पिताजी के प्राण माताजी के तोते में निवास करते हैं। तभी तो, अपनी जरूरतों के साथ दूसरों के छोटे-बड़े काम भी पूरा करने के आदी अजोध्यानाथ जब एक दिन दुर्घटना का शिकार होकर बिस्तर से बंध गए और अपनी नितांत निजी जरूरतों के लिए भी दूसरों के मुहताज हो गए, और 'जानकी' 'जानकी' की आर्त पुकार से घर के कोने अंतरे गुंजाने लगे तो जिसने देखा उसने ऊपर वाले से प्रार्थना की कि जानकी देवी ठीक रहें और अजोध्यानाथ अंत समय तक उन्हें अपने सामने ठीक-ठीक पाएं।

देखा जाए तो यह ज़्यादती थी। भारतीय नारी के सनातन विश्वास आदर्शों और इच्छित परिणतियों के हिसाब से तो जानकी देवी को ही पहले ऊपर जाना था। वे सुबह-शाम भगवान् से प्रथम गमन का आशीष ही मांगतीं, पर मन ही मन जानती थीं कि ऐसा नहीं होगा, क्योंकि उनके कुल-ज्योतिषी माधव पंडित ने उनकी जन्मपत्री बांचकर बताया था कि ऐसा योग नहीं है। साथ में उनके उतरे चेहरे पर तरस खाकर यह आश्वासन भी थमा दिया कि ज्यादा फर्क नहीं है, यानी कि आगे-पीछे का ही मामला है।

बच्चे कभी मज़ाक के मूड में आकर मां से कह देते, "पता नहीं बाबूजी तुम्हारे बिना दफ्तर में आठेक घंटे कैसे गुज़ार लेते हैं। जरूर कभी-कभी स्टेनों या चपरासी को बुलाते, 'जानकी, कहां हो' उनकी जुबान से निकल पड़ता होगा।" जानकी देवी इस मजाक पर नाराज होने की बजाय गर्व से तन जातीं।

"आज का जैसा व्यापार नहीं है हमारे साथ। आठवीं कक्षा में पढ़ते थे तुम्हारे पिता, जब में इस घर में ब्याहकर आई। यानी कि प्रेम-प्यार को तुम भले ही चोंचलेबाजी समझो, पर वह उम्र के साथ ही गहराता है।" इस-उस का हवाला देकर यह भी जता देतीं कि प्यार आदर की हकदार होने के लिए औरत में भी कुछ खास होना चाहिए। "क्या खास?" यह उनका बेहद निजी रहस्य था। क्योंकि वह सिर्फ उन्हीं में था।

यहीं बात पति की मृत्यु के बाद उन्हें सबसे ज्यादा सालती रही। उम्र-भर का संग-साथ छोड़कर अजोध्यानाथ चले गए। जाते वक्त कुछ कहा भी नहीं। कोई अधूरा वाक्य भी नहीं, जिसे वे पूरा कर लेतीं। बस, आखिरी नजर उन पर टिकाकर प्राण त्याग दिए।

जब मातम मनाने वालियों ने उनके साथ तमाम सहानुभूति रखते हुए भी,

अजोध्यानाथ की मृत्यु को महापर्व की संज्ञा दी कि नब्बे की संख्या छूते गोलोकवासी हुए, शरीर यात्रा सिद्ध हो गई और तुम्हें नानी-पोतों का भरा-पूरा संसार सौंपकर गए, तो जानकी देवी ने सिसकारी भर-कर एक ही वाक्य में उत्तर दिया, "जो जितनी ऊंचाई से गिरता है बहन, उसे उतनी ही जब्बर चोट आती है।"

जानकी देवी नेवार्क से कार से न्यूजर्सी पहुंची तो रास्ते में ऊंची इमारतों चौड़ी छाती फुलाए लेटी साफ-सुथरी सड़कों को चुपचाप देखती रहीं, गुमसुम! करीब दस साल पहले जब वे पहली बार बेटे के पास अमरीका आई थी, तब बेटा वाशिंगटन में रहता था। अजोध्यानाथ तब हर छोटी-बड़ी चीज देखकर बेटे से बेशुमार प्रश्न पूछते जा रहे थे। नई दुनिया की चकाचौंध से अभिभूत। कैसी बच्चों की-सी निश्छल जिज्ञासा थी। लिंकन मेमोरियल देखते कमजोर नजर के बावजूद एक-एक पट्ट और पत्थर पर लिखे वाक्य पढ़ते और बेटे के साथ अमरीका के इतिहास के पृष्ठ-दर-पृष्ठ खोलते। व्हाइट हाउस देखकर उन्हें अपना राष्ट्रपति भवन याद आया था, जहां का उद्यान अपने लाजवाब गुलाबों, गुलदाऊदी और नायाब फूलों की छटा के लिए बेजोड़ है। उन्होंने वरुण से कहा भी कि "यह क्या? ऊपर की मंजिल में राष्ट्रपति रहते हैं और नीचे का हिस्सा दफ्तरों को दिया है। सामने एक कटा-छंटा लान-भर! दुनिया को अंगुलियों पर नचाने वाले देश के राष्ट्रपति के लिए ज्यादा तामझाम चाहिए...।"

लेकिन आरलिंगटन के कब्रिस्तान में जॉन एफ केनेडी की कब्र पर खुदे वाक्यों से वह बेहद प्रभावित हो गए थे। राष्ट्र-प्रेम से छलकते वाक्य। पर जानकी देवी ने हजार कब्रों को देखकर बचकानी-सी प्रतिक्रिया दिखाई थी, "अंग्रेज लोग भी मरते हैं, मैंने तो कभी सोचा ही नहीं था..." बेटा-बहू मां को कम-अकल या बुद्ध समझें, इससे पहले ही अजोध्यानाथ ठहाका लगाकर हंसे थे, "देख बहू, तुम्हारी मां तो छोटी एम्मा से भी भोली है।" भोली! मंदबुद्धि नहीं समझना।

वरुण मां को गुमसुम देखकर बातों में उलझाने लगा।

"वह देखो मां, उस तरफ ऊंची चिमनियों से आग की लपटें निकलती दिख रही है न, वहां क्रूड आयल से पेट्रोल वगैरह बनाया जाता है और फालतू गैस जला दी जाती है, इस तरफ अम्यूजमेंट पार्क है, अपने यहां चिड़ियाघर होते हैं न, वैसे ही! किसी दिन ले चलेंगे तुम्हें...।"

बल्कि जल्दी ही वे मां को अम्यूजमेंट पार्क ही नहीं, साउथ कैरोलाइना के 'कैरोविंड्स कैंपग्राउंड' भी ले गए।

बेटे को दफ्तर की तरफ से टूर पर जाना था। उस ओर बुआ जी भी रहती

हैं, सोचकर आउटिंग का प्रोग्राम बना। मां जो इधर खोई-सी रहने लगी है, बहल जाएंगी। अपनी बातचीत और अतीत की स्मृतियों की मुहरबंद पोटलियां खोलने खंगालने में उम्रदराज लोग जो सुख पाते है। हुआ भी कुछ ऐसा ही। अपनी बाल-सखी ननद के साथ यादों के कोनों में दबी-ढंकी दास्तानें आंखों के आगे जी उठीं, और तो और, चाचा ससुर की सुहागरात की वह घटना भी, जब ननद के साथ मिलकर नवेली जानकी ने साठ साला दूल्हे का नकली दांतों का सैट छिपा दिया था। हद थी वह ननद जी की, चाचा जी दांतों का सैट धो-धाकर कटोरी में रख जरा मुंह-हाथ धोने में लग गए कि पीछे से ननद जी, ने हाथ बढ़ाकर कटोरी खिसका ली–जाएं अब पोपले मुंह वाले नवाब जादे बीस साला तीसरे नंबर की दुल्हिन से प्यार की बातें करने! हा हा! समझते हैं गरीब लड़की को ब्याहकर अहसान कर दिया, रोटी-कपड़ा देंगे, उम्र का क्या, साठे पर पाठे हैं।

जानकी ननद जी से सहमत थी, पर डर के मारे थर-थर कांप भी गई थी। ननद तो लड़की ठहरी, उसे कौन दोष देगा? वह तो बड़ी थी। और सुनना भी खूब पड़ा था दोनों को, पर उन्होंने आरोप अपने सिर ले एक-दूसरे को बचाकर दोस्ती निभाई थी।

बहू ने दम आलू और रोगनजोश चाव से पकाया। पूरे चार दिन वे साथ-साथ घूमे, बतियाए। ननद जी ने ही जानकी देवी को व्हील चेयर पर बिठा पार्क की रौनकें दिखाई। बच्चे जब पारदर्शी नीले पाइप में घुसकर रबर बोटों पर फिसलते हुए नीचे आए तो उनके अस्त-व्यस्त गीले हलिए देख दोनों थोड़ा डर गईं, कहीं बोट किसी घुमाव पर अटक जाती तो?

बच्चे रिवर रैफ्टिंग के लिए गए तो जानकी देवी के साथ ननद जी भी पुल पर बने मचान सी जगह पर बैठ छोटे-बड़े लोगों के हुजूम देखती रही। आइसक्रीम, फ्रेंच फ्राइज़, बर्गर खाते; पेप्सी, कोक पीते; धैर्य से अपनी बारी का इंतजार करते कतार-दर-कतार लोग। जिन्दगी से भरपूर लोग।

नीचे ढोक चट्टानों से टकराती, थक्कों के थक्के झाग उछालती नदी का पाट दिखता था। किश्तियों में बैठे सैलानी छोटी-छोटी पहाड़ियों से गिरते आबशारों में भीगते, डगमगाते, खुशी से चीखे जा रहे थे। जानकी ने ननद जी को देखा-हमारा युग क्या इससे कम रोमांचक था?

बच्चों के लौट आने तक वे संपत्ति, गुणी प्रभा के साथ पहलगाम की लिद्दर नदी में घुटनों-घुटनों भीगती रही। गुणी ने जानकी का हाथ पकड़ पानी में जो खींच उतारा तो जानकी चिल्ला-चिल्लाकर आंय-बांय बकने लगी–"हाय काकनी,

तेरी जानकी डूब गई। अरी मरी गुणी, मैं मर गई तो पुलिस तुझे फांसी पर चढ़ा देगी।"

पानी में डुबकियां लगाती लड़कियां नहीं पसीजी, "तू एक बार तो जा, हम सभी हंसकर फांसी चढ़ेंगे, हमारी नाजनीना...।"

जानकी किनारे के पत्थरों-कच्छारों को जकड़ नदी से बाहर आ गई। देर तक कांपती रही, थर-थर-थर! कितना डरती थीं वे पानी से। नदी की हहराहट रीढ़ की हड्डी में दहशत-भरी कंपकंपी भर देती थी, जबकि अजोध्यानाथ ने कई बार झील पार कर तैराकी में इनाम पाए थे। हां, किनारे पर बैठी वे पांव नदी में डाले घंटों ननद जी से गप्पियातीं। उथले तल में लेटे छोटे गोलाकार बट्टे, सीपियां, कौड़ियां और नन्हे शिवलिंग बटोरने की खब्त थी उन्हें। एक काला शिवलिंग, जिसके गले में सफेद जनेऊ पड़ा था, वे अपने मायके से ले आई थीं। अजोध्यानाथ जब सुबह-सुबह ठाकुरद्वारे में रखी छोटी-बड़ी देवी मूर्तियों को नहलाकर पूजा अर्चना करते, तो छोटे शिवलिंग पर विशेष ध्यान देते, वो जो जानकी अपने मायके से साथ लेकर आई थी।

बच्चे पानी की सैर से लौटे तो जानकी देवी ने छोटी एम्मा से पूछा–"तुमने वहां नन्हे शिवलिंग देखे?"

"शिवलिंग?" एम्मा आश्चर्य से ग्रैडमां को देखती रही।

"वो छोटे-छोटे गोल चिकने पत्थर?" उंगलियों की विभिन्न मुद्राओं से समझाने पर भी जब एम्मा के भेजे में बात न आई तो उसने कंधे उचकाकर हार मान ली। 'ग्रैंडमां, टॉक्स सो डिफेरेंट।" जानकी देवी उसांस भरकर रह गई। उसके ये नन्हे पोते-पोतियां विदेशी बनकर उससे कितनी दूर हो गए।

वैसे एम्मा, ममा-डैडी के आदेशों का पालन करते ग्रैंडमां का ध्यान रखती। उसी के कारण एम्मा ने हिंदी भाषा सीख ली। "ग्रैंडमां चाय पीना, "ग्रैंडमां सेब खाना?" लेकिन मन की भाषा? स्मृतियों की भाषा?

सैर-वैर वीक एंड्स पर ही हो पाती। शेष दिनों जानकी देवी की आंख खलने से पहले ही एम्मा स्कूल चली जाती और वरुण-वीरा दफ्तर।

रात को सोने से पहले जानकी देवी कुछ उठंग-सी होकर खिड़की के कांच से नीचे 'ड्राइव-वे' की तरफ देख लेतीं। हरे लान के बीच बिछी सुरमई चूनर-सी सड़क पर दो कारें एक के पीछे एक खड़ी देख जानकी देवी आश्वस्त होकर रजाई में घुस जातीं। लेकिन सुबह जब सूरज की किरणें सफेदों के बीच झांक खिड़की पर खामोश दस्तकें देने लगतीं तो पलकों पर गुनगुने उजास की छुअन से वे जाग जातीं

और बिस्तरे पर से अधउठी स्थिति में ही कांच से बाहर देख लेतीं। दोनों कारें जा चुकी होतीं। नंगा ड्राइव-वे उन्हें विधवा की सूनी मांग-सा उदास और अपशकुनी लगता।

जानकी देवी फुरसत से दिन की शुरुआत करतीं। उदास और थकी-थकी-सी शुरुआत। ऊपर से नीचे एक सुई फेंक खामोशी वाला दिन तागे बंधी तलवार-सा सिर पर लटकने लगता। पता नहीं किस कोने से उभरकर एक डरावनी आंख उसकी ही हरकत का पीछा करने लगती। दीवार थामे, कदम-कदम बढ़ाती वे टायलेट तक चली जातीं। धुलाई के वक्त तमाम एहतियात बरतते भी अकसर पानी कमोड से बाहर फर्श पर छिटक आता। वीरा को गीला बाथरूम बिलकुल नापसंद था। सो वे 'एक्जॉस्ट' का बटन दबा स्पंज से धीरे-धीरे पानी सुखा सीढ़ियां उतरकर नीचे लिविंग रूम तक उतर आतीं। सोटी का सहारा लेने की जगह, वे उकडूं-सा बैठ, दोनों हाथों और पांवों से, किसी चौपाए की तरह घिसट-घिसटकर सीढ़ियां उतरतीं। गिरने से उन्हें बेहद डर लगता। गिर गई और सिर-माथा फूटा तो किसे पुकारेंगी? पास-पड़ोस भी दूर-दूर। उनकी आवाज बंद कमरों में घुटकर रह जाएगी। मौत से तो अब क्या डर? पर इतनी अकेली मौत? वे आंख बंद कर ईश्वर से प्रार्थना करती, परदेश में मौत देना ही है तो अकेली मौत मत देना। आखिरी सांस वे बेटे को देखकर ही छोड़ना चाहेंगी। अजोध्यानाथ तो अब नहीं थे, पर उनसे थोड़ी ईर्ष्या भी होने लगती। अंत समय विशू बेटा, विमला, रानी और बच्चे उन्हें घेरे थे।

लिविंग रूम के एक कोने में उनकी कुर्सी पड़ी रहती। उनका छोटा-सा साम्राज्य। बारह कमरों वाले बंगले की सम्राज्ञी का सिकुड़ा राजपाट! कुर्सी के पास छोटी तिपाई, जिसकी दराज में उनका निजी सामान यानी मलहम, तेल, दवाइयां, आई ड्राप, सुई-धागा आदि रहा करते! कुर्सी पर बैठ सबसे पहले वे तिपाई पर ढंककर रखा 'प्रूनजूस' पी लेतीं। यह बहुत जरूरी था। इसे पीने से कब्ज की शिकायत नहीं रहती और 'कब्ज सभी बीमारियों की जड़ है।' यह बात बहूरानी ने कुछ इस तरह समझा दी थी कि जानकी देवी की पहली नजर 'प्रूनजूस' ही ढूंढ़ने लगती। एक बार भूल गई थी तो वीरा को बड़ी चिन्ता-सी हुई कि "मांजी यहां बीमार हुई तो हमारी मौत ही समझो।"

जानकी देवी बच्चों को अपने कारण कोई कष्ट नहीं देना चाहती। यों भी महंगा इलाज, डॉक्टरों के चक्कर और बहू-बेटे की व्यस्त दिनचर्या, इसमें फालतू कामों के लिए गुंजाइश ही कहां थी? वे फालतू होना नहीं चाहतीं, पर शायद इधर

आकर वे फालतू हो गईं। उन्हें अकसर घर की याद आती। बच्चों बड़ों से घिरी वहां, सुबह से शाम होते दिन पलक झपकते बीत जाते। बच्चों को किस्से-कहानियां सुनाते और उनके बचकाने प्रश्नों के समाधान करते उन्हें खुद को फालतू समझने का अहसास ही नहीं हुआ।

"दादी! छोटे बच्चे और बूढ़े एक जैसे क्यों लगने लगते हैं?" नितिन पूछता।

"नहीं दादी, ऐसे नहीं। सुनो, अभी पैदा हुए बच्चों को कतार में रखो तो सभी एक जैसे ललमुंहे बंद आंखों वाले, छोटी-छोटी मुट्ठियों और झुर्रीदार, मुलायम-मुलायम, निरीह नजर आते हैं। बूढ़े भी एक जैसे। झुकी कमर, झुर्रीदार चेहरे, खिचड़ी बाल, पोपले-पोपले मुंह, निरीह लगते हैं न एक जैसे?"

जानकी हंसती–"इसलिए मेरे बच्चों, कि बच्चों को भगवान एक खास सांचे में ढालकर दुनिया में भेज देता है, कुछ बनने के लिए तो एक जैसे होते हैं, और बूढ़े वक्त और अपनी शक्तियों के मुताबिक गढ़े जाकर जिंदगी जी चुके होते हैं, अलग-अलग ढंग से, पर जब वापस जाने की बारी आती है, तो एक ही ढंग, एक ही नियति। तभी शायद सूरतें भी एक जैसी लगती हैं। जीर्ण हुए वस्त्र कितने ही अलग और विशिष्ट रहे हों, पुराने और बदरंग होकर एक जैसे चिथड़े लगने लगते हैं। तब उन्हें एक ही मिट्टी में मिलना होता है न? इसी से! यही नियम है प्रकृति का।"

छोटे बेटे के आग्रह पर जानकी देवी चार-छः मास रहने के इरादे से इधर आई थीं। पर इधर आते ही टांगें कुछ कमजोर हो गईं। इधर-ननद जी की जिठानी का यात्रा के दौरान विमान में हार्टफेल हो गया तो वरुण डर-सा गया, कहीं मां को भी रास्ते में कुछ हो गया तो जमाने भर की थुक्का-फजीहत होगी कि दो मुट्ठी भात की हकदार मां को अपने पास न रख सका।

सो जानकी देवी का वनवास ऐसे ही कटना लिख गया। आरामकुर्सी की सीध में, शीशे की दीवार से बाहर देवदार के पेड़ शांऽऽ शांऽ की सदाओं में हवा से बतियाने लगे हैं। दूर तक फैले लॉन, चलती सड़क यहीं खत्म हो गई है। बस्ती का आखिरी छोर है यह। आगे जाने कहां तक फैला हुआ जंगल ही जंगल।

क्या होगा उस जंगल के बीच? घने वृक्षों के पार? उनकी टांगों में ताकत होती तो वे जरूर जाकर देख आतीं। वरुण से पूछा तो उसने बेमन से कहा–"क्या पता मां! हमें यह सब सोचने की फुरसत ही कहां है। कुछ दूर पीछे शायद खेत हों, या सड़क। कहीं कोई सिरा तो होगा ही..."

हां, अंत तो कहीं होगा ही। जानकी देवी जानती हैं। अंत लाज़िमी है! पर जाने क्यों वे उस अभेद्य जंगल के आखिरी छोर के बारे में उत्सुक हो उठी हैं। जगन्नाथ के 'बाईस पाक्ष्छ' सी यह जीवन की सीढ़ियां इसके पार कोई विवर, कोई शून्य, जहां आत्माओं का मिलन होता होगा। वीरा कहती है–"जंगल तो जंगल है, खंदक-खाइयों, पेड़ों और नागफनियों से भरा। उसमें जानने का क्या है?"

लेकिन जानकी को लगता है, उधर आगे सोनमर्ग की पहाड़ियों के ऊपर बने संकरे रास्ते सी कोई पगडंडी हो शायद, जिस पर वे और अजोध्यानाथ घोड़ों पर सवार होकर साथ चले थे। जहां अजोध्यानाथ ने उसके साथ खेल खेला था। छोटे रास्ते से आगे बढ़कर आंख ओझल होने का खेल। वे गहरी खाइयों वाले घने जंगल में निपट अकेली हो गई तो भय से सुन्न रोने लगीं। उनका दिल जरूर उसी वक्त बैठ जाता यदि अजोध्यानाथ अगले मोड़ से आवाज न देते–"जानकीऽऽ!"

"लो, बाबू जी तो ऊपर वाले मोड़ पर घोड़े की रास थामे खड़े थे!"

जानकी को हिलक-हिलक रोते देख अजोध्यानाथ अपराधी बन गए थे।

"अरे, मैंने जरा-सा मज़ाक किया, देखू कितनी बहादुर हो! कभी अकेले सफर करना पड़ेगा तो क्या करोगी, ज़रा हिम्मत रखा करो...।"

"नहीं ऐसा मज़ाक फिर मत करना। मुझे तुम्हारे बिना रहना ही नहीं है।"

"अच्छा भई, सॉरी, आगे हमेशा तुम्हारे साथ-साथ रहूंगा।"

जानकी कभी अकेली बैठी घबरा जातीं तो उस जंगल की ओर मुंह किए, सड़क के आखिरी छोर पर बैठी पुकारती :

"कहां होऽऽ?"

आवाज कुछ दूर जाकर पलट आती–ओऽऽ। जानकी को लगता, अजोध्यानाथ ने उत्तर दिया है, वहीं हैं। उन्होंने कहा था, पास रहूंगा। बैठे-बैठे पैर सुन्न हो जाते तो जानकी देवी धीरे-धीरे डेक पर निकल आतीं। मुंह उठाकर पेड़ों की फुनगियों के बीच झांकते आसमान की ओर देखतीं। टुकड़ों में बंटा आकाश इतना तीखा नीला, कि आंखों में चुभने लगे। आकाश के ये रंग कितना भाते थे पहले! सुबह-शाम के सुरमई से गुलाबी होते रंग, धुला नीला आसमान! लेकिन इधर आकाश आग हो रहा लगता है। या शायद उम्र का तकाजा हो। उम्र के साथ तो रंग भी बदल जाते हैं। धूप में पड़े रंगीन कपड़ों के रंग जैसे उड़ने-से लगते हैं! होता ही है।

बैठे-बैठे वे पेड़ों के बीच किसी पहचानी चिड़िया को ढूंढ़ने लगतीं। हाथों की गुलक-सी बनाकर आवाजें निकालती–"कूहू कु गु गू गु...! माजि लोयनम,

काजवटे सूत्य...कू हू कु...।" उसके ननिहाल में गुगी ऐसे ही बोलती थी। मां-बहन से डांट खाकर गुगी के शिकायती स्वर हवा में दूर तक तैरते रहते।

लेकिन इधर पेड़ों पर कोई पांखी नहीं आता। एक था, उड़कर चला गया। आसपास कोई आदम न आदमज़ात। कोई होता तो जानकी की हरकतें देख कहता, बुढ़िया पगला गई है।

जानकी दूसरी तरह की आवाजें निकालती, कु कू कु हू कू...कु कू कु हू कू....श्रीकृष्ण गोपियो...वोडि छय न टूपियो...कू हू कु कू हू...। ऊ हूं। आवाज फिर 'ऊऽऽऽ' की गूंज के साथ पेड़ों में जज़्ब हो जाती है। घर में उनके शहतूत के पेड़ पर जो पिड़कुलिया बैठती थी, कैसे दुम जैसे पंख ऊपर-नीचे हिलाती उसका मन मोहती थी–"मैं भी कुछ कम नहीं"..."मैं भी कुछ कम नहीं"...अजोध्यानाथ कहते, "बिल्कुल तेरे जैसा दिमाग पाया है, नाजुक-सी जान और तेवर ऊंचे।" वे दाएं हाथ की प्रथम उंगली ऊपर-नीचे हिलाती पिड़कुलिया से जुड़ी यादों में खो जाती। कहां गए वे तेवर जानकी के? यादों की गंध से लिपटी जानकी "दूर दिसाउर की यात्राएं करती। बाहर खड़े पेड़ वैसे ही खामोश रहते, हवा के झकोरों के शांय-शांय की सदाओं में व्यस्त! होता है ऐसा ही...। जानकी देवी नहीं रहेगी तब भी प्रकृति के इस खेल में क्या फर्क पड़ेगा?

अचानक जानकी देवी बदहवास-सी किसी पांखी को ढूंढने लगती हैं, आंखें दुखती हैं, पर पहचान की कोई चिड़िया नजर नहीं आती। वह पीछा करती डरावनी आंख ऐन सामने टंग जाती है।

आगे फैला सूना जंगल, शब्द को सोखता दानव, पीछा करती डयन आंख! वे किसी को पुकारना चाहतीं, लेकिन दूर तक कोई नजर नहीं आता, सिर्फ पेड़ों के पीछे खामोश लाल ढलुवां छत की झलक-भर!

घुटनों पर हाथ देकर वे उठ जातीं। दीवार के साथ-साथ सहारे टटोलती कमरे में बंद हो जातीं।

अपने सोफे पर अधलेटी-सी आसपास की बार-बार देखी चीजें फिर से देखने लगतीं। शैल्फ पर करीने से सजी किताबें, जिन्हें वे पढ़ नहीं सकतीं, दीवारों पर लटके चित्र, वीरा-वरुण बांहों में बांहें फंसाए, नन्ही एम्मा प्रेम में अंगूठा चूसते और पहाड़ों के पीछे डूबता सूरज! काले बादलों में लिपटी मौत की तलवार सूर्य के दो टुकड़े करती हुई, लाल-लाल आसमान।

जानकी देवी लगभग झपटकर 'रिमोट' उठा लेती हैं और बटन दबाकर टी.वी. ऑन कर देती हैं। चुप्प कमरे में आवाजों की थापें चहलकदमी करने लगती

हैं। संगीत की धुनें, सीरियल खाते बच्चे! सुनहरे बालों वाली लड़की 'हेल्लो' कहकर जानकी की आंखों में आंखें डालकर हंसती है। जानकी देवी कुछ देर तन्मय-सी टी.वी. की चहक में डूब जाती है।

अचानक टी.वी. के पर्दे से निकलकर एक लड़का और लड़की सामने खड़े हो जाते हैं। अरे! यह तो चिपट ही गए एक दूसरे से, बेशर्म! लो, होंठों पर होंठ रखे चूमाचाटी भी होने लगी। छिः छिः कोई देखे तो? लेकिन आसपास जानकी के सिवा कोई नहीं। वे थोड़ा आश्वस्त-सी होकर देखती है, इतना लंबा चुंबन कि खत्म ही नहीं होता। क्या दम ही घोंट डालेगा! अरे कुछ शर्म भी करो, मैं देख रही हूं! ये लो, अब तो बज़ाफ्ता बिस्तर में ही घुस गए। जानकी ने नजर हटा ली, मरने दो, भर दुपहर। अब शायद किस्सा खत्म हुआ हो, देखा सांस हलक में अटक गई। औरत की देह टटोलते पुरुष के हाथ! और ये क्या? औरत के नेल पॉलिश वाले नाखून पुरुष के कंधों के खुभे जा रहे हैं। हे राम! धक-धक-धक–यह लंबी-लंबी सांसें, फुसफसाहट...यह क्या जानकी देवी के भीतर से आ रही हैं या टी.वी. के पर्दे से?

जमाने की रफ्तार को लानत भेजती जानकी देवी बटन दबाकर दोनों के ऊपर काला लबादा डाल देती हैं। लेकिन आँखों के आगे टटोलते हाथ ठहर जाते हैं। दो अनाड़ी हाथ! अँधेरों में ब्लाऊज का हुक नजर नहीं आता। घुप्प अँधेरा, अनाड़ी हाथ और बेकाबू युवा शरीर!

जानकी का हलक सूखा जा रहा है, पर हुक उलझते ही जा रहे हैं, जानकी खुद खोले? लेकिन लाज-शर्म हाथों को सुन्न किए दे रही है, सुबह अजोध्यानाथ नवेली से आंखें चुराते हैं। आते-जाते जानकी के होंठों पर शरारत की झलक पाकर वे बेबात सिर खुजाने लगते हैं। रात बिस्तर पर नाइट लैंप की मद्धम रोशनी में मनुहार करते हैं, "यह हुक वाला ब्लाउज रात को पहने रखना जरूरी है क्या?"

जानकी नाइट लैंप की रोशनी में भी शर्म से मरी जा रही है। चूड़ियां गहने झमकाकर बेहद निजी बातें करने वाली प्रेमिका देह-ताप से अनभिज्ञ तो नहीं थी, पर भर दुपहर देह की नुमाइश?

जानकी देवी ने अपने सिकुड़ते शरीर को देखा। हाथों-बांहों पर उभरती नीली नसों के बीच झूलता लटकता मांस, सूखी तोरी-सी लटकती छातियां, झुकती हुई पतली कमर। अजोध्यानाथ को नाज़ था पत्नी के सुघड़ वक्ष पर। कहते थे इस छः गजी साड़ी का भार तेरी बित्ते-भर की कमर कैसे सह पाती है? मैं हैरान हूं।

जानकी देवी अकेले में बैठी पिटारे से रंगीन धागे निकालती हैं। रंगीन धागों से बुनी इबारतें। अजोध्यानाथ आगे-पीछे घूमा करते। पर पुरुष की प्रकृति! हरजाई! एक बार किश्तवाड़ की एक छोकरी पर लट्टू हो गए, पर ऐन मौके पर जानकी ने प्रकट होकर अकेले रोमांस को परवान चढ़ने से पहले ही धराशायी कर दिया। छः महीने जानकी ने पति से बात नहीं की। कैसे पिटे चेहरे से कान पकड़े, हाथ जोड़े, पर जानकी नहीं पिघली। यह सब जानकी के घर में? बाहर वह कौन पहरे दे रही है! जो जी में आए करो...।"

बस! एक ही किस्सा घटा। उम्र-भर अजोध्यानाथ उसकी भरपाई करते रहे। जिंदगी-भर कवच बनकर छाए रहे जानकी के ऊपर!

जानकी को भूख-सी महसूस हुई! टोकरी में पड़े फलों में से एक सेब उठा लिया। वीरा टिफिन में टोस्ट, मफिन रख गई है, पर अकेले हलक से कुछ नहीं उतरता। अंतड़ियां कुलबुल-कुलबुल न करें तो वे फल भी न खाएं। कौन इधर देखता है, खाया है या नहीं...ऐसे में किसी अदेखी दरार से अजोध्यानाथ प्रवेश कर जाते हैं–"जानकी, कुछ खा लो, खाओगी नहीं तो कमजोर हो जाओगी..." जानकी सेब की फांक मुंह में भर लेती है। सेब में खारे आंसुओं का स्वाद भर जाता है :

"कल मैं न रहा तो...?"

घड़ी की सुइयां चार बजा रही हैं। शीशे की दीवार के पीछे एम्मा की सुरमई स्कर्ट झलक आती है।

"हाय ग्रैंडमां!"

"आ गई बिटिया?"

"हां ग्रैंडमां! लंच खाया? चाय पीना?"

"हां, हां, तुम कपड़े बदल आओ, फिर चाय बनाना।" जानकी का वाक्य पूरा होने से पहले ही सीढ़ियों पर पदचाप के साथ अंग्रेजी गुनगुन सुनाई पड़ती है।

एम्मा फ्रिज खोलकर रोल निकालती है। मफिन काटकर बीच में चिकन भरती है और माइक्रोवेव अवन का बटन दबा देती है।

"आप खाओगी ग्रैंडमां?"

"तुम खाओ बेटे, भूख लगी होगी...मैं चाय पिऊंगी!"

एम्मा चाय सामने रख जाती है–'बैठो मेरे पास एम्मी!"

"ग्रैंडमां बहुत काम है–होम वर्क! ईऽऽतना!"

"अच्छा अच्छा जाओ।" एम्मा अपने कमरे में चली जाती है।

जानकी देवी फिर कोच में धंस जाती है। पिटारे के धागे उलझते जाते हैं।

सात बजे बेटा-बहू साथ ही लौट आते हैं। दीवार पर की टोहती आंख एकदम गायब हो जाती है। सोई जान में खून दौड़ने लगता है।

"कैसी हो मां? लंच खाया?" बेटा पास बैठकर डाक देखता है। जानकी देवी मोह सनी देखती रहती है। "विशू की चिट्ठी है? 'रानी' ने बड़े दिनों से पत्र नहीं डाला। पहले हर पन्द्रह दिन में लिखती थी...।"

"अब रोज़-रोज़ क्या लिखेंगे! अपने बेटे के पास हो, पराई जगह तो नहीं...।"

बहू रसोई बनाती हल्का-सा हंस देती है। जानकी देवी को गुस्सा नहीं आता। होता है ऐसा। उम्र-भर का बोझ! अब कहां जाएगी जानकी?

"आज बॉस की विदाई थी, आंखें दुख रही हैं...।"

"क्यों? तुम रोई क्या?"

"उसी ने मुझे 'हायर' किया था। अच्छा था। पता नहीं नया बॉस कैसा होगा?"

जानकी देवी अपनी कोच में धंसी सुनती हैं। कुछ समझती हैं, कुछ नहीं समझतीं। हर वक्त की बातें एक-सी तो नहीं होतीं।

"आओ खाना खाएं।" बेटा सामने बिठाकर मां की थाली में खाना परसता है। बहू कंधे उचका लेती है। "यू मेक हर टोटली डिपेंडेंट!" जानकी देवी अंग्रेजी नहीं जानतीं। अब तो लगता है कुछ भी नहीं जानतीं। जीभ का स्वाद तक भूल गई हैं। हफ्तों पहले पकी सब्जियां खाते पहले तो उबकाई-सी आती थी। एक बार कहा था–"बहू, धुले मूंग की दाल बना लेतीं कभी हींग-जीरे का छौंक लगाकर। बासी बैंगन की सब्जी मुझे बादी करती है।"

बहू का चेहरा तमतमाया था, "मेरी कुलीग्स हैरान हैं कि मैं रोज खाना पकाती हूं..."

वीक एंड्स पर छः दिन के लिए मटन, सब्जी बनाकर फ्रिज में धरी जाती है। रोज कुछ मिनट माइक्रोवेव अवन में गरमाकर चावल या पीताब्रेड के साथ परस दी जाती है। फुरसत ही कहां है जो स्वाद देखें।

इधर खाने के अलावा भी और काम देखने होते हैं, नौकर-चाकर तो नहीं रहते।

ठीक बात! शनि-रवि को धुलाई, घर की सफाई, लॉन मो करना...पिछली बार जब अजोध्यानाथ बेटे के पास आए तो बहू के हाथ से मशीन लेकर खुद घास की छंटाई करते। जानकी उन्हें हांफते देखती तो टोकती।

"कुछ अपनी उम्र का तो ख्याल किया करो।"

"उम्र से नहीं, आदतों से बूढ़ा होता है आदमी, जानकी! जब तक हो, करो।"

लेकिन चाहने पर भी जानकी ज्यादा कर नहीं पातीं। पहले तो घास की थैलियां ही उंड़ेलती थी, अब तो न झुका जाता, न ज्यादा देर खड़ा ही रहा जाता है। बस, बैठे-बैठे जो काम मिले कर लेती हैं। कपड़े तहाए, कभी टूटे बटन टांके, कभी सब्ज़ी छांट ली। इससे ज्यादा कुछ होता ही नहीं।

वीरा, बर्तन डिशवाशर में डाल देती है, "एम्मा, ग्रैंडमां को बेडरूम ले चलो, सुबह जल्दी जागना है, हरी अप...।"

"वरुण बेटा!" जानकी वरुण का स्पर्श टोहती है। जिस दिन वरुण बांह थामता है। जानकी 'स्टिक' हाथ में नहीं लेती। उस रात नींद भी अच्छी आती है। इतना काफी है जानकी देवी के लिए। दो वाक्य-कैसी हो? खाना खाया? और बांह पर बेटे का स्पर्श! इतने से कट जाता वनवास!

लेकिन रविवार की शाम जानकी देवी टॉयलेट में घुसी तो निकली ही नहीं। बहू-बेटे को चिन्ता हुई। एम्मा ने दरवाजे पर दस्तक दी। दरवाजा खुला था। बाथरूम से सड़ी बदबू का भभका उठ रहा था। एम्मा ने भीतर झांककर देखा, ग्रैंडमां की टांगें मल से सनी हुई हैं और वे टायलेट पेपर से फर्श साफ करती हिलक-हिलककर रो रही हैं। एम्मा घबराकर चिल्लाई, "ममा, ग्रैंडमां का एक्सीडेंट हो गया...।"

वरुण दौड़ा आया–"ओ गॉड, क्या बदबू फैला रखी है..." बाथरूम में झांका, कमर तक गाउन उठाए मां कांपते हाथों से फर्श पोंछ रही है। बेटे को देखकर दरवाजे के पीछे छिप गई। देह की गलाजत जवान बेटे ने देखी और मां मर गई। यही यादें छोड़कर जाएगी क्या जानकी?

जानकी देवी के आगे अजोध्यानाथ का कातर चेहरा खड़ा हो गया। एक्सीडेंट में कमर की हड्डी टूट गई तो मल-मूत्र बिस्तरे पर ही होता था। सफाई की खब्त वाले अजोध्यानाथ, जानकी को टट्टी-पेशाब उठाते देखते तो अनेक मौतों मरते। जानकी नौकरों को हाथ नहीं लगाने देती, मुंह पर शिकन नहीं आती। पर एक बार जब अजोध्यानाथ ने गंदा हुआ बिस्तरा खुद ही खींचकर अलग करना चाहा और इस क्रिया के दौरान मल-मूल कमरे में बिखर गया, जानकी देवी गुस्सा हो गईं। कुछ आय-बाय भी बोलीं। अजोध्यानाथ ने निहायत दीन होकर याचना की, "जानकी,

मुझे अपने हाथ से कुछ खिलाकर सुला दो। कम से कम मेरे पीछे यह घिनौनी देह तो तुम्हें याद न रहे, कुछ अच्छा रहे याद करने को। ठीक तो मुझे अब होना नहीं है। कब तक सहोगी मुझे...?

जानकी देवी का गला रुंध गया, "मुझे माफ कर दो, पता नहीं क्या हुआ मुझे? शरीर किसका साथ देता है आखिर तक? मेरे रहते ऐसा न सोचो।" जानकी पति की मां बन बई, बच्चों के पोतड़े धोती मां।

जानकी को छिपते देख बेटे को ग्लानि हुई, "कोई बात नहीं मां, ऐसा होता है कभी। रोओ मत।" पत्नी को पुकारा। बहू नाक पर रुमाल रख सफाई अभियान में जुट गई। उबकाइयां रोकते सास की टांगें धुलाई, बेटे ने पानी का टब भरा। 'डोर मेट' 'गारबेज बैग' में डाल दिया।

नहा धोकर जानकी देवी ने साफ-सुथरा गाऊन पहना। बेटा खुद बिस्तरे पर पहुंचा आया, तसल्ली दी, "यह सब तो होता ही है उम्र के साथ। सोचो मत, आराम करो।"

सुबह बहू ने तबीयत पूछी और दफ्तर चली गई। एम्मा और वरुण भी चले गए। जानकी देवी थोड़ा संभल चुकी थीं।

आंख खुलते ही जानकी देवी ने स्टिक उठाई। धीमे कदमों से दीवारों का सहारा लेते-लेते डेक पर आई। डेक की छोटी सीढ़ी उतर डगमगाते कदमों से लॉन पार करती उस छोटी-सी टेकरी पर बैठ गई, जहां सड़क ख़त्म और जंगल शुरू होता था।

जानकी देवी ने मुंह उठाकर तित्तर पंखी बदली वाले आकाश को देखा। पेड़ों के साये में झुके घर की छत पर उचाट-सी नज़र डाली। छाती के भीतर कोई तरल-सी हिलोर उठी और आंखें धुंधला गईं। शायद अजोध्यानाथ का कातर चेहरा झलक आया हो। यादों की रील कुछ इतनी तेजी से खिंचती गई कि वे किसी भी चेहरे को ठीक से देख नहीं पाईं। पीछे छूटी यादें, उनकी मिली-जुली गंध, शक्ल, सब गड्डमड्ड। मल से सने विवश अजोध्यानाथ, काले सूट में माइक पर सभा को संबोधित करते ऊर्जा से भरे अजोध्यानाथ, लॉन छांटते, हांफते, कभी न थकते अजोध्यानाथ, ब्लाउज़ के हुकों से उलझते अनाड़ी अजोध्यानाथ और सोनमर्ग की पहाड़ियों से गुजरते संकरे रास्ते पर जानकी के साथ मजाक करते अजोध्यानाथ। कैसी यादें छोड़ गए थे अजोध्यानाथ! और वे? कैसी यादें छोड़कर जाएंगी!

जानकी देवी ने धुंधलाई आंखों से सामने जंगल की ओर देखा। जंगल के

बीच कोई पगडंडी नहीं है, लेकिन दूर एक घोड़ा उन्हें नज़र आ रहा है। दाढ़ी वाला गूजर उसकी रास थामे खड़ा है। अरे! यह तो उन्हीं का घोड़ा है और अजोध्यानाथ? यहीं छूट गए थे न? जानकी ने ऊबड़-खाबड़ टीलों के पार नज़र दौड़ाई, पहाड़ी-सी दिखी, और पहाड़ी के ऊपरी मोड़ पर सफेद घोड़े पर सवार अजोध्यानाथ।

"मैं, यहां हूं जानकीऽऽऽ! ऊपर आ जाओ।" उन्होंने पुकारा क्या? जानकी देवी ने अजोध्यानाथ तक पहंचना चाहा। हाथों से धरती का सहारा लेकर शरीर का पृष्ठ भाग उठाना चाहा, थोड़ा उठी, टांगें लड़खड़ाईं, दो कदम चलीं; पर टांगों ने जवाब दे दिया। जानकी देवी धम्म से धरती पर गिरने से पहले ही बैठ गईं। नहीं, वे कुछ नहीं कर पाईं। शरीर जर्जर हो जाए तो दौड़ा नहीं जाता। रुककर देखना ही पड़ता है। जो भी दिख जाए! ऐसा ही होता है।

जानकी देवी ने आहत होकर जाना कि इस 'होता है' के साथ ही वे भी शेष यात्रा पूरी कर लेंगी।

रामबिल्ले की दस्तक

कन्धे से कन्धा जोड़े, छोटी-बड़ी दुकानों से अटे, तंग बाज़ार के बीच ऑटोरिक्शों, साइकिलों, हथठेलों और कारों की मिली-जुली धक्कमपेल से बचते-बचाते जब हम घाट की ओर उतरती सीढ़ियों के मोड़ तक पहुंचे, तो शाम उतरने लगी थी। काहिल, थकी-थकी उबासियां लेती स्लेटी शाम। सामने मन्दिर का सुनहरा कलश चमचमा रहा था। द्वार के भीतर-बाहर इक्का-दुक्का जन आ-जा रहे थे। दफ्तरों से लौटे बाबू, एक-दो अकेले बूढ़े, जिनके पैर शायद आदतन ही मन्दिर की ओर मुड़ते हों। चेहरे पर जो अनमना भाव था, उसमें मुझे कोई आध्यात्मिकता नजर नहीं आयी। शिवमन्दिर का विशाल लिंग चुप और अडोल उन नन्हे चूहों को देख रहा था जो आसपास बिखरे अक्षत-फूलों के बीच दौड़-भाग कर रहे थे। शिवजी के सिर के ऊपर छेद वाली मटकी विराजमान थी। इसमें कभी दूध-दही मिला जल बूंद-बूंद उनके शीर्ष पर टपका करता था, लेकिन अब वह मटकी बिलकुल खुश्क थी।

मन्दिर से बाहर आते ही, बायीं और देवदार की लकड़ी का भारी नक्काशीदार फाटक और उसके पल्लों पर झूलते लोहे के वजनी गोल कुण्डे नजर आये। निकी ने पल भर रुककर मेरी तरफ देखा। शायद मैं आगे बढ़कर दरवाज़े पर थाप दूं, पर मैं दो कदम दूर खड़ी रह गयी। अचानक ही मेरा उत्साह जम-सा गया। अजीब से डर और झिझक का मिलाजुला अहसास था वह। पूरे चौदह वर्षों बाद इस विशाल फाटक के सामने, जो वक्त की धूप-बरखा से कलौंछ खा गया था, मैं पशोपेश में खड़ी ठिठक गयी, कि मेरी ढेर-सी संजोयी यादें जाने कौन-सी शक्ल अख्तियार कर गयी हों। दरवाजा खुलते ही, कौन जाने, किन स्थितियों से रू-ब-रू होना पड़े कि जेहन में सुरक्षित सालों पुरानी यादों का तिलिस्म टूट जाय।

यादें भी कैसी? न अच्छी न बुरी, बस यादें! बेशुमार पानी भरे घुमड़ते बादलों के गुब्बारे-सी भरी-भरी; जरा-सा पिन चुभो दो कि भरभराकर बरसने लगें, धारासार।

सामने चिरपरिचित घर–बेहद अपना, बातूनी मुंहबोली सखी-सा, लेकिन इधर सालों के अन्तराल से पास आते-आते भी कुछ दूरी बनाकर खड़ा रह गया था, गुपचुप और गुमसुम। पास आकर गलबहियां डालने से झिझकता-सा। कैसा तो लगा, एक चहल-पहल भरी इमारत ढह जाने के बाद अचानक स्वप्न में ज्यों फिर से वही इमारत खड़ी नजर आ जाय। अपनी टूट-फूट में भी साबुत। स्वप्न-सा ही लगा.., आधा सच, आधा झूठ।

यों रास्ते भर निकी से बतियाती रही थी, धाराप्रवाह। वह अपने भीतर के गलियारों में घूमने-जैसा ही था। अंगुलियों के इशारों से बिटिया को दिखाती जा रही थी-वह देखो, वहां रहता था भरत सुनार, उस ऊंची-सी दुकान पर। अब किसी डॉक्टर का बोर्ड लगा है वहां। वह ऊपर देख रही हो न जालीदार बरामदा, वहीं मंजा डाल उसकी बीवी नन्हें गदबदे, गोलमटोल बच्चों को धूप में लिटाकर मालिश करती, नहलाया-धुलाया करती थी। हर दूसरे-तीसरे साल एक नन्हे को जन्म दिया करती थी। पर थी बड़ी चुस्त और हंसमुख। वह सुनार जान छिड़कता था उस पर। दुकान से दस बार उठकर उसे देखने ऊपर चला जाता। बड़ा प्यार था दोनों में। सुना, फेफड़ों के कैंसर से मर गया। पता नहीं, वह छह बच्चों की मां निर्मल अब कहां होगी, कैसी होगी?

रास्ते में दो-चार बार निकी ने हाथ पकड़कर एक तरफ खींच लिया, "थोड़ा इधर ममा, इस तरफ ट्रैफिक है...।" आसपास के घरों को खोजती-टटोलती नजरों से देखती मैं अनवरत बहते जनसमूह को एकदम भूल गयी थी।

"इसी जगह एक बार तुझे लेकर मैं पापा के पास जा रही थी, तेरी अंगुली थामे। छोटी-सी थी तू। कितने साल बीत गये? चौदह तो हो ही गये होंगे। तब बड़े तांगे चला करते थे इस तरफ। तू सड़क के बीचोंबीच चलने की ज़िद कर रही थी। सैफू तांगेवाला मुझे देखकर आंय-बाय बकने लगा था, 'लो देखो, खुद तो सड़क के किनारे चल रही है, लड़की को बीच बाज़ार छोड़ दिया है। आ जाय भले ही तांगे के नीचे...लड़की है न, जंजाल छूट जाएगा...।" मुझे बड़ा गुस्सा आ गया था। पर वह था ही मुंहफट। फिर तुम भी कहां मान रही थीं?"

"यहां ममा...इस तरफ यह लो, पहुंच ही गये।"

और अब! इस विशाल फाटक के सामने ठिठकी-सी खड़ी हूं। द्वार के पीछे

छिपे अतीत ने ज्यों किसी चोर झरोखे से झांक, जादू की मूठ फेरकर मुझे बुत बना दिया हो।

बेटी ने ही कुण्डे को फाटक पर दो-चार बार बजा दिया। दो-एक मिनट खड़काने के बाद एक उदास चेहरे वाली अजानी औरत ने लोहे की सांकल खोल दी और एक तरफ हटकर भीतर आने को जगह दी।

भीतर वही आंगन था, पुराना, नीम अंधेरा, ऊंची छत, छत से लगी परछती पर दो-चार मन कटी हुई लकड़ी तरतीब से जमायी हुई, धूल-गुबार और वर्षों पुराने जालों से ढकी हुई। यह आंगन इतना सिमट कैसे गया? इधर दायीं ओर फ्लशवाला टॉयलेट-बाथ नया बना है–पुराने फेहरन में नयी छींट की पैबन्द जैसा दिख रहा है। देहरी के बाहर वही परिचित चिकनी चट्टान वाला 'ब्रांद'। दायें-बायें झूलता विशाल दरवाजा। यही दरवाज़ा शिवरात्रि की अमावस्या के दिन, घाट पर अखरोट-पूजा कर लौटी गृहस्वामिनी के लिए बन्द किया जाता था। रीति ही कुछ ऐसी थी।

मैंने बन्द दरवाज़े के बाहर खड़े अपने बचपन को देखा, हाथ में पानी में भीगे दो अखरोटों वाली पीतल की नन्ही कटोरीनमा डोलची लिये, मेरी मां अखरोटों भरी घाघरी कमर पर टिकाये द्वार पर दस्तक दे रही है।

"ठक-ठक!"

"कुस छुव? (कौन है?)" भीतर से आवाज़ आती है।

"रामब्रोर (राम बिल्ला)।" यह राम बिल्ला कौन था, हम कभी न जान पाये।

"क्या हेथ? (क्या लेकर आये हो?)।" भीतर से फिर प्रश्न उछलता है।

"अन्न हेथ, धन हेथे। (अन्न और धन लेकर आये हैं।)"

"ब्येयि क्या? (और क्या-क्या लाये हो?)"

और...गृहस्वामिनी नाम गिनाती है, गाय-घोड़े-हाथी, सोना-चांदी और ढेर सी बरक्कत...।

ढेर सारे आश्वासन पाने के बाद द्वार खुलता है, बच्चे-बालों की चहक और खिलखिलाहट के साथ। ...और मां फूल-मालाओं, अक्षत-रोली और स्वस्तिक के मंगल चिन्हों से सजी, भीगे अखरोटों वाली चमचमाती घाघरी लेकर घर में प्रवेश करती है। उसके चेहरे पर गृहस्वामिनी का गर्वभरा सन्तोष छलक रहा है... लक्ष्मीरूपा जो है। बरामदे से ही उसके साथ-साथ कई जन चिपक जाते हैं। छोटा-मोटा हंगामा। नन्हे हाथ भींगे अखरोट छीनने को झपटते, बुजुर्ग उन्हें धमकाते, औरतें दिलासें देतीं और बच्चे जेबों में कौड़ियों भरी थैलियां खनकाते ठुनकते।

घर भर उत्सव की महक से सराबोर चहक उठता। मर्दों के ताश-पत्ते, बच्चों-बूढ़ों के कौड़ियों का खेल, चौके से उठती लज़ीज़ पकवानों को सोंधी गन्ध...। और मां सभी के हाथों पर नैवेद्य धर देतीं। जो मांगो मिलेगा, 'राम-बिल्ला' जो उनकी काया में प्रवेश कर गया है। यह अजूबा प्राणी, जो शायद लक्ष्मी का भेजा गया कोई दूत था, हमेशा गृहस्वामिनी के स्वर में ही बोलता था। घर में जितना सम्मान गृहिणी को उस दिन मिलता, उतना साल के तीन सौ चौंसठ दिनों में कभी नसीब न होता।

"चलो न ममा।"

बेटी ने फिर स्वप्न भंग कर दिया। सामने सूना गलियारा था। दूर-दूर तक कोई नहीं, दरअसल यह रामबिल्ले की दस्तक नहीं थी न? गलियारे से होते हुए पहला कमरा चाचा का 'वोट्ट' पड़ता था, जिसमें तकिये की टेक लगाकर बैठी चाची नाक पर चश्मा चढ़ाये शायद भगवद्गीता के श्लोक पढ़ने में व्यस्त थीं। मुझे देखते ही उसने पुस्तक बन्द कर दी। आश्चर्य और खुशी से उमगकर उसने मेरी तरफ बांहें बढ़ायीं–"आज पश्चिम से सूर्य महाराज कैसे उदित हुए? आओ...बेटी...आओ, कैसी हो?" चाची ने दुबली छातियों के साथ हमें बारी-बारी से सटा लिया। उसकी देह से बड़ी पुरानी अतीत हुई गन्ध लौट आयी। मैंने आंखें मूंदकर उसे पीना चाहा। चाची की कमर झुक गयी थी। ब्लाउज के भीतर उसके शरीर की हड्डियां चाकू के नोकों-सी उभर आयी थीं।

"आ, इधर। इधर बैठ मेरे पास यहां, इस खिड़की के पास। इधर से श्री गणेश दिखाई पड़ते हैं...।"

चाची ने पीठ पीछे का तकिया खिड़की की तरफ सरकाया। भवानी सहस्रनाम की पुस्तिका और गीताजी को रूमाल में लपेट ऐनक समेत ताक पर रख दिया और अनवरत प्रश्नों की बौछार शुरू कर दी।

"आते समय मन्दिर की प्रदक्षिणा की थी?"

"कब आयी हो? इतने दिनों बाद मां के घर की सुध आयी?"

"अब तो रहोगी न कुछ दिन? सब कुशल-मंगल ? बैठो-बैठो, ठीक से, यह तकिया लगा लो पीठ पीछे, मेरा ही है...'

मैं भी धीरे-धीरे खुलने लगी, पहले सायास, फिर धीरे-धीरे सहज होती गई। अचानक ढेर सारा विगत एक साथ सामने आकार लेता जा रहा था, बिना चेताये, बिना तैयार किये। इस तरह यादों के अचानक हमले का सामना करने के लिए संभलने में थोड़ा वक़्त तो लगना ही था।

लेकिन चाची सहज थीं, हमेशा की तरह। जाने किस मिट्टी की बनी है यह खुद्दार औरत। जहां दूसरी अपने दुखों का रोना लेकर बैठेंगी और धार-धार आंसू बहाती खुद को दया का पात्र बनायेगी, यह अपने को इकट्ठा रखे हुए साबुत, सालिम सामने खड़ी रहती है, लिजलिजी भावुकता से ऊपर।

कमरे में लगे पार्टिशन के पार वह दूसरा कमरा। वहां पापा बैठकर खाना खाते थे। नदी की ओर खुलती खिड़की के पास यरमा कढ़ाई वाले नमदे पर बैठ सुबह-सुबह हुक्का गुड़गुड़ाया करते। वह चौके और 'वोट्ट' के कमरे को अलग करती लकड़ी की ऊंची दहलीज। उस पर बैठे हम भाई-बहनों की रामभाई रसोइये से चिल्ला-चिल्ला कर खाना परोसने की फरमाइशें, औरतों की खनकती मद्धम आवाज़ें, मर्दों के ठसकेदार ठहाके, बहनों के शौकिया खेल, गिट्टे, कसीदे, बुनाइयां, मानमनौवल और खुसुर-फुसुर मिलकर सुरों के संगम का समां बांध देते। उधर जालीदार खड़कियों की सीध में खड़े होने पर भाइयों की धमकियां, नाराजगियां झेलनी पड़तीं। मन्दिर की दीवार से लगे भक्त शोहदे जो त्राटक की मुद्रा में लड़कियों को सुबह-शाम बिला नागा घूरा करते थे।

सारे परिदृश्यों से उभरते जीवन्त ठहाके खाली घर के गुम्बद में ज्यों गूंज उठे हों। दूर से पास आती आवाजें, और फिर दूर जाती, पर इतनी साफ, इतनी स्पष्ट कि एक-एक आवाज़ को छुआ जा सके। किधर गये सब? मेरे भीतर तरल पुकारें उठीं, 'पापा मां'। यहां तक कि नौकर चाकर भी नहीं?

नदी की ओर खुलती खिड़कियों की चूलें हिल रही हैं। उठकर, नदी की ओर खुलती बन्द खिड़की खोलकर 'डब' में आ गयी। लकड़ी की बरामदेनुमा, खुली 'डब' बर्फ, ओलों और बरखा से काली कमज़ोर बुसी और भुरभुरा गयी थी। पैर ज़ोर से पड़ा तो चीत्कार कर उठीं। बेटी ने फिर टोका, "बाहर मत जाओ ममा, लकड़ी की जाफरी हिल रही है, चरमराकर टूट जाएगी..."

"हां..."। बेटी हैरान थी, ममा इस वीराने में क्या लेने आयी है?

नदी कुछ दुबलायी-सी लग रही थी, ज्यादा मटमैली और उदास, ज्यों बढ़ते प्रदूषण ने उसका रूप-यौवन छीन लिया हो। यहां नीली झागदार लहरों पर कितने छोटे-बड़े शिकारे थिरका करते थे। ढोंगों और बाहचों में राशन के जमाने की शुरूआत से अनाज बिकने लगा था, बड़ी भीड़ रहा करती थी। मल्लाह मुहम्मद और उसकी बीवी फातिमा रोज़ हमें नदी पार कराते थे। हमें भी तो सड़क पर दौड़ते वाहनों से ज्यादा नांव पसन्द थी। चप्पों की छा-छप्पा और पानी की धार को काटती हुई नाव, सर्रऽऽशीऽऽ! मुहम्मद जू हमतुल (डंडा) को घाट की निचली सीढ़ी से

सटा, एक चप्पू हाथ में उठाकर लंबी तान छेड़ देता, होसऽऽ हाऽऽ! पानी पर तैरती आवाज़ दूर तक खिंचती चली जाती, '*ढुंगलो च ढुंग ग्यू, नालसूय, महरम, गछख अथ राजसूयु। दुंग दिथ म्ये खारतम जवहरये, सूर गोम चाने दूरेरय...*'; ऐ गोताखार! तू इस नदी में गोता लगा तभी इसके भीतर छिपे रहस्य को जान लेगा...त मेरे लिए भी कोई हीरा-जवाहर ढंढकर निकाल, ऐ गोताखोर...!'

इस नदी के हीरे किस जिन ने चुरा लिए? या शायद वह गोताखोर ही गोता लगाकर वापस न लौटा। हीरे-जवाहरात का रहस्य अनावृत न हो पाया। नदी उदास है, किसी गोताखोर के इन्तज़ार में। इक्का-दुक्का नावे किनारे से लगी हैं, पर पार उतरने वाले टैक्सियों-कारों में भाग रहे हैं। रफ्तार का ज़माना है। इस बूढ़ी नदी के भरोसे अब कैसे रहा जा सकता है?

यहां लगता है, वक्त भी बूढ़ा हो गया। उसकी भी तो कोई उम्र होती होगी? घाट की चहक मर गई है। फुरसत में बैठी, बर्तन घिसती औरतें, कपड़े खंगालती पछीटती औरतें, मल्लाह, मुहम्मद और फातिमा से चुहल करते और बीच धार तैरते युवा, सूर्य-वन्दना करते बुजुर्ग...घाट पर कोई नज़र नहीं आता। पानी में तैरती बत्तखें भी शायद अपने दड़बों में बन्द हो गयी हैं।

यह जीवन है, अविश्वासी, गिरगिटी फितरत वाला। यही इसका सच है। सोचा, चाची ऐसे ही कुछ दार्शनिक वाक्य बोलेंगी लेकिन उसने इतना ही कहा– "लड़कियां-बहुएं अब पढ़-लिखकर नौकरी करने लगी हैं। मर्दों की तो भागमभाग ही है। पिछले चौदह-पन्द्रह वर्षों में तो इधर दुनिया ही बदल गयी। अब किसके पास फालतू वक्त है?"

चाची पीठ पर हाथ दिए खड़ी हैं। प्रश्न नहीं कर रही हैं। स्नेहसिक्त मुस्कराहट लिए कन्धे छू रही हैं, "अच्छा लगता है न यह सब देखना? नदी...घाट...ये पहचानी जगहें। कितने सालों के बाद तो आयी हो!"

"हांऽऽ!'' मैं बाहर देख रही हूं, बाईं ओर कंक्रीट की विशाल इमारत खड़ी हो गयी है। ऊंची दीवार से घिरी-ढकी। दीवार की आड़ में छिपा सूरज अब घर में कैसे झांकता होगा? ऊपर के बुखारचे में लेटे-लेटे हम सभी बहनें तारों जड़े नीले आकाश पर घुमक्कड़ी करते चांद के अन्दर बैठी पोपले मुंह वाली नानी को ढूंढ़ा करते। कभी मृगछौना तलाशते तो कभी टेढ़े मुंह वाला आदमी। चांदनी की रूपहली लिहाफ ओढ़े हम दूर पार के गुलाबी बौरों भरे बादाम-आड़ू के बरजस्त पेड़ों को छूकर आती हवाओं की गन्ध में ऊंघने लगते। नींदें कितनी बेफिक्र और खुमार भरी हुआ करती थीं तब? लेकिन अब तो चांदनी भी इस विशाल इमारत की ओट

में छिप गयी होगी। वक्त ने यहां भी चांद को एक बेआब, भारी पत्थर का टुकड़ा भर सिद्ध कर दिया।

"भीतर सूरज की रोशनी भी नहीं आती अब?" मुझे याद आया, इस बरामदे में बैठे हम, रंग-बिरंगे स्वेटरें बुनते बसन्त की नई-धुली धूप सेंका करते थे। "उधर पिछवाड़े की तरफ से आती है धूप। इधर यह नया भवन बना है न, बड़ा सुन्दर भवन है, पक्के रंग-रोगन वाला, मज़बूत। खुले हवादार कमरे, सफेद टाइलों वाले बाथरूम। अच्छा किराया मिलता है..."

चाची भवन-निर्माण का इतिहास बता रही है और मैं देख रही हूं, यह घाट कितना तंग हो गया है। दरीभर की जगह बच गयी है सीढ़ियों के ऊपर। आधुनिकीकरण की सौगात है यह घुटन और तंगी। लेकिन चाची को शिकायत नहीं। वह वक्त की शै को महसूस करती है। उसे किसी चीज का गिला नहीं। न बहू-बेटे की शिकायत, न वक्त बदलने का रोना, न अपने ध्वस्त होते शरीर का मलाल। मैं उसे शंका की नज़र से देखती हूं। इतनी निःसंगता कैसे संभव हो सकती है एक व्यक्ति में? बुढ़ापे में तो यों भी औरत कुछ ज्यादा ही टची हो जाती हैं। छूने भर से भावनाएं भर-भराकर ढह जाती हैं–आंखों–बातों के रास्ते। वह कोई दुखद प्रसंग नहीं छूती। चाचाजी का कोई किस्सा शुरू कर अतीत के सुखों का मातम नहीं मनाती। वक्त कौन-सी शक्ल अख्तियार करेगा, चाची जानती न थीं। फिर कब और किन परिस्थितियों में उसने वक्त के अप्रत्याशित बदलाव को अपनी मौन स्वीकृति दे दी? घर के छोटे-बड़े झगड़ों से इसके दैनिक कार्यकलापों में कभी कोई फर्क नहीं आया। चाचा विद्वानजन थे, पर बेटे के मोह में पड़कर ओछी सांसारिकता से ऊपर न उठ पाये।

आसपास बिखरी यादों के झोंकों ने घर के इतिहास का एक पृष्ठ खोल दिया। घर के बंटवारे के समय दो भाइयों में बड़ी तू-तू-मैं-मैं हो गयी थी। अपने-अपने बेटों के भविष्य पर सुरक्षा की मुहर लगाने को उतावले, वे दानिशमन्द भी जायज़-नाजायज़ का फर्क भूल गये थे। चाचा कहते थे कि मन्दिर की तरफ का पूरा पदृटिश्य उनके हिस्से में आ जाये, बीच की दीवार उसी के हिसाब से उठायी जाये। पर वैसा संभव नहीं था, क्योंकि दूसरी तरफ अंधेरा गलियारा था। रोशनी का कोई गवाक्ष भी नहीं। फिर बीच में आड़ी दीवार उठाकर बने लंगोटीनुमा अंधेरे कमरे में काका का बेटा कैसे रह पाएगा, इसका ध्यान चाचाजी को तब नहीं आया था। उन्हें तो बस अपने बेटे के लिए खुली हवादार जगह चाहिए थी। अपना पितृ-धर्म निभाने की चिन्ता में वे सामान्य विवेक भी भूल गये थे। लेकिन चाची ने उन्हें मनाया था–जिएं-

जागें, दोनों बच्चे तो अपने ही हैं, फिर क्या पता, आगे उनका दाना-पानी कहां-कहां बिखरा हो... ?"

अनिश्चित आगत के लिए चाची ने वर्तमान की बलि कभी नहीं दी।

मैं तीखी यादों को परे धकेलना चाहती थी।

"वो लालजी पुरोहित रहा करता था न इधर मंदिर में? नज़र नहीं आया..." वे ठट्ट-के-ठट्ट भक्तजन भी इतर कामों में व्यस्त हुए जान पड़ते हैं।

"वोह! हां री, वह लालजी बेचारा भी कब का गुजर गया। उसका बड़ा बेटा बम्बई भाग गया फिल्म में हीरो बनने। छोटा किसी दफ्तर में क्लर्की कर रहा है। पुरोहिती कोई करना नहीं चाहता। बस, चला रहे हैं किसी तरह।"

चल ही रहा था। यह घर भी तो बस चल ही रहा था। इसकी दीवारें, सीढ़ियां तेजी से ध्वस्त हुई जा रही थीं। पीछे की तरफ कई ईंटें खिसकने लगी हैं। ऊपर वाली मंजिलों की सीढ़ियां चढ़ो तो पांव गोड़ों तक बरसों जमी धूल में धंस जाते हैं। दीवारें, झड़े हुए पलस्तर के नीचे से ईंटों के भद्दे जोड़ दिखा रही हैं। सालों से कोई संभाल नहीं हुई है। फॉरसेकेन हाउस! किसी उम्रदराज़ अपाहिज बूढ़े-सा... परित्यक्त। चाची ही साल-दो-साल में एक-दो महीने आकर नीचे का हिस्सा लीप-पोतकर साफ कर देती है। चलना-फिरना ज्यादा होता नहीं। एक कमरे के कोने में सिमट गयी हैं। घर के ज्यादा कमरे भी बन्द पड़े हैं। पर वह जब तब घुटनों पर हाथ दिये एक-दो सीढ़ियां चढ़ जाती हैं और कई-कई कमरों में प्रेतनी-सी अकेली घूमा करती हैं।

"भाई इस तरफ नहीं आते कभी?" मैंने सहसा ही पूछ लिया।

"अब उन्हें फुरसत कहां है री?" चाची के स्वर में अब भी शिकायत नहीं, बस, एक दानिशमन्द स्वीकार है स्थितियों का। दोनों बेटों का कार्य-क्षेत्र बढ़ गया है। दिल्ली-बम्बई तक काम फैला है। उसी तरफ कोठियां भी बना दी हैं। कभी साल-दो साल में एल.टी.सी. लेकर महीना बीस दिन घूम-फिर आते हैं। इस बार नेपाल की तरफ गये हैं बच्चों को लेकर...।"

"तुम उनके साथ नहीं जातीं?"

"गयी थी दो-तीन बार मैं भी, शिमला, दार्जलिंग। पर सच पूछो तो मुझे अपने घर जैसी कोई दूसरी जगह नज़र नहीं आयी। मैंने काके से कह दिया, तुम लोग जाओ तो मुझे घर छोड़ आया करो। अब दिन ही कितने बचे हैं मेरे? फिर वे लोग भी ढंग से अपना सैर-सपाटा करें। मेरे साथ बेचारे परेशान हो जाते हैं। अब देखो न, वह जाकू का मन्दिर देखने गये तो दस बार मेरे लिए रुकना पड़ा। जहां वे

दौड़कर पहाड़ चढ़ेंगे। वहां मैं तो पीछे छूट ही जाऊंगी। उम्र है, सो लिहाज़ मुरौव्वत में पड़कर वे भी मुझे थामे-थामे पीछे रह जाते हैं। ना बाबा, मुझे उनकी खुशियों में आड़े आना अच्छा नहीं लगता।"

"पर चाची, इधर बिल्कुल अकेले...?"

"अकेले क्यों। इधर तो सभी अपने हैं...?"

तभी इस ऐतिहासिक इमारत के कोने-अंतरे में बने अनेक बिलों में से किसी एक से नमूदार हुआ नन्हा चूहा चमकती आंखों से हमें देखने लगा।

"हिश्श-हट! ये चूहे...!" चाची अधूरा वाक्य छोड़कर चुप हो गयीं।

"मैं चौंक-सी गयी। क्या सचमुच चाची को इस भूत बंगले में भी अकेलापन महसूस नहीं होता, जिसे डेढ़ दशक पहले, इसके निवासियों ने छोड़ दिया है?"

चाची मन्दिर के देवताओं, नाव चलाते मल्लाहों, आस-पड़ोस, यहां तक कि पिछवाड़े खड़े पेड़-पौधों के नाम भी गिनाने लगीं, जिन पर ढेर सारी चिड़ियां-चिरौटे बैठे रहते हैं। सुबह-सुबह उन्हीं की बोली सुनकर वह जाग जाती हैं। चाची अभी भी काकपट्टी पर सुबह-शाम मुट्ठी भर भात और सन्यवोर (छोटी प्याली) में पानी रख देती है, वे पांखी भी उन्हें घेरे रहते हैं। फिर मन्दिर में भजन-पूजन भी चलता ही रहता है सो मन लगा रहता है...

मुझे गुमसुम देख चाची प्रसंग बदल देती हैं, "तुझे याद है, इधर, उस दरी की जगह तुम लेटा करती थीं जब यह निकीरानी जन्मी थी। तुम्हारे पापाजी परली खिड़की से तकिया लगाकर बैठा करते। नींद न लगे, सो देर रात तक तम्बाकू पीते रहते थे। इस निकी की खातिर। कुछ ही दिनों की तो थी, जब जाने कहां से एक रात मुई बिल्ली आकर इसका मुंह सूंघने लगी। दूध की महक आयी होगी। तेरे पापाजी ने देखा तो चिन्ता में पड़ गये। तभी से रात को उठ-उठकर इसे देखा करते, कहीं खरोंच तो नहीं लगी। पास ही बिस्तरा लगवाकर चौकीदारी करते। तुम्हारी मां होतीं तो तेरे पापा को यह सब चिन्ताएं न होतीं। वह सब कुछ संभाल लेती..."

चाची ने नहीं कहा कि रोज सुबह सूरज उगने से पहले निकी को नहला-धुला कर, उसके पोतड़े-पातड़े धो-सुखाकर गरम-गुनगुने बिस्तरे में, मैं ही उसे लिटा देती थी। उन ठंडी सुबहों का गरम कहवा, और मेवा डला दूध का गिलास मैं ही तेरे लिए तैयार रखती थी और किसी को कानों-कान खबर होने से पहले तुझे पिला भी देती थी। चाचाजी के जगने से पहले ही। वे जो चाची के सेवाभाव से अकसर चिढ़ा करते थे। बस, तू तो पैदा ही हुई है चाकरी के लिए, दूसरों की खातिरदारी के लिए।"

लेकिन चाची के भीतर जो मां का दिल धड़कता रहता था, उसको वह क्या उत्तर देती?

मां होती तो क्या कर लेती, मैं अन्दाज़ा लगा न पायी। इस बीच एक लड़की-नुमा औरत चाय और गरम-गरम बाकरखानियां लेकर आ गयी।

"दीना अभी-अभी तन्दूर से निकाल रहा था, मैंने सोचा आपको अच्छी लगेंगी।"

जरा-सी मुस्कराहट से औरत के चेहरे की झाइयां छिप गयीं। आंखों में चमक-सी कौंध गयी। जल्दी ही वह मुड़कर रसोई घर में चली गयी।

गृहिणी का दायित्व निभाती यह मेरी अपरिचित औरत, सुना, मुहल्ले में ही रहती है। चाची जब भी घर आती है, दोनों साथ रहती हैं। अचानक ही दोनों एक-दूसरे की ज़रूरत बन गयी हैं।

"मेरा बहुत ख्याल रखती है यह चुन्नी। देखो तो, क्या लेकर आयी है?" चाची के स्वर में इस कुछ न लगती के लिए लाड़ छलक आया। पता चला कि चुन्नी के पति ने ब्याह के महीना भर बाद ही, मार-पीटकर इसे मां के पास लौटा दिया। नाई के हाथ शिकायतों, खामियों व अपराधों की लम्बी फेहरिस्त भी भिजा दी, जैसे कि रात को खर्राटे भरती है, शाम को जल्दी सो जाती है, यखनी में मिर्च और 'वोस्तहाख' में हल्दी डाल देती है। यह औरत नहीं, कपड़ा धोने की मशीन है। धोने-पछीटने की खब्त है इसे। साबुन इतना खर्च करती है कि दो मास और रखूं तो भीख मांगने की नौबत आ जाये, फिर सूरत सीरत भी ऐसी कि दोस्तों में नाक कट जाय...।

चाची कहती है, "गरीबी सब बुराइयों-अपराधों की जड़ है, नहीं तो लड़की सोना है। पिछले जन्म की पेटजायी है मेरी!"

"इस जन्म के पेट जाये?"

चाची चाय पीने में व्यस्त हो गयी है, "शक्कर ठीक है?"

"हां, चाय अच्छी बनायी है।"

"खाना भी बहुत अच्छा बनाती है। खाकर जाना।"

"फिर कभी, आज तो जल्दी में हूं।"

मैं जाने की तैयारियां करती हूं। मन में बार-बार फुदकती बात जुबान पर आ ही जाती है, "तुम्हारे साथ किसी को तो आना ही चाहिए था चाची। अब तुम्हारा शरीर भी तो ठीक नहीं रहता। कौन जाने, किस घड़ी क्या हो?"

मेरे भीतर भाई की बात भी गूंज रही थी, "क्या पता, अन्त समय मां को हमारे

हाथ भी लगने हैं?" क्या चाची अंतिम यात्रा पर जाते वक्त अपने पुत्र के हाथ से दो बूंद जल की भी इच्छा नहीं रखतीं? पुत्रवतियों की अंतिम कामना...।

चाची भावाकुल हुए बिना सधे स्वर से बोली, "बुढ़ापे का शरीर है बिटिया। कोई बीमारी नहीं। फिर कब क्या हो, इसका कुछ भरोसा भी तो नहीं। अस्सी के पास पहुंच गयी, क्या मालूम और भी दस-बीस साल जी लूं? 'लूक कम्य लासुव व बुढ़ कम्य मोर' (मृत्यु तो समय से ही आती है, वह जवानी या बुढ़ापा नहीं देखती) फिर बेचारे बच्चों को क्यों हैरान करूं? उनकी अपनी परेशानियां बहुत हैं। वे तो अकेले आने नहीं देते, मैं ही ज़िद करके आ जाती हूं।"

सुना था, घर पूरी तरह ढहने से पहले, लड़के इसे बेचना चाहते हैं। नयी कॉलोनी में ज़मीन लेना चाहते हैं। पर चाची का घर के प्रति मोह छूटा नहीं, सो इस अकेली बची बुजुर्ग की भावनाओं की कद्र करते हैं। बहू जरूर नाराज़ है। उसके अपने तर्क है, "इतनी सुविधाएं देते हैं मां जी को, पर इन्हें कुछ सुहाता ही नहीं। क्या नहीं किया मैंने इनके लिए? अपना तो वही हाल है कि कनक बीजी धरती और उग आये सरकंडे। आप ही देखो, अटैचड बाथवाला खुला, हवादार कमरा दिया है, डनलप के तकिये, गद्दे। ब्लैक एण्ड व्हाइट टी.वी. भी रखा है खालिस इन्हीं के लिए कमरे में। जब अकेलापन लगे, मन बहलाया करें। जो इच्छा हो पहनें-ओढ़े और आराम करें। पर इन्हें इस भुतहे घर में परेशानियां उठाना ही भाता है। क्या जाने क्या धरा है उस खण्डहर में?"

भाई ने कहा था, "कुछ महीनों से बेचैन रहने लगी है। देर-सवेर खिड़की दरवाजों पर खड़ी हर आते-जाते से बतियाती रहती हैं। छोटे लोगों के साथ घुल-घुलकर जाने क्या पूछती-बताती रहती हैं..."

उधर घर के सामने कांक्रीट के शानदार बंगले हैं। लम्बे-चौड़े अपार्टमेन्ट हैं, जिनकी खिड़कियों-दरवाज़ों पर भारी-भरकम परदे लटके रहते हैं। उनमें वीडिओ है, पाप म्यूजिक है, पार्टियां और कॉकटेल हैं। लेकिन चाची कहती हैं, "उधर ऐसा नीला स्वच्छ आकाश कहां? बादल भी बेहद मटमैले...गुबार भरे। आकाश ज्यों सिर के ऊपर शामियाने-सा तना हो। दूर-दूर तक कोई नदी नहीं बहती..."

"चाची, शहरों में नदियां नहीं बहतीं। तेरा ही यह शहर नदी को गोदी में लिये फिरता है।"

"जानती हूं रे...।" छोटा-सा उत्तर देकर चाची चुप हो जाती हैं। बिना व्याख्या किये समझने वाला उत्तर!

"सच कहना चाची, तुम्हें अपने घर में सुख नहीं?"

चाची इस सीधे सवाल पर ज़रा-सा मुस्करा देती हैं, "पगली! वह तो मेरे बच्चों का घर है। भला मुझे वहां सुख क्यों न होगा! अब तक तो साथ-साथ ही लगी रही। पर अब मेरी उम्र ज़्यादा हो गयी। जाने का वक्त आ गया। अब मन इसी कोटर की तरफ लौटा है, अपने संगी-साथियों की खोज में। सो यहीं रहना अच्छा लगता है।"

चाची ने मेरी चिन्तित मुद्रा देखकर जोड़ दिया, "मेरे हाथ-पैर अभी चलते हैं, सो चिन्ता कैसी? न चलते तो मज़बूरी थी। मैं यहां खुश हूं बेटी!"

अब इधर नदी दुबला गयी है। पिछवाड़े का घना पेड़ झड़कर लूंठ रह गया है। अब पता नहीं उस पर पंछी आते भी हैं या नहीं। पर चाची कहती हैं, सुबह-सुबह मेरी काकपट्टी पर पंछी चहकने लगते हैं...

चाची उम्र के आखिरी दौर में अपने संगी-साथियों की खोज में इस वीरान घर में आयी हैं। वे लोग चले गये, पर उनकी यादें घर के कोने-अंतरों में सुरक्षित हैं। जरा-सा छू दो, तो बोलने लगती हैं। यादों में जीने की उम्र ही उनका संन्यास है, पर यहां भी वे चुन्नी की मां बनी बैठी हैं। अकेली कहां है?

बच्चे ज़रूर नाराज़ होंगे...। मनमौजीपन की हद है...। कुछ हो गया तो लोग कहेंगे–बहू-बेटे ने परवाह नहीं की। चाची से पूछा तो वही मुर्गे की एक टांग, "अंतिम समय किसी का देखा-भाला है? मैं सौ बरस भी जी सकती हूं तो क्या बच्चे अपने सुख छोड़कर मेरे शेष दिन गिनते रहें–कब मां मरे और कब अंतिम क्रिया-कर्म निपटाकर हम ऋण-मुक्त हो जायें? ना, ना! मेरा कोई ऋण शेष नहीं है उन पर। यह गलत है। मन मारकर जीना! नहीं बिटिया, यह बिलकुल गलत है... मेरे लिए भी और मेरे बच्चों के लिए भी, फिर मैं तो यहां खुश हूं...।"

"जाने वाले अपने पीछे कितनी वीरानी छोड़ जाते हैं।" मैं सूने घर में प्रेत-सी अकेली चाची को देखकर भावाकुल हूं, "कैसे मन लगता है तुम्हारा यहां?" चाची मेरी भावुकता से अछूती नहीं पर स्थितियों के खामोश स्वीकार ने उन्हें निःसंग बना दिया है। इसीलिए उनकी और मेरी भावदशा में फर्क है, और वे मुझसे कहीं ऊपर हैं।

वे मुझे बाहों में भर लेती हैं, "वे लोग भाग्यवान थे, जो अपना काम पूरा कर चले गये। जाना तो आगे-पीछे सबको है। इसमें दुःख कैसा? मेरी सांसों का हिसाब अभी हुआ नहीं। पर यह तो प्रकृति का नियम है बिटिया। तुम तो पढ़ी-लिखी हो। गीताजी नहीं पढ़ी? पढ़ा करो, मन शांत रहा करेगा..."

जाते-जाते चाची ने सुख और खुशी का फर्क़ बताकर मेरा उद्वेग कुछ कम कर दिया। निकी का माथा सूंघा, मेरी साड़ी के छोर में नेग बांधकर आशीष दी, "जाओ, अपना कर्म करो, खुश रहो! मैं भी खुश हूं, मेरी चिन्ता न करो। अगली बार आओगी तो शायद मैं न रहूं, दुःख मत करना।"

निकी भारी माहौल को हल्का करने की गरज़ से बोली, "नानी, ममा कहती हैं, शिवरात्रि के दिन इस दरवाजे पर 'रामबिल्ला' दस्तक देता था।"

चाची हंस पड़ी, "रामबिल्ला भी अब बड़े शहरों की ओर चला गया है निकी रानी तुम लोगों के द्वारों पर दस्तक देने। वह मेरी तरह बूढ़ा थोड़े होता है पगली?"

सड़क के आखिरी मोड़ तक, जब तक हम आंख से ओझल न हुए, चाची सीकचों वाली खिड़की से आंख-मुंह सटाकर हमें देखती रही। निकी ने कहा, "अब नानी अपनी ऐनक नाक पर चढ़ा भवानी सहस्त्राम या गीताजी पढ़ने बैठेगी..."

लेकिन मैं जानती हूं, चाची अब तकिये पर सिर टिकाकर कुछ देर सुस्ताएगी। मेरे आगमन ने जिस अतीत को कुरेदा है, उसे वे एक बार जरूर जी लेंगी। ढेर-ढेर यादें उनके स्मृति-पटल पर आकार लेने लगेंगी, जिनमें घर छोड़कर शहरों की ओर भागा वह 'रामबिल्ला' भी होगा, जो कभी शिवरात्रि के दिन गृहस्वामिनी चाची की काया में प्रवेश कर द्वार पर थापें देता था और जिसके उत्तरों से आश्वस्त होकर बच्चे-युवा चहककर द्वार खोलते, महिलाएं 'आलत' उतारती और घर के छोटे-बड़ों के छोटे-मोटे हंगामे के बीच गृहलक्ष्मी चाची गर्व से छलकती, कमर पर धरी चमचमाती घाघरी से नैवेद्य के अखरोट निकाल, मिसरी के साथ, घर भर में बांटती फिरकनी-सी घर में घूमती थीं।

आज डेढ़ दशक बाद इस सूने घर में एक बार फिर वे दस्तकें गूंजेंगी।

घर की दीवारें एक साथ पुकार उठेगी–

"कौऽऽन है।" "क्या ऽऽऽ लेकर आये हो?"

और चाची उम्र भर बटोरी अनुभूतियों की भरी गागर लिए घर में प्रवेश करेंगी। गृहस्वामिनी की गरिमा से मंडित, और कोने-अंतरों से उगे कई-कई हाथों में अपनी यादों के नैवेद्य रख देंगी।

पोशनूल की वापसी

छीजे हुए पुराने लिहाफों जैसे बादलों के बीच से सूरज ने जरा-सा उझककर बर्फ की कब्र में दफन हुई धरती को देखा, तो शिंगल और टिन की झुकी छतों से लटकती पानीदार मूलियों-सी सफेद शिशिरगांठे उष्णता का स्पर्श पाकर पिघलने लगीं।

चितकबरे पैबंदोंवाली 'बंडपुरी चादर' में दुबके महदे ने आफताब की आब देखी तो दोनों हाथ आसमान की ओर उठाकर माथा झुकाया, "शक्र परवरदिगार तेरा! पूरे दो माह बाद बंदों पर एक सीधी नज़र तो डाल दी।"

खदीजा चौके में पटले पर बैठी चावल के आटे से दोहरे फुलके बना रही थी। पति को सुना तो लोइयों को हथेली की चोटों से थपथपाती आकरण तुनक उठी, 'अल्लाह-रे-अल्लाह! साल-के-साल आसमान ताकने वाले से कोई पूछे, सूरज किस घड़ी गांधरबल में छिपा और किस घड़ी हरमुख के पीछे से निकल आया, घड़ी-मिलट सभी बता देगा।'

महदे ने लोहे की पत्तर से कांगड़ी की बुझती आंच करीने से बीचो-बीच जमा दी और गर्म फुलकों से उठती सोंधी महक से खुश होकर मुस्कराया, "तुझे कोई मना करता है आसमान ताकने से? दिन-मिलट याद रखने से? आंय?"

"मैं क्या याद करूं घड़ी-दिन?" खदीजा ने उबलते कहबे-सी भापीली उसांस छोड़ी, "अपनी किस्मत में तो दिन के चार पहर खटना ही लिखा है। तिस पर न खर खुश न खरवाला।"

महदे ने करुणा से खदीजा के झुर्रियाते चेहरे पर लिखी उदासी-भरी नाराजगी को देखा और जान गया, सुबह-सुबह बहू या बेटे के साथ कुछ खट-पट हुई है।

खदीजा तवे पर रोटी पलटते ज्यों अपने-आपसे बतिया रही हो, 'अलस्सुबह आंख खोलती हूं तो पहर रात गये ही तखता हुई कमर सीधी कर पाती हूं। फिर भी सारा गांव जलता है मेरे भाग से। पूतोंवाली हूं न! मगर तेरे पूतों की कोई कल सीधी होती न, तो मैं भी कभी आसमान के नज़ारे देखती।'

"अरी, छोड़ यह रोज-रोज का लैलनामा। दिल बड़ा रख। अपने कोखजायों का बुरा मानेगी तो दीन-जहान एक में चार जोड़कर तमाशा देखेगा। आखिर तो बच्चे ही हैं। समझ जायेंगे अपने-आप।"

समझ जायेंगे अपने तजरुबों से। महदा यही कहता है, जब भी खदीजा बच्चों की शिकायत करती है, एक ही जवाब। मगर महदा जानता है कि बच्चे पढ़-लिखकर समझदार हो गये हैं। मां-बाप की हर बात में मीनमेख निकालना अपना पैदाइशी हक समझने लगे हैं। घर के कुल जमा पांच अदद जनों में सुबह से शाम तक फिजूल की किच-किच चलती रहती है। नयी बहू दोपहर तक बिछौना नहीं छोड़ती। पहर गयी रात तक किताब खोले बैठी रहती है। पढ़ी-लिखी है न! उसके अपने शौक हैं, अपनी पसंद। गाय दुहना वह जानती नहीं। गायें थनों में उसका हाथ लगते ही बिदक जाती हैं। गांव-घर का चूल्हा। उपलों के धुएं से बहू की आंखें कड़ुवाती हैं, शहर में गैस के चूल्हे की आदत जो हुई। खदीजा, अकेली जान अंदर-बाहर सब संभालती है। सौ झंझट। ऊपर से बहू को 'शीर चाय' पसंद नहीं। अग्रेजी लपटन चाय ही पीयेगी, जैसे सात पीढ़ियों ने वही चाय पी हो। बारह जमात पढ़कर ही दिमाग़ उलट गया है। तारिख के तो मुंह में दही जमा है। डरता भी होगा। शहर की छोकरी ब्याह कर लाया है। ऊंच-नीच सुनेगी थोड़ी।

एक अपनी नूरी है। शहर में ब्याही गयी–मुंह सीये दस जनों का टब्बर संभालती है। बात-लात सहती है। तभी न सास कोखजायी का-सा लाड़ भी करती है...!

नूरी के लिए महदे का दिल भर आया। दुर्गी-कमली के साथ पली है नूरी। सलीक़ेदार लोगों के साथ उठी-बैठी है। ग़लत काम कैसे करेगी? बहू चार हरुफ पढ़ी नकचढ़ियों से दोस्ताना जोड़ बैठी है, सो सोहबत असर लायेगी। महदे ने सोचा, कहे, पर टाल गया। बेकार की बहस! बात बढ़ाने की आदत भी नहीं है महदे की।

बात बदलने की ख़ातिर ही महदा उठकर जानवरों के बाड़े की तरफ चला गया। नयी बियाई गाय का छौना कुनमुना रहा था। महदा ने उसके मुलायम तन में झुरझुरी उठती देखी तो चौंक गया। अंदर छाजन से टप-टप पानी की बूंदें टपकने

लगी थीं। महदे ने छौने को थपककर उठाया। सूखी जगह पर पुराना गदेला डाल उसे लिटाया और टपकती छाजन के नीचे यहां-वहां तसला-तगारी रख आया।

"तारिख से कहा था, दस-बीस पूले घास के डाल दे, बाड़े की छत पर! फरजंदे ने इस कान सुन उस कान निकाल दिया। छप्पर टपक तो रहा ही है, बर्फ के भार से नीचे सरकने लगा है। अब लाट साहब बर्फ़ तो क्या उतारेगा...?'

'लो, सुनो! इस्कूल-कॉलेज जाने वाले लौंडे तुम्हारा बाड़ा छवाते रहेंगे, मजूरों की तरह बर्फ ढहाते रहेंगे? ऐसी अक़्ल तो तूने बुढ़ापे में ही पायी लगती है।" खदीजा लड़कों की गैरज़िम्मेदारी से उपजी कुढ़न पति पर निकालने लगी।

"अकल तो थी ही कहां री? अपने तीसमार खां बेटों से ही पूछ, जिनकी मसें भींगते ही बाप कमअक्ल हो गया। फिर भी शुक्र है ऊपर वाले का कि अभी हाथ-पैर चलते हैं। चल, पकड़ा बेलचा-तगारी। थोड़ी बर्फ गिराकर छप्पर का वज़न हल्का कर दूं। लौंडों का इंतज़ार करते एकाध थक्का बर्फ़ का और गिरा तो बेजुबान डंगर जान से हाथ धो बैठेंगे।"

सीढ़ी पर एहतियात से पैर जमाते महदू बाड़े की छत पर चढ़ गया। बेलचे में बर्फ भर-भर गिराते उसके भीतर कुछ कोंचता रहा। जब भी तारिख और फजल की बात सोचता है, उसका जमीर उसे फटकारने लगता है, 'महदे, तुझे अपना टब्बर संभालना नहीं आया!'

विचारों के गुंजलक में कसे महदे को तब हाकिम संसारचंद की बातें याद आती हैं, 'महदे, तुम चार दिन भी गांव चले जाते हो तो मेरे घर का डिसिप्लिन बिगड़ जाता है। बच्चों को तुम ही ऑर्डर में रखना जानते हो...'

लेकिन महदे के बेटे उसके ऑर्डर में कहां रहे? बेटे बड़े स्कूलों में पढ़ने गये तो छोटे बाप की तहज़ीब पुरानी जंग लगी औज़ारों-सी बेकार हो गयी।

पहाड़ों के सिर सफेद ताज़ों के गुरूर में आसमान छू रहे थे। बर्फ़ानी हवाओं की चपेट से आंगन का शहतूत निरा ठूठ-सा खड़ा था। सुग्गा, गुगी, बुलबुल, कोई भी पांखी दूर-दूर तक नज़र नहीं आता। नंगी टहनियां बर्फ़ के गुच्छों से लदी सिकुड़ी-सी खड़ी हैं, उदास, अचीन्ही-सी। बहार के मौसम में यही शहतूत का पेड़ सफेद गुलाबी बौरों और लाल रसभरे तूतों से महकता रहता है। तब शर्मीले पोशनूलों (पोशनूल-पीलक पक्षी का कश्मीरी नाम) के झुंड नन्हें पत्तों की आड़ में छिपकर चहकते हैं। महदे को वह बहार कभी नहीं भूलेगी जब बबलाल बच्चों को लेकर उसके घर आये थे? बच्चियां तो इस पेड़ से बंध गयी थीं। खट-मिठे रसभरे शहतूत और टहनियों की आड़ में आंखमिचौनी खेलते सुनहरे-पीले रंग

वाले पोशनूल–ई ई यो ऽ ऽ ऽ

"क्या बोलता है पोशनूल, महदू काका?"

"पोशनूल बोलता है–'श्रीकृष्ण गूपियो
वोडि छय न टूपियो।"

नन्हें हाथों से तालियां बजाती कमली महदे के सिर से ईरानी टोपी खींच लेती है।

"हट, यह भी कोई खेल हुआ?" महदा आंखों में तरेर भर झूठ-मूठ का गुस्सा दिखाता है।

"मैंने तो कुछ नहीं किया, तुम्हारी कसम!" दुर्गी टोपी पीठ पीछे छिपाकर भोलेपन से निहारती है, "वो तो ले गया पोशनूल।"

"धत्! पोशनल कोई बंदर है जो टोपी लेकर भाग जायेगा?"

महदा दुर्गी की पीठ पीछे छिपी टोपी खींचकर सिर पर जमाता है, कुर्ते के दामन से पोंछ-पांछकर, "पगली! पोशनूल तो याद दिलाता है, सिर पर टोपी पहनो। टोपी हया बख्शती है, जैसे दस्तार इज्ज़त बख्शता है, वैसे ही।"

फिर टोपी और दस्तार का अंतर समझाते महदा बच्चियों को लाज और मर्यादा की बातें बताता। पांखियों की अर्थहीन ध्वनियों के अर्थ बूझता! मज़ाल है, कमली-दुर्गी ने उस दिन के बाद कभी महदे की टोपी को हाथ भी लगाया हो।

दुर्गी-कमली अब बड़ी हो गयी हैं, बाल-बच्चों वाली। दूर देशों में अपनी गृहस्थियों के साथ रच-बस गयी हैं। लेकिन महदे की नज़र में अभी वे नन्हीं बच्चियां ही हैं। वे ही यादें, वे ही नज़ारे आंखों के आगे घूमते रहते हैं। ऐसी ही जमी हई बर्फ में महदा कमली-दर्गी के लिए बर्फ के जानवर बनाता था–बिल्ली कुत्ते से लेकर 'राइचोक' तक। कमली के दूधिया गुलाबी कपोल बर्फ़ीली हवाओं से दिप-दिप दमकते।

"तुमने 'राहचोक' देखा है, महदू काका?"

"हां, री! बर्फ़बारी की रात में नदी-नालों को पार करता है। हाथ में दीया लेकर उलटे पांव चलता है।"

"आय हाय! नदी में डुबो भी देता है।"

"न, री! डरपोक लोगों को डराता है। जो बहादुर होते हैं उनसे आप ही डरकर नालों में घुस जाता है।"

दुर्गी-कमली कहानियां सुनने की दीवानी थीं। दुनिया भर के पखेरुओं की

कहानियां, शाम ढलते ही जब आसमान की सड़क से पांखियों का जुलूस गुजरता, वे महदे को घर के किसी कोने-अंतरे से पकड़कर ले आतीं' "किधर जाती हैं ये चिड़िये, महदू काका?"

'चिड़ियें इस वक्त अपने घरों को लौटती हैं।'

"बड़ेवाले अखरोट के पेड़ के ऊपर? उधर कौन रहता, महदू काका?"

"उधर उनके नन्हें बच्चे रहते हैं, चोंच खोले, दाने के इंतज़ार में। मां आयेगी, बबा आयेगा, दाना-दुनका लायेगा। नन्हीं चिड़ियें खायेंगी।"

"कच्चा दाना खायेंगी, एकदम? पेट में दर्द नहीं होगा?" दुर्गी विस्मय से प्रश्न-पर-प्रश्न दागती।

महदू अपने कथन में संशोधन करता। कच्चे दाने की बात एक बार पहले भी कही थी। कमली बिने चावलों के ढेर से मुट्ठी भर-भर फांकने लगी थी। काकनी मां ने डांटा तो बोली, "चिड़ियां भी कच्चा दाना खाती हैं, महदू काका बोलता है..."

काकनी मां ने महदू को बुलाकर पूछा था, "क्यों महदू, चिड़िया कच्चा दाना खायेगी तो पेट में दर्द नहीं होगा?" महदा इशारा समझ गया।

"हां, काकनी मां! चिड़िया पहले चूल्हा जलाती है। चिरौंटा तिनका-तुनका लाता है, तब चिड़िया खिचड़ी पकाती है। उसके बाद बच्चों को खिलाती है।"

"चिड़िया के तो हाथ नहीं हैं, कैसे खिलायेगी?" दुर्गी सफेद दंत पंक्ति झलकाती महदे के अधकचरे ज्ञान को चुनौती देती।

'वो तो चोंच से चग्गा खिलाती है। देखा न तमने? चिडियें सभी काम चोंच से करती हैं।'

दुर्गी-कमली हिल भी कितनी गयी थीं महदे के साथ! कुकिल देखकर तो लड़कियां खुशी से बौरा गयी थीं, ऊंचे चिनार के नक्काशीदार पत्तों के बीच मीठे सुर से गाती कुकिल के गीतों का अर्थ महदे के सिवा बूझ भी कौन सकता था? महदा दोनों हाथों की गुलक बनाकर शंख बजाने के अंदाज में कुछ इस तरह फूंकें मारता कि बड़ी तरन्नुमभरी आवाज़ें निकलतीं। हू-ब-हू कुकिल की आवाज़–गु गू गु गू गु गु...

"क्या बोलती कुकिल महदू काका?" कमली ठुनकती।

तब महद् बताता, किस प्रकार कुकिल दर्द-भरे सुरों से अपने पिटने की शिकायत करती है, "गु गू गु, गु गु गु, माजि लोयनम, काजवटे सूत्य व्यनि लोयनम यनि कानि सूत्य..."

"सच्ची-मुच्ची मां ने मारा सिलबट्टे से?"

"मारती नहीं? रसोई में भात पकाते मां की कलछी-परात जूठी जो कर दी।"

"बहन ने क्यों मारा?"

"बहन चरखा कात रही थी कि कती हुई पूनियां उठाकर खेलने लगी। भला गंदी नहीं होंगी पूनियां? यह भी कोई खेल हुआ? तू ही बता।"

तारिख दूर से ही पिता को बर्फ उतारते देख गुस्सा हुआ। वज़नी गीले बूट बरामदे में फटकारता मां से मुखातिब हुआ, "यह बबा खुद क्यों बर्फ़ उतार रहा है? ठंड खायेगा तो मुसीबत खड़ी कर देगा। ऐसे ही आठ पहर सीने में खों-खों होती रहती है।"

महदा लंगड़ाती चाल से सुन्न हुई टांगों को झटकारता पैरों को धरती पर टिका रहा था। घुटनों के नीचे खून जैसे जम गया हो। बेटे की बात सुनी तो जबड़ों में थिरकन हुई, "क्यों रे तारिख, अब गरीब लोग भी अपना काम नौकरों से करवायेंगे?"

"लेकिन बबा, तुम्हें पहले ही सर्दी हो गयी है। खामखाह...'

"सो तो है लेकिन करना तो मुझे ही था न?"

महदे के संजीदा स्वर ने तारिख का गुस्सा भड़का दिया, "जरूरी नहीं था बबा, मगर तुम्हारी उम्र भर की आदत जो है चाकरी..."

"उम्र भर की क्या फरज़ंदे, "महदे का संजीदा चेहरा तन गया। माथे की नीली नसें गुंदुमी जिल्द के भीतर से फड़कने लगीं, "यही कहना चाहते हो न कि मैंने ताउम्र चाकरी की? जरूर की बच्चे! लेकिन ऐसी चाकरी तू करता तो मालिक होने की ख्वाहिश दिल में कभी जगती ही नहीं।"

खदीजा ने आंख के इशारे से बेटे को जबानदराजी से बरज दिया। वह संसारचंद के घर के साथ महदे का अजहद जुड़ाव जानती है, तभी न महदा कुर्ते की जेब में हमेशा दुर्गी, कमली और निका की तस्वीरें टांगें रहता है।

चूल्हे में जलती लकड़ियां झाड़ दहकते अंगारों से खदीजा ने महदे की कांगड़ी तपा दी। महदा ठंड से सुन्न होते हाथ कांगड़ी पर रख तेज आंच से मीठी खुजली महसूसता अतीत की वादियों में भटकने लगा–हां, की है महदे ने चाकरी। संसारचंद की...नहीं, बबलाल की, नाम लेने से गुनाह करने का अहसास होता है। तारिख गलत भी नहीं। वह उसे चाकरी ही समझेगा। पहले काश्तकार, फिर चपरासी और फिर घर का नौकर।

नज़र-नज़र का फर्क। लोगों ने महदे की चाकरी देखी, बबलाल का सलूक न देखा। खाना खाते महदे के 'बुशकाब' में झांककर तसल्ली करते बबलाल की सुकूनभरी नज़र न देखी। उन्होंने बबलाल को यखनी और रोगनजोश के ज़ायके की तारीफ महदे से पूछते न सुनी और काकनी मां का मुस्कराता मोह सना उत्तर, "देख लो महदजू, कल से तुम अपने बबलाल के सामने बैठकर खाना खाया करो। तुमसे बेर-बेर पूछताछ कर मेरी नीयत पर शक करने का गुनाह तो न करना पड़ेगा..."

न से महदे के कान की लवें तक लाल हो जातीं, "काकनी मां! मालिक और नौकर को एक साथ बिठाकर मुझे जहन्नुम में क्यों भेजती हो?"

"ना महदे, ना!" बबलाल फर्शी हुक्के की नै मुंह से निकाल मुलायम आवाज़ से बोलते, "तुम तो मेरे भाई हो! तुम्हारे अहसान इस जन्म में भूलूंगा तो परलोक में दुर्गत पाऊंगा।"

महदे का अहसान बबलाल भूले न थे, पर क्या महदे ने सचमुच बबलाल पर कोई अहसान किया था? काकनी को वह मां समझता था और दुर्गी-कमली क्या नूरी से अलग थीं?

अलग होती तो महीना भर महदे के गांव रहने पर अकुलातीं? गिरती बर्फ में ठंड से सिकुड़ी, खिड़की पर बैठकर उसे बुलाती रहतीं? ठीक वैसे ही जैसे कभी-कभार परदेश गये बबलाल को बुलाती थीं...

शीना प्यतो प्यतो, काका। यितो यितो।

(काका आ जाओ...आ जाओ।)

काकनी मां महदे के लौटने पर बच्चियों की वे बातें उसे चाव से सुनातीं। दुर्गी-कमली के प्यार ने महदे को अनायास ही पिता के आसन पर बिठा दिया था। एकाएक वक्त बड़ा ज़ालिम हो गया था। अंग्रेज़ बहादुर गद्दी छोड़कर जाते-जाते मुल्क का बंटवारा करा गया था। भाई-भाई खंखार दरिंदे बनकर एक-दूसरे के खून के प्यासे हो गये थे। वही तूफान मुज़फ्फराबाद के रास्ते बारहमूला तक पहुंच गया था। बबलाल उन दिनों बारहमूला के हाईस्कूल में हेडमास्टर थे और महदा एक चपरासी। घर-गांव दुर हाेने के कारण महदा हेडमास्टर साहब के ही घर में रहता था और बच्चों को खिलाया करता था।

महदा वह रात कैसे भूल सकता है? असोज-कार्तिक मास की हल्की ठंड में लिपटी खामोश रात। दूधिया चांदनी के आगोश में बच्चे की तरह सोया कस्बा। अचानक आधी रात के वक़्त खामोशी का जिगर भेदती बंदूकों और गोलियों की

आवाजें धरती हिला गयी थीं। महदू बंगले के दालान में लेटा हड़बड़ाकर जागा था। मिनटों में कस्बा वहशियों की नोच-खसोट और मज़लूमों की चीखों-चिल्लाहटों के बीच हांफने लगा था। महदा माजरा जानने के लिए गली में आ गया था। लोग बदहवास न जाने कहां भागे जा रहे थे और भागने की कोशिश में गोलियों का शिकार हो रहे थे। तहखानों और भूसा कोठरियों में छिपी औरतों को खींच-खींच कर दरिंदे नोच रहे थे।

उसी वक्त रसूल मियां, लतीफ बेग और गफ्फार महदे की तरफ आ गये थे, "महदे, अपने मास्टर की जान बचाना चाहता है तो मास्टरनी को बाहर भेज और उन छोकरियों को भी।"

छोकरियों के नाम पर महदे का खून खौल उठा था। अपनी जान बचाने की खातिर दीन और मजहब के नाम पर वे दुश्मनों के साथ सांठ-गांठ कर चुके थे। ज़र, ज़मीन और औरत के भूखे कबाइलियों को वे औरतें मुहैया कराते थे। उनकी नीयत समझ वह उलटे पांव अन्दर घुसा और भीतर से फाटक बन्द कर दिया।

भीतर बबलाल राख रंगे चेहरे से उसे देख रहे थे, उन्होंने अपना अबरक मांड से चमचमाता साफा महदे के पैरों पर डाल दिया था। उस वक्त उसे उस भूचाल से ज्यादा बबलाल की याचनाभरी आंखें हिला गयी थीं।

उसने साफा जल्दी से उठाकर ताक पर रख दिया और अल्लाह पाक का नाम लेकर बबलाल को माथा नवाया। फिर उनसे माथे का चंदन पोंछने और जनेऊ निकालने का इशारा किया। अपनी कमीज-सलवार बबलाल को पहनाकर उन्हें दीवार फंदाकर श्रीनगर की राह पर भेज दिया। खद कमली-दर्गी और काकनी को लेकर पिछवाड़ें के दरवाजे से निकल गया। मां-बेटियों को घर में छिपा रखा। और दुर्गी-कमली को नूरी के कपड़े पहना दिये। काकनी ने जब 'फिरन तरंगा'* छोड़ खदीजा के कपड़े पहने तो महदे की आंखें धरती में गड़ गयीं, "काकनी मां, तुम्हारे लिए मैं अल्लाह पाक से ईमान और अस्मत की खैर मांगूंगा। वह मुझे मेरी ज़्यादतियों के लिए माफ करे।" काकनी मां ने धार-धार आंसू बहाते, बेटे की तरह महदू को सीने से लगा लिया।

कुछ दिन बाद जब दिल्ली से फौजें आयीं और कबाईली मुजफ्फराबाद तक पीछे धकेल दिए गए तब महदा उन सबको लेकर शहर लौटा था।

---

* तरंगा-शिरोवस्त्र

महदा गफ्फार और लतीफ के हाथों ज़लील हुआ। उन्होंने उसे दीनो-ईमानफरोश और काफिर तक कह डाला। "ऐसी भी क्या फर्ज़ अदायगी? दुश्मनों को पता चलता तो समूचे घर-बार और मोहल्ले-टोले को गोलियों से भून न देते? आखिर जान है तो जहान है..." महदा बिरादरी से कटा रहा। उसकी समझ में दीन से भी बड़ी कोई चीज़ थी जिन्हें वह उन्हें समझा न सकता था।

महदे ने वह सब क्यों सहा? क्या नौकर-मालिक के रिश्ते के कारण ही? महदू तारिख से यही सवाल पूछना चाहता है। वह तो पढ़ा-लिखा है, अक्लमंद है।

मगर नहीं। महदू नहीं पूछेगा। कई साल बाद तारिख ने भी बाप से यही बात पूछी गो कि बेहतर लफ्जों में...

महदा आश्चर्यचकित बेटे को देखता रहा। भीड़ की बात की उसने परवाह न की थी। उसका न दिमाग होता है, न दिल, लेकिन उसका बेटा तारिख...? जो बबलाल की मेहरबानी से ही इल्म का हक़दार बना। उन्होंने ही तारिख की पढ़ाई का खर्चा उठाया, उसे वज़ीफा दिलाया। आज उन्हीं की मेहरबानी से तारिख बड़े स्कूल में मास्टर बन गया है, नहीं तो महदा कभी सोच सकता था कि उस जैसे अपढ़-गंवार का बेटा दूसरों को इल्म देगा? मगर तारिख की बातों में बाप के सोच की कोई भनक क्यों नहीं? इस इल्म का क्या फायदा जो अपनों को ही न समझ सके?

महदा समझ नहीं पाता कि चंद किताबें पढ़कर आदमी बुजुर्गों के उम्र भर के तजुर्बे को गलत कैसे करार दे सकता है?

"कैसी तालीम है यह?" महदा बेटे से कहे बिना नहीं रह पाता, "प्यार, ईमान और इंसानियत...ये लफ्ज तुम्हारी किताबों में नहीं लिखे हैं क्या? हमने तो उम्र भर..."

तारिख पिता के उम्र भर के हिसाब-किताब में प्यार, ईमान और इंसानियत की इबारत के सिवा कोई सही जवाब नहीं पाता। जमा-हासिल जान नहीं पाता। उम्र भर की दौड़-भाग का कोई तो अंजाम हो? कुछ हासिल किया हुआ अपना हो...?

पिता की बात को वह तर्कों की कसौटी पर कसता है–"प्यार, मुहब्बत, लिहाज, ईमान का हिसाब बराबर वालों के साथ ठीक बैठता है बबा! यों उम्र भर सिर झुका कर दूसरों की गुलामी करने को प्यार, लिहाज़ कहने का जमाना अब रहा नहीं। जज़बात की बात छोड़ दें बबा, तो तुम उम्र भर संसारचंद के नौकर ही तो रहे और उनके लिए वही हलीमी अभी भी तुम्हारे भीतर भरी हुई है। तुम समझते हो, बच्चे तुम्हें याद करते होंगे? इतने सालों में तो वे यह भी भूल गये होंगे कि कभी तुमने उन्हें पाला-पोसा था..."

तारिख पिता को आश्वस्त करती मुस्कराहट थमाता है–"तुम उस नवाब के दो नौकरों वाली बात कहते हो न, जो हर माह एक को अशर्फी और दूसरे को चांटा इनाम में देता था। चांटा खाने वाला नौकर जल्दबाज और कामचोर था और अशर्फीवाला मेहनतकश और ईमानदार। इसे समझ लो, तुम उनके अशर्फीवाले नौकर थे, पर थे नौकर ही।"

अब महदा बहस नहीं करता। बाप का जूता जब बेटे के पांव बराबर आ जाये तो बेटे का भी लिहाज करना पड़ता है न! फिर महद् जानता है कि किताबी सोच जिंदगी से हासिल किये सोच से अलग होती है। उम्र के अनुभव का रंग उस पर न चढ़े तो कसर रहती है। फिर अब बबलाल की गुलामी वह नहीं करता। बबलाल-काकनी दोनों, वर्ष भर में आगे-पीछे अपने-अपने घर चले गये। जाने से पहले महदे के नाम काश्त करने वाला खेत लिख गये। बच्चियां पहले ही ब्याहकर देश-विदेश में रच-बस गयी थीं। निका बेटा भी नौकरी के लिए राजधानी में बस गया। सो महदा काकनी मां के जाते ही गांव लौट आया हमेशा के लिए, उम्रभर की यादों का एक बेअंत पारावार लिये। अपने बच्चों की अजनबी-सी लगती दुनिया में वह दखल नहीं देता। बदलाव से उसे एतराज़ भी नहीं। बदलना ज़रूरी है। कुदरत के बनाये मौसम भी तो बदलते हैं। बहारों में गदराये पेड़ पतझड़ में लूंठ बन जाते हैं लेकिन उन ठूठों में भी बर्फ़ गलने के बाद फिर नयी कोंपलें जो उगती हैं! महदे के बच्चे इस सीधी-सी बात को समझ क्यों नहीं पाते कि धरती में नमी चाहिए। परती जमीन में खर-पतवार के सिवा क्या उगता है भला? वे लोग जिस्मानी और रूहानी आजादी की बात करते हैं और महदा उस आज़ादी की झलक उनकी आंखों में देखना चाहता है। नहीं पाता महदा कुछ भी उनकी आंखों में। तब वह कुर्ते की जेब से दुर्गी-कमली की वही छोटी-सी तस्वीर निकालकर देखने लगता है जिसमें वे महदे की गोद में बैठी चमकती आंखों से पोशनूल की चहक सुन रही होती हैं...। महदे की रूह तब हवा में तैरने लगती है। होंठों पर बहुत पुराना गीत मंडराने लगता है–"आज़ाद बुलबुल बाशे करान पोश डलन मंज।" (आज़ाद बुलबुल फूलों की झीलों में चहक रहे हैं)

'वारिमुठ-भात' खाकर महदा चिलम पीने बैठा तो तारिख ने तंबाकू की पुड़िया के साथ लिफाफा थमा दिया, "स्कूल से आ रहा था तो रास्ते में अहदा दे गया। दस घरों से लौटकर यह चिट्ठी उस तक पहुंची। पता बराबर नहीं लिखा है..."

"किसकी है?" महदे ने सोचा, गुले की होगी। उसे अब कौन लिखेगा। कह रहा था, तारिख से कहो, स्कूल में कोई छोटी-मोटी नौकरी दिलवाये।

"हां, तारिख किसी मिनिस्टरी के दफ्तर में ऊंची कुर्सी पर बैठा है–फोन खटखटाया और नौकरियां हाज़िर।"

तारिख भुनभुनाता हुआ रुक गया, "यह चिट्ठी कलकत्ते से आयी है–कमली रैना की।"

"कमली बच्ची की?" महदा चौंककर उछला, ज्यों धरती से आसमान छू गया, "इत्ते सालों बाद? भला कैसे याद किया महदू काका को...जरा पढ़ तो... पढ़-पढ़...?

तारिख मुस्कराकर पढ़ने लगा और महदू के जिस्म पर हज़ारों कान उग आये।

बहार आते ही कमली बच्चों के साथ अपने घर आयेगी। बच्चे पहली बार कश्मीर देखेंगे। वे महदू काका से भी मिलने आयेंगे! कमली ने बच्चों को महदू काका से सुनी ढेर सारी कहानियां सुनायी हैं। वे जानना चाहते हैं, महदू काका कौन है, क्या लगता है हमारा? कमली नहीं बता पाती। कुछ रिश्ते ऐसे होते हैं न, जो सभी नामों से ऊपर होते हैं। महदू काका ही बच्चों को वह रिश्ता समझा सकेगा और मालूम है, बच्चों के नाम क्या हैं? बेटी का कुकिल और बेटे का पोशनूल।

चिट्ठी के एक-एक अक्षर से फूटते खुशियों के गुनगुने आबशारों में महदा भीगता रहा। चिलम का लंबा-सा कश खींचकर वह ठहाका लगाकर हंसा, "लो सुनो, अंग्रेजी सीखे बच्चों का नाम कुकिल और पोशनूल! तारिख! कमली कुछ भी नहीं भूली...। कुछ भी नहीं...कुकिल...पोशनूल।"

बोलते-बोलते महदे को ज़बरदस्त धसका उठा। खौं-खौं करते वह बरामदे तक निकल आया। आंखों से आंसू झरते रहे, कानों में गूं-गूं की आवाज़ गूंजने लगी। लेकिन रुक-रुककर आती सांसों के बावजूद उसने बर्फ के गोलों से ढके शहतूत को देखा। लगा, पलक झपकते नंगी टहनियां बहारों के बौरों से लद गयी हैं। अब जल्द ही पोशनूल आयेगा और इन महकती डालों पर बैठकर चहकेगा।

'श्रीकृष्ण गूपियों
वोडि छय न टूपियो।'

❑❑❑